쾌걸 조로

쾌걸 조로
The Mark of Zorro

존스턴 매컬리 장편소설   김훈 옮김

THE MARK OF ZORRO
by JOHNSTON MCCULLEY (1919)

이 책은 실로 꿰매어 제본하는 정통적인 사철 방식으로 만들어졌습니다.
사철 방식으로 제본된 책은 오랫동안 보관해도 손상되지 않습니다.

제1장	허풍쟁이 페드로	9
제2장	돌풍을 몰고 온 청년	16
제3장	조로가 찾아오다	24
제4장	대결, 그리고 페드로의 설명	29
제5장	오전의 방문	39
제6장	디에고, 신붓감을 찾다	45
제7장	다른 부류의 남자	54
제8장	돈 카를로스, 계략을 쓰다	62
제9장	검과 검이 부딪치다	71
제10장	돈 디에고, 질투하는 기색을 보이다	80
제11장	세 명의 구혼자	87
제12장	방문	95
제13장	바람처럼 사랑은 찾아온다	106
제14장	라몬 대위, 편지를 쓰다	117
제15장	요새에서	122
제16장	추적에 실패하다	130

제17장 곤잘레스 상사, 친구를 만나다	136
제18장 돈 디에고 돌아오다	142
제19장 라몬 대위 사죄하다	147
제20장 돈 디에고, 모처럼 적극적인 관심을 보이다	155
제21장 태형	160
제22장 신속한 응징	167
제23장 또 다른 응징	173
제24장 돈 알레한드로의 목장에서	180
제25장 동맹이 결성되다	191
제26장 이해	197
제27장 체포 명령	207
제28장 격노	215
제29장 돈 디에고, 병석에 눕다	224
제30장 여우의 신호	231
제31장 구출	236
제32장 간발의 차이로 쫓기다	243

제33장 쫓는 자와 쫓기는 자	253
제34장 풀리도 가문의 고결한 피	261
제35장 다시 결투를 벌이다	267
제36장 사방의 적과 맞서다	281
제37장 궁지에 몰린 여우	288
제38장 마스크를 벗다	294
제39장 얼씨구 좋네!	301
원형(原型)의 힘	305
존스턴 매컬리 연보	311

제1장
허풍쟁이 페드로

 요란한 빗발이 붉은 스페인식 기와지붕을 다시 두드려 댔다. 폭우 속에서 바람이 떠도는 망령처럼 음산한 비명을 내질렀다. 큰 벽난로가 연기를 토해 내면서 수많은 불티가 단단한 흙바닥에 떨어져 내렸다.

「불길한 일이라도 일어날 것 같은 밤이로군!」

 페드로 곤잘레스 상사는 한 손으로는 검 자루를 움켜쥐고 다른 한 손으로는 도수 낮은 포도주가 가득 들어찬 커다란 잔을 든 채 헐거운 부츠를 신은 큼직한 두 발을 사납게 타오르는 불길을 향해 쭉 뻗으면서 말했다.

「귀신 우는 소리 같은 바람 소리에, 빗발은 악마들이 난동이라도 부리는 것처럼 들이쳐 대는구먼! 정말 불길한 밤이야. 그렇지 않나, 주인장?」

「맞습니다요!」 뚱보 주인이 황급히 맞장구를 쳤다. 그래 놓고 그는 얼른 페드로 곤잘레스의 잔에 포도주를 다시 채워 줬다. 페드로 곤잘레스는 한번 열 받았다 하면 걷잡을 수 없는 성질머리를 지닌 사람인 데다 포도주 잔이 비었을 때는 늘 불같이 성을 내곤 했으니까.

「불길한 밤이야!」 덩치 큰 상사는 다시 같은 말을 반복하고는 그 큰 포도주 잔을 기울여 숨도 쉬지 않고 단숨에 쭉 들이켰다. 한창때 그는 그런 기행(奇行)으로 사람들의 주목을 끌었고 〈엘 카미노 레알〉 가도 일대에서 대단한 악명을 떨쳤다. 사람들은 긴 사슬처럼 이어진 교구들을 연결시켜 주는 간선 도로를 그렇게 불렀다.

페드로 곤잘레스는 두 다리를 불 쪽으로 좀 더 가까이 뻗었다. 그렇게 하면 다른 이들에게 온기가 가는 데 방해가 되리라는 것 따위는 안중에도 없었다. 곤잘레스는 가끔, 사람은 남들을 배려하기에 앞서서 자신의 안일을 먼저 도모해야 한다는 주장을 거리낌 없이 펴곤 했다. 그는 덩치가 크고 힘이 장사인 데다 검술 솜씨도 뛰어나 누구도 감히 그의 그런 주장에 맞서려 들지 않았다.

밖에서는 바람이 포효하고 거센 빗발이 계속해서 지면을 두드리고 있었다. 캘리포니아 남부의 전형적인 2월 폭풍우였다. 교구들에서는 수사들이 가축들을 우리에 집어넣고 문을 닫아걸었다. 큰 목장에서는 너 나 할 것 없이 집집마다 불을 활활 피웠다. 소심한 인디언들은 그런 날 비 피할 곳이 있다는 것을 다행으로 여기며 자기네 작은 어도비 벽돌집에 틀어박혀 있었다.

그 술집 겸 여인숙은 훗날 대도시로 발전하게 되는 레이나 데 로스앤젤레스라는 그 작은 마을의 광장 한쪽에 자리 잡고 있었는데, 이날 밤에는 거센 빗발을 맞고 가느니 차라리 새벽까지 벽난로 앞에서 발 뻗고 앉아 있는 게 더 낫겠다고 생각한 몇 명의 사내들이 죽치고 있었다.

페드로 곤잘레스 상사는 계급이 높고 덩치가 큰 덕에 벽난로 불을 독차지하다시피 하고 있었고, 요새에서 온 하사 하나와 세 명의 사병은 그의 뒤로 좀 떨어진 탁자 앞에 앉아 순한 포도주를 마시면서 카드놀이를 하고 있었다. 곤잘레스 바로 뒤의 한 귀퉁이에는 인디언 하인 하나가 웅크리고 앉아 있었다. 그는 수사들의 종교를 받아들인 개종자가 아니라 이교도였다.

이즈음은 교구들이 쇠퇴기에 접어든 시대였으며, 산디에고 데 알칼라에 최초의 교구를 창설하여 하나의 제국이 들어설 토대를 닦아 놓은 인물인 성(聖) 후니페로 세라의 뜻을 따르는 프란체스코회 수도사들과, 정치가들의 뜻을 따르는 군 장교들 간에 알력이 끊이질 않았다. 그러니 레이나 데 로스앤젤레스의 술집에서 포도주를 마시고 있는 이 사람들이 가톨릭 개종자가 자기네를 염탐하게 가만 내버려 둘 리가 없었다.

이야기가 끊기자 뚱보 주인은 불안해서 안절부절못했다. 페드로 곤잘레스 상사가 시끄럽게 떠들 때는 별 문제가 없었다. 그런데 이 덩치 큰 군인은 할 얘기가 없어지면 말 대신 행동으로 나서서 난리를 피우고 싶어 하는 경향이 있었다.

전에도 곤잘레스는 두 번이나 그런 소동을 벌여 그 술집의 가구들을 마구 때려 부수고 사람들의 얼굴을 후려갈긴 적이 있었다. 그때 주인은 요새 사령관 라몬 대위를 찾아가 항의했으나 그렇지 않아도 골치 아픈 일이 하나둘이 아닌데 내가 술집 일에까지 신경을 써야 하느냐는 식의 퉁명스러운 대답만 듣고 말았다.

그래 주인은 경계하는 눈초리로 곤잘레스를 바라보다가 긴 테이블로 좀 더 바짝 다가앉으면서 혹시 일어날지도 모를 말썽을 예방하기 위해 그에게 말을 붙였다.

「마을 사람들이 그러는데 세뇨르 조로가 다시 나타났다더군요.」

그의 말은 뜻밖에도 무서운 반응을 불러일으켰다. 페드로 곤잘레스 상사는 포도주가 반쯤 들어 있는 잔을 단단한 흙바닥에 내동댕이치고는 갑자기 상체를 꼿꼿이 세우더니 육중한 주먹으로 테이블을 내려쳤고, 그 서슬에 다른 포도주 잔들과 카드 장들과 동전들이 사방으로 흩어졌다.

하사와 세 사병은 놀라서 몇 걸음 뒤로 물러섰고 주인의 벌건 얼굴은 하얗게 질렸다. 구석에 앉아 있던 인디언은 분노한 덩치 큰 상사보다는 밖의 폭풍우가 차라리 낫겠다 싶은지 문 쪽으로 살금살금 달아나기 시작했다.

곤잘레스는 사납게 으르렁거렸다. 「세뇨르 조로라고? 어떻게 된 놈의 팔자기에 가는 데마다 그자 얘기를 들어야 하지? 세뇨르 조로? 그러니까 미스터 여우라! 그놈은 제가 여우만큼이나 교활하다고 생각하는 모양이지. 웃기시네, 여우처럼 지독한 냄새나 피워 대는 주제에!」

곤잘레스는 침을 꿀꺽 삼키고는 그들을 똑바로 쳐다보면서 다시 장광설을 늘어놨다.

「그놈은 야생 염소처럼 엘 카미노 레알 가도를 마구 누비고 다녀! 마스크를 쓰고 근사한 검을 휘두른다더군. 검 끝으로 적의 뺨에 그 가증스러운 〈Z〉 자를 그려 놓는다나! 기가 차서! 사람들은 그걸 두고 〈조로의 표식〉이라고 하지! 그놈은 정말 근사한 검을 갖고 있는 모양이야! 하지만 알 게 뭐야. 난 한 번도 본 적이 없는데. 그놈이 내게 그걸 구경시켜 주는 일은 결코 없을 거야. 세뇨르 조로는 이 페드로 곤잘레스 상사 근처에서는 절대로 일을 벌이지 않으니까! 그 이유에 대해선 아마 세뇨르 조로께서 우리한테 아뢰어 주실 수 있겠지? 하!」

그는 자기 앞에 있는 사내들을 노려보면서 윗입술을 말아 올렸고 그 서슬에 무성한 검은 콧수염의 양 끝이 곤두섰다.

「사람들은 이제 그 사람을 〈카피스트라노의 재앙〉이라 부르고 있습죠.」 뚱보 주인은 허리를 숙이고 바닥에서 포도주 잔과 카드 장들을 주우면서 혹시 그 와중에 동전 하나라도 슬쩍할 수 있을까 싶어 기회를 엿보며 그렇게 말했다.

곤잘레스 상사는 다시 으르렁거렸다. 「간선 도로 전체의 재앙이야. 이 일대 교구들 전체의 재앙이고! 그놈은 살인자야! 도둑이고! 하! 평범한 사람들은 그놈이 목장을 약탈하고 여자와 인디언들 몇 명 겁먹게 했다고 해서 대단히 용감한 녀석일 거라고 여기지! 세뇨르 조로라고? 그 여우야말로 내가 꼭 사냥하고 싶은 놈이야! 카피스트라노의 재앙이라고? 내가 그동안 좀 방탕하게 살아왔다는 건 인정해. 하지만 이제 나는 성인들께 딱 한 가지만 부탁할 참이야. 앞으로 그 강도 놈과 정면으로 맞붙을 수 있는 은혜를 입을 때까지만 내 죄들을 눈감아 주십사고.」

「그 사람에게는 현상금이 걸려 있습 ―」

곤잘레스 상사는 호통을 쳤다. 「왜 남이 할 말을 가로채고 그래! 그자를 생포하면 지사님이 후한 포상금을 내리신다고 했지. 하지만 이래 가지고야 나한테 무슨 운이 따르겠어? 내가 산후안 카피스트라노로 출동하면 그자는 산타바바라에서 일을 벌여. 내가 레이나 데 로스앤젤레스에 있으면 놈은 산루이스 레이에서 지갑을 두둑이 채우지. 내가 산가브리엘에서 저녁 식사를 하면 놈은 산디에고 데 알칼라에서 강도질을 해! 염병할 놈! 언제고 한번 만나기만 했단 봐라.」

곤잘레스 상사는 이를 갈면서 포도주 잔을 잡았다. 주인이 미리 포도주를 채워 그의 팔꿈치께에 갖다 놓은 잔이었다. 그는 포도주를 꿀꺽꿀꺽 마셨다.

「그동안 우리 동네에는 얼씬도 하지 않았습죠.」 주인은 감사의 한숨을 내쉬면서 말했다.

「이유가 있으니까 그렇지, 이 뚱뚱보 아저씨야! 충분한 이유가! 이곳에는 요새가 있고 군인들이 있잖나. 이 조로 아저씨는 요새에서 가급적 먼 데로 달아나! 놈은 정말 번개 같아. 그 점은 인정할 만해. 대단한 용기가 있는 자라는 것도 인정할 만하고!」

곤잘레스 상사는 다시 긴 의자에 편안히 기대앉았다. 그제야 주인은 안도하는 얼굴로 그를 힐끗 쳐다보면서 이 구중중한 밤에는 제발 잔들과 가구들과 사람들의 얼굴이 박살나는 일이 없게 해달라고 빌었다.

주인이 말했다. 「그런데 이 세뇨르 조로도 가끔씩은 쉬어야 할 텐데요. 그자도 먹고 자야 할 거 아니겠습니까요. 어딘가에 그자가 숨어서 기운을 차릴 만한 곳이 있는 게 분명해요. 언제고 군인들이 그 사람의 소굴을 추적해서 찾아내고야 말겠죠.」

「하! 물론 그놈도 먹고 잠을 자야 하겠지! 그런데 그놈이 지금 뭐라고 떠벌리고 다니는지 아나? 자기는 진짜 도둑이 아니라는 거야! 자기는 교구 사람들을 학대하는 자들을 벌주는 것뿐이라나. 학대받는 사람들의 친구라고, 응? 놈이 최근에 산타바바라에 그런 내용을 쓴 벽보를 남겨 놓고 사라졌다지? 하, 이거야 원! 사람들이 그런 것에 어떤 식으로 반응하는지 아나? 교구 수사들이 놈을 감싸 주고 숨겨 주고 고기와 술을 제공해 주고 있어! 사제 하나를 닦달해서라도 이 노상강도 놈의 소재를 밝힐 단서를 얻어 내지 못한다면 나는 근무 태만자라고 해도 할 말이 없어!」

주인이 말했다. 「지당한 말씀입니다요. 저도 수도사들이 그런 짓을 할 거라고 짐작했습니다. 그나저나 이 세뇨르 조로가 우리 있는 데로는 오지 않았으면 좋겠습니다.」

곤잘레스 상사는 천둥같이 고함을 질렀다. 「왜 오면 안 된다는 거야, 이 뚱보야? 내가 여기 없어서? 내가 옆구리에 칼을 차고 있지 않아서? 당신 올빼미야? 지금이 벌건 대낮이라서 그 못생긴 매부리코 끝 너머는 보이지도 않는 거야? 나 원 기가 차서.」

주인은 놀라서 황급히 말했다.「제 말은 강탈당하고 싶지 않다 그런 말입니다요.」

「당신이 빼앗길 게 뭐가 있는데? 싱거운 포도주 한 잔하고 식사 한 끼? 가진 게 엄청 많으신가 보지? 그놈의 자식, 이리로 오라 그래! 그 대담하고 교활한 조로 녀석, 저 문으로 들어와 내 앞에 서기만 해봐! 사람들 말대로 멋있게 절하라 그래. 마스크 구멍 너머로 멋대로 눈깔을 굴리라 그래! 한순간이라도 나하고 얼굴을 마주치기만 했다간…… 지사님이 내거신 그 많은 현상금은 내 거가 되고 말 테니!」

주인은 말했다.「요새가 이렇게 가까운 곳에는 감히 나타나지 못할 겁니다.」

곤잘레스는 빽 소리쳤다.「포도주 더 갖고 와! 술값은 내 외상 장부에 달아 두고! 앞으로 상금을 받으면 그동안 밀렸던 거 모조리 갚아 줄 테니까. 군인의 명예를 걸고 약속하겠어! 하! 그 대담하고 교활한 조로, 카피스트라노의 재앙이 지금 당장이라도 저 문으로 들어서기만 하면 그저 —」

그 순간 갑자기 문이 벌컥 열렸다!

제2장
돌풍을 몰고 온 청년

 한 사내가 한 줄기 거센 바람과 빗발을 동반한 채 술집 안으로 들어서자 촛불들이 심하게 흔들리면서 그중의 하나가 꺼졌다. 상사가 한창 큰소리를 치는데 그 사내가 느닷없이 들어오는 바람에 사람들은 모두 놀랐다. 곤잘레스도 입을 다물고 칼집에서 검을 반쯤 꺼냈다. 인디언은 바람이 밀려들어 오는 것을 막기 위해 얼른 문을 닫았다.

 새로 들어온 사람은 몸을 돌려 그들과 마주 섰다. 주인은 다시 안도의 한숨을 내쉬었다. 그는 물론 세뇨르 조로가 아니었다. 그는 올해 스물네 살 먹은, 명문가 출신의 백인 청년이었다. 엘 카미노 레알 가도 주변에서 그는 참으로 중요한 인생사들에 별다른 관심이 없는 사람으로 유명했다.

 「하!」 곤잘레스는 짤막하게 소리치고는 검을 소리 나게 칼집에 집어넣었다.

 「제가 여러분을 좀 놀라게 했나요?」 돈 디에고는 맥없는 목소리로 그렇게 정중하게 묻고 넓은 실내를 한 바퀴 둘러보고는 앞에 있는 사내들에게 목례를 했다.

 상사는 볼멘소리로 말했다. 「그거야 댁이 요란한 바람을 몰고 행차하는 바람에 그랬지. 댁이 어디 누구를 놀라게 할 만한 힘이

나 있는 양반이오!」

「흐음.」 돈 디에고는 못마땅하다는 듯이 신음을 발하고는 솜브레로[1]를 곁에다 내던지고 비에 흠뻑 젖은 모포를 어깨에서 끌어내렸다. 「방금 한 말은 하마터면 위험 수위를 넘을 뻔했어, 목소리 쉬어 터진 양반아.」

「지금 나를 나무라는 거요?」

「내가 바보처럼 목숨 걸고 말을 달리거나 우리 고장에 처음 온 사람만 보면 천치처럼 싸움을 걸거나 모든 여자의 집 창문 밑에서 얼간이처럼 기타나 치는 것으로 유명한 사람이 아닌 건 사실이오. 하지만 나는 댁이 툭하면 내 면전에서 내 단점을 들먹이는 걸 좋아하지는 않아.」

「하, 이거야!」 곤잘레스는 은근히 부아가 나서 한마디했다.

「우리는 친구가 되기로 협정을 맺었소, 곤잘레스 상사. 당신이 그놈의 혀를 함부로 놀리지 않고 내 친구가 되어 준다면 우리의 신분이나 혈통이 크게 차이가 나는 것쯤은 잊어 줄 수 있어요. 당신은 허풍으로 날 즐겁게 해주고 나는 당신이 간절히 바라마지않는 포도주를 사주고. 그건 괜찮은 협정이지. 하지만 당신이 또 다시 공개적으로나 사적으로 나를 조롱한다면 협정은 끝이오. 내가 약간의 영향력을 갖고 있다는 얘기를 이 자리에서 굳이 해야―」

놀란 곤잘레스 상사는 황급히 소리쳤다. 「아, 미안해요, 신사 양반, 내 좋은 친구! 댁이 밖의 폭풍우보다 더 요란뻑적지근하게 들어오는 바람에 그렇게 됐어요. 그래 내 혀가 잠깐 잘못 돌아간 것뿐이오. 앞으로 누가 물어보면 댁은 재치 있고 칼 솜씨가

---

[1] 멕시코나 미국 남부의 스페인계 아메리카인들이 즐겨 쓰는, 챙이 넓은 밀짚 혹은 펠트 모자.

뛰어나서 싸움이건 연애건 언제든 문제없이 해낼 수 있다고 얘기하겠어요. 댁은 화끈한 양반이오! 어느 누가 감히 그걸 의심하겠어요?」

상사는 눈을 부라리고 주위를 한 바퀴 돌아보더니 검을 다시 반쯤 뽑았다가 요란하게 제자리로 돌려놓고는 고개를 뒤로 젖히고 요란하게 웃어 댔다. 그러고는 돈 디에고의 등을 두드려 줬다. 뚱보 주인은 돈 디에고가 술값을 계산해 주리라는 것을 잘 알고 있는 터라 얼른 포도주를 갖고 왔다.

돈 디에고와 곤잘레스 상사의 이런 독특한 우정은 엘 카미노 레알 가도 일대의 화젯거리였다. 돈 디에고는 수천 에이커의 땅, 수많은 소와 말, 드넓은 곡식밭을 소유한 명문가 출신이었다. 그는 작은 제국과도 같은 자기 몫의 목장에, 마을에는 저택 한 채를 갖고 있는 데다 앞으로 자기 아버지에게서 지금 갖고 있는 것의 세 배나 되는 재산을 상속받게 되어 있었다.

그러나 돈 디에고는 당대의 다른 귀족 청년들과는 전혀 달랐다. 그는 싸움을 좋아하지 않았다. 모양을 내고 싶을 때를 빼놓고는 검을 차고 다니는 경우가 드물었다. 모든 여성을 아주 정중하게 대하기는 했으나 그 누구에게도 청혼을 하지 않았다.

그는 양지쪽에 앉아서 다른 사내들이 시끌벅적하게 떠들어 대는 소리에 묵묵히 귀 기울이면서 가끔 가다 한 번 미소를 짓곤 했다. 그는 모든 면에서 페드로 곤잘레스 상사와 정반대되는 사람이었다. 그런데도 그들은 자주 어울렸다. 그 관계는 돈 디에고가 말한 대로였다. 그는 상사의 허풍을 즐겼고 상사는 공짜 포도주를 즐겼다. 양쪽 다 상대에게서 그 이상 뭘 더 요구할 수 있겠는가?

이제 돈 디에고는 한 손에 적포도주가 든 잔을 든 채 벽난로 앞으로 가서 몸을 말렸다. 그는 키가 중간 정도밖에 되지 않았지만 신체 건강하고 잘생긴 미남이었다. 예쁜 처녀들의 보호자 노릇을 하면서 바람직한 남편감을 찾아 주는 역할을 맡은 거만한 노부인들은 그가 어떤 처녀에게도 두 번 이상 눈길을 주지 않는 바람에 여간 속을 태우지 않았다.

곤잘레스는 자기가 친구를 화나게 하는 바람에 더 이상 공짜 술을 얻어먹지 못하게 될까 봐 그의 마음을 누그러뜨리려 애썼다.

「우리는 저 악명 높은 조로 얘기를 하고 있었어요. 카피스트라노의 재앙이라고 하는 자 말이오. 머리가 잘 돌아가는 어떤 놈이 글쎄 그 염병 맞을 노상강도에게 그런 이름을 붙여 줬다지 뭡니까.」

「그 친구에 관해서 어떤 얘기를?」 돈 디에고는 포도주 잔을 내려놓고 한 손으로 입을 가린 채 하품을 하며 물었다. 돈 디에고를 좀 아는 사람은 누구나 그가 하루에 최소한 2백 번은 하품을 한다고 자신 있게 말할 수 있었다.

「그 조로라는 녀석이 나 있는 곳 근처에는 얼씬도 하지 않아서 언제고 그 녀석 면상을 좀 볼 기회가 왔으면 좋겠다는 얘기를 하고 있었죠. 그래야 지사님이 내거신 현상금이 내 것이 될 수 있을 테니 말이오. 세뇨르 조로라고? 하!」

「우리 그 사람 얘기는 하지 맙시다.」 돈 디에고는 고개를 돌리며 항의하듯 한 손을 뻗으면서 말했다. 「그래 봤자 유혈 참사나 폭력에 관한 얘기밖에 더 나오겠어요? 이 어지러운 시대에는 사람들이 음악이나 시에 관한 지혜로운 얘기에 귀를 기울일 수 없는 걸까?」

「얼씨구!」 곤잘레스 상사는 역겹다는 듯이 코웃음을 쳤다. 「조로라는 녀석이 정 목숨을 걸고 싶어 한다면 그러라고 해요. 그거야 제 목숨이니까! 살인자! 도둑놈! 하!」

돈 디에고는 말을 계속했다.「그 사람이 한 일에 관해서라면 나도 숱하게 들어 왔어요. 그 사람, 의도가 순수합니다. 그 사람은 교구들과 가난한 사람들의 재산을 훔친 관리들한테서만 강탈을 했어요. 인디언들을 학대한 잔인한 자들만 혼내 줬고. 내가 알기로 그 친구는 사람을 죽인 적이 없어요. 그러니 잠시 그렇게 유명세를 즐기게 가만 내버려 두지 그래요.」

「나는 현상금을 받고 싶소!」

「그럼 그렇게 하시구려. 그 사람을 생포해 봐요.」

「무슨 소릴! 지사님의 포고문에는 죽여서 잡아오든 살려서 잡아오든 상관없다고 되어 있소. 내 이 두 눈으로 똑똑히 봤는걸.」

돈 디에고는 퉁명스럽게 대꾸했다.「그럼 그 친구하고 한번 용감하게 맞붙어 검을 날려 보시든지. 정 그렇게 하는 게 소원이라면. 그리고 나중에 나한테 자세히 얘기해 줘요. 지금은 말고!」

「아주 근사한 얘기가 될 거요! 내 나중에 하나도 빼지 않고 자세히 얘기해 주리다. 내가 놈을 어떻게 갖고 놀았는지, 신나게 맞붙을 때 어떻게 놈을 조롱했는지, 잠시 후 어떻게 놈을 압박하면서 찌르고 들어갔는지 —」

「지금 말고, 나중에!」 돈 디에고는 짜증을 내면서 말했다.「주인장, 여기 포도주 더! 이렇게 목소리만 큰 허풍선이 양반의 입을 닥치게 하려면 허풍이 새 나오지 못하게 그저 목구멍에 포도주를 왕창왕창 들이부어 줘야 한다니까.」

주인은 재빨리 두 사람의 포도주 잔을 채워 줬다. 돈 디에고는 신사답게 천천히 음미해 가며 마신 반면 곤잘레스 상사는 잔을 두 번 기울이는 것으로 끝이었다. 그러고 나서 베가가(家)의 귀공자는 긴 의자로 가서 자신의 솜브레로와 모포를 집어 들었다.

상사는 놀라서 소리쳤다. 「아니, 뭐 하는 거요? 이렇게 이른 시간에 우리만 남겨 놓고 갈 셈이오? 비가 저렇게 억수같이 쏟아지는데?」

돈 디에고는 빙그레 웃으면서 말했다. 「나도 최소한 저 정도 비를 뚫고 갈 수 있을 만큼은 용감하다오. 난 단지 꿀 한 항아리를 사기 위해 잠시 들른 것뿐이오. 그 바보들이 비를 너무 무서워해서 오늘은 목장에서 그걸 가져오지 않았거든. 주인장, 하나만 갖다 줘요.」

「내가 댁까지 안전하게 모셔다 드리리다.」 곤잘레스 상사는 돈 디에고의 집에 해묵은 좋은 포도주가 있다는 걸 잘 알고 있어서 그렇게 소리쳤다.

돈 디에고는 단호하게 말했다. 「이 이글거리는 불이나 쬐면서 그대로 앉아 있어요. 광장 하나 가로지르는 데 요새 군인들의 경호를 받을 필요는 없으니까. 집에 가서 비서와 함께 장부 정리를 할 작정인데 나중에 정리가 끝난 뒤에 시간이 있으면 다시 오리다. 일하면서 먹을 꿀이 필요해서 이렇게 온 거거든.」

「하! 어째서 비서더러 꿀을 가져오라 시키지 않으셨소? 하인들은 뒀다 뭐에 쓰려고 이렇게 폭풍우가 몰아치는 밤에 몸소 왕림한 거요? 하인들도 부려먹지 못한다면 부자가 되어서 좋을 게 뭐가 있겠소?」

「그 사람은 늙은 데다 몸이 약해요. 연로하신 우리 아버님의 비서이기도 하고. 폭풍우가 몰아치는 길에 나섰다간 죽고 말 거요. 주인장, 여기 있는 모든 분에게 포도주를 대접하고 그 비용은 내 이름으로 달아 둬요. 장부 정리가 끝나면 돌아오겠소.」

돈 디에고 베가는 꿀단지를 집어 들고 모포로 머리를 감싼 뒤 문을 열고 폭풍우가 몰아치는 어둠 속으로 뛰어나갔다.

「사나이다운 사나이가 가시는군!」 곤잘레스는 두 팔을 쳐들면서 소리쳤다. 「저 신사는 내 친구야. 세상 모든 사람에게 이런 사실을 알릴 거야! 저 친구는 검을 차는 일이 드물고 그걸 실제로 사용할 수 있는지도 의심스럽지. 하지만 내 친구야! 저 친구는 사랑스러운 아가씨들의 반짝이는 검은 눈을 보고도 목석같이 아무 반응을 보이지 않지만 진짜 사내임에 틀림없어!

음악과 시라고? 하! 그런 걸 즐기는 게 낙이라면 그러지 못할 이유가 어디 있겠어? 저 사람은 돈 디에고 베가잖아? 귀족의 혈통을 타고난 데다 드넓은 토지와 온갖 물건이 꽉꽉 들어찬 거대한 창고들을 갖고 있는 사람 아닌가? 뭐는 맘대로 못 하겠어? 물구나무를 하고 돌아다니든 여자 속치마를 입고 다니든 다 저 하고 싶은 대로 할 수 있겠지. 하지만 어쨌든 진짜 사내임에는 틀림없어!」

병사들은 돈 디에고가 낸 술을 마시고 있었으므로 상사의 말에 옳다고 맞장구를 쳤다. 상사의 말에 감히 맞설 만한 뱃심이 없기 때문이기도 했고. 뚱보 주인은 돈 디에고가 돈을 지불해 주겠다고 약속했으므로 군인들에게 포도주를 다시 한 잔씩 갖다 줬다. 베가 가문 사람들은 술집 장부를 자세히 들여다보는 일이 없었으므로 그 뚱보 주인은 이런 일이 있을 때마다 외상 장부를 부풀려서 비용을 청구하곤 했다.

곤잘레스 상사는 말을 계속했다. 「저 친구는 폭력이나 유혈 참사에 관한 얘기만 나와도 진저리를 쳐. 봄바람처럼 부드러운 사람이지. 하지만 억센 손목과 깊은 눈빛을 갖고 있어. 그건 단지 신사가 인생을 보는 방식일 뿐이야. 내가 저 친구만큼 젊고, 저 친구만큼 잘생긴 얼굴에 많은 재산을 갖고 있기만 하다면…… 하! 산디에고 데 알칼라에서 산프란시스코 데 아시스에 이르는 지역의 모든 여자들을 눈물깨나 흘리게 만들었을 거야.」

하사가 그 말을 받았다. 「그 일대 모든 청년의 면상도 박살을 내놓았겠죠.」

「하! 그래, 모조리 박살냈을 거야. 이 땅을 모조리 평정했겠지! 어떤 젊은 녀석도 감히 내 앞을 가로막지 못했을 거야. 그랬다간 당장 검을 뽑아 그놈을 요절을 내버리지. 감히 이 페드로 곤잘레스에게 맞서? 하! 어깨를 꿰뚫어 버리지, 아주 날렵하게. 허파를 꿰뚫어 버리거나.」

곤잘레스는 자리에서 벌떡 일어나 칼집에서 검을 뽑았다. 그는 검으로 허공을 이리저리 베고, 찌르고, 가상의 검을 슬쩍 빗겨나게 하고, 찌르고, 전진하고 후퇴했다. 그는 그림자들과 싸우면서 연방 욕설을 퍼붓고 웃음을 터뜨렸다.

「맛이 어떠냐!」 그는 벽난로에다 대고 빽 소리쳤다. 「이게 뭐야? 둘이서 나 한 사람을 상대하겠다고? 오히려 더 좋지. 나는 이렇게 어려운 싸움을 더 좋아해. 하! 이 개 같은 놈, 너 한 방 먹어라! 죽어라 이 사냥개야! 거기 한 곁으로 꽁무니를 뺀 이 겁쟁이 놈, 너도 내 칼 맛을 봐라!」

그는 벽을 향해 한바탕 칼춤을 췄고 하사와 사병들, 뚱보 주인은 페드로 곤잘레스 상사가 승리할 것이 분명한 그 무혈 전투를 구경하면서 배꼽을 잡고 웃어 댔다. 결국 상사는 검 끝을 바닥에 댄 채 숨이 턱에 닿도록 헐떡거렸다. 포도주에 취한 데다 한바탕 난리를 피운 뒤라 그의 얼굴은 시뻘겋게 달아올랐다.

상사는 숨을 헐떡이면서 말했다. 「그 조로라는 녀석이 지금 내 앞에 서 있다면 얼마나 좋을까!」

그 순간 다시 문이 벌컥 열리면서 한 사내가 폭풍우를 몰고 술집 안으로 들어섰다!

제3장
조로가 찾아오다

인디언은 황급히 달려가 맹렬히 불어오는 바람에 맞서서 간신히 문을 닫고는 다시 제가 있던 구석으로 돌아갔다. 막 들어온 그 사내는 실내에 있는 사람들에게 등을 돌리고 있었다. 그 사내는 솜브레로를 바람에 날아가지 않게 하기 위해서인 듯 머리 깊숙이 눌러쓰고 있었고 빗물에 젖어 번들거리는 긴 망토를 두르고 있었다.

사내는 여전히 등을 돌린 채 망토를 풀어 빗물을 털어 낸 뒤 다시 가슴을 감쌌다. 주인은 간선 도로를 지나던 그 신사가 거기서 하룻밤 묵고 갈 것이라 예상하고는, 식사와 잠자리를 내주고 말을 돌봐 준 대가로 한몫 두둑이 받을 기대감에 부풀어 두 손을 싹싹 비비면서 앞으로 달려갔다.

주인이 사내 바로 뒤에 이르렀을 때 사내가 휙 돌아섰다. 주인은 두려움에 질려 외마디 소리를 내지르고는 황급히 뒤로 물러났다. 하사는 억눌린 비명을 내질렀고, 사병들은 아무 말도 못하고 헐떡거리기만 했다. 페드로 곤잘레스 상사는 자기도 모르게 입을 딱 벌렸다. 그의 두 눈이 퉁방울처럼 부풀어 올랐다.

그들 앞에 똑바로 선 사람은 어떻게 생긴 사람인지 알아볼 수 없도록 검은 마스크로 얼굴을 가리고 있었고 두 개의 눈구멍에서는 번뜩이는 눈동자가 그들을 노려보고 있었다.

「하! 이건 또 뭐야?」 마침내 제정신이 조금 돌아온 곤잘레스는 헐떡이면서 그렇게 말했다.

사내는 그들에게 정중하게 절했다.

「세뇨르 조로가 부르심을 받잡고 왔습니다!」

「맙소사! 조로라고?」 곤잘레스는 소리쳤다.

「왜, 믿기지 않습니까, 선생?」

「네가 정말로 조로라면 제정신이 아니로구먼!」

「그게 무슨 소립니까?」

「여기로 왔으니까. 그렇지 않나, 응? 이 술집으로 들어왔어. 맙소사, 내 친애하는 노상강도께서 자진해서 함정 속으로 걸어 들어와 주셨군!」

「죄송하지만 좀 더 자세히 설명해 주실 수 있을까요?」 조로의 목소리는 깊고 독특한 울림이 담겨 있었다.

「너 장님이냐? 제정신이야? 내가 여기 있다는 걸 모르겠어?」

「선생이 여기 있어서 어쨌단 말인가요?」

「내가 군인인데도?」

「군복을 입고 있긴 하네요.」

「나 이거야 원. 네 눈에는 저 하사와 세 병사가 보이지도 않나? 우리한테 네 검을 넘겨주러 온 건가? 이제 악당 노릇을 그만 두려고?」

조로는 자못 유쾌하게 껄껄거리고 웃으면서도 곤잘레스에게서 잠시도 시선을 떼지 않았다.

「항복하러 오지 않은 것만은 확실하죠. 볼일이 있어서 온 거니까요.」

「볼일이 있다고!」

「선생은 나흘 전에 선생의 비위를 거스른 한 인디언을 잔인하게 때렸어요. 그 사건은 여기와 산가브리엘 사이 길에서 일어났죠.」

「그놈은 고얀 놈이었어. 내 앞길을 가로막았으니까! 그런데 그 일이 댁하고 무슨 상관이 있나요, 친애하는 노상강도 선생?」

「저는 학대받는 이들의 친구니까요. 그래 선생을 혼내 주러 왔답니다.」

「뭐, 나를 혼내 주러 왔다고? 응, 이 천치 같은 놈아? 네가 나를 혼내? 검으로 너를 꼬치 꿰듯 꿰기 전에 우선 내가 배꼽이 빠져서 죽어 버리겠구먼! 조로, 너는 이제 죽은 목숨이야. 지사 각하께서 네놈의 시체를 가져오면 두둑한 상금을 주겠다고 하셨지. 네가 신앙을 가졌다면 우선 기도부터 해! 상대에게 죄를 참회할 시간도 주지 않고 죽였다는 소리를 듣고 싶지는 않으니까. 네게 심장이 백 번 뛸 만큼의 시간을 주겠다.」

「참 너그러우시네요. 하지만 난 기도할 필요가 없는걸입쇼.」

「그렇다면 내 할 일을 해야지.」 곤잘레스는 그렇게 말하고는 검 끝을 치켜들었다. 「하사와 다른 친구들은 탁자 곁에 그대로 있어. 이 녀석은 내 거야! 이 녀석을 잡은 뒤에 받을 포상금도 내 거고!」

그는 콧수염 양 끝을 부풀렸다. 그는 상대의 뛰어난 검술 이야기를 들은 바가 있어서 상대를 얕보는 실수를 하지 않으면서 조심스럽게 전진했다. 그는 공격하기에 적당한 거리 안으로 접근했으나 뱀이라도 본 사람처럼 황급히 뒤로 물러섰다. 조로가 망토 밑에서 빼낸 손에 권총이 들려 있었기 때문이다. 곤잘레스 상사에게는 치명적인 무기였다.

「뒤로 물러서시게, 선생!」

「하! 바로 그거였구먼. 그런 사악한 무기를 갖고 다니면서 그걸로 사람들을 위협했어. 그런 건 멀리 떨어져 있는 열등한 인간들한테나 쓰는 건데. 신사라면 믿음직스러운 검을 더 좋아하지.」

「뒤로 물러서게나. 자네가 사악한 무기라고 부르는 이것에 목숨을 잃을 수도 있으니까. 다시는 경고하지 않겠다.」

곤잘레스는 몇 걸음 뒤로 물러나면서 조롱했다. 「어떤 사람이 네가 용감무쌍한 자라고 그러더군. 어떤 사람하고든 검으로 정면 대결한다고 말이야. 그래 나는 네가 그런 식으로 나올 거라 믿었지. 그런데 이제 보니 인디언들을 상대할 때나 쓰는 비열한 무기를 동원하셨네그려. 용기 있다는 얘기를 들었는데 이제 보니 말짱 황이로구먼. 안 그런가?」

조로는 다시 웃음을 터뜨렸다. 「자네도 곧 그 이유를 이해하게 될 걸세. 지금은 이 권총을 써야 할 필요가 있어. 이 술집에서는 내가 아주 불리한 입장에 처해 있거든. 우선 안전을 확보하고 난 뒤 기꺼이 검으로 자네와 겨뤄 주지.」

곤잘레스는 코웃음을 쳤다. 「그런 기회가 올 때까지 참고 기다려 주지.」

조로는 지시를 내렸다. 「하사와 사병들은 저 구석으로 물러나 주시오. 주인장도 함께 가시고. 거기 인디언 친구도 저리로 가게. 어서! 고맙소. 여기서 이 상사 녀석을 혼내 줄 때 아무도 방해하지 않았으면 해서 말이오.」

곤잘레스는 격분해서 빽 소리쳤다. 「하! 어떻게 혼내시나 어디 두고 보기로 하지!」

「난 이 왼손으로 계속 권총을 든 채 오른손으로 이 녀석과 맞붙을 거요. 그리고 싸울 때 그 구석 쪽을 계속 감시할 거요. 누구라도 움직였다간 그대로 발포할 테니 알아서들 해요. 나는 댁들이 사악하다고 하는 이 무기에 숙달된 사람이니 발포하는 날에는 몇 사람이 죽음을 면하기 어려울 거요. 무슨 말인지 알아듣겠소?」

그렇게 말하고 나서 조로가 이내 고개를 돌렸기에 하사와 사병들, 주인은 굳이 대답할 필요가 없었다.

조로는 곤잘레스를 똑바로 쏘아봤다. 그의 마스크 뒤에서 낄낄거리는 웃음소리가 새어 나왔다.「내가 검을 뽑을 수 있게 잠시 돌아서 주게나, 상사. 내, 신사로서 비겁한 짓은 하지 않겠다고 약속하지.」

「흥, 신사로서?」 곤잘레스는 코웃음 쳤다.

「그렇다니까. 어서!」 조로는 위협조로 채근했다.

곤잘레스는 양어깨를 으쓱하고는 돌아섰다. 잠시 후 그의 뒤에서 노상강도의 목소리가 들려왔다.

「자, 이제 붙어 보세, 상사!」

제4장
대결, 그리고 페드로의 설명

 그 말에 곤잘레스는 홱 돌아서서 검을 치켜들었다. 그는 조로가 검을 뽑아 들고 왼손에 쥔 권총을 머리 위 높이 치켜들고 있는 광경을 봤다. 게다가 조로가 여전히 낄낄거리고 있어서 상사는 부아가 치밀었다. 검과 검이 맞부딪혔다.

 곤잘레스 상사는 여의치 않을 때는 물러섰다가 적당할 때 다시 전진하는 식으로 싸우는 데 익숙했다. 유리한 위치를 차지하기 위해 그렇게 전진했다 물러섰다 하고, 적절한 검술을 구사하기 위해 때로는 왼쪽이나 오른쪽으로 돌기도 하면서 싸우는 방식에.

 그런데 여기서 그는 전혀 다른 방식으로 싸우는 사람과 맞닥뜨렸다. 조로는 꼭 제자리에 못 박히기라도 한 듯이, 어느 쪽으로도 얼굴을 돌릴 수 없는 듯이 보였다. 그는 조금도 물러서지 않았지만 그렇다고 전진하지도 않았고, 좌우 어느 쪽으로도 움직이지 않았다.

 곤잘레스는 평소 습관대로 사납게 공격했다. 그러나 상대는 날렵하게 검을 놀려 그의 검 끝을 슬쩍 제쳐 버렸다. 상사는 더욱더 조심하면서 자신이 갖고 있는 여러 가지 속임수를 써먹어 봤지만 전혀 통하지 않았으며, 상대의 몸 여기저기를 찔러 봤으나 상대는 번번이 그의 공세를 물리쳤다. 그는 조로를 자기 쪽으로 끌어들이려고 슬쩍 뒤로 물러났다. 하지만 조로는 여전히 제자리를 지키고 있어 곤잘레스는 어쩔 수 없이 다시 공격해야 했다. 조로는 그저 방어만 할 뿐이었다.

곤잘레스는 하사가 자기를 시기하고 있다는 것을 알고 있었고, 내일이면 이 싸움 얘기가 마을 전체는 물론 엘 카미노 레알 가도 전역에 퍼질 것이라는 것도 잘 알고 있었기에 은근히 부아가 났다.

그는 조로의 부동자세를 무너뜨리면 행여 싸움을 끝낼 수 있지 않을까 싶어 맹렬히 치고 들어갔다. 그러나 검이 돌벽에 부딪치기라도 한 것처럼 옆으로 튕겨 나가면서 그의 가슴이 조로의 가슴과 맞부딪쳤다. 그리고 조로가 그저 가슴을 내밀기만 했는데도 그는 대여섯 걸음 뒤로 튕겨 나갔다.

조로가 말했다.「덤벼 보시지요, 선생.」

격분한 상사는 소리쳤다.「네가 덤벼, 이 살인자 강도 놈아! 말뚝처럼 서 있지만 말고! 한 걸음이라도 떼면 네가 믿는 종교 교리에 어긋난다더냐?」

「그런다고 누가 움직일 줄 알고.」조로는 다시 낄낄거렸다.

곤잘레스 상사는 그제야 자신이 격분했다는 것을 깨달았다. 성난 사람은 자제력이 강한 사람처럼 차분하게 검을 놀릴 수 없는 법이다. 그리하여 그는 애써 냉정을 되찾았다. 눈을 가늘게 뜨고 상대를 응시하는 그에게서는 이제 어떤 허풍기도 찾아볼 수 없었다.

그는 다시 공격했다. 그는 역습을 받지 않지 않고 상대를 찌르고 들어갈 수 있는 허점을 찾으면서 기민하게 몸을 움직였다. 그가 그토록 방어에 신경을 쓰기는 이번이 처음이었다. 그는 숨 쉬기 거북할 만큼 술과 안주를 잔뜩 먹은 게 후회스러워 속으로 자신에게 욕설을 퍼부었다. 그는 정면으로, 좌우 양옆으로 치고 들어갔으나 번번이 격퇴당했고 상대는 그가 술수를 쓰기도 전에 먼저 그것을 간파하곤 했다.

상대의 눈을 똑바로 응시하고 있던 상사는 순간적으로 그 눈빛이 변하는 것을 보았다. 마스크 구멍 사이로 보이는 그 눈은 이제까지 웃고 있는 듯했는데 갑자기 가늘어지더니 이글거리는 불길을 뿜어냈다.

조로가 말했다. 「충분히 놀 만큼 놀았으렷다! 그럼 이제 벌을 줄 시간이 됐군!」

갑자기 조로는 천천히 한 걸음 한 걸음 육박해 오면서 곤잘레스를 뒤로 밀어붙였다. 그의 검 끝은 천 개의 혀를 가진 독사 대가리 같았다. 곤잘레스는 자신이 꼼짝없이 당하리라는 것을 직감했다. 하지만 그는 이를 갈아붙이면서 애써 마음을 다잡고 힘겹게 맞서 싸웠다.

마침내 곤잘레스는 벽을 등지고 서게 되었다. 그러나 조로는 그 위치에서도 구석에 있는 다른 이들을 감시하면서 곤잘레스와 싸움을 벌일 수 있었다. 곤잘레스는 조로가 자신을 희롱하고 있다는 것을 알았다. 그는 자존심을 버리고 하사와 병사들에게 얼른 달려와 자기를 도와 달라고 소리치려 했다.

갑자기, 인디언이 빗장을 질러 잠근 현관문을 누군가가 요란하게 두드리는 소리가 들려왔다. 그 순간 곤잘레스는 살았다 싶은 마음이 들었다. 누군가가 그 술집으로 들어오려 하고 있었다. 술집 주인이나 하인이 즉각 문을 열지 않을 경우 문밖에 있는 사람은 이상하게 여길 것이다. 조금만 견디면 이 위기에서 벗어날 수 있으리라.

조로가 말했다. 「훼방꾼이 나타나 유감스럽군그래. 자네에게 마땅히 받아야 할 벌을 주려고 했는데 그럴 시간이 없으니. 다음 번에 다시 찾아오도록 하지. 사실 두 번씩이나 찾아와 줄 만한 가치가 없는 놈인데.」

문 두드리는 소리가 더 커졌다. 곤잘레스는 냅다 고함을 질렀다. 「이 안에 조로가 와 있소!」

「이런 비겁한 놈!」

조로의 검이 다시 빛을 발하기 시작했다. 그것은 보는 이의 눈이 어지러울 만큼 빠른 속도로 전진과 후퇴를 반복했으며 가물거리는 촛불들의 빛이 칼날에 부딪쳐 반사되면서 허공에 수많은 검광이 번뜩였다.

그러다 그 칼날이 번개같이 곤잘레스를 향해 찌르고 들어가 곤잘레스의 칼날을 휙 낚아챘다. 그 서슬에 곤잘레스는 검을 놓치고는 그것이 허공으로 날아가는 광경을 멍하니 바라봤다.

조로는 소리쳤다. 「옳지!」

곤잘레스는 상대의 처분만을 기다렸다. 군인답게 전쟁터에서 죽지 못하고 이런 데서 죽어야 한다고 생각하니 자기도 모르게 흐느낌이 새어 나왔다. 그러나 강철 날이 그의 심장을 파고들어 피가 분수처럼 솟구치는 일 같은 것은 일어나지 않았다.

그 대신 조로는 권총을 쥔 왼손을 내려 오른손에 들고 있던 칼자루까지 거머쥐고는 이제는 자유로워진 오른손으로 페드로 곤잘레스의 따귀를 한 차례 후려갈겼다.

「이건 힘없는 인디언들을 학대한 벌이다!」

곤잘레스는 분노와 수치심을 이기지 못하고 빽 소리쳤다. 이제 문밖의 사람은 문을 부수고 들어올 기세였다. 그러나 조로는 아랑곳하지 않았다. 그는 뒤로 물러나더니 재빨리 검을 칼집에 꽂아 넣고는 권총으로 방에 있는 사람들을 위협했다. 그는 창문 쪽으로 달려가 긴 의자 위로 뛰어 올라갔다.

그는 소리쳤다. 「다음번에 봅시다!」

그러고는 야생 염소가 절벽을 뛰어다니듯 날렵하게 창문을 통해 밖으로 빠져나갔다. 열린 창문을 통해 바람과 빗발이 들이치면서 촛불들이 일제히 꺼졌다.

「저놈을 쫓아!」 곤잘레스는 그렇게 악을 쓰고는 방을 가로질러 달려가 다시 자신의 검을 움켜쥐었다. 「문의 빗장을 열어! 빨리 나가서 저놈의 뒤를 쫓으란 말야! 엄청난 현상금이 걸려 있다는 걸 잊지 마.」

하사가 맨 먼저 문으로 달려가서 빗장을 열었다. 취해서 비틀거리는 마을 사내 둘이 술을 마시러 왔다면서 왜 문을 잠갔냐고 물었다. 곤잘레스 상사와 그의 동료들이 냅다 떠미는 바람에 두 사내는 그대로 땅바닥에 쓰러졌다. 상사와 그 일행은 폭풍우 속으로 달려 나갔다.

그러나 소용없었다. 밖은 너무 어두워 몇 발짝 앞도 내다볼 수 없었고 억수같이 쏟아지는 빗발이 발자국들을 금방 지워 버렸다. 조로는 이미 사라지고 없었으며 어느 방향으로 갔는지도 짐작할 수 없었다.

마을 사람들이 몰려오는 바람에 주위가 시끌벅적했다. 곤잘레스와 병사들이 되돌아왔을 때 술집 안은 그들과 안면이 있는 사람들 천지였다. 곤잘레스 상사는 자신의 명성이 위태로워졌다는 것을 깨달았다.

「과연 노상강도 놈다워, 살인자, 강도 놈다운 짓이야!」 그는 빽 소리쳤다.

「어떻게 된 거요, 용감한 친구?」 문 가까운 쪽에 있던 사람들

속에서 한 사내가 물었다.

「그 조로라는 놈은 알고 있었던 거야! 며칠 전에 내가 산후안 카피스트라노에서 펜싱을 하다가 오른손 엄지를 다쳤다는 걸. 놈은 틀림없이 그 소문을 들었을 거야. 그래 놈은 요런 때를 노려서 일부러 찾아온 거야. 나중에 제 놈이 나를 이겼다고 떠벌리려고.」

하사와 병사들, 술집 주인은 그를 멍하니 쳐다보기만 할 뿐 감히 뭐라고 말은 하지 못했다. 곤잘레스는 말을 계속했다. 「여기 있는 사람들이 증인이 되어 줄 수 있어요. 조로라는 자는 저 문으로 들어서자마자 망토 속에서 곧바로 권총을 뽑아 들었소. 그 사악한 무기를. 놈이 우리를 향해 총부리를 흔들면서 모두 저 구석으로 물러서라고 해서 나만 빼고는 모두들 물러났지. 나는 완강하게 거부했소. 그랬더니 그 강도가 〈그럼 나와 붙어볼 테냐〉라고 합디다. 그래 나는 이 기회에 그 해충 같은 녀석을 처치해 버리기로 마음먹고 검을 뽑았어요. 그랬더니 놈이 뭐라고 한 줄 아시오? 〈한판 붙자. 너를 이겨서 사람들에게 내가 이겼다고 자랑 좀 해보자.〉 그러고 나서 이러는 거야. 〈이 권총은 왼손에 들고 있겠다. 네가 공격하는 게 마음에 들지 않으면 발포할 거야. 그리고 검으로 네 몸을 꿰뚫어 끝장을 내주겠다.〉」

하사는 놀라서 입을 헤벌렸다. 뚱보 주인은 참지 못하고 뭐라고 말하려다가 곤잘레스 상사가 노려보는 서슬에 놀라서 그만 입을 다물어 버렸다.

「세상에 그보다 더 고약한 일이 어디 있겠소? 그놈과 싸울 수밖에 없는 입장인데, 그놈을 좀 심하게 몰아붙였다가는 대번에 몸에 납 총알이 박힐 판국이었으니. 그렇게 웃기는 경우가 어디 있겠소? 그걸 보면 이 노상강도 놈이 어떤 놈인지 알고도 남음이 있지. 언제고 놈이 권총을 갖고 있지 않을 때 만나기만 하면 내 이놈을 그냥—」

「그런데 어떻게 해서 그 사람이 달아난 거죠?」 군중들 속에서 누군가가 물었다.

「누군가가 온 소리를 들었거든. 놈이 내게 권총을 겨누고 협박합디다. 검을 저 구석으로 던져 버리라고. 그래 시키는 대로 했더니 놈은 우리 모두를 협박하고는 저 창문 쪽으로 달려가서 그리로 빠져나갔죠. 밖은 캄캄하고 비는 저렇게 무섭게 쏟아지니 무슨 수로 놈의 뒤를 밟을 수 있겠소? 하지만 지금 결심했어요! 날이 밝는 대로 라몬 대위님을 찾아가서 당분간 다른 일들은 좀 쉬게 해달라고 부탁해야겠소. 그리고 몇몇 친구들을 데리고 이 조로라는 놈의 뒤를 쫓아야겠소. 하! 우리는 이제 여우 사냥을 하러 갈 거요!」

문 주위에 몰려 있던 흥분한 군중이 갑자기 양편으로 갈라지더니 돈 디에고 베가가 급히 술집 안으로 들어섰다.

돈 디에고가 물었다. 「무슨 일이죠? 듣자니 조로가 여기 나타났다고 하던데.」

「사실이오! 그렇지 않아도 오늘 밤 여기 나타났던 그 강도 놈 이야기를 하고 있던 중이었죠. 비서와 함께 일하기 위해 집으로 돌아가지만 않았더라면 그 모든 광경을 볼 수 있었을 텐데.」

돈 디에고가 물었다. 「댁도 여기 있었나요? 내게 얘기해 줄 수 있어요? 너무 끔찍한 얘기는 제발 빼고. 나는 어째서 사람들이 잔인하게 행동하는지 이해할 수가 없어요. 그 노상강도의 시체는 어디 있죠?」

곤잘레스는 말문이 막혀 아무 말도 하지 못했다. 술집 주인은 웃음을 감추기 위해 얼른 고개를 돌렸다. 하사와 사병들은 이 위험한 상황을 피하기 위해 포도주 잔을 집어 들었다.

「시, 시체 같은 건 없소.」 곤잘레스는 간신히 말했다.

돈 디에고는 소리쳤다. 「겸손만이 미덕이 아니오! 나는 댁의 친구잖소? 댁이 이 살인자를 만날 경우에는 내게 얘기해 주기로 약속했잖소? 내가 폭력을 좋아하지 않아서 내 마음을 다치게 하지 않으려 신경 쓴다는 건 잘 알고 있어요. 하지만 나는 댁이 그자와 싸운 얘기를 꼭 듣고 싶단 말요. 포상금은 얼마나 받았나요?」

「맙소사!」 곤잘레스는 탄식했다.

「어서요! 다 털어놔 봐요! 주인장, 이 사건을 축하하는 의미에서 여기 계신 모든 분에게 포도주를 돌려요! 자, 이야기를 해봐요, 상사! 이제 포상금을 받았으니 군대를 떠나 목장을 사고 아내를 얻을 건가요?」

다시 말문이 막힌 곤잘레스 상사는 손을 더듬거려 포도주 잔을 잡았다.

돈 디에고는 다시 채근했다. 「일어난 모든 일을 하나도 빼지 않고 자세히 얘기해 주겠다고 약속했잖소. 주인장도 옆에서 들었죠? 그자와 맞붙어 싸울 때 그자를 마음껏 조롱하면서 실컷 갖고 논 이야기를 해줄 거라고. 그러다 그자를 사정없이 밀어붙여 검으로 꼬치 꿰듯 꿴 얘기를 ─」

「우와, 이거 참 죽겠구먼!」 곤잘레스는 천둥처럼 으르렁거렸다. 「더 듣고 있을 수가 없어! 이봐요, 친구 ─」

「오늘은 겸손한 게 지나치시구먼. 내게 다 이야기를 해주겠다고 약속하고선. 꼭 듣고야 말겠소. 조로라는 자는 어떻게 생겼습디까? 그자가 죽었을 때 마스크를 젖히고 얼굴을 들여다봤겠죠?

우리 모두가 잘 아는 사람인가요? 누가 대신 좀 얘기해 줄 수 없어요? 그렇게 벙어리처럼 서 있지만 말고 얘기를 —」

곤잘레스는 소리쳤다. 「포도주 갖고 와. 안 그랬다간 숨 막혀 죽겠어! 돈 디에고, 댁은 좋은 친구요. 누구든지 간에 댁을 우습게 보는 놈이 있다면 내 당장 그놈과 결투를 벌일 용의도 있어요! 하지만 오늘 밤에는 나를 더 이상 몰아붙이지 마시오.」

「거참 이해가 안 가네. 나는 그저 싸운 얘기를 들려달라고 한 것뿐인데. 싸울 때 그자를 어떻게 놀려 먹었나, 어떻게 검을 놀려 그자를 궁지에 몰아넣은 끝에 요절을 냈나 —」

「그만, 됐어요! 지금 나를 조롱하는 거요?」 덩치 큰 상사는 울부짖듯 그렇게 소리치더니 포도주를 꿀꺽꿀꺽 마시고는 잔을 멀리 내동댕이쳤다.

「설마하니 댁이 이기지 못했단 말은 아니겠죠? 그래도 그 노상강도는 절대로 댁의 적수가 될 수 없었을 거요. 그래, 결과가 어떻게 됐나요?」

「놈은 권총을 갖고 있었소.」

「그럼 그걸 빼앗아서 그자의 목구멍 속에 처박아 넣지 그랬어요? 아마, 그렇게 했겠죠. 자, 포도주 한잔 더 해요, 상사. 마셔요!」

하지만 곤잘레스 상사는 자리에서 벌떡 일어나 출입구 앞에 몰려 있는 사람들 사이를 헤치고 나갔다. 「내겐 할 일이 있소. 요새에 가서 사령관님에게 조금 전에 일어난 사건을 보고해야 하오!」

「하지만, 상사 —」

「다음에 만나기만 했다 하면 단번에 이 검으로 그놈을 꼬치 꿰듯 하고 말 거요!」

그러고 나서 상사는 상스러운 욕들을 내뱉으면서 폭우가 쏟아지는 어둠 속으로 사라졌다. 그가 좋은 술도 마다하고 제 할 일을 하기 위해 때 이르게 술집을 떠난 건 그게 처음이었다.

돈 디에고는 벽난로 쪽으로 돌아앉으면서 싱긋이 웃었다.

제5장
오전의 방문

날이 밝았을 때 폭풍우는 이미 지나가 하늘은 구름 한 점 없이 쾌청했다. 햇빛은 찬연했고 종려 잎들은 그 빛을 받아 기름 바른 것처럼 번들거렸다. 바다에서 불어온 바람으로 대기도 여간 상쾌하지 않았다.

오전 중반 무렵 돈 디에고 베가는 양가죽으로 만든 승마용 장갑을 낀 채 마을에 있는 자기 집을 나와 잠시 그 앞에 서서 광장 건너편의 작은 술집을 바라봤다. 돈 디에고의 집 뒤편에서 인디언 하인 한 사람이 말을 끌고 나왔.

돈 디에고는 평소 무분별한 젊은이들처럼 말을 몰고 그 일대의 산야나 엘 카미노 레알 가도를 정신없이 내달리지는 않았지만 꽤 좋은 말 한 필을 갖고 있었다. 그 말은 원기 왕성하고 빠르고 참을성이 있어서 돈 디에고가 팔 의향만 있었다면 많은 청년들이 서로 먼저 사겠다고 달려들었을 것이다. 하지만 그는 돈이 궁한 사람이 아니었고 또 그 말을 그대로 갖고 있고 싶어 했다.

안장은 육중했으며 그 표면은 가죽보다 은이 더 많은 부분을 차지했다. 말굴레 역시 은으로 돋을새김했으며, 그 양옆에는 준보석들로 아름답게 장식한 가죽 공이 하나씩 매달려 있었다. 그 가죽 공들은 돈 디에고의 재력과 명성을 웅변하기라도 하듯 햇살을 받아 눈부시게 빛났다.

 돈 디에고는 말에 올라탔고, 광장 근처에서 빈둥거리던 대여섯 명의 사내들은 그 광경을 보고 웃음을 참으려 무진 애를 썼다. 그 시절의 젊은이라면 땅바닥에서 대번에 안장으로 뛰어올라 앉은 뒤 양 고삐를 모아 쥐고는 말의 옆구리에 사정없이 박차를 가하면서 구름 같은 먼지를 피워 올리며 순식간에 사라져 버리는 것이 보통이었다.

 그런데 돈 디에고는 다른 일들을 할 때와 마찬가지로 맥없이, 느릿느릿 말에 올랐다. 우선, 인디언이 한쪽 등자를 잡아 주면 돈 디에고는 거기에 부츠 끝을 집어넣었다. 그런 뒤 한 손으로 말고삐를 모아 쥐고는 마치 대단한 일을 치르기라도 하듯 갖은 용을 쓰면서 안장에 올라앉았다.

 그가 그렇게 안장에 올라앉자 인디언은 다른 쪽 등자를 붙잡은 채 돈 디에고가 다른 쪽 부츠를 거기에 끼우는 것을 도와주고는 뒤로 물러났다. 그러자 돈 디에고는 그 훌륭한 말에게 이랴, 하고 채근하면서 북쪽 방면 길이 나 있는 광장 한끝을 향해 천천히 나아갔다.

 그 길에 이르자 돈 디에고는 말을 약간 재촉해서 총총걸음으로 걷게 했으며, 그런 식으로 1.6킬로미터가량 나아간 뒤에는 가도를 따라 천천히 달리게 했다.

 들판과 과수원에서는 사람들이 부지런히 일하고 있었고 인디언들은 소 떼를 돌보고 있었다. 돈 디에고는 이따금 한 번씩 짐 실은 우차(牛車)를 만날 때마다 거기에 탄 사람과 인사를 나눴다. 한번은 그와 안면이 있는 한 청년이 마을을 향해 요란하게 말을 몰고 달려왔다. 그가 반대 방향으로 사라진 뒤 돈 디에고는 말을 멈추게 하고 옷에 묻은 먼지를 털었다.

오늘 아침에는 햇살이 화창하여 그가 입고 있는 옷은 평소보다 한층 더 화려해 보였다. 그 옷은 그것을 입은 사람의 부와 사회적 지위를 쉽게 짐작할 수 있게 해줄 만한 옷이었다. 집을 나서기 전에 돈 디에고는 새 서라피[1]를 제대로 다리지 않았다고 하여 하인들을 가볍게 나무라면서 공들여 옷을 입었고 부츠의 윤을 내느라 많은 시간을 보냈다.

그는 가도를 따라 6.4킬로미터가량 나아간 뒤 방향을 틀어 먼지투성이의 좁은 길로 접어들었다. 그 길은 멀리 보이는 산비탈에 자리 잡은 몇 채의 건물로 이어졌다. 돈 디에고 베가는 돈 카를로스 풀리도의 목장을 찾아가려는 참이었다.

돈 카를로스는 지난 몇 년 동안 수많은 풍상을 겪었다. 예전에 그는 지위나 부, 혈통 면에서 돈 디에고의 아버지를 제외한 그 누구에게도 뒤지지 않는 인물이었다. 그러나 그는 정파를 잘못 선택하는 실수를 저질러 드넓은 땅의 일부를 빼앗긴 데다 지사의 앞잡이인 세금 징수관들이 계속해서 엄청난 세금을 물리는 바람에 이제는 얼마 남지 않은 재산과 유서 깊은 가문의 후예라는 상징적인 권위만 지닌 처지로 전락했다.

오늘 오전, 돈 카를로스는 목장 집 베란다에 앉아서 그 힘들었던 시간들을 떠올리고 있었다. 그가 예나 지금이나 변함없이 사랑하는 아내 도냐 카탈리나는 집 안에서 하인들을 데리고 일하고 있었다. 그의 유일한 자식인 세뇨리타 롤리타도 역시 집 안에 들어앉아 열여덟 살 난 꿈 많은 아가씨답게 기타 줄을 뜯으면서 몽상에 잠겨 있었다.

돈 카를로스는 문득 은발 머리를 쳐들고 구불구불하게 휘어

---

[1] 멕시코에서 남자가 어깨에 걸치는 기하학 무늬의 모포.

돌아가는 길을 내려다보다가 멀리서 일고 있는 작은 먼지 구름을 봤다. 말을 탄 어떤 사람 하나가 그리로 다가오고 있었다. 또다시 세금 징수관이 찾아오는 게 아닌가 싶어 그는 가슴이 철렁 내려앉았다.

그는 손칼로 이마를 가리며 자기 집 쪽으로 다가오는 사람을 유심히 살펴봤다. 그 사람은 한가롭게 말을 몰고 오고 있었다. 이윽고 그의 가슴을 졸이게 하던 불안감은 사라지고 엷은 희망이 피어오르기 시작했다. 햇빛을 받아 번쩍이는, 안장과 말굴레의 은장식들을 봤기 때문이다. 그는 군인들이 공무를 보러 다닐 때는 그렇게 화려한 마구를 사용하지 않는다는 것을 잘 알고 있었다.

말을 탄 이는 마지막 굽이를 돌아 그 집 베란다에서 바로 내려다보이는 곳에 이르렀다. 돈 카를로스는 정말로 세금 징수관이 아닌지 확인하기 위해 두 눈을 비빈 뒤 자세히 바라봤다. 말을 탄 사람과의 사이에 아직 상당한 거리가 있는데도 그 노인네는 상대가 누군지 알아볼 수 있었다.

그는 안도의 한숨을 내쉬었다.「돈 디에고 베가로군. 이건 어쩌면 내 운세를 바꿔 주시겠다는 성인들의 뜻인지도 몰라.」

그는 돈 디에고가 그저 지나는 길에 잠시 인사를 하기 위해 들르는 것일 수도 있다는 것을 잘 알고 있었다. 그러나 그가 그냥 그렇게 들렀다 해도 돈 카를로스에게는 그것이 상당히 의미 있는 사건이 될 수도 있으리라. 그 일대에서 막강한 권세를 지닌 베가 집안 사람들이 풀리도 집안 사람들과 사이좋게 지낸다는 소문이 널리 퍼질 경우에는 정치가들조차도 자기를 더 이상 괴롭히지 못할 테니까.

그리하여 돈 카를로스는 손뼉을 쳤다. 그러자 인디언 하나가 금방 집 안에서 나왔고, 돈 카를로스는 그에게 베란다 한구석에 차일을 쳐서 햇빛을 가리라고 지시했다. 탁자와 의자들을 내오고 조그만 케이크들과 포도주도 얼른 내오라고 했다.

그는 집안 여자들에게도 돈 디에고 베가가 오고 있다는 소식을 알렸다. 그 소식을 들은 순간 카탈리나 부인의 가슴은 크게 부풀어 올라 자기도 모르게 콧노래를 부르기 시작했으며, 롤리타 아가씨는 창가로 달려가 저 밖의 길을 내다봤다.

돈 디에고가 베란다로 이어진 층계 앞에서 말을 멈추자 미리 대기하고 있던 인디언 한 사람이 그의 말고삐를 잡아 줬고, 층계를 반쯤 내려와 대기하고 있던 돈 카를로스는 환영한다는 뜻으로 한 손을 내밀었다.

청년이 장갑을 벗고 다가오자 돈 카를로스는 말했다. 「이 누추한 목장까지 찾아와 주니 고맙기 그지없구려.」

돈 디에고는 그 말을 받았다. 「먼지투성이의 먼 길을 오다 보니 무척이나 피곤하군요.」

귀족 가문 출신의 청년이 말을 타고 6, 7킬로미터 정도를 왔다고 해서 피곤하다는 건 말도 안 되는 얘기였으므로 돈 카를로스는 자기도 모르게 웃음을 터뜨릴 뻔했다. 하지만 그는 돈 디에고가 기운 없는 청년이라는 사실을 떠올리고는 상대를 성나게 하지 않으려고 웃음기를 꿀꺽 삼켰다.

그는 돈 디에고를 베란다의 그늘진 구석으로 안내한 뒤 포도주와 케이크를 들라고 권하고는 손님이 입을 열 때까지 잠자코 기다렸다. 여자들은 손님이나 가장이 부르지 않는 한 모습을 보여서는 안 되므로 집 안에 그대로 머물러 있었다.

이윽고 돈 카를로스는 입을 열었다. 「레이나 데 로스앤젤레스 마을은 요즘 어떻소? 몇 달 전에 한 번 들른 뒤로는 도통 가보질 못했어요.」

「뭐 여전하죠. 간밤에 조로라는 친구가 그곳 술집에 쳐들어와서 덩치 큰 곤잘레스 상사와 한바탕 결투를 벌인 것 말고는요.」

「허! 조로가? 그래 둘이 맞붙어서 어떻게 됐소?」

「상사는 이런저런 말로 그 결과를 얼버무렸지만 그 자리에 함께 있었던 하사한테 들으니 조로라는 사람이 상사를 갖고 놀았던 모양이더군요. 그러다 상사의 검을 빼앗아 버린 뒤 창문으로 몸을 날려 밖으로 빠져나갔다고 해요. 군인들이 뒤쫓아 갔지만 폭우 때문에 발자취도 찾을 수 없었던가 봅니다.」

「영리한 친구로구먼! 나로서는 그 사람을 두려워할 이유가 전혀 없어요. 엘 카미노 레알 가도 일대에 사는 사람들치고 내가 지사의 부하들에게 거의 모든 걸 다 빼앗겨 이제 남은 게 별로 없다는 사실을 모르는 사람은 거의 없으니까. 이제 그놈들은 이 목장마저 빼앗으려 들 거요!」

「아니, 그런 짓은 못 하게 해야죠!」 돈 디에고는 평소의 그답지 않게 힘주어 말했다.

순간 돈 카를로스의 눈빛이 환해졌다. 돈 디에고 베가가 자기네에게 일말의 연민을 느껴서 그 유명한 집안 사람들이 지사의 귀에 한마디만 퉁겨 준다 해도 자기네 집안에 가해지던 박해의 움직임은 즉각 그치리라. 위세 당당한 베가 집안 사람의 말에는 그 누구도 감히 맞서지 못할 테니까.

제6장
디에고, 신붓감을 찾다

돈 디에고는 저 밖의 메사[1]를 바라보면서 음미하듯 포도주를 한 모금씩 마셨다. 돈 카를로스는 뭔가 의미심장한 일이 일어날 것 같기는 한데 그게 정확히 어떤 일인지 알 수가 없어 당혹스러운 눈길로 그를 쳐다봤다.

얼마 후 돈 디에고는 입을 열었다. 「사실, 저는 조로나 그 밖의 강도 얘기를 하기 위해 따가운 햇볕에 시달리고 먼지를 마셔 가며 여기까지 온 것은 아닙니다.」

「베가 집안 분이라면 무슨 일로 왔든 간에 무조건 환영이오.」

돈 디에고는 말을 계속했다. 「어제 아침 저는 아버님과 장시간 이야기를 나눴습니다. 아버님은 제가 조금 있으면 곧 스물다섯 살이 될 텐데 마땅히 해야 할 일을 제대로 하고 있지 않다고 말씀하셨습니다.」

「하지만 그래도 —」

「아버님의 판단은 옳습니다. 제 아버님은 지혜로운 분이시죠.」

「그 점에 대해서는 그 누구도 이의를 제기하지 않을 거요!」

「아버님은 저더러 이제 정신 좀 차리고 할 일을 하라고 채근하

---

[1] 미국 서남부, 멕시코에서 흔히 볼 수 있는, 꼭대기가 평평하고 주위에 가파른 벼랑이 있는 지형.

셨습니다. 아버님이 보시기에는 제가 그저 멍하니 세월만 죽이는 것 같았던가 봅니다. 이런 말씀을 드리기는 좀 뭣하긴 합니다만 저처럼 부유하고 신분이 높은 사람은 뭔가 딱 부러진 일을 하긴 해야죠.」

「높은 신분에는 그에 상응하는 책임이 따르기 마련이긴 하지.」

「아버님이 돌아가시면 제가 유일한 자식이니 당연히 아버님 재산을 물려받게 됩니다. 거기까지는 별 문제가 없습니다. 한데 아버님은, 네가 죽으면 어떤 일이 일어날 것인지 한번 생각해 보라고 하시더군요.」

「무슨 얘긴지 알 만해요.」

「아버님은 제 나이 정도 된 청년이라면 당연히 집안의 여주인 노릇을 해줄 아내를 얻어야 한다고 하셨습니다. 그래야 자식도 얻어서 집안 재산을 물려주고 가문의 이름을 이어 갈 수 있을 게 아니냐고 하시면서.」

「아암, 당연히 그래야지.」

「그래 저는 아내를 얻기로 결심했습니다.」

「그거야말로 모든 청년이 마땅히 해야 할 일이지. 그러고 보니 내가 집사람에게 청혼할 때가 생각나는구먼. 우리는 서로에게 정신없이 빠졌더랬어요. 한데 장인 될 분이 만나지 못하게 하는 바람에 한동안 애먹었다오. 그때 나는 열일곱 살밖에 되지 않았으니 그분이 그런 것도 무리는 아니었어요. 하지만 댁은 스물다섯 살이나 되었으니 마땅히 아내를 얻어야지.」

「제가 이렇게 어르신을 찾아뵌 것은 바로 그 때문입니다.」

「그 문제 때문에 나를 찾아왔다고?」 가슴속에서 일말의 두려움과 아울러 크나큰 희망이 솟아오르는 바람에 돈 카를로스는 숨을 헐떡이며 말했다.

「사실 그게 제게는 좀 따분한 일이 될 것 같습니다. 연애를 하고 결혼을 하는 등등의 일이란 게 어쩔 수 없이 치러야 하는 성가신 일 같아요. 분별 있는 사람이 여자 꽁무니를 쫓아다니면서 기타를 치고, 모든 사람들이 내 의도를 빤히 알고 있는데도 얼간이처럼 여자에게 알랑거려야 하니! 그러고 나서 또 결혼식을 치러야죠! 저처럼 부유하고 신분이 높은 사람은 결혼식도 성대하게 치러야 할 겁니다. 인디언들에게 잔치를 베풀어 줘야 할 거고요. 집안의 여주인이 되어 줄 신붓감 하나를 얻기 위해서 그 모든 과정을 거쳐야 하겠죠.」

돈 카를로스는 말했다.「대부분의 청년들은 아주 즐거운 마음으로 아가씨의 마음을 얻기 위해 애쓰는데. 성대한 결혼식을 치르는 것을 자랑스럽게 여기고.」

「그렇겠죠. 하지만 아주 성가신 일입니다. 하지만 저는 그 일을 해낼 작정입니다. 어르신께서도 잘 아시다시피 그게 우리 아버님이 바라시는 바니까요. 이런 말씀 드리기는 좀 죄송스럽습니다만, 어르신께서는 근래에 큰 곡경을 치르셨지요. 정치 때문에 말입니다. 하지만 어르신은 이 일대에서 으뜸가는 귀족 가문 출신이십니다.」

「그 사실을 기억해 주니 고맙소.」돈 카를로스는 그렇게 말하면서 한 손을 가슴에 대고 정중하게 고개를 숙여 답례했다.

「그 점을 모르는 사람은 아무도 없죠. 그리고 베가 가문 청년이 결혼을 하려고 할 때는 당연히 좋은 가문 출신의 아가씨를 배필로 삼아야 할 겁니다.」

「그렇고말고!」

「어르신께는 외동따님이 계십니다. 롤리타 아가씨 말입니다.」

「아! 그래요. 롤리타는 이제 열여덟 살이오. 제 아비가 이런 말을 하기는 좀 뭣하지만 아주 예쁘고 교양 있는 아이요.」

「교구 성당과 마을에서 아가씨를 뵌 적이 있습니다. 정말 아름다우시더군요. 그리고 아주 교양 있는 분이라는 소문을 들었습니다. 출신 가문에 대해서야 더 말할 필요도 없고요. 그래 저는 롤리타 아가씨야말로 제 집안의 안주인이 되기에 적합한 분이라고 생각합니다.」

「으응?」

「제가 오늘 여기 들른 목적은 바로 여기에 있습니다.」

「그러니까…… 예쁜 내 딸에게 구혼하려 하니 내게 허락해 달라고 요청하는 거요?」

「그렇습니다, 어르신.」

돈 카를로스의 얼굴은 일시에 환해졌다. 그는 다시 의자에서 일어나 앞으로 허리를 숙이고 돈 디에고의 손을 꽉 잡았다. 「그 아이는 사랑스러운 꽃 같은 아이요. 나는 그 애가 결혼하는 것을 보고 싶었어요. 그런데 그 문제 때문에 그동안 은근히 걱정을 했더랬지. 나와 신분이 걸맞지 않은 집안으로 시집보내고 싶지 않았거든. 한데 베가 집안 사람이라면 아무 이의가 없지. 내 기꺼이 허락하겠소.」

돈 카를로스는 기뻐서 어쩔 줄 몰라 했다. 자기 딸과 돈 디에고 베가가 맺어지다니! 이 결혼이 성사될 경우 그의 집안의 가세는 살아나리라. 그는 다시 중요하고 힘 있는 존재가 되리라!

그는 인디언을 불러서 아내를 나오게 하라고 했다. 몇 분 뒤 카탈리나 부인이 베란다로 나와 방문객과 인사를 나눴다. 그녀 역시 그 기쁜 소식을 들었기에 얼굴에 희색이 만면했다.

돈 카를로스는 말했다. 「감사하게도 돈 디에고가 우리 딸에게 청혼하고 싶으니 그 애를 만나게 해달라고 청했다오.」

카탈리나 부인은 그 말을 듣고 대뜸 반색하는 모습을 보이는 것은 바람직하지 않아 짐짓 태연한 모습으로 물었다. 「그래, 허락하셨나요?」

「허락했소.」

카탈리나 부인은 손을 내밀었고 돈 디에고는 열의 없이 그 손을 잡았다가 놓았다.

카탈리나 부인은 말했다. 「훌륭한 혼인이 될 거예요. 모쪼록 댁이 그 애 마음을 사로잡았으면 좋겠네요.」

돈 디에고는 말했다. 「그렇게 하려고 꼴사나운 엉뚱한 짓 같은 것은 하지 않을 겁니다. 아가씨가 저를 원한다면 저와 결혼해 주실 거고 원치 않는다면 거절하시겠지요. 제가 아가씨 방 창문 밑에서 기타를 치거나, 아가씨의 손을 잡고 호소를 하거나, 제 가슴에 손을 얹고 탄식을 한다고 해서 아가씨의 마음이 변하겠어요? 저는 그저 아가씨가 제 아내가 되어 주기를 원합니다. 그렇지 않았다면 굳이 여기까지 말을 타고 와서 어르신께 허락을 구하지는 않았겠지요.」

「다, 당연히 그랬겠지!」 돈 카를로스가 말했다.

카탈리나 부인이 말했다. 「하지만 아가씨들은 상대가 자기 마음을 사로잡아 주기를 바란답니다. 그것은 처녀들의 특권이에요. 구애의 시간들은 평생 기억에 남지요. 아가씨들은 애인이 들려준 황홀한 이야기들을, 시냇가에 서서 서로의 눈을 들여다보면서 나눴던 첫 키스의 기억을, 함께 말을 타는 동안 자기가 탄 말이 느닷없이 내달릴 때 애인의 눈에 어리던 공포의 빛 같은 것들을 평생 잊지 못하죠. 그것은 작은 게임과도 같답니다. 태초부터 그랬어요. 좀 우스꽝스러워 보이죠? 냉철한 마음으로 보면 그럴 거예요. 하지만 즐겁고 재미있답니다.」

「전 잘 모르겠습니다. 여자들과 연애를 해본 적이 한 번도 없어서요.」

「댁과 결혼할 아가씨는 그런 점을 유감스럽게 여기지는 않을 거예요.」

「제가 그런 짓들을 하는 게 꼭 필요하다고 생각하세요?」

돈 카를로스는 권세 있는 사윗감을 잃을까 봐 두려워하면서 말했다.「그렇게 좀 한다 해서 크게 해될 건 없을 거요. 처녀들은 이미 마음을 주기로 결심했을 때도 남자가 열렬히 구애하는 걸 좋아하니까.」

돈 디에고는 말했다.「우리 집에 기타를 기막히게 잘 치는 인디언 하인이 하나 있습니다. 그러니 오늘 밤 그 사람더러 여기 와서 아가씨 방 창문 아래서 기타를 치라고 하면 좋겠네요.」

「댁은 오지 않고?」카탈리나 부인은 놀라서 입을 딱 벌렸다.

돈 디에고도 놀라서 소리쳤다.「저더러 오늘 밤에도 싸늘한 바닷바람을 맞아 가며 여기까지 다시 오라고요? 그랬다간 전 죽을 겁니다. 그 인디언은 저보다 기타를 훨씬 더 잘 쳐요!」

「나 원 참, 이날 이때까지 그런 해괴한 소리는 처음 듣는구먼!」카탈리나 부인은 어처구니가 없기도 하고 격분하기도 해서 할 말을 잊었다.

돈 카를로스는 넌지시 말했다.「이 사람이 하고 싶은 대로 하게 놔두구려.」

돈 디에고는 말했다.「저는 어르신께서 알아서 다 처리해 주시고 제게 그 결과를 알려 주실 거로 생각했습니다. 물론 저는 제 집을 말끔히 정리하고 하인들도 더 데려와야죠. 저는 마차를 한 대 사서 신부와 함께 산타바바라로 갈 생각입니다. 거기 살고 있는 제 친구 집에 들르려고요. 나머지 일은 어르신께서 다 알아서 처리해 주실 수 없나요? 그저 언제 결혼식을 하면 좋을지 제게 알려만 주세요.」

돈 카를로스 풀리도도 이제 약간 짜증이 났다. 「내가 이 사람에게 청혼을 했을 때 이 사람은 나를 들들 볶았어요. 하루는 인상을 썼다가 다음 날에는 생긋 웃는 식으로 하면서 내 속을 태웠지. 그것은 연애에 감칠맛을 더해 주는 양념 같은 역할을 했어요. 나로서는 그 맛이 여간 짜릿하지 않았지. 댁이 직접 구애를 하지 않는다면 후회하게 될 거요. 지금 우리 딸을 만나 보겠소?」

「그래야겠죠.」

카탈리나 부인은 상냥한 미소를 머금은 채 딸을 데리러 집 안으로 들어갔다. 빛나는 검은 눈에 위로 말아 올린 검은 머리, 푸른색 스커트 밑으로 살짝 드러난 우아한 작은 발을 지닌 매혹적인 처녀 롤리타가 곧 나왔다.

「다시 만나 뵙게 되어서 반가워요, 돈 디에고.」

돈 디에고는 허리를 숙여 그녀의 손등에 키스하고는 그녀가 의자에 앉는 것을 거들어 줬다.

「지난번에 뵀을 때와 똑같이 아름다우시군요.」

그 말에 돈 카를로스는 탄식하듯 말했다. 「아가씨들한테는 늘 전에 볼 때보다 훨씬 더 예뻐졌다고 말해야 하는 거요. 아, 내가 댁만큼만 젊다면 다시 열렬한 사랑을 할 수 있겠구만!」

그는 핑계를 대고 집 안으로 들어갔고 카탈리나 부인은 두 젊은이의 얘기가 들리지 않을 만큼 멀찍이 떨어진 베란다 반대편으로 자리를 옮겨 앉았다. 하지만 그녀는 젊은 처녀의 보호자 역할을 하는 나이 지긋한 부인들처럼 두 사람을 자세히 살펴볼 수 있었다.

돈 디에고는 말했다. 「저는 조금 전에 아가씨 아버님께 아가씨와 결혼하고 싶으니 허락해 달라고 말씀드렸습니다.」

「어머나!」 처녀는 놀라서 입을 벌렸다.

「제가 좋은 남편감이 될 거라 생각하시나요?」

「글쎄요, 저는…… 저는…….」

「그저 이 질문에 대한 대답만 해주세요, 아가씨. 아가씨만 좋다고 하면 저는 우리 아버님께 그렇게 말씀드릴 겁니다. 그러면 아가씨 집안 분들이 결혼식 준비를 다 해주실 겁니다. 준비가 끝나면 인디언 하인을 시켜서 저한테 연락을 해주시겠죠. 저는 꼭 필요하지도 않은 일 때문에 말 타고 다니는 건 딱 질색이거든요.」

롤리타의 아름다운 두 눈이 경계경보를 뜻하는 날카로운 빛을 발하기 시작했으나 돈 디에고는 그것을 보지 못했는지 계속해서 파멸의 나락을 향해 치달아 갔다.

「제 아내가 되어 주시겠습니까, 아가씨?」 그는 처녀를 향해 상체를 살짝 숙이면서 그렇게 물었다.

롤리타의 얼굴은 새빨갛게 달아올랐다. 그녀는 자리를 박차고 일어나 작은 손으로 주먹을 불끈 쥔 채 말했다. 「댁은 귀족 집안 분이세요. 재산도 많고. 앞으로 더 많은 재산을 상속받겠죠. 하지만 댁에게는 생기가 없어요! 이게 로맨틱한 청혼이라고 생각하세요? 결혼하고 싶은 아가씨를 만나러 말을 타고 훤한 대로로 고작 6, 7킬로미터를 달리는 수고도 할 수가 없단 말인가요? 대체 그 핏줄 속에는 어떤 피가 흐르고 있는 거죠?」

카탈리나 부인은 그 소리를 듣고 얼른 달려와 딸에게 참으라고 연방 눈짓을 해댔다. 그러나 롤리타는 못 본 체했다.

롤리타는 계속 퍼부어 댔다. 「나와 결혼할 사람은 내게 열심히 간청해서 내 마음을 얻어야 해요. 내 심금을 울려야 한다고요. 내가 아무나 와서 청혼을 하면 빨간 피부의 인디언 처녀처럼 덥석

응할 거라 생각했나요? 내 남편감이 될 사람은 나를 원하는 그 마음에 상응하는 활력과 박력이 있어야 해요. 하인을 시켜서 내 방 창문 밑에서 기타를 치게 하겠다고요? 나도 다 들었어요! 한 번 보내 보세요. 그랬다간 펄펄 끓는 물을 쏟아 부어 그 사람의 빨간 피부를 하얗게 만들어 줄 테니까! 그럼, 잘 가세요!」

롤리타는 고개를 홱 돌리더니 실크 스커트 자락을 살짝 쳐들고는 어머니의 얼굴을 쳐다보지도 않고 그의 곁을 지나 집 안으로 휑 하니 들어가 버렸다. 카탈리나 부인은 모든 희망이 일거에 날아가 버리는 바람에 자기도 모르게 신음을 했다. 돈 디에고는 눈으로 처녀의 뒷모습을 정신없이 좇다가는 머리를 긁적이면서 자기 말 쪽을 힐끗 쳐다봤다.

그는 기어들어 가는 목소리로 말했다. 「제가…… 제가 아가씨의 비위를 거스른 것 같군요.」

제7장
다른 부류의 남자

 돈 카를로스는 집 안에서 그들의 대화를 엿들었으므로 어떤 일이 일어났는지 잘 알고 있어서 지체 없이 베란다로 나와 당황해하는 돈 디에고 베가를 위로하려 애썼다. 그는 내심 적잖이 놀랐지만 겉으로는 껄껄거리고 웃으면서 아무 일도 아닌 척했다.

 그는 말했다. 「여자들은 변덕스러워서 종잡을 수 없을 때가 많아요. 그래 가끔, 아주 좋아하는 사람한테 심한 면박을 주기도 하지. 여자의 마음은 아무도 몰라요. 본인들도 시원스럽게 설명할 수가 없는걸.」

 돈 디에고는 헐떡거리면서 말했다. 「저는…… 저는 좀처럼 이해할 수가 없습니다. 조심스럽게 신경 써서 말했는데요. 아가씨에게 모욕감을 안겨 주거나 화나게 할 말 같은 것은 전혀 하지 않았습니다.」

 「그 애는 여느 여자들과 마찬가지로 열렬한 구혼을 받고 싶어하는 걸 거요. 너무 낙담하지 말아요. 그 애 어미와 나는 댁을 적당한 사윗감으로 여기고 있으니까. 처녀가 남자한테 좀 퉁기는 것은 흔히 있을 수 있는 일이오. 그러다가 마음을 주지. 그렇게 애태우다가 항복을 받을 때의 기분은 아주 그만이라오. 아마 다음번에 우리 집에 찾아올 때면 훨씬 더 사근사근하게 대해 줄 거요. 내, 분명히 장담할 수 있어요!」

그리하여 돈 디에고는 돈 카를로스 풀리도와 악수를 하고 말을 탄 뒤 천천히 좁은 길을 따라 내려갔다. 돈 카를로스는 돌아서서 다시 집 안으로 들어가 아내와 딸하고 자리를 함께했다. 그는 두 손을 엉덩이에 얹은 채 딸 앞에 서서 서글픔 비슷한 감정으로 딸을 내려다봤다.

「그 사람은 이 일대 전체에서 첫째가는 신랑감이야!」 카탈리나 부인은 레이스가 수놓인 고운 수건으로 눈물을 꾹꾹 찍으면서 그렇게 소리쳤다.

「그 사람은 재산도 있고 신분도 높아서 사위가 되기만 하면 기울어 가는 내 운세를 되돌려 줄 수 있어.」 돈 카를로스는 딸의 얼굴에서 눈길을 떼지 않으면서 그렇게 말했다.

카탈리나 부인이 그 말을 받았다. 「그 사람은 근사한 저택을 갖고 있지, 레이나 데 로스앤젤레스 근방에 목장이 있지, 또 그 목장에서 혈통 좋은 말들을 키우지, 게다가 부자 아버지의 유일한 상속자란 말이다.」

돈 카를로스가 다시 말을 받았다. 「그 사람은 지사에게 큰 영향력을 갖고 있어서 웬만한 사람들은 그 사람의 말 한마디로 망하기도 하고 흥하기도 해.」

「그 사람은 인물도 좋고 —」

「그건 저도 인정해요!」 롤리타는 예쁜 얼굴을 발딱 치켜들고 그렇게 소리치고는 두 사람을 노려봤다. 「그래서 화가 나요! 그 사람은 마음만 먹으면 근사한 애인이 될 수도 있거든요! 다른 여자들은 생전 쳐다본 적도 없다는 걸 무슨 자랑거리나 되는 양 늘어놓기나 하고. 다른 여자들과 실컷 춤추고 이야기 나누고 연애를 해본 뒤에 나를 선택해 주지 않은 걸 영광으로 알라는 얘기인가요?」

돈 카를로스는 말했다. 「그 사람은 그 어떤 여자보다도 너를 더 좋아했어. 그렇지 않았다면 오늘 여기까지 오지도 않았을 게다.」

「그래서 몹시 피곤했던 모양이더군요. 어째서 그 사람은 스스로를 웃음거리로 만드는 거죠? 그 사람은 잘생겼고 부자고 재능도 있는 사람이에요. 몸도 건강하고. 본인이 마음먹기만 하면 얼마든지 다른 모든 청년을 앞설 수 있는 인물이에요. 한데 제 몸에 옷을 걸칠 기운조차도 없어 보여요.」

카탈리나 부인은 울부짖었다. 「난 도무지 이해가 안 가! 내가 처녀 적에는 이런 일은 생각도 하지 못했어! 훌륭한 청년이 청혼을 하러 왔는데 ─」

「그 사람이 좀 덜 훌륭하고 더 남자다웠더라면 한 번 더 만나 봐줄 용의가 있었을 거예요.」

「앞으로 그 사람을 여러 번 만나 봐야 해.」 돈 카를로스는 좀 엄한 어조로 말했다. 「이렇게 좋은 기회를 함부로 내팽개쳐서는 안 된다. 그 점을 꼭 명심해라. 돈 디에고가 다시 들를 때는 좀 더 상냥하게 대해 주도록 해.」

그러고 나서 그는 하인에게 무슨 지시할 일이라도 있는 양 서둘러 파티오[1]로 나갔으나 사실은 거북한 자리를 피하려는 것이었다. 돈 카를로스는 젊은 시절부터 용기 있는 사람임을 입증해 왔으며 이제는 거기에 지혜도 갖춰서 여자들끼리의 입씨름에는 끼어들지 않는 게 좋다는 것을 잘 알고 있었다.

시에스타 시간[2]이 거의 다 되어서 롤리타는 파티오로 나가 분수 곁의 작은 벤치에 앉았다. 그녀의 아버지는 베란다에서, 어머

---

1 스페인식 안뜰.
2 낮잠 자는 시간.

니는 자기 방에서, 그리고 하인들은 집 안 곳곳의 적당한 곳에서 잠이 들었다. 그러나 롤리타는 마음이 혼란스러워 잠을 이룰 수 없었다.

물론 그녀는 아버지가 어떤 사정에 처했는지 잘 알고 있었다. 아버지는 그런 사실을 감추려 나름대로 애썼지만 결국은 드러나고 말았다. 그녀는 당연히 아버지가 예전의 부와 권세를 회복하기를 바랐다. 자기가 돈 디에고 베가와 결혼하기만 하면 아버지의 그런 바람은 쉽게 이루어질 것이다. 베가 집안 출신의 사위라면 처갓집 사람들이 어려움을 겪는 것을 그대로 좌시하지 않을 테니까.

그녀는 돈 디에고의 잘생긴 얼굴을 떠올리면서 그 얼굴에 사랑과 열정의 빛이 깃들면 어떤 모습이 될까 궁금해했다. 그 사람이 그렇게 무력한 건 정말 유감이야. 아무리 그래도 그렇지 인디언 하인을 시켜서 내 방 창문 밑에서 세레나데를 부르게 하겠다는 사람하고 결혼을 하라고!

분수 물 떨어지는 소리를 듣고 있자니 자기도 모르게 잠이 와 그녀는 숱 많은 머리카락을 폭포처럼 바닥으로 늘어뜨린 채 자신의 작은 손을 베개 삼아 베고 벤치 한끝에 웅크리고 누웠다.

누군가가 팔을 살짝 건드리는 느낌에 그녀는 소스라치게 놀라면서 깨어나 벌떡 일어나 앉았다. 상대가 한 손으로 그녀의 입을 틀어막지 않았으면 그녀는 곧바로 비명을 질렀을 것이다.

그녀의 앞에는 긴 망토를 걸친 한 사내가 서 있었다. 그는 얼굴을 검은 마스크로 가려 번쩍이는 눈동자 말고는 아무것도 볼 수 없었다. 그녀는 노상강도 조로 얘기를 들은 적이 있어서 이 사람이 바로 조로일 것이라고 짐작했다. 너무나 두려워 그녀의 가슴은 사정없이 곤두박질했다.

사내는 낮게 속삭였다. 「조용하세요, 아가씨. 아가씨에게 아무 해도 끼치지 않을 겁니다.」

「댁은, 댁은……」 그녀는 숨을 헐떡이며 물었다.

그는 뒤로 물러난 뒤 솜브레로를 벗고 그녀에게 정중하게 절했다.

「사랑스러운 아가씨께서 짐작하신 대로입니다. 저는 사람들이 카피스트라노의 재앙 세뇨르 조로라고 부르는 사람입니다.」

「그런데 무슨 일로……」

「아가씨한테나 이 목장에 무슨 해를 주려고 온 게 아닙니다. 저는 불의한 자들을 벌하지만 아가씨 아버님은 그런 분이 아니시죠. 저는 그분을 크게 존경합니다. 저는 그분이 아니라 그분에게 고통을 안겨 주는 자들을 혼내 줄 생각입니다.」

「고, 고마워요.」

「저는 지금 피곤합니다. 이 목장은 쉬기에 아주 좋은 곳이고요. 낮잠 시간이 되어서 모두 다 잠들었을 거라 생각하고 찾아왔죠. 이렇게 아가씨를 깨워서 죄송합니다만 저로서는 말씀을 드리지 않을 수가 없군요. 아가씨의 눈부신 아름다움에 나도 모르게 저절로 찬미의 노래가 흘러나온다는 것을.」

그 말에 롤리타는 낯을 붉혔다. 「내 아름다움이 다른 남자들에게도 그렇게 영향을 미쳤으면 좋겠군요.」

「그게 무슨 말씀입니까? 롤리타 아가씨에게 구혼자들이 줄을 서지 않는단 말인가요? 그건 있을 수 없는 일입니다!」

「하지만 사실이에요. 우리 집안의 가세가 기운 뒤로 우리와 인연을 맺으려 나설 만큼 대담한 사람이 거의 없다시피 하니까요. 한 사람이 있긴 하지만 그 사람은 박력이 부족해서 적극적으로 청혼을 할 성싶지 않아요.」

「저런! 아가씨 같은 분을 앞에 두고 사랑하는 일에 꾸물댄다? 어디가 고장이 났나? 그 사람 아픈가요?」

「그 사람은 큰 부자라서 어떤 처녀든 간에 자기가 결혼하자고 청하기만 하면 그냥 순순히 응해 줄 거라고 생각하는가 봐요.」

「멍청한 친구 같으니! 여자의 마음을 얻으려고 애쓰는 것이야말로 사랑에 독특한 향미를 더해 주는 일이거늘!」

「그런데 잠깐! 누가 와서 댁을 볼지도 몰라요. 그랬다간 잡힐 수도 있어요.」

「아가씨는 강도가 잡히기를 바라지 않나요? 아가씨 아버님이 저를 잡기만 하면 잃어버린 재산의 일부를 회복할 수도 있을 텐데요. 제가 설치고 다니는 바람에 지사는 지금 골머리를 앓고 있거든요.」

「어서 가시는 게 좋겠어요.」

「마음이 참 따듯하시네요. 제가 생포되었다가는 죽음을 면치 못하리라는 것을 아시는군요. 하지만 저는 죽을 각오를 하고 잠시 더 있다 가렵니다.」

그는 벤치에 걸터앉았고 롤리타는 최대한 그에게서 멀리 떨어져 앉았다가 자리에서 일어나려 했다.

그러나 조로는 그녀가 그렇게 하리라는 것을 예상하고 있었기에 얼른 그녀의 손을 붙잡았다. 그리고 그녀가 자신의 의도를 짐작하기도 전에 얼른 허리를 숙인 뒤 마스크 밑을 쳐들고는 그 핑크빛이 도는 촉촉한 손바닥에 키스했다.

「왜 이러세요!」 그녀는 빽 소리치면서 얼른 손을 잡아 뺐다.

조로는 말했다. 「뻔뻔스러운 짓이라는 건 잘 알고 있습니다만 이렇게라도 제 감정을 표현하지 않을 수가 없습니다. 부디 너그럽게 받아 주셨으면 좋겠군요.」

「어서 가세요. 안 그러면 소리 지를 거예요!」
「제가 처형당하는 것을 보고 싶으세요?」
「댁은 노상강도에 불과해요!」
「하지만 저도 여느 사람들처럼 삶을 사랑한답니다.」
「소리 지르겠어요! 댁을 잡으면 포상금도 나와요.」
「그렇게 예쁜 손으로 피 묻은 돈을 만지고 싶어 할 리가 없죠.」
「가세요!」
「아, 잔인하시네요 아가씨! 아가씨는 보기만 해도 뜨거운 열정으로 온몸이 달아오르게 하는 분인데. 아가씨의 그 상큼한 입술에서 명령이 떨어지기만 하면 어떤 남자라도 홀로 수많은 적과 맞서 싸우려 들 겁니다.」
「그만!」
「남자다운 남자라면 기꺼이 아가씨를 지키다 죽으려 할 겁니다. 이렇게 우아하고 눈부시게 아름다운 분을 위해서라면!」
「마지막으로 한 번만 더 경고하겠어요. 소리를 지르겠어요. 그렇게 해서 일이 벌어지면 그건 순전히 댁이 자초한 일이에요.」
「한 번만 더 손을 주세요. 그러면 가도록 하죠.」
「그렇게는 못 해요!」
「그럼 사람들이 몰려와서 잡아갈 때까지 여기 그냥 앉아 있겠어요. 오래 기다릴 필요도 없이 금방 그렇게 될걸요. 덩치 큰 곤잘레스 상사가 저 앞의 좁은 길에 나와 있거든요. 제 자취를 금방 발견할 겁니다. 그 친구는 많은 부하들을 거느리고 와서 —」
「제발 부탁이에요.」
「손을 주세요.」

롤리타는 돌아서서 손을 내줬다. 그러자 그는 다시 그 손바닥에 입을 맞췄다. 롤리타는 자기도 모르게 천천히 돌아앉았다. 그리고 그의 눈을 깊숙이 들여다봤다. 짜릿한 전율이 그녀의 온몸을 타고 돌았다. 그녀는 그가 여전히 자기 손을 붙잡고 있다는 것을 깨닫고 손을 뺐다. 그러고 나서 황급히 몸을 돌려 재빨리 파티오를 가로질러서는 집 안으로 들어가 버렸다.

그녀는 심장이 사정없이 두방망이질 치는 가운데 창가로 다가가 커튼 사이로 내다봤다. 세뇨르 조로는 분수대로 천천히 다가가 허리를 숙이고 물을 마셨다. 그러고 나서 솜브레로를 쓰고 집 쪽을 한 번 올려다보더니 성큼성큼 걸어갔다. 잠시 후 요란한 말발굽 소리가 들려오더니 점점 멀어져 갔다.

그녀는 숨을 헐떡이며 말했다. 「강도지만 남자다운 남자야! 돈 디에고가 저 사람이 갖고 있는 박력과 용기의 반만큼만이라도 갖고 있다면 얼마나 좋을까!」

제8장
돈 카를로스, 계략을 쓰다

롤리타는 집안사람 중 누구도 조로를 보지 못했고 그가 왔다는 사실도 모르고 있다는 데 안도하면서 창가에서 몸을 돌렸다. 그 후 그녀는 베란다에 앉아서 반은 레이스를 짜며, 반은 넓은 길로 이어진 먼지투성이의 좁은 길을 내려다보며 시간을 보냈다.

저녁 시간이 다가오자 저 아래 인디언의 흙벽돌집들에서는 인디언들이 불을 피우고, 그 주위에 모여 서서 요리를 하고, 식사를 하면서 하루 동안 일어났던 일들을 두고 이야기꽃을 피웠다. 그녀의 집에서도 하인들이 막 저녁 식사를 준비해서 가족들이 식탁 주위에 둘러앉을 즈음 누군가가 현관문을 노크했다.

인디언 한 사람이 달려가서 문을 열어 주자 조로가 실내로 성큼성큼 들어왔다. 그는 솜브레로를 벗고 정중하게 인사를 한 뒤 놀라서 어안이 벙벙해진 카탈리나 부인과 반쯤 겁먹은 돈 카를로스를 쳐다봤다.

조로는 말했다. 「이렇게 무단 침입한 것을 용서해 주시기 바랍니다. 저는 세뇨르 조로로 알려진 사람입니다. 하지만 뭘 뺏으려고 온 게 아니니 안심하십시오.」

돈 카를로스는 천천히 자리에서 일어났지만 롤리타는 그 사람의 대담함에 놀라 그만 넋이 나갔다. 그리고 어머니한테도 그가 오후에 찾아왔다는 얘기를 하지 않았기에 그가 그 얘기를 꺼낼까 봐 지레 겁을 집어먹었다.

돈 카를로스는 일갈했다. 「악당 같으니! 우리같이 정직한 사람들이 사는 집에 감히 쳐들어 와?」

조로는 말했다. 「저는 어르신의 적이 아닙니다! 사실 저는 박해받는 분들이 좋아할 만한 일들을 해왔습니다.」

돈 카를로스는 그 말이 사실이라는 걸 알고 있었다. 하지만 그는 지혜로운 사람이라 대뜸 그런 식으로 반응했다. 그렇지 않아도 지사의 악감을 사고 있는 터에 지사가 많은 현상금까지 내걸고 죽이라고 공고한 자에게 호의를 베풀었다는 사실이 알려질 때는 정말 무사하기 힘들 것이기 때문이었다.

「그래 원하는 게 뭔가?」

「어르신께서 제게 후의를 베풀어 주시기를 바랍니다. 요컨대 여기서 식사를 좀 하고 싶다는 뜻입니다. 저는 본디 신사라 신사답게 응대해 주셨으면 합니다.」

「본래는 귀족의 혈통을 타고났을지 몰라도 지금은 본인의 악행들 때문에 그 피가 더럽혀졌어! 도둑이자 노상강도인 자가 어찌 감히 내 집에 와서 후한 대접을 요구한단 말인가.」

「어르신께서는 제게 먹을 것을 대접했다는 소문이 지사의 귀에 들어갈까 봐 염려하시겠지요. 제가 협박을 하는 바람에 어쩔 수 없이 그렇게 했다고 말씀하십시오. 그럼 그대로 믿어 줄 겁니다.」

그러고 나서 조로는 망토 속에서 한 손을 뺐다. 그 손에는 권총이 들려 있었다. 카탈리나 부인은 한 차례 비명을 내지르더니 그대로 졸도했고 롤리타는 몸을 움츠렸다.

돈 카를로스는 화가 나서 소리쳤다. 「연약한 여자들을 위협하다니, 정말 악당이로군! 네 청을 거절하면 사람들을 죽일 테니

먹을 것과 마실 것을 주지. 하지만 네가 정말 신사라면 내 아내를 다른 방으로 데려가 인디언 여자가 보살필 수 있게 해다오.」

「좋습니다. 하지만 아가씨는 어르신이 순순히 돌아오실 때까지 인질로 여기 남아 있게 해주십시오.」

돈 카를로스는 조로를 힐끗 쳐다보고 딸을 쳐다본 뒤 딸이 그다지 두려워하지 않는다는 것을 알았다. 그는 아내를 일으켜 세워 문 있는 데까지 부축해서 데려간 뒤 하인들을 불렀다.

조로는 식탁 끝을 돌아가서 다시 롤리타에게 정중하게 인사하고는 그녀 곁의 의자에 앉았다.

「이건 좀 무모한 짓이긴 합니다만 아가씨의 화사한 얼굴을 다시 뵙고 싶어 견딜 수가 없었습니다.」

「제발!」

「아가씨를 뵙고 난 뒤 제 가슴속에서는 뜨거운 불길이 타오르기 시작했습니다. 아가씨의 손을 잡고 나서 제 가슴속에서는 새 생명이 움터났습니다!」

롤리타는 얼굴이 화끈 달아올라 얼른 고개를 돌렸다. 조로는 의자를 좀 더 바싹 당겨 앉은 뒤 그녀의 손을 잡으려 했으나 그녀는 이리저리 피했다.

「아무래도 자주 이곳을 찾게 될 것 같습니다. 아가씨의 그 감미로운 목소리를 다시 듣고파서요.」

「왜 이러세요! 다시는 찾아오지 마세요! 오늘은 너그럽게 대해 줬지만 다시는 그렇게 하지 않을 거예요. 다음에는 비명을 지를 거고 그러면 댁은 체포될 거예요.」

「아가씨는 그렇게 잔인하게 굴 수 없는 분입니다.」

「댁이 체포되면 그건 순전히 댁의 잘못 때문이에요.」

그 순간 돈 카를로스가 돌아왔고 조로는 자리에서 일어나 다시 정중하게 절했다.

「이제는 부인께서 졸도 상태에서 회복되셨겠죠? 제 권총을 보고 그렇게 놀라셨다니 유감입니다.」

돈 카를로스는 말했다. 「회복됐네. 내 집에서 식사를 하고 싶다고 말했지? 내, 자네 말을 곰곰이 생각해 보니 자네가 칭찬할 만한 일들을 한 것은 사실이라는 생각이 들었네. 그래 자네에게 기꺼이 음식을 베풀어 주겠네. 이제 곧 하인들이 자네가 먹을 음식을 갖다 줄 걸세.」

돈 카를로스는 문 쪽으로 걸어가 인디언 한 사람을 불러 지시를 내렸다. 그는 자기가 한 일에 아주 만족해했다. 아내를 옆방으로 데려갈 때 그는 그 상황을 타개할 만한 기회를 얻었다. 몇 명의 하인을 소리쳐 불렀을 때 그가 신뢰하는 하인도 역시 달려왔다. 그래서 그는 그 하인에게 가장 빠른 말을 타고 마을까지 바람같이 달려가 세뇨르 조로가 풀리도 목장에 나타났다고 신고하라 지시했다.

이제 그는 조로를 가급적 오래 붙잡아 둬야 했다. 조금만 있으면 군인들이 와서 그 강도를 죽이거나 생포할 거고, 그러면 지사는 분명 그의 공로에 상응하는 대가를 치러 줘야 한다고 생각할 것이다.

돈 카를로스는 식탁 쪽으로 돌아서면서 말했다. 「그동안 자네는 대단한 모험을 해왔겠지.」

「뭐 조금 했죠.」

「그 한 예로 산타바바라에서 일어난 사건 같은 것을 들 수 있겠지. 한데 나는 그 얘기를 제대로 들은 적이 없어.」

「저는 제가 한 일에 대해서 떠벌리는 것을 별로 좋아하지 않습니다.」

「얘기해 주세요.」 롤리타가 간청하듯 말했다. 그래 조로는 결국 망설임을 떨쳐 버렸다.

「사실, 그건 별거 아닌 일이었습니다. 그날 저는 해 질 무렵 산타바바라 근방에 도착했습니다. 그런데 그곳에는 인디언들을 자주 구타하고 수도사들의 재물을 갈취하는 가게 주인이 하나 있었습니다. 그자는 수사들에게 교구에서 생산된 물건을 자기에게 팔라고 요구하고는 나중에 양이 모자란다고 고발을 하곤 했습니다. 그러면 정부 관리들은 수사들에게 주인이 모자란다고 주장하는 양만큼을 더 가져오게 했죠. 그래 저는 그 녀석을 혼내 주기로 결심했습니다.」

「얘기 계속하게.」 돈 카를로스는 아주 흥미 있다는 듯이 상체를 앞으로 기울이면서 말했다.

「저는 그자의 가게 문 앞에서 말을 세운 뒤 가게 안으로 들어갔습니다. 그자는 촛불을 밝혀 놓은 채 대여섯 사람과 거래를 하고 있었습니다. 그래 저는 권총으로 그들을 위협해서 한구석으로 몰아 놓은 뒤 가게 주인에게 제 앞으로 오라고 명령했습니다. 저는 그자에게 단단히 겁을 주어 그자가 아무도 모르는 은닉처에 감춰 둔 돈을 모조리 토해 내게 했습니다. 그리고 가게 벽에 걸려 있는 채찍으로 녀석을 때려 주고 제가 왜 그렇게 했는지 밝혔습니다.」

「통쾌하군!」 돈 카를로스는 소리쳤다.

「그런 다음 저는 말에 올라타고 그곳을 떠났습니다. 그리고 한 인디언의 오두막에 들러 제가 박해받는 사람들의 친구라고 쓴 벽보 하나를 만들었습니다. 그날 밤따라 마음이 유달리 대담해져 저는 요새 대문 앞으로 달려가서는 경비병이 있는 것도 무시한 채 요새 대문에다 벽보를 칼로 박아 붙여 놨습니다. 처음에 경비병은 저를 급보를 전하는 연락병으로 알고 멀거니 구경만 하고 있다가 뒤늦게 어떻게 된 영문인지 깨달았죠. 곧이어 군인들이 마구 쏟아져 나왔는데, 그들의 머리 위에다 공포를 몇 방 쐈더니 모두들 혼비백산하더군요. 그래 놓고 저는 유유히 산 쪽으로 달려갔죠.」

「그렇게 해서 무사히 탈출했구먼!」 돈 카를로스는 감탄했다는 듯이 말했다.

「그러게 지금 여기 와 있는 것 아닙니까.」

「그런데 어째서 지사가 자네에게 그렇게 유달리 이를 가는 건가? 다른 강도들에게는 별로 신경을 쓰지 않는 눈치던데.」

「아, 그거요! 제가 지사하고 한 번 직접 맞부딪친 적이 있거든요. 그 사람은 공무차 마차를 타고 산프란시스코 데 아시스에서 산타바바라로 가던 중이었습니다. 군인들의 호위를 받아 가면서요. 그 일행이 시냇가에서 잠시 길을 멈추고 휴식을 취할 때 군인들은 사방으로 흩어지고 지사는 마차 안에서 친구들과 이야기를 나누고 있었죠. 저는 숲 속에 은신해 있다가 갑자기 튀어나와 문이 열려 있는 마차 앞으로 곧장 다가갔습니다. 저는 지사의 머리에 권총을 들이댄 채 돈이 두둑이 들어 있는 지갑을 내놓으라고 명령했고 지사는 시키는 대로 했습니다. 그런 다음 저는 말을 타고 군인들 사이를 쏜살같이 내달려 갔습니다. 제가 탄 말이 느닷없이 달려오는 바람에 군인 몇 명은 그만 넋이 나가 버렸죠.」

「그때도 무사히 탈출했고!」 돈 카를로스는 소리쳤다.

「보시다시피!」

하인이 음식 쟁반을 갖고 와 노상강도 앞에 내려놓고는 얼른 뒤로 물러났다. 조로가 대단히 잔인한 사람이라는 근거 없는 소문이 떠도는 바람에 하인의 눈에는 두려움이 어려 있었고 두 손은 부들부들 떨고 있었다.

조로는 말했다.「죄송합니다만 두 분께서는 저 끝에 좀 앉아 주셨으면 합니다. 식사를 하려면 부득이 마스크 밑을 들어 올려야 하는데, 저는 제 얼굴이 알려지는 걸 원치 않기 때문입니다. 혹시나 일어날지 모를 사태에 대비해서 권총은 제 바로 앞에 올려놓겠습니다. 자, 그럼 어르신께서 베푸신 음식을 감사히 잘 먹겠습니다.」

돈 카를로스와 그 딸이 조로가 지시한 곳에 가서 앉자 조로는 음식의 맛을 차근히 음미해 가며 맛있게 먹었다. 그는 식사를 하면서 이따금 한 번씩 그들에게 말을 걸었고, 하인이 내온 포도주가 자기가 올해 마셔 본 포도주 중에서 가장 맛있다고 하면서 좀 더 갖다 달라고 청했다.

돈 카를로스는 조로가 어떤 부탁을 하든 기꺼이 응했다. 그는 시간을 버는 게임을 하고 있었다. 그는 인디언 하인이 타고 간 말이 얼마나 빨리 달릴 수 있는지 잘 알고 있어서 그 하인이 이미 레이나 데 로스앤젤레스 마을에 도착해서 지금쯤 군인들이 이리로 오고 있으리라 짐작했다. 조로란 녀석을 조금만 더 붙잡아 두기만 하면 곧 그들이 도착하리라!

「자네가 갖고 갈 음식을 마련하라고 지시를 해놨는데 잠시 가서 그걸 가져와도 괜찮겠나? 그동안 내 딸이 응대를 해줄 걸세.」

조로는 고개를 숙여 감사의 뜻을 표했고 돈 카를로스는 서둘러 방을 빠져나갔다. 그러나 그는 조로를 붙잡아 두겠다는 일념에만 사로잡혀 한 가지 실수를 저질렀다. 처녀를 그런 식으로 남자하고만 단둘이 있게 하는 것은 있을 수 없는 일이었다. 특히 범죄자로 알려진 사내와 단둘이 있게 내버려 둔다는 것은. 그래 조로는 돈 카를로스가 의도적으로 자기를 그곳에 붙잡아 두려 한다는 것을 금방 눈치챘다. 게다가 손뼉을 쳐서 하인들을 부를 수 있는데도 굳이 본인이 음식 꾸러미를 가지러 간다는 것 역시 있을 수 없는 일이었다. 사실, 돈 카를로스는 주방이 아니라 다른 방 창가로 가서 군인들이 말을 타고 오는 소리가 들리기만을 기다렸다.

롤리타가 방 저편에서 속삭였다. 「여보세요!」

「왜 그러세요, 아가씨?」

「댁은 어서 가야 해요. 우리 아버지가 사람을 시켜 군인들을 불러오게 했을지도 몰라요.」

「어째서 제게 이런 친절을 베푸시는 거죠?」

「저는 댁이 여기서 붙잡히는 것을 보고 싶지 않아요. 사람들이 싸우고 피 흘리는 광경을 보는 게 뭐가 좋겠어요?」

「순전히 그것 때문인가요, 아가씨?」

「가지 않을 거예요?」

「당신같이 매력적인 분의 곁을 서둘러 떠나기는 정말 싫습니다. 내일 시에스타 시간에 다시 와도 될까요?」

「맙소사, 안 돼요! 다시는 오지 마세요! 어서 가세요. 몸조심하시고요. 댁은 좋은 일들을 했고 그래서 저는 댁이 체포되기를 바라지 않아요. 북쪽으로 가세요. 산프란시스코 데 아시스 같은 데로. 거기 가서 정직하게 살도록 하세요. 그렇게 하는 게 더 좋을 거예요.」

「작은 사제시로군요!」

「어서 가세요.」

「아가씨 아버님이 제게 줄 음식을 가지러 가셨잖아요. 게다가 이런 맛있는 음식을 베풀어 주신 것에 감사 인사도 드리지 않고 떠나란 말인가요? 그럴 순 없죠.」

그때 돈 카를로스가 돌아왔다. 조로는 그의 얼굴에 어린 표정을 보고 군인들이 좁은 길을 따라 올라오고 있다는 것을 눈치챘다. 돈 카를로스는 식탁에 음식 꾸러미를 내려놨다.

「자네가 갖고 갈 음식을 조금 마련했네. 자네가 위험한 여행길에 오르기 전에 자네의 그 활약상을 좀 더 들어 보고 싶구먼.」

「이미 너무 많이 떠벌렸습니다. 그런데도 또 떠벌리는 건 신사답지 못한 일이 되겠죠. 맛있는 음식을 베풀어 주셔서 감사했습니다. 자, 이제는 그만 떠나는 게 좋겠군요.」

「그럼 포도주라도 한잔 더 하고 가게.」

「곧 군인들이 밀어닥칠 것 같은데요, 돈 카를로스.」

조로가 권총을 뽑아 들면서 그렇게 말하자 돈 카를로스의 얼굴은 하얗게 질렸다. 돈 카를로스는 이제 곧 상대를 배신한 대가를 치를 것이라 예상했다. 그러나 조로는 발포할 기미를 보이지 않았다.

「환대하는 척하면서 저를 배신하기는 했지만 어르신을 그냥 용서하겠습니다. 저는 범죄자고 제 목에 많은 현상금이 걸려 있으니 그럴 수도 있겠죠. 그것 때문에 어르신께 해를 끼치지는 않겠습니다. 부에나스 노체스,[1] 세뇨리타! 세뇨르, 아디오스!」

그때 그날 밤의 사건들에 관해서 아무것도 모르는 하인 하나가 잔뜩 겁먹은 얼굴로 뛰어 들어와 소리쳤다. 「주인님! 군인들이 왔어요! 군인들이 집을 포위하고 있어요!」

---

1 영어로 〈굿나잇〉.

제9장
검과 검이 부딪치다

식탁 중앙 부근에는 인상적인 촛대 하나가 자리 잡고 있었고 그 촛대에 꽂힌 열 개가량의 초들이 방 안을 환하게 밝혀 주고 있었다. 조로는 대뜸 그 촛대를 향해 달려가더니 한 손으로 쳐서 바닥에 나뒹굴게 했다. 그 바람에 촛불이 모두 꺼지면서 방 안은 순식간에 암흑으로 변했다.

조로는 자기에게 돌진해 오는 돈 카를로스의 공세를 살짝 피하고는 날렵하게 방을 가로질러 갔다. 그가 부드러운 부츠 덕에 거의 소리를 내지 않고 움직이는 바람에 방 안에 있는 사람들은 그가 어디 있는지 도무지 가늠할 수 없었다. 한순간, 롤리타는 누군가가 한 팔로 자기 허리를 감고 부드럽게 끌어안는 것을, 그리고 그 사람의 숨결이 뺨에 와 닿는 것을 느꼈다.

그는 나직하게 속삭였다. 「나중에 봐요, 아가씨.」

돈 카를로스는 군인들에게 어서 들어오라고 황소처럼 고함을 질러 댔으며, 군인 몇 명은 이미 현관문을 두드리고 있었다. 조로는 그 방을 얼른 빠져나가 옆방에 들어갔는데 알고 보니 그곳은 주방이었다. 인디언 하인들은 유령이라도 본 것처럼 기겁을 하더니 황급히 도망쳤다. 그는 재빨리 움직이면서 그곳에 있는 촛불도 모두 껐다.

그러고 나서 그는 파티오를 향해 열려 있는 문 쪽으로 달려가더니 반은 울부짖는 소리 같고 반은 비명 소리 같은 이상한 소리를 내질렀다. 풀리도 목장 사람들은 그런 괴상한 소리를 생전 처음 들어 봤다.

군인들이 현관문을 통해 안으로 몰려 들어왔다. 돈 카를로스가 촛불을 밝힐 횃불을 갖고 오라고 소리치는데 파티오 뒤편에서 요란한 말발굽 소리가 들려왔다. 군인들은 그 소리를 듣자마자 힘 좋은 말 한 필이 내달리고 있다는 것을 눈치챘다.

말발굽 소리는 이내 잦아들어 갔지만 군인들은 말이 어느 방향으로 달려가는지 알아챘다.

군인들을 인솔하고 온 곤잘레스 상사는 소리쳤다. 「그놈이 달아난다! 얼른 말을 타고 놈을 쫓아! 놈을 따라잡는 사람에게는 포상금의 3분의 1을 주겠다!」

덩치 큰 상사가 먼저 집 안에서 뛰쳐나가고 사병들이 그 뒤를 따랐다. 그들은 정신없이 안장에 뛰어오른 뒤 말발굽 소리가 들려오는 쪽의 어둠 속으로 맹렬히 돌진해 갔다.

집 안에서는 돈 카를로스가 소리를 치고 있었다. 「불을 켜! 불을 켜!」

하인 하나가 횃불을 들고 와서 초들에 불을 붙였다. 돈 카를로스는 방 중앙에서 분노를 이기지 못해 두 주먹을 부르르 떨고 있었다. 롤리타는 구석에 웅크리고 선 채 두려움으로 눈을 둥그렇게 뜨고 있었다. 이제 졸도 상태에서 완전히 회복된 카탈리나 부인이 무슨 일 때문에 또 그 난리를 치나 알아보려고 방으로 들어왔다.

돈 카를로스는 말했다. 「그 악당 녀석은 달아났소! 군인들이 꼭 놈을 잡아야 하는데.」

롤리타가 말했다. 「그래도 영리하고 용감한 데가 있는 사람이에요.」

그러자 돈 카를로스는 고함을 쳤다. 「그건 나도 인정하지만 놈은 노상강도야! 도둑이고! 대체 놈이 무슨 이유로 내 집에 찾아와서 나를 괴롭힌 거지?」

롤리타는 그 이유를 알 만했지만 부모에게는 아무 말도 하지 않았다. 그가 한 팔로 자기 허리를 부드럽게 끌어안고 귀에다 몇 마디를 속삭인 순간의 기억이 새삼 다시 떠오르면서 그녀의 뺨에는 엷은 홍조가 피어올랐다.

돈 카를로스는 현관문을 활짝 열어젖히고 서서 가만히 귀 기울이고 있었다. 또다시 질주하는 말발굽 소리가 들려오고 있었다.

그는 한 하인에게 소리쳤다. 「내 검을 갖고 와! 누가 오고 있다. 그 악당 놈이 돌아오는지도 몰라! 한 사람인 게 분명하니까!」

말발굽 소리가 뚝 그쳤다. 그 사람은 베란다를 가로질러 황급히 집 안으로 들어왔다.

「성인들이시어, 감사합니다!」 돈 카를로스는 헐떡이며 소리쳤다.

집 안에 들어온 사람은 돌아온 노상강도가 아니라 레이나 데 로스앤젤레스 요새 사령관 라몬 대위였다.

「제 부하들은 어디 있습니까?」

「갔습니다! 노상강도 놈의 뒤를 쫓아갔어요!」

「조로가 달아났나요?」

「그랬죠. 댁의 부하들이 우리 집을 포위한 상태에서. 놈은 촛불들을 바닥에 쓰러트리고는 주방으로 달아나더니만 —」

「부하들이 그자를 뒤쫓아 갔단 말인가요?」

「바로 뒤쫓아 갔어요.」

「하아! 그 친구들이 그자를 꼭 잡아야 할 텐데. 그자는 우리 군에 가시 같은 존재입니다. 우리가 그자를 잡지 못하는 바람에 지사 각하께서는 우리를 조롱하고 나무라는 편지를 계속 보내오고 계십니다. 그 조로라는 자는 영리한 자이기는 하나 곧 체포되고 말 겁니다!」

그러고 나서 라몬 대위는 방 안으로 좀 더 들어오더니 숙녀들이 있다는 것을 깨닫고 모자를 벗고 정중하게 절했다.

「이렇게 불쑥 들어온 것을 용서해 주시기 바랍니다.」

카탈리나 부인이 말했다. 「별 말씀을 다 하시네요. 제 딸을 만나신 적이 있던가요?」

「아직 그런 영광을 얻지 못했습니다.」

부인은 서로를 소개시켜 줬다. 롤리타는 다시 구석으로 물러나 라몬 대위를 주의 깊게 살펴봤다. 키가 크고 몸매가 반듯하며 화려한 군복을 입고 있고 한쪽 허리에 검을 차고 있는 그는 그런대로 봐줄 만한 사람이었다.

대위는 불과 한 달 전에 산타바바라에서 레이나 데 로스앤젤레스 요새로 전보된 터라 롤리타를 본 적이 없었다. 그는 롤리타와 인사를 나눈 뒤 그녀의 모습을 거듭 쳐다봤다. 그의 눈에는 카탈리나 부인의 마음을 기쁘게 할 만한 빛이 어려 있었다. 롤리타가 돈 디에고 베가는 마뜩지 않아 할 수도 있겠지만 이 라몬 대위에 대해서만큼은 호감을 가질 것이다. 그리고 롤리타가 군 장교와 결혼할 경우 풀리도 집안은 든든한 보호막을 갖게 될 것이다.

대위는 말했다. 「사방이 너무 어두워 제 부하들을 찾아 나설 수가 없군요. 그러니 폐가 되지 않는다면 여기 그대로 남아서 부하들이 돌아올 때까지 기다렸으면 합니다.」

돈 카를로스는 말했다. 「폐라니, 그 무슨 말씀을. 자, 앉으세요. 포도주를 좀 가져오게 하리다.」

라몬 대위는 하인이 갖다 준 포도주를 맛보고는 그것이 좋은 포도주라는 것을 알았다. 그는 다시 입을 열었다. 「그 조로라는 녀석은 이미 멀리 달아난 것 같군요. 가끔 이런 녀석들이 느닷없이 나타나 잠시 반짝하곤 하는데 이런 녀석들은 오래 못 갑니다. 결국은 비참한 운명을 맞이하고 말죠.」

돈 카를로스는 말했다. 「맞습니다. 그자는 오늘 밤 우리한테 제가 좋은 일을 많이 했다고 떠벌리더군요.」

「그자가 산타바바라 요새에 낯짝을 드러냈다고 하는 저 유명한 사건이 일어났을 때 저는 그 요새 사령관으로 근무하고 있었습니다. 한데 마침 그때 저는 그곳의 어느 집에 나가 있었죠. 그렇지 않았다면 얘기가 달라질 수도 있었을 텐데. 그리고 오늘 밤 그자가 나타났다는 소식을 들었을 때도 저는 요새가 아니라 친구 집에 있었더랬습니다. 제가 부하들하고 함께 오지 못한 것도 그 때문입니다. 저는 소식을 듣자마자 곧바로 이리 달려왔습니다. 아무래도 이 조로라는 친구는 제 소재를 잘 알고 있어서 어떻게 해서든 저와 직접 맞부딪치는 일은 피하려 하는 것 같습니다. 언제고 한번 그자와 정면으로 맞닥뜨릴 날이 왔으면 좋겠는데.」

카탈리나 부인이 물었다. 「그 사람과 싸워서 이길 수 있다고 생각하세요?」

「그럼요! 저는 그자의 검술이 그리 대단치 않다고 봅니다. 그자가 제 부하인 상사를 농락했습니다만 그건 상황 탓이 크죠. 상사와 검으로 맞붙을 때 그자가 한 손에 권총을 들고 있었다고 하니까. 그러니 그자를 만나면 그자가 다른 수를 쓰기 전에 재빨리 제압해야 할 겁니다.」

그 방 한구석에는 벽장에 있었는데 그 순간 벽장문이 살짝 열렸다.

라몬 대위는 말을 계속했다. 「그자는 반드시 죽여야 합니다! 놈은 사람들에게 잔혹한 짓을 일삼고 있거든요. 소문에 의하면 마구 살인을 자행한다고 해요. 북쪽에 있는 산프란시스코 데 아시스 근방에서는 사람들을 온통 공포에 떨게 했다고 하고요. 놈은 남자들을 닥치는 대로 살해하고 여자들을 욕보이고 ―」

그 순간 벽장문이 활짝 열리면서 조로가 방 안으로 들어섰다.

조로는 소리쳤다. 「그런 터무니없는 거짓말을 늘어놓다니! 도저히 그냥 넘어갈 수가 없구나!」

그 소리를 듣고 홱 돌아선 돈 카를로스는 기겁을 했다. 카탈리나 부인은 무릎에서 힘이 쭉 빠져 의자에 털썩 주저앉았다. 롤리타는 조로의 말에 통쾌함을 느끼면서도 다른 한편으로는 그의 안위가 염려되어 마음이 몹시 불안해졌다.

돈 카를로스는 헐떡이며 말했다. 「난…… 난 자네가 도망친 줄로만 알았는데.」

「그건 속임수에 불과했죠! 도망친 것은 제 말이지 제가 아니었습니다.」

「그렇다면 이제 네가 도망칠 길은 없다!」 라몬 대위는 검을 뽑으면서 소리쳤다.

「뒤로 물러나!」 조로는 갑자기 권총을 뽑으면서 소리쳤다. 「기꺼이 너와 싸워 주겠다. 하지만 싸움은 공정해야지. 이제 곧 이 거짓말쟁이와 결투를 벌일 작정이니 어르신은 부인과 따님을 모시고 저 구석으로 가 계십시오. 저는 제가 아직 여기 있다는 사실을 밖의 군인들에게 알리고 싶은 생각이 없습니다.」

「자네가…… 자네가 도망갔다고 생각했는데!」 돈 카를로스는 다른 아무 생각도 나지 않는 듯 같은 말을 되풀이하다가 조로가 시키는 대로 했다.
 「속임수죠!」 조로는 웃으면서 말했다. 「제게는 혈통 좋은 말이 한 필 있습니다. 아까 제가 이상한 소리를 지른 거 기억나시죠? 그 말은 제가 그렇게 소리치면 제가 뜻한 대로 행동하도록 훈련받았습니다. 녀석이 요란한 발굽 소리를 내며 맹렬히 달려가면 군인들은 으레 그 뒤를 쫓아가게 마련입니다. 녀석은 얼마만큼 그렇게 내달리다 옆으로 슬쩍 빠져서 잠자코 서 있습니다. 그리고 추적자들이 곁을 지나간 후에는 원래의 자리로 돌아와 제 명령이 떨어지기를 기다리죠. 지금쯤 녀석은 분명 파티오 뒤에서 대기하고 있을 겁니다. 이제 이 대위 녀석을 혼내 준 다음 녀석을 타고 사라질 겁니다!」
 「치사하게 한 손에 권총을 들고!」 라몬이 소리쳤다.
 「권총은 식탁 위에 내려놓겠다. 자! 어르신이 숙녀 분들과 저 구석에 얌전히 계셔 주면 권총을 집어 들지 않겠습니다. 자, 대위, 덤벼라!」
 조로가 검을 앞으로 내밀자 라몬 대위는 호기 있게 소리치면서 검으로 맞섰다. 라몬 대위는 검술 사범으로 꽤 이름난 사람이었고 조로도 그것을 알고 있었기에 처음에는 조심스러운 자세를 취하면서 일절 빈틈을 보이지 않았고 공격보다는 수비에 치중했다.
 대위는 검으로 상대를 밀어붙였고, 그 서슬에 그의 칼날은 먹구름 낀 하늘을 가르는 번갯불처럼 연방 허공에서 번쩍거렸다. 이제 조로는 주방 문 근처의 벽 가까운 곳까지 밀려났으며, 승리를 예감한 대위의 눈에는 이미 득의만면한 기색이 어리기 시작했다. 그는 제자리를 고수한 채 빠르게 검을 놀려 벽으로 밀려난 조로에게 쉴 틈을 주지 않았다.
 바로 그때 조로는 빙긋이 웃었다. 상대의 전법을 충분히 파악

했기에 일이 수월하게 풀려 나가리라는 것을 알았던 것이다. 조로가 갑자기 수세에서 공세로 전환하는 바람에 대위는 당황하여 약간의 틈을 보였다. 조로는 가볍게 웃기 시작했다.

「자네를 죽이는 것은 유감스러운 일이 될 거야. 자네는 우수한 장교라고 들었거든. 군에는 그런 장교가 좀 필요하지. 하지만 나를 중상하는 말을 했으니 그 대가는 치러야지. 이제 곧 자네를 찌를 테지만 목숨을 빼앗지는 않을 거야.」

「허풍 떨지 말아!」 대위는 일갈했다.

「이게 과연 허풍인지 아닌지는 곧 알게 될 걸세. 자네는 내 밥이나 다름없어. 덩치 큰 상사 녀석보다 좀 더 영리하긴 하지만 그 정도 갖고 날 상대하기는 어렵지. 어디를 찔러 줄까? 왼쪽? 아니면 오른쪽?」

「그렇게 자신만만하다면 내 오른쪽 어깨를 찔러 보시지.」

「자네가 말한 대로 해줄 테니 그쪽 어깨를 잘 방비해! 하!」

대위는 노상강도가 촛불 빛을 정면으로 받게 하기 위해 서서히 한쪽으로 돌기 시작했다. 그러나 조로는 이내 상대의 그런 속셈을 간파하고 대위를 공격하여 다시 제자리로 돌아가게 만든 뒤 방 한구석으로 밀어붙였다.

조로는 빽 소리쳤다. 「자, 간다, 대위!」

그러고 나서 조로는 대위의 말대로 오른쪽 어깨를 찌르고는 검을 살짝 비틀어 뺐다. 그는 대위의 오른쪽 어깨 아래 부분을 가격했고 그 순간 라몬은 온몸에서 힘이 쭉 빠져 바닥에 털썩 주저앉았다.

조로는 뒤로 물러나 검을 칼집에 꽂아 넣었다. 「숙녀 분들께 이런 장면을 보여 드려 죄송합니다. 곧 보면 아시겠지만 대위의 상처는 그리 대단치 않습니다, 어르신. 오늘 내로 요새에 돌아갈 수 있을 겁니다.」

그는 솜브레로를 벗고 그들에게 정중하게 절했다. 돈 카를로스는 상대의 기분을 상하게 할 만한 적당한 말이 생각나지 않아 그저 혼자서 뭐라고 중얼거리기만 했다. 한순간 노상강도의 눈길과 롤리타의 눈길이 만났다. 그는 그녀의 눈에 반감이나 혐오감 같은 게 전혀 어려 있지 않다는 것을 알고 흐뭇해했다.

「부에나스 노체스!」 그는 그렇게 소리치고는 다시 껄껄거리고 웃었다.

그런 뒤 그는 주방을 거쳐 파티오로 나갔다. 거기서는 그가 말한 대로 그의 말이 대기하고 있었다. 그는 재빨리 안장에 올라탄 뒤 그곳을 떠났다.

제10장
돈 디에고, 질투하는 기색을 보이다

어깨 상처를 치료받고 붕대까지 감은 라몬 대위는 사건이 난 지 30분이 채 지나지 않아 식탁 한끝에 앉아 포도주 잔을 기울이고 있었다. 그의 안색은 아주 창백했고 피로해 보였다.

카탈리나 부인과 롤리타는 몹시 안됐다는 표정을 했다. 그러나 롤리타는 처음에 대위가 조로를 만나기만 하면 당장 요절을 내겠다고 큰소리를 치던 기억이 떠오를 때마다 웃음이 나오는 것을 참기가 힘들었다. 돈 카를로스는 군의 유력자와 친해지는 것이 여러모로 유리하므로 어떻게 해서든 대위의 마음을 편하게 해주려고 애쓰고 있었다. 그는 라몬 대위에게 상처가 아물 때까지 며칠 동안 자기 목장에서 머물라고 간곡히 권했다.

대위는 롤리타의 눈을 들여다보면서 적어도 하루 동안은 그곳에 머물겠다고 대답했다. 그는 상처의 통증에도 불구하고 정중하면서도 재치 있는 이야기를 해보려 안간힘을 썼지만 분위기만 더 썰렁해졌다.

밖에서 또다시 말 한 필이 달리는 발굽 소리가 들려오자 돈 카를로스는 군인들 중의 한 사람이 돌아오는 것이라 짐작하고 하인에게 문을 활짝 열어 밖을 밝혀 주라고 지시했다.

말발굽 소리가 점점 더 커지더니 이윽고 누군가가 그 집 앞에서 말을 세웠고, 하인이 고삐를 잡아 주기 위해 서둘러 밖으로 나갔다.

집 안에 있는 사람들의 귀에는 잠시 아무 소리도 들리지 않았다. 그러다 베란다에서 발소리가 들리더니 돈 디에고 베가가 황급히 실내로 들어왔다.

그는 그들을 보더니 크게 안도하면서 말했다. 「아, 모두 무사하셔서 정말 다행입니다!」

「돈 디에고!」 돈 카를로스는 놀라서 소리쳤다. 「오늘 하루에만 두 번씩이나 마을을 떠나 이곳까지 오셨구려.」

「그 때문에 틀림없이 앓아누울 겁니다. 벌써부터 몸이 뻣뻣하고 등이 아픈걸요. 하지만 와봐야 한다고 생각했습니다. 누군가가 마을에 급보를 전했고, 노상강도인 조로가 이 목장에 왔다는 소문이 마을에 금방 쫙 퍼졌죠. 말을 탄 군인들이 이쪽으로 마구 달려가는 광경을 보는 순간 가슴이 덜컥 내려앉더군요. 그래 저로서는 직접 확인해 봐야 했습니다. 어르신께서는 제 이런 심정을 이해하실 겁니다.」

「이해하다마다.」 돈 카를로스는 그렇게 말하면서 그를 보고 싱긋이 웃어 주고는 롤리타를 힐끗 쳐다봤다.

「저는…… 에…… 꼭 여기 와봐야 한다고 생각했습니다. 한데 안 와도 될 걸 그랬군요. 모두 다 이렇게 무사하시니 말입니다. 대체 어떻게 된 일이죠?」

롤리타는 코웃음을 쳤으나 돈 카를로스는 재빨리 대답했다.

「그자가 여기 왔더랬어요. 그런데 라몬 대위의 어깨를 찌른 뒤 달아났다오.」

돈 디에고는 의자에 털썩 주저앉으면서 말했다. 「히야! 이번에 그 친구의 검 맛을 톡톡히 봤군요, 대위. 꼭 앙갚음하고 싶겠구려. 댁의 부하들이 그 악당을 뒤쫓아 갔나요?」

「그렇습니다.」 대위는 자기가 결투에서 패배했다는 사실을 거론하고 싶지 않아 짧게 대답했다. 「우리 병사들은 그자를 체포할 때까지 계속 추적할 겁니다. 제 밑에는 덩치 큰 곤잘레스 상사가 있습니다. 그 사람, 댁의 친구죠? 그 사람은 어떻게 해서든 그자를 체포해서 지사님의 포상금을 받으려고 혈안이 되어 있습니다. 그 친구가 돌아오면 저는 그 친구더러 분대를 인솔해서 끝까지 그 강도를 추적하라고 명령할 겁니다.」

「그 군인들이 꼭 성공했으면 좋겠군요. 그 악당 놈은 이 집안의 어르신과 숙녀 분들을 괴롭혔는데 어르신은 바로 제 친구이십니다. 모든 사람에게 이런 사실을 알리고 싶습니다!」

그 말에 돈 카를로스는 크게 기뻐했고 카탈리나 부인 역시 환한 미소를 머금었으나 롤리타는 경멸감에 입술을 삐죽거리고 싶은 것을 참느라고 무진 애를 썼다.

돈 디에고는 말을 계속했다. 「이 댁의 향긋한 포도주 한 잔을 좀 부탁드리고 싶군요. 피곤해서요. 오늘 레이나 데 로스앤젤레스에서 여기까지 두 번 걸음하고 나니 아주 죽을 지경입니다.」

대위가 말했다. 「말을 타고 6, 7킬로미터 정도 오가는 건 대단한 일이 아닌데요.」

「거친 군인들한테야 그렇겠죠. 하지만 신사한테는 과한 여정입니다.」

「군인은 신사가 아니란 말씀인가요?」 라몬은 돈 디에고의 말에 은근히 부아가 나서 그렇게 말했다.

「옛날에는 그런 분들이 좀 있었지만 요즘은 그런 분 만나기가 정말 어렵죠.」 돈 디에고는 롤리타가 자기 말에 관심을 기울여 주기를 바라면서 그녀를 힐끗 쳐다봤다. 대위가 그녀를 바라보는 눈길을 본 순간 그의 마음속에서는 질투심의 불길이 일기 시작했다.

라몬 대위는 물었다. 「지금, 내가 좋은 혈통을 타고난 사람이 아니라는 사실을 넌지시 빗대서 말하는 거요?」

「나로서는 댁의 피를 직접 본 적이 없으니 뭐라고 대꾸할 수가 없군요. 그 조로라는 자는 분명히 말할 수 있겠습니다만. 그 친구는 댁의 피 색깔을 봤을 테니까요.」

「나 원, 기가 차서! 지금 나를 조롱하는 거요?」

돈 디에고는 말했다. 「조롱이라니, 원 당치도 않습니다. 그 사람이 댁의 어깨를 찔렀다고요? 그저 살짝 긁히기만 한 것 같은데. 댁은 요새로 가서 부하들에게 명령을 내려야 하지 않나요?」

「여기서 부하들이 돌아오기를 기다리고 있는 중이오. 게다가 댁의 견해에 따르자면 여기서 요새까지는 대단히 먼 거리가 아닙니까.」

「하지만 군인들은 어려움을 능히 이길 수 있을 만큼 잘 훈련된 사람들 아닙니까.」

「그야 그렇죠. 수많은 버러지 같은 놈들을 상대해야 하는 사람들이니까.」 대위는 그렇게 말하면서 의미심장한 눈길로 돈 디에고를 슬쩍 쳐다봤다.

「지금 나를 버러지라 하는 거요, 대위?」

「내가 그렇게 말했던가요?」

상황이 험악하게 돌아가자 돈 카를로스는 걱정이 되어 안절부절못했다. 군 장교와 돈 디에고 베가가 자신의 목장에서 맞붙었다간 앞으로 자기에게 더 큰 불이익이 닥쳐오리라.

「자, 자, 포도주를 들어요, 신사 분들!」 그는 그렇게 소리치면서 두 사람이 앉은 의자들 사이에 끼어드는 결례를 감행했다. 평소라면 절대로 그렇게 하지 못했으리라. 「부상을 입어서 기력이 떨어졌을 테니 포도주를 들어요, 대위. 그리고 댁은 여기까지 험한 길을 오느라 힘들었을 테니 —」

그러자 라몬 대위가 말했다. 「제가 보기에는 전혀 험한 길이 아닌데요.」

돈 디에고는 돈 카를로스가 건네주는 포도주 잔을 받아 들고는 대위에게 등을 돌렸다. 그는 롤리타를 건너다보면서 싱긋이 웃었다. 그는 자리에서 일어나 의자를 집어 들더니 방을 가로질러 가서 그녀 곁에 내려놓고 앉았다.

「그 악당이 아가씨를 협박하진 않았나요?」

「그 사람이 그랬을 거라고 생각하세요? 그랬다고 하면 댁이 앙갚음을 해주실 건가요? 옆구리에 검을 차고 말을 타고 내달려 가서 기필코 그 사람을 찾아내 혼내 주기라도 할 건가요?」

「꼭 그래야만 한다면 그렇게 할 용의가 있죠. 하지만 저는 어떻게 해서든지 그 악당을 잡고 싶어 하는 억센 사람들을 얼마든지 고용할 수 있는 사람입니다. 그런데 뭐하러 제가 굳이 직접 나서서 그런 위험을 감수할 필요가 있겠습니까?」

「세상에!」 롤리타는 기가 막혀서 입을 벌렸다.

돈 디에고는 사정하듯 말했다. 「그 살인귀 얘기는 그만합시다. 그런 얘기 말고도 할 얘기가 얼마든지 있는걸요. 아까 낮에 제가 들렀을 때 제안한 것에 대해 생각해 보셨나요, 아가씨?」

롤리타는 그제야 거기에 생각이 미쳤다. 그녀는 그 결혼이 자기 부모와 부모의 재산에 미칠 영향을 다시 떠올렸다. 그리고 그 노상강도와, 그의 대담하고 기백 있는 태도 역시 떠오르면서 돈 디에고가 그런 사람이라면 얼마나 좋을까 생각했다. 지금으로서는 돈 디에고 베가의 약혼녀가 되고 싶은 마음은 추호도 없었다.

그녀는 더듬거렸다. 「시간이…… 시간이 없어서 거의 생각을 해보지 못했어요.」

「곧 마음을 정해 주셨으면 좋겠군요.」

「그렇게 결혼이 하고 싶으세요?」

「오늘 오후 아버님이 다시 제 집을 찾아오셨더랬습니다. 가급적 속히 아내를 얻으라고 다그치시더군요. 물론 결혼한다는 건 좀 성가신 일이긴 합니다. 하지만 제대로 된 아들이라면 아버지를 기쁘게 해드려야 마땅하죠.」

롤리타는 치밀어 오르는 분노를 참느라 입술을 깨물었다. 세상에 이따위 청혼을 하는 사람이 어디 있담? 그녀는 마침내 입을 열었다. 「조만간 마음을 정하겠어요.」

「저 라몬 대위는 이 목장에서 얼마나 머물 건가요?」

그 말을 듣는 순간 롤리타의 가슴속에서는 일말의 희망이 일었다. 돈 디에고가 질투를 하는 것일까? 그게 사실이라면 그도 구제받을 가능성이 있는 사람일 것이다. 그 나른한 무기력 상태에서 깨어나면서 사랑과 열정에 휩싸여 여느 청년들처럼 행동할지도 모른다.

「우리 아버님이 저이에게 요새까지 갈 수 있을 만큼 상태가 회복될 때까지 여기서 머무르라고 하셨어요.」

「저 친구는 당장이라도 갈 수 있어요. 좀 긁힌 정도뿐인데!」

「댁은 오늘 밤에 마을로 돌아가지 않을 건가요?」

「너무나 힘든 길이 될 테지만 그래도 돌아가야 합니다. 내일 아침 일찍 할 일이 좀 있어서요. 사업을 한다는 건 정말 성가신 일입니다!」

「우리 아버님이 마차로 모셔다 주겠다고 하실 거예요.」

「그렇게 해주신다면 정말 고마운 일이 되겠지요. 마차 안에서 잠을 좀 잘 수 있을 테니까요.」

「그런데 중간에 그 노상강도가 나타나면 어쩌죠?」

「그런 건 염려하지 않습니다. 돈이 많은데 뭐 걱정입니까? 몸값을 주고 풀려나면 되지요.」

「그 사람하고 싸울 생각은 하지 않고 그저 몸값을 낼 생각만 하세요?」

「저한테 돈은 많지만 목숨은 하나뿐입니다, 아가씨. 그런데도 굳이 피를 볼지 모를 모험을 하는 것이 과연 현명한 일일까요?」

「그렇게 하는 것이 남자다운 행동이 아닐까요?」

「제아무리 바보 같은 사내도 가끔 가다 한 번씩은 사내다운 짓을 할 줄 알죠. 하지만 지혜롭게 처신할 줄 아는 건 현명한 사람들뿐입니다.」 돈 디에고는 억지로 쾌활하게 웃고는, 말만 하는데도 힘이 든다는 듯이 상체를 숙이고 기운 없는 목소리로 말을 이어 갔다.

그 방 반대편에서 돈 카를로스는 라몬 대위의 마음을 누그러뜨리기 위해 최선을 다했다. 대위와 돈 디에고가 잠시라도 그렇게 떨어져 있게 된 게 여간 다행이 아니었다.

대위는 말했다. 「저는 좋은 가문 출신이고 지사 각하께서는 제게 여간 잘해 주시지 않습니다. 그런 소문은 어르신도 들으셨을 겁니다. 이제 스물세 살밖에 되지 않아서 이 정도 계급에 머물러 있습니다만 앞으로 계속 진급을 할 겁니다. 제 앞날은 창창합니다.」

「듣기만 해도 기분 좋은 얘기구려.」

「어르신의 따님을 오늘 밤에 처음 뵈었습니다만 완전히 아가씨에게 마음을 빼앗기고 말았습니다. 저렇게 우아하고 아름다운 분은 처음 봤습니다. 저렇게 반짝이는 눈을 지닌 분은! 그래 아가씨께 청혼을 하고 싶으니 어르신께서 허락해 주셨으면 합니다.」

제11장
세 명의 구혼자

돈 카를로스는 곤경에 빠졌다! 그는 돈 디에고 베가의 마음도, 지사의 총애를 받는 장교의 마음도 상하게 하고 싶지 않았다. 그런데 어떻게 이 곤경을 빠져나간다지? 돈 디에고는 롤리타의 마음에 들지 않을 가능성이 있지만 라몬 대위의 경우라면 얘기가 좀 다를 것이다. 라몬 대위는 이 인근에 있는 청년들 중에서 돈 디에고 다음가는 사윗감이었다.

라몬 대위는 물었다. 「어르신의 의향은 어떠신가요?」

돈 카를로스는 목소리를 낮춰서 말했다. 「지금부터 사정을 간략하게 말할 테니 부디 내 말을 오해하지 말아 줬으면 하오.」

「말씀하시죠.」

「오늘 아침 돈 디에고 베가도 내게 같은 청을 했어요.」

「허어!」

「그 사람의 혈통과 가문에 대해서 잘 알고 있을 거요. 그러니 내가 어떻게 그의 요청을 거부할 수가 있겠소? 당연히 수락할 수밖에. 하지만 롤리타는 제 마음에 들지 않는 사람하고는 절대로 결혼하지 않을 거요. 그러니 내가 비록 돈 디에고의 청을 받아들이기는 했지만 그 사람이 그 애의 마음을 얻지 못한다면……」

「그럴 경우 제가 시도해 봐도 되겠습니까?」

「그럼요. 물론 돈 디에고는 큰 재산을 가진 사람이오. 하지만 댁은 박력이 넘치는 데 반해서 돈 디에고에게는 그런 게 좀……」

대위는 웃으면서 말했다.「무슨 말씀이신지 잘 알겠습니다. 저 친구는 용감하고 박력 있는 신사하고는 거리가 멀죠. 어르신의 따님이 남자다운 남자보다 돈을 더 좋아하시지 않는 한……」

돈 카를로스는 자랑스럽게 말했다.「내 딸아이는 가슴이 요구하는 대로 행동할 아이요!」

「그렇다면 이 문제는 저와 돈 디에고 베가 사이에서 결판이 나겠군요?」

「댁이 신중하고 분별 있게 처신해 주기만 한다면. 나는 우리 가문과 베가 가문이 적대하는 일 같은 것이 생기기를 바라지 않아요.」

「그런 점은 염려 마십시오. 결코 어르신 가문에 누를 끼치지 않겠습니다.」

돈 디에고가 얘기하는 동안 롤리타는 아버지와 라몬 대위를 유심히 살펴보고는 두 사람 사이에서 어떤 일이 벌어지고 있는지 대충 눈치챘다. 박력 있는 장교가 구혼자의 한 사람으로 나선다는 것은 당연히 기분 좋은 일이었다. 그러나 처음 그와 시선을 마주쳤을 때 그녀의 가슴에서는 아무 감정도 일지 않았다.

조로의 경우에는 그에게서 일방적으로 말을 듣기만 했고 또 그가 그녀의 손바닥에 키스를 한 정도에 불과했지만, 짜릿한 전율이 거듭 전신을 타고 흘렀다. 돈 디에고가 그 노상강도를 조금이라도 닮았다면 얼마나 좋을까! 베가의 재산과 그 강도의 기백과 박력과 용기를 합친 청년이 나타난다면 얼마나 좋을까!

갑자기 밖이 소란스러워지더니 곤잘레스 상사와 그 부하들이 우르르 몰려 들어왔다. 그들은 대위에게 경례를 했다. 덩치 큰 상사는 대위의 부상 입은 어깨를 놀란 눈으로 바라봤다.
곤잘레스는 보고했다. 「그 악당 놈을 놓쳐 버렸습니다. 5킬로미터가량 놈을 뒤쫓아 갔을 때 놈은 산 속으로 들어갔고 우리는 거기서 놈과 맞닥뜨렸습니다.」
「그래서?」
「놈에게는 패거리들이 있더군요.」
「어떤 패거리가?」
「열 명은 실히 될 것 같은 놈들이 거기서 우리를 기다리고 있었습니다. 우리가 놈들이 있다는 것을 미처 눈치채기 전에 놈들이 우리를 공격했습니다. 우리는 놈들과 맞서서 잘 싸웠습니다. 그래 놈들 셋이 부상을 입었죠. 하지만 결국 놈들은 다친 제 동료들을 끌고 달아나 버렸습니다. 우리는 그 강도에게 패거리가 있다는 것을 예상하지 못했기 때문에 그렇게 매복 작전에 말려들었죠.」
「그렇다면 그 일당과도 맞서 싸워야지! 내일 아침 사병 이십 명을 선발해서 지휘하도록 하게, 상사. 그 아이들을 끌고 가서 조로라는 자를 추적하도록 해. 끝까지 추적해서 죽이든가 생포하든가 하도록 하게. 자네가 성공하기만 하면 내, 지사께서 약속하신 포상금에 월급의 4분의 1을 더 얹어 주도록 하지.」
곤잘레스 상사는 소리쳤다. 「아이고! 그거야말로 제가 바라던 바입니다. 이제 곧 우리는 그 코요테를 궁지에 몰아넣을 겁니다. 대위님께 그놈의 피 색깔이 어떤지 보여 드리겠습 ─」
돈 디에고가 끼어들었다. 「그자가 대위의 피 색깔을 봤으니 당연히 그래야겠지.」
「아니, 그게 무슨 소리요, 돈 디에고? 그 악당 놈과 결투를 벌이셨습니까, 대위님?」

대위는 순순히 시인했다. 「그랬다네. 자네는 꾀 많은 말의 뒤를 쫓아간 거야. 그자는 이 집 벽장 속에 숨어 있다가 내가 들어온 뒤에 나타났지. 그러니 자네가 산에서 만난 자는 그자가 아니고 그 패거리 중의 다른 한 놈임이 분명해. 조로라는 자는 술집에서 자네한테 써먹었던 수법을 나한테도 그대로 써먹었어. 내가 검으로 압도할 경우에 대비해서 한 손에 권총을 들고 있었지.」

대위와 상사는 서로의 얼굴을 정면으로 쳐다보면서 상대의 말이 어디까지가 거짓이고 어디까지가 사실인지 열심히 가늠해 보고 있었다. 돈 디에고는 나직하게 낄낄거리면서 롤리타의 손을 잡으려 했으나 그녀가 얼른 손을 빼는 바람에 손만 부끄러워지고 말았다.

곤잘레스는 말했다. 「이번 사건은 피를 봐야만 해결될 겁니다! 저는 그 악당 놈을 끝까지 추적할 겁니다. 제게 대원들을 선발할 권한을 주실 건가요?」

「요새에 있는 사병들 중에서 아무나 자네 마음대로 뽑도록 하게.」

갑자기 돈 디에고가 다시 끼어들었다. 「나도 함께 가고 싶소, 곤잘레스 상사.」

「맙소사! 그랬다간 댁은 죽고 말 거요! 밤낮으로 말을 타고 온 산을 오르내려야 하는데! 종일 먼지를 마시고 뙤약볕에 시달리면서 돌아다녀야 하고 여차하면 싸움도 벌여야 하는데!」

돈 디에고는 고개를 끄덕였다. 「그렇다면 마을에 그대로 남아 있는 게 좋겠군요. 하지만 그자는 나와 아주 가까운 사이인 이 집안 분들을 괴롭혔어요. 최소한 내게 자세한 얘기를 해주기는 할 거죠? 그자가 날쌔게 내빼 버렸다면 어떻게 도망쳤나 다 얘기해 줄 거고? 댁이 그자를 뒤쫓을 때는 나도 그런 사실을 알고 싶어요. 댁이 어디로 가고 있는가 알고 싶고. 그래야 나도 마음속으로나마 응원을 할 수 있을 게 아니겠소?」

곤잘레스는 말했다. 「물론이오. 꼭 그렇게 하리다. 앞으로 시체가 된 그 악당 놈의 얼굴을 볼 기회를 드리겠소. 내, 맹세코 그렇게 할 거요!」

「그것참 대단한 맹세로구려. 한데 만일 —」

「내가 놈을 벤다면 그렇게 해드리겠다는 얘기지. 그건 그렇고 대위님, 오늘 밤에 요새로 돌아가실 건가요?」

라몬은 말했다. 「가야지. 부상을 입긴 했지만 말은 탈 수 있네.」

그는 말을 하면서 돈 디에고를 슬쩍 쳐다봤다. 돈 디에고의 얼굴에는 빈정대는 듯한 기미가 희미하게 어려 있었다.

돈 디에고는 말했다. 「대단한 기백이구려! 어르신께서 내게 마차를 내주시는 호의를 베풀어 주신다면 나도 레이나 데 로스앤젤레스로 돌아갈 거요. 내 말은 마차 뒤에 묶어 놓고 따라오게 하면 되죠. 오늘 다시 말을 타고 그 먼 거리를 갔다간 나는 그냥 죽고 말 거요!」

곤잘레스는 너털웃음을 터뜨리면서 먼저 집 밖으로 나갔다. 라몬은 숙녀들에게 정중하게 인사한 뒤 돈 디에고를 매섭게 노려보면서 따라 나갔다. 돈 카를로스와 그의 아내가 대위를 문밖까지 전송하는 동안 돈 디에고는 다시 롤리타 쪽으로 고개를 돌렸다.

「그 문제를 진지하게 생각해 주실 거죠? 우리 아버님은 며칠 내로 다시 찾아오실 겁니다. 그때쯤 제가 확답을 들을 수만 있다면 야단맞는 걸 면할 수 있겠죠. 아가씨께서 결정을 내리시면 어르신께 말씀해 주세요. 그러면 어르신께서 사람을 시켜 제게 소식을 전해 주시겠죠. 저는 즉각 결혼식 준비를 할 거고.」

「생각해 보겠어요.」

「산가브리엘 교구 성당에서 결혼식을 치를 수도 있습니다. 우리가 그 먼 길을 갈 용의가 있다고 하면 말이죠. 그리고 그 교구에 속한 펠리페 사제님은 제가 어렸을 적부터 잘 알고 지내던 분이죠. 그러니 아가씨만 좋다고 하면 그분에게 소식을 전할 겁니다. 그러면 그분이 레이나 데 로스앤젤레스로 직접 오셔서 그곳 광장에 있는 작은 성당에서 결혼식을 주재해 줄 수도 있을 겁니다.」

「생각해 보겠어요.」 롤리타는 같은 말을 되풀이했다.

「오늘 밤 여행에서 제가 무사히 살아남는다면 며칠 내로 다시 아가씨를 뵈러 오게 될 것 같습니다. 부에나스 노체스, 세뇨리타! 아가씨 손에 키스해도 될까요?」

롤리타는 쌀쌀하게 말했다. 「그런 수고하실 필요 없어요. 괜히 몸만 더 피곤해질 텐데요, 뭐.」

「아, 감사합니다. 아가씨는 정말 사려 깊은 분이시군요. 사려 깊은 아내를 얻는다는 건 정말 큰 행운이죠.」

돈 디에고는 그렇게 말하고는 속 터지도록 느릿하고 맥없어 보이는 걸음으로 문 쪽으로 갔다. 롤리타는 제 방으로 달려 들어가 두 손으로 가슴을 치고 머리를 쥐어뜯었다. 너무나 화가 나서 눈물조차 나오지 않았다. 키스를 하려면 그냥 할 것이지! 조로는 키스해도 되겠느냐 물어보지도 않고 다짜고짜 그렇게 했다. 조로는 죽음을 무릅쓰고 자기를 만나러 왔다. 조로는 라몬 대위와 결투할 때도 흥겹게 웃었으며 결투가 끝난 뒤에는 계책을 써서 난관을 돌파해 나갔다. 아, 돈 디에고 베가가 노상강도라고 하는 그 사람의 반만이라도 닮았다면!

군인들이 말을 달리는 소리가 들리더니 잠시 후에는 돈 디에고 베가가 아버지의 마차를 타고 가는 소리가 들려왔다. 그러자 그녀는 큰방으로 들어가 다시 부모와 만났다.

「돈 디에고 베가하고는 도저히 결혼할 수 없을 것 같아요, 아버지.」

「왜 그런 결정을 내렸지?」

「글쎄, 저도 정확히는 말씀드리지 못하겠어요. 그저 그 사람이 제가 바라는 남편감이 아니라는 것밖에는. 그 사람은 너무나 무기력해요. 그 사람하고 살다가는 제가 지레 속이 터져 죽고 말 거예요.」

카탈리나 부인이 말했다. 「라몬 대위도 네게 청혼하고 싶으니 허락해 달라고 청했단다.」

「그 사람도 오십보백보예요. 그 사람은 눈빛이 마음에 들지 않아요.」

돈 카를로스는 말했다. 「참 까탈도 심하구나. 내년에도 계속해서 박해를 받으면 우리는 길바닥에 나앉고 말 게다. 이 지역에서 으뜸가는 신랑감이 청혼을 하는데도 싫다고 뻗대질 않나, 지위 높은 장교는 눈빛이 마음에 들지 않는다고 내치질 않나! 얘야, 생각을 좀 해봐라. 돈 디에고 베가와의 결혼은 우리로서는 더 이상 바랄 수 없는 행운이야. 그 사람과 좀 더 친해지면 마음이 달라질 게다. 그리고 그 사람이 정신을 차릴 수도 있어. 오늘 밤 그런 기미가 보였어. 대위가 여기 와 있는 걸 보더니 그 사람이 질투하는 것 같더구나. 네가 그 사람의 질투심을 자극할 수 있다면 ─」

롤리타는 울음을 터뜨렸으나 격정의 순간은 이내 지나갔다. 그녀는 눈물을 닦으면서 말했다. 「그 사람을, 그 사람을 좋아해 보려고 최선을 다하기는 할 거예요. 하지만 그 사람의 아내가 되겠다는 말은 아직 못 하겠어요.」

그녀는 다시 황황히 제 방으로 들어가 인디언 여자를 불러 곁에 있게 했다. 집은 이내 어둠 속에 잠겨 들었으며 진흙 벽돌로 지은 오두막들 곁의 모닥불들을 제외하고는 그 일대도 역시 칠흑같이 어두웠다. 인디언들은 모닥불 주위에 둘러앉아 그날 밤에 일어난 무서운 사건들을 최대한 부풀려 가며 이야기하고 있으리라. 돈 카를로스 풀리도와 그의 아내의 방에서는 나직하게 코 고는 소리가 났다.

그러나 롤리타는 좀처럼 잠을 이루지 못했다. 그녀는 한 손으로 턱을 괸 채 멀리서 가물거리는 모닥불들을 물끄러미 내다봤다. 조로에 대한 생각이 그녀의 마음을 온통 차지하고 있었다.

그가 우아하게 허리를 숙여 인사하던 모습, 깊은 울림을 지닌 목소리, 자신의 손바닥에 와 닿았던 입술의 감촉 등이 생생하게 떠올랐다.

그녀는 탄식했다. 「그 사람이 악당이 아니면 얼마나 좋을까! 나도 참! 어떻게 그런 사람을 사랑할 수가 있지!」

제12장
방문

이튿날 아침 댓바람부터 레이나 데 로스앤젤레스 광장은 시끌벅적했다. 페드로 곤잘레스 상사가 스무 명가량의 기병들과 함께 거기서 조로를 추적할 준비를 하고 있었다. 그들은 그곳 요새에 주재하는 거의 모든 병력에 해당했다.

부하들이 안장을 조절하고, 굴레를 살펴보고, 물병과 소량의 식량을 잘 챙겼나 점검하는 동안 덩치 큰 상사는 연방 고함을 질러 댔다. 곤잘레스 상사는 부하들에게 필요한 것은 현지에서 조달하면 되니 가급적 짐을 가볍게 하라고 지시했다. 그는 대위의 명령을 아주 진지하게 받아들였다. 그는 조로를 잡을 때까지는 돌아오지 않을 작정이었다. 그에게는 단 두 가지 가능성만 남아 있었다. 조로를 잡거나 아니면 자기가 조로의 손에 죽거나.

그는 뚱보 술집 주인에게 말했다. 「나는 그놈의 가죽을 벗겨 요새 대문에 못 박아 놓을 걸세, 친구. 그런 뒤 지사님의 포상금을 받으면 자네한테 진 외상값을 갚아 주지.」

「제발 그렇게 되기를 성인들께 기도하겠습니다요!」

「뭐라고? 내가 외상값을 갚게 해달라고 기도하겠다고? 알량한 동전 몇 푼 떼어먹힐까 봐 걱정하는 건가?」

「아니요, 상사님이 부디 그자를 체포하게 해달라고 기도하겠다는 뜻입니다.」 주인은 얼른 그럴싸하게 둘러댔다.

라몬 대위는 부상을 입은 탓에 열이 좀 나서 그들이 출발하는 광경을 보러 나오지 않았다. 하지만 마을 사람들은 곤잘레스 상사와 그의 부하들 주위에 잔뜩 몰려서서 연이어 질문을 던졌다. 상사는 자기가 관심의 초점이 된 것에 흡족해했다.

그는 뻐기듯이 말했다. 「카피스트라노의 재앙은 이제 곧 골로 갈 거요! 페드로 곤잘레스가 놈을 추적할 거니까. 하! 놈과 마주치기만 하면 내 이놈을 그냥 ─」

바로 그때 돈 디에고 베가의 저택 대문이 열리더니 돈 디에고가 나타났다. 그가 그렇게 아침 일찍 나타난 것을 보고 마을 사람들은 모두 은근히 놀랐다. 곤잘레스 상사는 들고 있던 짐을 털썩 내려놓고는 두 손을 양 허리에 얹은 채 호기심 어린 눈빛으로 돈 디에고를 쳐다봤다.

「아니, 아직까지 잠자리에 들지 않은 거요?」

「잤죠.」

「그런데 이렇게 일찍 일어났단 말요? 내일은 해가 서쪽에서 뜨겠네. 도대체 무슨 일인지 연유가 궁금하구려!」

「댁들이 하도 시끄럽게 굴어 죽은 사람까지도 다 깨어날 지경이오.」

「아니, 그게 무슨 말씀이오. 우리는 질서 정연하게 행동하고 있는걸.」

「출동 준비를 요새가 아니라 꼭 이 광장에서 해야겠소? 거기서는 당신네가 거드름 피우는 광경을 봐줄 사람이 별로 없어서 이리로 나온 거요?」

「아니, 그게 아니라 ─」

「됐어요!」 돈 디에고는 그렇게 그의 말을 자르고는 얘기를 계속했다. 「사실 나는 내 목장까지 그 멀고 먼 길을 가야 할 일이 있어서 이렇게 일찍 일어난 거요. 무려 16킬로미터나 말을 달려 양 떼와 소 떼를 살펴보러 가야 해요. 가진 게 많으면 할 일도 많으니 부디 부자는 되지 마시오, 곤잘레스 상사.」

곤잘레스는 껄껄거리고 웃으며 말했다. 「그 정도 거리 갖고 뭘 그렇게 엄살을 떠시나그래. 호위병도 거느리고 가는 거요?」

「인디언 두 사람만 데리고 가요.」

「가다가 조로를 만나면 댁의 몸값을 톡톡히 받아 내려 들 텐데.」

돈 디에고는 물었다. 「여기와 내 목장 사이에서 그 사람이 나타날까요?」

「조금 전에 한 인디언이 와서 그자가 팔라와 산루이스 레이 사이 길에 나타났다는 제보를 해서 우리는 그쪽 방면으로 가려고 해요. 댁의 목장은 방향이 다르니 그 악당을 만날 일은 없을 거요.」

「그 말을 들으니 좀 안심이 되는구려. 그럼 댁은 팔라 쪽으로 갈 거요?」

「그래야죠. 가급적 속히 놈의 자취를 찾아낼 작정이오. 일단 꼬리를 잡았다 하면 그 여우 놈을 사정없이 뒤쫓을 거요. 놈의 소굴도 찾아낼 작정이고. 이제 곧 출발할 거요.」

돈 디에고는 말했다. 「좋은 소식이 오기를 고대하겠소. 행운을 빌어요.」

곤잘레스와 그의 부하들은 말에 올랐다. 그리고 상사가 명령을 내리자 그들은 일제히 광장을 가로질러 구름 같은 먼지를 피워 올리면서 팔라와 산루이스 레이 방면 길을 향해 달려갔다.

돈 디에고는 그들이 점점 더 멀어져 작은 먼지 구름 같은 것으로 화할 때까지 오래도록 지켜보다가 자신의 말을 소리쳐 불렀다. 말이 나타나자 그는 말 등에 오르더니 산가브리엘 방면으로 향했다. 두 명의 인디언 하인도 노새를 타고 그의 뒤를 따라갔다.

돈 디에고는 그곳을 떠나기 전에 집에서 편지 한 통을 써서 인디언 하인에게 풀리도 목장에 전해 주라고 지시했다. 돈 카를로스에게 보내는 그 편지 내용은 다음과 같았다.

오늘 아침 군인들이 조로를 쫓기 위해 이곳을 출발할 예정입니다. 듣자니 그 노상강도는 제 패거리를 거느리고 있어서 여차하면 군인들과 한판 붙을지도 모른다고 합니다. 그러니 앞으로 어떤 일이 일어날지 알 수 없습니다. 저는 가까운 분들이 위험한 일을 당하는 것을 원치 않습니다. 특히 어르신의 따님에게, 그리고 카탈리나 부인과 어르신께 무슨 일이 닥치는 것은. 게다가 이 강도는 어젯밤에 어르신의 따님을 봤으니 틀림없이 아가씨의 미모에 혹해서 다시 찾아오려 들 겁니다.

그러니 레이나 데 로스앤젤레스에 있는 제 집으로 속히 오셔서 사건이 마무리될 때까지 머물러 주셨으면 합니다. 저는 오늘 아침 제 목장으로 떠날 겁니다. 하지만 하인들에게 어르신을 잘 모시라는 지시를 내려 놨습니다. 부디 제가 돌아올 때까지 머물러 주셨으면 합니다. 저는 이삼일 뒤에 돌아올 예정입니다.

디에고

돈 카를로스는 그 편지를 아내와 딸에게 큰 소리로 읽어 주고는 그들이 그것을 어떻게 받아들이나 보려고 고개를 쳐들었다. 백전노장이라 할 수 있는 그 자신은 돈 디에고가 말한 위험성에 코웃음을 쳤으나 아내와 딸을 위험한 상태에 빠뜨리고 싶지는 않았다.

「어떻게 생각하오?」

카탈리나 부인이 말했다. 「마을에 들른 지도 꽤 오래되었어요. 거기 부인네들 중에서 아직도 친구들이 남아 있고. 가보는 것도 괜찮을 거라는 생각이 드네요.」

돈 카를로스는 말했다. 「우리가 돈 디에고 베가의 손님들이라는 사실이 마을에 널리 알려져서 손해날 일은 전혀 없을 거요. 우리 아가씨께서는 어찌 생각하시나?」

그가 딸에게 그렇게 물어봐 준 것은 일종의 양보였다. 롤리타는 돈 디에고가 자기에게 구혼하는 바람에 아버지가 이렇게 전례 없는 호의를 베풀었다는 것을 잘 알고 있었다. 그녀는 잠시 주저하다가 대답했다.

「괜찮을 거 같아요. 우리 목장에서는 사람 만나는 일이 거의 없으니 마을에 한번 들러 보고 싶어요. 하지만 마을 사람들이 돈 디에고와 저를 두고 뭐라고 쑥덕거릴지도 모르겠어요.」

돈 카를로스는 일갈했다. 「바보 같은 소리! 우리 가문과 베가 가문은 거의 동등하고 그 밖의 집안들보다는 훨씬 더 지위가 높으니 우리가 베가 집안 사람들을 방문한다고 해서 이상할 게 뭐 있겠어?」

「하지만 거기는 돈 디에고의 아버지 집이 아니라 그 사람 집이잖아요. 그렇지만…… 그 사람이 이삼일 동안 집을 비운다고 했으니 그 사람이 돌아올 때쯤 우리도 돌아오면 되겠네요.」

돈 카를로스는 말했다. 「그럼 결정된 거야! 목장 관리인을 만나서 지시를 해놓고 와야겠군.」

돈 카를로스는 파티오로 나가 관리인을 부르기 위해 큰 종을 친 뒤 잠시 흡족한 기분에 젖어 들었다. 롤리타가 돈 디에고 베가 저택에 가서 거기 있는 호화 가구들을 보면 돈 디에고를 보는 눈이 달라질 것이다. 비단과 공단, 우아한 태피스트리, 금으로 상감 장식하고 보석들을 박아 넣은 가구들을 보면서 자기가 그런 가구들과 그 밖의 많은 재산을 마음대로 주무를 권리가 있는 안주인이 될 수 있다는 것을 깨닫는다면……. 돈 카를로스는 자기가 여자 마음을 그런대로 잘 알고 있다고 자부하는 사람이었다.

낮잠 자는 시간이 지난 직후, 노새들이 끌고 인디언 하인 하나가 모는 간단한 형태의 이륜마차 한 대가 문 앞에 대령했다.

카탈리나 부인과 롤리타는 마차에 올라탔고 돈 카를로스는 가장 좋은 말을 타고 그 곁에서 따라갔다. 그들은 좁은 길을 벗어나 간선 도로로 접어들었고 간선 도로를 따라 레이나 데 로스앤젤레스로 향했다.

풀리도 집안 사람들이 불운을 당한 뒤에는 거의 외출을 하지 않는다는 소문이 널리 퍼져 있었으므로 간선 도로에서 그들과 마주친 사람들은 하나같이 놀란 표정을 했다. 그 집 부인과 딸이 유행을 따르지 않으며 하인들은 먹을 것도 제대로 얻어먹지 못하지만 주인이 워낙 친절한 사람이어서 그 목장에 붙어 있다는 소문까지 나돌고 있었다.

그러나 카탈리나 부인과 딸은 돈 카를로스처럼 의연하게 고개를 쳐들고 가다가 안면이 있는 사람들을 만날 때면 정중하게 인사했다.

이윽고 모퉁이 길을 돌자 멀리 마을이 보였다. 광장, 건물 한쪽 지붕 높이 십자가가 달린 성당, 술집과 창고들, 돈 디에고처럼 위세 당당한 이들의 저택 몇 채, 여기저기 흩어져 있는 인디언들과 가난한 이들의 오두막들로 이루어진 마을이.

마차가 돈 디에고의 저택 대문 앞에 멈춰 서자 하인들이 우르르 쏟아져 나와 손님들을 맞았다. 그들은 숙녀들이 흙을 밟지 않게끔 마차 앞에서 저택 현관 앞까지 카펫을 죽 깔아 줬다. 돈 카를로스는 자기 말과 노새들을 잘 돌봐 주고 마차를 적당한 데다 보관해 달라고 당부하고는 맨 먼저 집 안으로 들어갔다. 그리고 그들은 저택 안에서 한동안 휴식을 취했으며, 그사이에 하인들이 포도주와 음식을 내왔다.

그러고 나서 그들은 그 호화로운 저택 전체를 돌아봤다. 카탈리나 부인은 예전에 많은 부잣집을 본 적이 있었음에도 연방 눈이 휘둥그레지곤 했다.

그녀는 헐떡이면서 말했다. 「우리 딸이 청혼을 받아들이겠다는 말만 하면 이 모든 것의 주인이 될 수 있다니!」

롤리타는 아무 말도 하지 않았다. 하지만 그녀는 돈 디에고의 아내가 되는 것도 그리 나쁘지는 않겠다는 생각을 하기 시작했다. 그녀의 내면에서는 치열한 전쟁이 벌어지고 있었다. 한쪽 진영에는 부와 지위, 부모님의 안전과 번영, 그리고 무기력하고 나른한 남편감이 자리 잡고 있었다. 다른 한쪽 진영에는 그녀가 열망하는 로맨스와 이상적인 사랑이 자리 잡고 있었고. 그녀는 마지막 희망이 사라지기 전까지는 후자를 포기할 수 없었다.

돈 카를로스는 저택을 나와 광장 건너편의 술집에 들어갔다. 술집 안에서 그는 나이 지긋한 몇몇 신사를 만났다. 그가 인사를 하는데도 모두 떨떠름한 낯빛으로 인사를 받아 주기는 했으나 그래도 그는 오랜만에 그들과 이야기를 나눴다. 그는 자기가 지사의 눈 밖에 난 사람이라 그들이 터놓고 자기에게 친절하게 대해 주기를 꺼리는 것이리라 짐작했다.

한 사람이 물었다. 「일을 보러 마을에 온 거요?」

돈 카를로스는 자신의 위상을 어느 정도나 바로잡을 기회가 왔으므로 반색을 하면서 대꾸했다. 「아뇨. 요즘 이 일대에 조로라는 친구가 출몰하고 있고 군인들이 그자의 뒤를 쫓고 있지 않습니까.」

「그건 우리도 알고 있어요.」

「현재 조로가 한 떼의 살인자들을 거느리고 있다고 하니 곧 군인들과 전투를 벌일지 모릅니다. 그 무리가 여기저기를 습격할지도 모르고. 우리 목장은 마을에서 멀리 떨어져 있어서 그자들의 습격을 받을 가능성이 있죠.」

「아! 그래서 가족들을 데리고 여기 온 거요? 상황이 끝날 때까지 피신해 있으려고?」

「그렇게 할 생각은 추호도 없었어요. 한데 오늘 아침 돈 디에고 베가가 우리 목장에 하인을 보내 가족과 함께 자기 집에 잠시 머물러 달라고 청합디다. 돈 디에고는 자기 목장에 갔는데 곧 돌아올 거랍니다.」

그 얘기를 듣고 사람들은 눈을 크게 떴다. 하지만 돈 카를로스는 못 본 체하고 포도주를 기분 좋게 들이켰다.

돈 카를로스는 말을 이었다. 「어제 오전에는 돈 디에고가 우리 집에 찾아왔더랬어요. 그래 오랜만에 그 사람하고 교분을 나눴지요. 밤에는 조로라는 자가 우리 목장에 왔어요. 그 소식은 모두들 들으셨을 겁니다. 그리고 그 소식을 들은 돈 디에고는 혹시 우리가 무슨 일이라도 당하지 않았을까 염려되어 다시 말을 타고 달려왔어요.」

그 얘기를 들은 한 사람이 입을 딱 벌렸다. 「하루에 두 번씩이나!」

「글쎄, 그랬다니까요.」

「댁의 따님이 아주 예쁘다던데요, 돈 카를로스 풀리도? 열일곱 살이라고 하던데, 맞나요?」

「열여덟 살입니다. 보는 사람마다 예쁘다고 하기는 하더군요.」

그 자리에 앉은 사람들은 서로의 얼굴을 쳐다봤다. 이제야 그들은 해답을 찾아냈다. 돈 디에고 베가가 세뇨리타 롤리타 풀리도에게 청혼을 한 것이다. 그것은 풀리도가가 조만간 옛 영화를 되찾으리라는 것을 뜻했다. 또한 그것은 돈 카를로스가 자기를 도와주지 않은 옛 친구들을 떠올리면서 기회가 닿는 대로 손봐주겠다는 마음을 먹으리라는 것을 뜻하기도 했다.

그리하여 이제 그들은 재빨리 그의 주위로 다가앉아 연방 굽실거리면서 목장의 양 떼와 소 떼가 얼마나 늘었느냐, 곡식 수확은 잘 됐느냐, 벌 치는 일도 순조로우냐, 올해의 올리브 수확은 어떨 것 같으냐는 질문을 연이어 해댔다.

돈 카를로스는 그 모든 것을 당연한 일로 받아들이는 듯했다. 그는 그들이 사주는 포도주를 흔쾌히 받아 마셨고 또 제 돈 주고 사 마시기도 했다. 뚱보 주인은 그들이 주문할 때마다 바쁘게 움직이면서 그날 굴러 들어올 수입을 계산하기 위해 열심히 머리를 굴려 봤지만 그의 좋지 않은 머리로는 암만해도 계산이 나오지 않았다.

어스름 녘이 되어 돈 카를로스가 술집을 떠날 즈음 몇 사람이 문 앞까지 그를 배웅했고, 좀 더 영향력 있는 두 사람은 광장을 가로질러 돈 디에고의 저택 문 앞까지 따라왔다. 그중의 한 사람은 돈 카를로스에게 그날 밤 부인과 함께 자기 집에 와서 음악을 들으면서 이야기를 나누는 시간을 갖자고 간곡하게 청했다. 돈 카를로스는 흔쾌히 그 초대를 받아들였다.

카탈리나 부인은 창문을 통해 그 광경을 목격했기에 현관문 앞에서 환한 얼굴로 남편을 맞아들였다.

돈 카를로스는 말했다. 「만사형통이오. 저 사람들은 쌍수를 들어 나를 환영했어. 그중의 한 사람이 오늘 밤 자기 집에 와달라고 초대하기에 가겠다고 했지.」

「롤리타는 어떻게 하고요?」

「걔는 여기 남아 있어야지. 상관없잖소? 이 집에는 몇십 명의 하인들이 북적거리고 있는데 뭘. 게다가 나는 이미 그 초대를 받아들였어요.」

남들과 다시 좋은 관계를 맺을 그런 기회를 그냥 흘려버릴 수는 없는 일이어서 부부는 롤리타에게 그 사실을 알렸다. 롤리타는 넓은 거실에 머물면서 그곳 서가에서 발견한 시집을 읽으며 시간을 보내기로 했다. 시집을 읽다가 졸리면 침실로 갈 작정이었고. 그 집의 하인들이 자신을 지켜 줄 것이고 집사가 개인적인 시중을 들어 줄 것이다.

돈 카를로스와 그의 아내가 밤 나들이 길에 나서자, 곧 비가 올 것처럼 하늘에 구름이 잔뜩 끼어 있고 달도 뜨지 않은 상태라 대여섯 명의 인디언 하인들이 횃불을 들고 따라 나와 광장을 훤히 비춰 줬다.

롤리타는 소파에 올라앉아 무릎 위에 시집을 펼치고 읽기 시작했다. 그 시집에 수록된 시들은 하나같이 사랑과 로맨스, 열정에 관한 것들이었다. 그 시집은 많이 읽은 흔적이 역력했다. 그녀는 돈 디에고같이 무기력해 뵈는 사람이 그런 시들을 읽는다는 사실에 놀라움을 금치 못했다. 그녀는 자리에서 일어나 거기서 그리 멀리 떨어져 있지 않은 벤치 위에 놓인 다른 책들도 들여다봤다. 그녀의 놀라움은 점점 더 커졌다.

거기에는 사랑에 관한 시집들, 승마술에 관한 책들, 검술 달인들의 말을 옮겨 펴낸 책들, 위대한 장군들과 전사들에 관한 책들뿐이었다.

이런 책들은 돈 디에고 같은 사람에게는 전혀 걸맞지 않은 책들인데……. 그러고 나서 그녀는 그가 그런 책들이 제시하는 삶의 방식을 따르지는 않으나 읽는 것은 좋아하는가 보다 생각했다. 돈 디에고는 정말 수수께끼 같은 사람이라는 생각이 자꾸 들었다. 그녀는 다시 소파로 돌아가 애초에 고른 시집을 읽기 시작했다.

그때 라몬 대위가 그 저택의 현관문을 두드렸다.

제13장
바람처럼 사랑은 찾아온다

집사가 급히 나가서 문을 열어 줬다.

집사는 말했다. 「죄송합니다만 주인 나리는 여기 계시지 않는데요. 목장에 가셨습니다.」

「나도 알아. 돈 카를로스하고 그분 아내와 따님이 여기 계시지 않나?」

「돈 카를로스와 그 댁 마님은 방문차 외출하셨습니다.」

「아가씨는 ─」

「아가씨는 여기 계십니다.」

「그럼 아가씨에게 문안 인사를 드려야겠군.」

「죄송합니다만 젊은 숙녀 분께서는 혼자 계시는데요.」

「내가 예의 바른 사람이 못 된다는 얘긴가?」

「보호자가 계시지 않는데 신사 분을 맞아들이는 것은 있을 수 없는 일이라서요.」

대위는 일갈했다. 「네가 뭔데 나한테 예절 교육을 하는 거야? 이 쓰레기 같은 놈, 썩 꺼지지 못해! 내 앞길을 가로막았다간 혼날 줄 알아. 너 같은 놈이 까불었다간 어떻게 되는지 잘 알지!」

대위의 말은 사실이었기에 집사의 얼굴은 하얘졌다. 말 한마디라도 잘못했다간 큰 경을 치고 감옥에 들어가리라. 그러나 그는 무엇이 옳은지 잘 알고 있었다.

「하지만 나리 —」

라몬 대위는 왼팔로 그를 밀쳐 내고는 위풍당당한 기세로 넓은 거실 안에 들어갔다. 롤리타는 누군가가 들어온 것을 깨닫고 놀라서 벌떡 일어났다.

「아, 아가씨, 놀라지 마십시오. 아가씨 부모님이 안 계시긴 합니다만 아가씨에게 드릴 말이 있어서요. 저 하인 녀석은 저를 집 안에 들여놓지 않으려 하더군요. 하나, 그렇다고 해서 한 팔을 부상당한 사람 때문에 놀라시지는 않겠지요.」

「이건…… 이건 온당한 일이 못 돼요. 그렇지 않아요?」 롤리타는 약간 겁먹은 목소리로 반문했다.

「아무 일 없을 겁니다.」

그는 방을 가로질러 가 소파 한끝에 앉더니 노골적인 눈길로 그녀의 아름다움을 감상했다. 집사는 그들 곁에서 어정쩡한 자세로 서 있었다.

대위는 말했다. 「주방으로 꺼져!」

롤리타는 사정했다. 「저 사람을 가만 내버려 두세요. 아버님이 그렇게 하라고 지시하셨어요. 저 사람이 나갔다간 말썽이 날 거예요.」

「그대로 있다간 경을 칠 거야. 썩 꺼지라니까!」

집사는 거실에서 나갔다.

라몬 대위는 다시 롤리타를 바라보면서 빙긋이 웃었다. 그는 여자들을 잘 안다고 자부하는 사람이었다. 여자들은 남자가 다른 남자들을 제압하는 모습을 보기를 좋아하지.

그는 적이 만족스러운 목소리로 말했다. 「어느 때보다도 더 아름다우십니다, 아가씨. 사실은 이렇게 아가씨와 단둘이 만날 수 있게 되어 여간 즐겁지 않군요. 아가씨한테 드릴 말이 있거든요.」

「뭔데요, 그게?」

「간밤에 아가씨 아버님의 목장에서 어르신께 아가씨에게 청혼하려 하니 허락해 달라고 부탁드렸습니다. 아름다운 아가씨의 모습을 보는 순간 그만 가슴이 뜨겁게 타올라 아가씨를 아내로 맞고 싶어졌죠. 아가씨 아버님은 돈 디에고 역시 청혼하는 것을 허락받았다는 말씀을 하시면서도 기꺼이 허락해 주셨습니다. 그래서 이제 이 문제는 저와 돈 디에고 사이에서 결판이 날 문제인 것 같습니다.」

「할 말이 있다는 게 그건가요?」

「돈 디에고 베가는 아가씨의 남편감으로 적당한 사람이 못 됩니다. 그 사람에게 용기나 기백이 있나요? 그 사람은 너무나 기운이 없어서 세상 사람들의 조롱거리가 되고 있지 않습니까?」

롤리타는 날카로운 눈길로 대위를 노려보면서 말했다. 「그분 댁에서 그분을 헐뜯을 생각인가요?」

「저는 진실을 얘기하는 겁니다. 아가씨의 마음을 얻고 싶습니다. 따뜻한 눈길로 나를 바라봐 줄 수 없나요? 내가 아가씨의 마음을 얻고 그 손을 잡을 수 있다는 희망을 안겨 줄 수는 없나요?」

「쓸데없는 짓 하지 마세요, 라몬 대위님. 이렇게 하는 건 온당한 짓이 못 돼요. 댁도 잘 아시잖아요. 제발 나가 주세요.」

「아가씨의 대답을 듣기 전에는 못 나갑니다.」

그 말에 그녀는 격분했다. 어째서 나는 다른 처녀들처럼 제대로 된 구애를 받지 못하는 거지? 이자는 뭘 믿고 이렇게 대담하게 나오는 거지? 어째서 이자는 이렇게 사회적 관례를 무시하는 거지?

롤리타는 단호하게 말했다. 「어서 나가 주세요. 이건 잘못된 일이에요. 댁도 잘 아시잖아요. 나를 세상 사람들의 웃음거리로 만들 작정인가요? 이렇게 우리 단둘이 있는 광경을 누가 보기라도 하면?」

「아무도 안 올 겁니다. 대답을 해주세요.」

「천만에요!」 그녀는 빽 소리치면서 자리에서 벌떡 일어났다. 「이런 식으로 대답을 강요하는 것은 온당하지 못해요. 오늘 일은 우리 아버님 귀에 들어갈 거예요!」

그는 코웃음을 쳤다. 「댁의 아버지는 지사님의 눈 밖에 난 양반이오! 정치 감각이 없어서 거세당하고 있는! 난 댁의 아버지가 두렵지 않소! 그분은 내가 아가씨를 쳐다봐 주는 것만으로도 감지덕지해야 할 거요.」

「세상에!」

「달아나지 말아요!」 그는 롤리타의 한 손을 움켜쥐면서 말했다. 「이쪽에서 결혼해 달라고 요청하는 영광을 베풀어 줬구만―」

「내게 영광을 베풀어 줬다고!」 그녀는 화가 나서 소리쳤다. 그러고는 금방이라도 울음을 터뜨릴 것 같은 표정이 되었다. 「여자 쪽에서 응락해 주면 그게 영광이죠.」

그는 이죽거렸다. 「화를 내니 더 예뻐 보이는구먼. 다시 앉아요. 여기, 내 곁에. 자, 이제 대답을 해주시오.」

「왜 이러세요!」

「아가씨는 결국 나와 결혼하게 될 거요. 내가 댁의 아버님에 관해 지사님께 잘 말씀드려 재산의 일부를 되돌려 받게 해주겠소. 나는 아가씨를 산프란시스코 데 아시스에 있는 지사님 관저로 데려갈 거요. 그곳의 높은 분들도 아가씨를 보면 감탄할 거요!」

「이 손 놔요!」

「대답을 해주셔야지. 아가씨는 내 속을 태울 만큼 태웠어!」

간신히 손을 잡아 뺀 롤리타는 작은 양손을 꽉 움켜쥔 채 정욕으로 이글거리는 그의 눈을 노려봤다.

「당신 같은 사람과 결혼을 하라고! 그렇게 하느니 평생 처녀로 늙고 말지. 당신 같은 사람하고 결혼을 하느니 인디언하고 결혼하거나 그냥 죽는 게 더 나을 거야. 나는 난폭한 남자가 아니라 신사하고 결혼할 거야. 당신은 신사가 아니야!」

「망해 가는 집안 딸 주제에 말은 잘 하는군.」

「비록 망해 가기는 해도 풀리도 가문의 피는 안 변해. 태생이 비천하니 이런 말은 이해하기가 힘들걸. 이 얘기는 모두 돈 디에고의 귀에 들어갈 거야. 그분은 우리 아버지의 친구니까 —」

「아, 그러니까 부유한 돈 디에고와 결혼해서 아버지의 어려움을 타개해 보시겠다 그건가? 나같이 훌륭한 장교도 마다하고 돈을 받고 자신을 팔아넘기시겠다 —」

「이봐요!」 그녀는 비명을 지르다시피 했다.

이것은 참기 어려운 모욕이었다. 그녀는 혼자였고 곁에는 함께 분개해 줄 사람이 아무도 없었다. 그리하여 그녀는 분노를 이기지 못해 제 힘으로 앙갚음하기로 결심했다.

그녀는 번개같이 손을 놀려 라몬 대위의 따귀를 보기 좋게 후려갈기고는 재빨리 뒤로 물러섰으나 라몬은 그녀의 한 팔을 움켜쥐고 자기 쪽으로 잡아당겼다.

「이런 짓을 한 대가로 키스를 해드리지. 댁 같은 여자는 체구가 아담해서 이 한 손만으로도 얼마든지 갖고 놀 수 있어.」

롤리타는 격렬히 몸부림쳤다. 두 손이 그의 얼굴에 닿지 않아 그의 가슴을 치고 마구 할퀴었다. 그러나 그는 조롱하는 웃음만 터뜨릴 뿐 점점 더 그녀의 몸을 끌어당겨 그녀는 거의 질식할 지경이 되었다. 마침내 그는 그녀의 머리를 뒤로 젖히고 그녀의 눈을 내려다봤다.

그는 말했다. 「응징의 키스를 해주겠소, 아가씨. 사나운 암고양이를 길들이는 것도 재미있을 거 같아.」

롤리타는 다시 발버둥치려 했지만 꼼짝도 할 수 없었다. 그녀는 성인들에게 도와달라고 외쳤다. 라몬 대위는 다시 껄껄거리고 웃으면서 고개를 숙였다. 그의 입술이 그녀의 입술에 점점 더 가까이 다가왔다.

그러나 그는 키스를 하지 못했다. 롤리타가 다시 발버둥치면서 그의 몸에서 떨어져 나가기 시작해서 그는 부득이 팔에 힘을 주고 그녀의 몸을 다시 끌어당겨야 했다. 바로 그때 방 한구석에서 깊은 울림이 깃든 단호한 목소리가 들려왔다.

「잠깐!」

라몬 대위는 롤리타를 놔주고 홱 돌아섰다. 그는 구석의 어둠 속을 들여다보기 위해 몇 번 눈을 깜박였다. 그때 롤리타가 환성을 지르는 소리가 들렸다.

조로가 다시 나타났으므로 라몬 대위는 롤리타가 있음에도 큰 소리로 욕설을 내뱉었다.

그는 그 노상강도가 어떻게 그 집에 들어왔는지 알려고 하지 않았다. 지금은 그런 생각을 할 겨를이 없었다. 그는 옆구리에 검도 차지 않았다는 것을 깨달았다. 설사 검을 차고 왔다고 해도 오른팔에 부상을 입어서 검을 쓸 수 없으리라. 조로는 구석에서 그를 향해 다가왔다.

카피스트라노의 재앙은 말했다. 「나는 비록 무뢰배이긴 해도 여성들을 존중할 줄 아는 사람이지. 그런데 넌 군 장교면서도 그렇게 할 줄을 모르는 것 같군. 여기서 무슨 짓을 하고 있는 거지,

라몬 대위?」

「너는 여기서 뭘 하는데?」

「나는 숙녀의 비명 소리를 듣고 왔다네. 신사라면 숙녀의 비명이 들린 이상 어디라도 들어가야 마땅하지. 자네는 온갖 관례를 다 무시한 것 같군.」

「이 아가씨도 역시 관례를 무시했어.」

「닥쳐!」 노상강도는 사납게 일갈했다. 「또다시 이런 짓을 하려 들었다간 네가 부상자라 해도 그 자리에서 베어 버릴 테다! 자, 너를 어떻게 혼내 줄까?」

대위는 갑자기 고함을 질렀다. 「집사! 인디언들! 여기 조로가 와 있다! 놈을 잡기만 하면 포상금을 주겠다!」

그러자 조로는 웃음을 터뜨렸다. 「그렇게 구원을 요청해 봤자 아무 소용 없을걸. 그렇게 소리 지를 기력이 있으면 기도하는 데나 쓰는 게 좋을 거야.」

「부상당한 사람이나 협박하고, 잘하는 짓이다.」

「너는 죽어 마땅한 놈이야. 하지만 목숨을 구할 기회는 줘야겠지. 맨입으로는 안 되고 이 아가씨 앞에 무릎 꿇고 사죄하면 살려 주겠다. 사죄를 하고 난 다음에는 겁쟁이처럼 살그머니 이 집을 빠져나가도 돼. 여기서 있었던 일에 대해서는 일절 함구하면서 지내야 하고. 함부로 주둥이를 놀렸다가는 내 반드시 이 검에 네 피를 묻히고 말 거야!」

「허어!」

조로는 명령했다. 「무릎 꿇어. 어서! 난 여기서 한가로이 노닥거릴 시간이 없어.」

「나는 장교란 말이다 ─」

「무릎을 꿇으라니까!」 조로는 다시 으르렁거렸다. 그는 앞으로 성큼 다가가 라몬 대위의 잘 발달된 한쪽 어깨를 움켜쥐고는 바닥에 주저앉혔다.

「빨리 꿇어, 이 겁쟁이 자식아! 이 아가씨에게 다시는 괴롭히지 않을 테니 용서해 달라고 빌어. 물론 아가씨는 너 같은 천하의 악당 녀석을 용서해 주고 싶어 하지 않을 테지만 말이다. 다시는 그렇게 하지 않겠다고 맹세해!」

라몬 대위는 그렇게 했다. 그러자 조로는 한 손으로 그의 목을 움켜쥐고 번쩍 쳐들더니 문 쪽으로 마구 잡아끌고 가 그의 엉덩이를 힘껏 발로 차서 문밖의 어둠 속으로 나동그라지게 했다. 그가 부드러운 부츠를 신었기에 망정이지 그렇지 않았다면 라몬은 큰 부상을 입었을 것이고 감정도 더 크게 상했을 것이다.

조로가 거실 문을 닫으려 할 때 집사가 방 안으로 달려 들어와 놀란 얼굴로 마스크 쓴 사람을 멍하니 쳐다봤다.

조로는 말했다. 「아가씨께 조금이나마 도움이 되어 드린 것 같아 기쁘군요. 그 악당 녀석은 더 이상 아가씨를 괴롭히지 못할 겁니다. 만일 그랬다간 다시 제 검 맛을 톡톡히 보게 될 테니까요.」

롤리타는 소리쳤다. 「오, 고마워요, 고마워요! 댁이 저를 위해서 해주신 일을 아버님께 말씀드리겠어요. 집사, 이분께 포도주를 갖다 드려요.」

그녀가 지시를 내렸으므로 집사는 순순히 따를 수밖에 없었다. 그는 아가씨와 노상강도를 함께 있게 내버려 두고 이렇게 나오는 것이 옳은 일일까 생각하면서 황급히 방을 나섰.

롤리타는 조로 곁으로 다가갔다. 그녀는 낮게 속삭이듯이 말했다. 「댁은 모욕당할 뻔했던 저를 구해 주셨어요. 그 남자의 입술로 더럽혀질 뻔한 위기에서 저를 구해 주셨어요. 저를 여자답지 못하다고 생각하실지 모르지만, 그자가 그렇게 하고 싶어 했던 키스를 댁에게 허락하겠어요!」그녀는 고개를 뒤로 젖히고 두 눈을 감았다. 「댁이 마스크를 벗을 때 얼굴을 보지 않겠어요.」

조로는 말했다. 「이건 너무 황공한데요. 아가씨의 입술이 아니라 손에다가만 하죠.」

「저를 부끄럽게 만들 셈인가요! 제가 기꺼이 허락하겠다고 했는데 거절을 하시다니.」

「부끄러워하실 필요 없습니다.」

조로는 그렇게 말하고는 재빨리 허리를 숙이고 마스크 밑을 들어 올려 자신의 입술을 그녀의 입술에 살짝 갖다 댔다. 「아, 아가씨! 제가 범죄자가 아니고 아가씨께 정정당당하게 청혼할 자격이 있는 사람이라면 얼마나 좋을까요. 제 가슴은 아가씨에 대한 사랑으로 벅차오릅니다!」

「저도 그래요!」

「이건 정신 나간 짓입니다. 아무도 눈치채게 해서는 안 됩니다!」

「저는 사람들에게 당당하게 말할 수 있어요!」

「아버님과 집안 재산을 생각하세요! 돈 디에고도!」

「당신을 사랑해요.」

「장차 귀부인이 될 몸이라는 것을 생각하세요. 우리가 아가씨 댁의 안마당에서 얘기를 나눌 때 아가씨가 말씀하신 남자가 돈 디에고라는 것을 제가 모를 줄 아세요? 지금의 감정은 일시적인 것에 불과합니다.」

「앞일이 어떻게 되든 간에 이건 사랑이에요. 그리고 풀리도 집안 여자들은 한번 사랑을 했다 하면 끝까지 한답니다.」

「고통과 번민만 생길 텐데도?」

「그거야 두고 봐야죠. 하느님은 선한 분이세요!」

「이건 정신 나간 짓입니다 —」

「그래도 달콤하네요.」

그는 그녀를 꼭 끌어안고 다시 고개를 숙였고, 그녀 역시 다시 눈을 감고 그의 키스를 받아들였다. 이번의 키스는 좀 더 오래 지속되었다. 그녀는 그의 얼굴을 보려고 하지 않았다.

「내가 못생긴 사람일지도 모르는데.」

「그래도 당신을 사랑해요.」

「흉터가 있어요 —」

「그래도 당신을 사랑해요!」

「우리 앞날에 무슨 희망이 있겠어요?」

「우리 부모님이 오시기 전에 가세요. 당신이 욕을 볼 뻔했던 저를 구해 준 뒤 다시 제 갈 길로 갔다고만 말씀드리겠어요. 부모님은 당신이 돈 디에고의 재물을 훔치러 왔다고 생각하실 거예요. 저를 위해서 정직한 사람이 되세요. 그런 사람이 된 뒤 제게 청혼하세요. 당신의 얼굴을 아는 사람이 아무도 없으니 마스크를 벗고 지내면 당신이 범죄자였다는 사실을 아무도 눈치채지 못할 거예요. 당신은 보통 도둑이 아니에요. 나는 당신이 왜 강도질을 했는지 잘 알고 있어요. 힘없는 사람들의 앙갚음을 해주기 위해, 잔인한 정치가들을 혼내 주기 위해, 학대받는 사람들을 도와주기 위해서 그랬죠! 당신이 훔친 것을 가난한 사람들에게 나눠 줬다는 것도 알고 있어요. 오, 세뇨르!」

「하지만 저는 아직 할 일을 다 하지 못했습니다. 저는 그 일을 끝마쳐야 한다는 소명감을 갖고 있어요.」

「그렇다면 그 일을 끝마치세요. 성인들께서 당신을 보호해 주실 거예요. 저는 꼭 그렇게 해주실 거라고 확신해요. 그 일을 다 마치고 나서 제게로 돌아오세요! 당신이 어떤 모습을 하고 와도 저는 당신을 알아볼 거예요!」

「저는 그렇게 오래 기다리지 못할 겁니다. 가끔 아가씨를 뵈러 올 겁니다. 그렇게 하지 않고는 견디지 못할 테니까요.」

「부디 몸조심하세요.」

조로는 말했다. 「또 다른 이유가 생겨서 정말로 그렇게 하겠습니다. 지금처럼 삶이 감미로웠던 적은 한 번도 없었으니까요!」

그는 천천히 그녀에게서 떨어지더니 고개를 돌려 가까이에 있는 창문을 힐끗 쳐다봤다. 「가봐야겠네요. 포도주를 기다릴 시간이 없어요.」

롤리타는 털어놨다. 「그건 우리 단둘이서만 있기 위해서 생각해 낸 구실이었어요.」

「다음에 만날 때까지 잘 지내세요. 그리 오래 걸리지 않을 겁니다.」

「조심하세요!」

「항상 그렇게 하죠, 내 사랑! 세뇨리타, 아디오스!」

다시 두 사람의 눈길이 마주쳤다. 이윽고 그는 한 손을 흔들어 주고는 망토를 단단히 여미더니 창문을 향해 몸을 날렸다. 이내 밖의 어둠이 그의 모습을 삼켰다.

제14장
라몬 대위, 편지를 쓰다

라몬 대위는 돈 디에고 베가의 집 문 앞의 흙바닥에서 몸을 일으킨 뒤 어둠 속에서 요새로 이어지는 좁은 언덕길을 따라 마구 달려갔다.

그의 온몸은 분노로 들끓었고 얼굴은 시뻘겋게 달아올랐다. 수비대원들의 대부분이 곤잘레스 상사와 함께 출동했기에 요새에는 대여섯 명의 병사밖에 남아 있지 않았으며, 그나마도 넷은 환자였고 둘은 요새 경비 요원들이었다.

그리하여 라몬은 부하들을 베가의 집으로 보낼 수가 없었다. 그리고 그는 조로가 금방 말을 타고 그곳을 떠났으리라 판단했다. 그자는 한곳에 오래 머무르지 않는 것으로 유명했으니까.

게다가 라몬은 자기가 또다시 조로를 만나 망신당했다는 사실을 사람들에게 알리고 싶지 않았다. 자기가 숙녀에게 모욕을 줬고 그 때문에 조로에게 응징을 당했다는 사실은 무슨 일이 있어도 비밀로 해야 했다. 조로가 자기를 무릎 꿇고 사죄하게 한 뒤 개처럼 문밖으로 차내 버린 일을 어떻게 공표할 수 있단 말인가?

그래서 그 사건에 대해서는 굳게 함구하는 게 좋다는 판단을 내렸다. 아마 롤리타는 그 사실을 제 부모한테 털어놓을 거고 집사는 그 말이 맞다고 증언하리라. 하지만 그래 봤자 돈 카를로스는 어떤 대응도 하지 않으리라. 그렇지 않아도 지사의 눈 밖에 난 주제에 감히 군 장교에게 맞서는 짓을 하려 들지는 못할 것이다. 다만 그 사실이 돈 디에고의 귀에 들어가지는 말았으면 했다. 베가 가문이 그를 적으로 돌릴 경우 현재의 지위가 위태로워질 테니까.

자기 사무실을 왔다 갔다 하다 보니 오늘 당한 수모와 그전에 당한 일들이 자꾸 떠오르면서 분노가 무럭무럭 피어올랐다. 그는 눈치가 빠른 사람이어서 요즘 지사와 그 주위 사람들이 돈을 절실히 필요로 하고 있다는 사실을 훤히 꿰고 있었다. 그들이 계속해서 향락을 누리려면 더 많은 자금이 필요했다. 그들은 약간이라도 수상쩍은 기미가 보이는 사람들이 있으면 가차 없이 그 재산을 빼앗아 왔으니 새로운 희생자가 나타날 경우 쌍수를 들어 환영하리라.

지사에게 누군가를 밀고할 때 자기의 지위는 더욱더 탄탄해지지 않을까? 베가 집안 사람들의 충성심이 흔들리는 기미가 보인다고 제보하는 것은 어떨까?

그는 적어도 한 가지는 할 수 있으리라 판단했다. 자기를 조롱하고 멸시한 돈 카를로스 풀리도의 딸에게 앙갚음을 하는 것.

그 생각이 떠오른 순간 라몬 대위는 분노로 마음이 사납게 요동치는 가운데서도 빙긋이 웃었다. 그는 건강한 부하 하나를 불러 필기도구들을 가져오게 한 뒤 곧 연락병으로 나가야 할 일이 있으니 채비를 하라고 일렀다.

라몬은 몇 분간 더 실내를 오락가락하면서 지사에게 보낼 편지 내용을 구상했다. 머릿속에서 편지 쓸 내용의 줄거리가 대충 잡히자 그는 긴 탁자 앞에 가서 앉은 뒤 산프란시스코 데 아시스 관사에 있는 지사에게 보낼 편지를 쓰기 시작했다.

그 내용은 다음과 같았다.

조로로 알려진 그 노상강도에 관한 정보들은 잘 받았습니다. 그 악당의 체포 소식을 알리는 편지를 드릴 수 없는 것이 유감스럽기는 합니다만 여러 가지로 여건이 불비해서 그러니 너그럽게 혜량해 주셨으면 합니다.

저는 그자를 체포하거나 죽여서 시체라도 갖고 오라는 명령과 함께 요새 수비대 병력의 상당수를 출동시켰습니다. 한데 이 조로라는 자는 혼자 싸우는 것이 아니더군요. 이 일대 몇몇 곳에 그자의 동조자들이 있어서 그자는 필요할 때면 그런 곳들에 은신해 있기도 하고 먹을 것과 마실 것을 얻고 새 말들도 얻는 것 같습니다.

어제 그자는 각하께 적대하는 것으로 알려진 신사 돈 카를로스 풀리도의 목장에 나타났습니다. 저는 그리로 부하들을 보내고 바로 뒤따라갔습니다. 그리고 제 부하들이 그자의 뒤를 추적하는 동안 그자는 돈 카를로스의 집 거실 벽장 속에서 튀어나와 불시에 저를 공격했습니다. 그자가 제 오른쪽 어깨에 부상을 입혔습니다만 제가 부상을 무릅쓰고 공격해 들어가자 그자는 겁을 집어먹고 달아나 버렸습니다. 제가 그자를 추적하려는데 돈 카를로스가 다소 방해를 했다는 점을 언급하고 넘어가야겠군요. 그리고 처음 제가 그 목장에 도착했을 때 그자가 거기서 저녁 식사를 하고 있었다는 증거들이 남아 있었습니다.

풀리도 목장은 간선 도로에서 좀 떨어져 있어서 그런 자가 숨기에 아주 좋은 곳입니다. 조로가 이 일대에 머물고 있을 때 그 목장이 그자의 사령부 구실을 하지 않나 싶습니다. 이 문제에 관한 각하의 처결을 기다리겠습니다. 제가 그 목장에 있는 동안 돈 카를로스가 저를 함부로 대했고, 그의 딸 롤리타가 그 노상강도에게 감탄하는 마음을 노골적으로 드러내고 그자를 잡으려는 우리 병사들의 노력을 비웃었다는 점도 덧붙여야 할 것 같습니다.

이 일대의 한 유명한 부자 가문 사람 역시 각하에 대한 충성심이 흔들리고 있다는 증거를 드러냈습니다만 연락병을 통해서 전하는 편지에는 그런 내용을 기재할 수 없다는 점을 혜량해 주셨으면 합니다.

각하께 깊은 존경심을 표하며 이만 줄이겠습니다.
레이나 데 로스앤젤레스 요새 사령관 라몬 대위 올림

라몬은 편지를 다 쓴 뒤 다시 씩 웃었다. 그는 지사가 마지막 구절을 읽을 때 어느 가문을 얘기하는지 대충 짐작하리라는 것을 잘 알고 있었다. 이 일대에서 그런 내용에 부합할 만한 유명한 부자 가문은 베가 가문 하나뿐이었다. 풀리도 집안 사람들에게 어떤 일이 일어날지는 불을 보듯 뻔했다. 지사는 지체 없이 응징을 할 것이고, 보호해 주는 이 하나 없는 신세가 될 롤리타는 한 장교의 구애를 도저히 거부하지 못할 것이다.

라몬은 그 편지의 사본을 만드는 작업을 하기 시작했다. 무슨 일이 생겨서 그 편지를 참고할 필요가 있을 경우에 대비해 원본은 연락병을 시켜 지사에게 보내고 여벌의 편지는 서류함에 보관해 둘 작정이었다.

편지 베끼는 작업이 끝나자 그는 원본 편지를 접어서 밀봉한 뒤 사병 휴게실로 가서 연락병 노릇을 할 사병에게 건네줬다. 연락병은 경례를 하고는 얼른 말이 있는 데로 가서 말을 탄 뒤 북쪽 방면을 향해 맹렬히 달려갔다. 그는 산페르난도와 산타바바라를 거쳐서 산프란시스코 데 아시스로 갈 예정이었다. 말을 달리는 동안에도 그의 귓속에는 모든 교구와 요새마다 들러 지사의 이름으로 새 말을 갈아타고 전속력으로 달려가라는 대위의 엄명이 계속 메아리쳤다.

라몬은 사무실로 돌아가 포도주를 좀 마시고는 편지 사본을 읽기 시작했다. 편지 내용을 좀 더 강하게 쓸 걸 그랬다는 아쉬운 마음이 들었다. 하지만 그렇게 했다간 자신이 사태를 과장하고 있다는 인상을 줄 우려가 있으므로 아무래도 온건하게 쓰는 편이 더 나았다.

그는 편지를 읽다 말고 이따금 한 번씩 조로에게 욕설을 내뱉기도 하고, 롤리타의 그 우아하고 아름다운 모습을 떠올리면서 자기에게 무례하게 군 대가를 반드시 치르게 될 것이라고 중얼거리기도 했다.

그는 지금쯤 조로가 한참 멀리 가 있을 거라고 생각했다. 레이나 데 로스앤젤레스에서 몇 킬로미터쯤 떨어진 곳에 가 있을 거라고. 하지만 그것은 착각이었다. 군인들이 카피스트라노의 재앙이라 부르는 그는 돈 디에고 베가의 저택을 떠난 뒤 멀리 달아나지 않았다.

제15장
요새에서

조로는 어둠을 헤치고 잠시 걸어간 뒤 어느 인디언의 오두막 뒤에 세워 뒀던 말이 있는 곳에 이르렀다. 거기서 그는 잠시 멈춰 서서 자신에게 다가온 사랑에 관한 생각에 잠겼다.

이윽고 그는 마음이 아주 흡족한 듯 나직하게 웃으면서 말 등에 올라 요새로 이어진 길을 향해 천천히 나아갔다. 그는 요새에서 말을 탄 병사 하나가 요란하게 달려 나오는 광경을 보고 라몬 대위가 곤잘레스 상사와 그의 부하들을 돌아오게 하려는가 보다고 생각했다. 이곳에서 다시 내 뒤를 추적하게 하려는 게지.

조로는 요새 안의 상황을 훤히 꿰고 있었다. 지금 그곳에는 열병에 걸린 환자 넷과 건강한 사병 둘이 있는데 지금 하나가 빠져 나갔으니 대위의 곁에는 건강한 사병 하나만 남아 있으리라.

그는 다시 나직하게 웃고는 아무 소리도 나지 않게 조심하면서 언덕길을 따라 천천히 말을 몰았다. 그는 요새 건물 뒤편에서 땅바닥에 내려선 뒤 고삐도 묶지 않고 말을 그냥 내버려 뒀다. 그 말은 그가 별다른 신호를 하지 않는 이상 그곳에 그대로 머물러 있을 것이다.

그는 어둠 속을 살금살금 걸어 건물 벽까지 간 뒤 조심스럽게 그 주위를 돌아 창가에 접근했다. 그는 어도비 벽돌 무더기 위에 올라가 창문 안을 들여다봤다.

그 안은 라몬 대위의 사무실이었다. 그는 요새 사령관이 탁자 앞에 앉아서 방금 전에 쓴 듯한 편지를 읽고 있는 광경을 봤다. 라몬 대위는 사악한 인간들이 흔히 그러하듯 혼잣말을 하고 있었다.

「고 깜찍한 아가씨는 대경실색할 거야. 그러면 지사님 군대의 장교를 함부로 깔봤다가는 큰코다친다는 것을 알게 되겠지! 제 아비가 대역죄로 감옥에 갇히고 재산을 몰수당하면 내가 뭐라고 하든 다 네네, 하고 받아들일 거야.」

조로는 그의 말을 대충 알아들을 수 있었다. 그는 라몬 대위가 앙갚음하려 하고 있다는 것을 즉각 눈치챘다. 대위는 풀리도 가문 사람들을 해칠 궁리를 하고 있었다. 마스크로 가려진 조로의 얼굴은 격노로 험악하게 일그러졌다.

그는 어도비 벽돌 무더기에서 내려와 벽을 따라 살그머니 전진하여 건물 한 모퉁이에 이르렀다. 앞문 한 곁으로 우묵하게 들어간 곳에서 햇불 하나가 타오르고 있었다. 요새에 남은 유일한 건강한 사병이 그 문 앞을 왔다 갔다 하고 있었다. 벨트에는 권총을, 한쪽 옆구리에는 검을 차고 있었다.

조로는 사병이 문 앞을 한 번 지나가는 시간을 가늠해 보고 그와의 거리를 정확하게 계산해 본 뒤 그가 돌아서는 순간 쏜살같이 달려갔다.

그는 두 손으로 사병의 목을 움켜쥐고 두 무릎으로 등을 가격했다. 뒤엉킨 두 사람의 몸이 땅바닥에 뒹굴었으며 급습에 놀란 사병은 저항하려고 안간힘을 썼다. 그러나 조로는 조금이라도 큰 소리가 났다간 곤란한 처지에 빠질 거라는 점 때문에 묵직한 권총 손잡이로 사병의 관자놀이를 후려갈겨서 기절시켰다.

그는 의식을 잃은 사병을 그늘진 데로 끌고 가서 그의 서라피를 갈가리 찢어 그중 하나로 입에 재갈을 물리고 남은 띠들로 손발을 결박했다. 그러고 나서 그는 망토를 여미고 권총이 그대로 있나 확인해 본 뒤 잠시 주위의 동정에 귀 기울였다. 그가 사병과 짧은 격투를 벌인 것을 안에서는 전혀 눈치채지 못한 것 같았다. 이윽고 그는 문을 향해 살그머니 접근해 갔다.

그는 이내 건물 안에 들어가 커다란 휴게실 앞에 이르렀다. 그 안에는 긴 탁자들과 침대들, 포도주 잔, 마구, 안장, 말굴레 등이 늘어서 있었다. 조로는 안을 힐끗 들여다보고 아무도 없다는 것을 확인한 뒤 조용히 실내를 가로질러 사령관실의 문 앞으로 갔다.

그는 권총을 쉽게 뽑을 수 있나 확인해 본 뒤 문을 활짝 열어젖혔다. 라몬 대위는 문 쪽에 등을 보인 채 앉아 있다가 부하가 노크하는 것도 잊고 함부로 들어왔다고 생각하여 한바탕 퍼부어 줄 심산으로 인상을 잔뜩 구기면서 고개를 홱 돌렸다.

조로는 말했다. 「아무 소리도 내지 마! 한 마디라도 입 밖에 뱉어 냈다간 그 자리에서 죽을 줄 알아!」

그는 사령관의 두 눈을 노려보면서 손을 뒤로해서 문을 닫았다. 그는 권총을 앞으로 겨눈 채 아무 말 없이 천천히 전진했다. 라몬 대위는 탁자 위에 두 손을 올려놓은 채 꼼짝도 하지 않았다. 그의 얼굴은 창백해졌다.

조로는 말했다. 「자네의 그 잘생긴 얼굴을 보러 온 건 아니고, 볼일이 좀 있어서 들렀다네.」

「무슨 볼일?」 대위는 조로가 소리 내지 말라고 명령한 것도 잊고 불쑥 물었다. 하지만 그것은 속삭이는 소리 정도에 지나지 않았다.

「우연히 창문을 들여다봤더니만 자네가 책상 앞에 앉아 편지를 쓰고 있더구먼. 자네가 중얼거리는 소리도 들렸고. 그런데 가만 듣자니 여간 흉측한 소리가 아니더군! 자네가 잠자코 입 다물고 있었더라면 볼일만 보고 그냥 갔을 텐데.」

「그래서?」 원래의 거만한 태도가 약간 되살아나면서 대위는 그렇게 물었다.

「자네 앞의 그 편지를 읽어 봐야겠다고 마음먹었지.」

「내 군사적인 업무가 그렇게도 궁금한가?」

「아니, 그런 일이라면 전혀 관심 없지. 미안하지만 탁자에서 그 손 좀 치워 주시겠나? 하지만 당장 죽고 싶지 않거들랑 손을 옆구리의 권총으로 옮기지는 말게나. 자네의 영혼을 때 이르게 저승으로 보낸다 해도 나로서는 하등 안타까울 일이 없으니까.」

라몬은 시키는 대로 했고 조로는 조심스럽게 앞으로 다가가 편지를 낚아챘다. 그러고 나서 시선은 여전히 라몬을 향한 채 다시 몇 걸음 뒤로 물러났다.

조로는 말했다. 「이제 이것을 좀 읽어 봐야겠네. 하지만 분명히 경고하는데 계속 자네를 주시할 걸세. 그러니 때 이르게 조상님네를 만나 뵙고 싶지 않거든 손가락 하나도 까딱하지 말게나.」

그는 빠르게 편지를 읽어 내려갔다. 다 읽은 뒤에는 한동안 묵묵히 사령관을 노려보기만 했다. 마스크 구멍들을 통해 드러난 그의 눈은 사납게 이글거리고 있었다. 라몬 대위의 마음은 더 불안해지기 시작했다.

조로는 여전히 라몬을 주시하면서 탁자 쪽으로 다가가 편지를 촛불에 갖다 댔다. 편지지에 불이 붙어 활활 타오르다가 이윽고 재가 되어 바닥에 떨어졌다. 조로는 한 발로 그 재를 밟았다.

조로는 말했다. 「이 편지를 전하진 못할 거야. 자네는 여자들과 싸울 셈인가? 지사 군대의 장식품이자 용감하신 장교 나리!

지사가 이런 사실을 알면 틀림없이 자네를 승진시켜 줄 거야. 자네는 롤리타 아가씨의 아버지가 권력자들의 눈 밖에 났다고 해서, 그리고 자네를 퇴짜 놨다고 해서 그 아가씨를 모욕했어. 자네가 워낙에 너절한 인간이라서 싫다고 한 것뿐인데. 자네는 그 가족에게 고통을 안겨 주려 하고 있어. 참 잘하는 짓이다!」

그는 한 발 더 다가가 여전히 권총을 겨눈 채 허리를 숙였다.

「내가 방금 전에 태워 버린 것과 비슷한 편지를 또 보냈다는 소식을 듣지 않았으면 해. 지금 네가 나와 결투를 할 수 없는 처지인 게 정말 유감이야. 지금 너를 찌르는 것은 내 검을 모욕하는 일이 될 거야. 너 같은 놈은 당장이라도 없애 버리고 싶은데 말이야.」

「내가 부상당했다고 해서 마음대로 지껄이는군.」

「그 상처는 곧 나을 거야. 나한테 그 상처의 경과에 관한 제보가 계속해서 들어올 거야. 그 상처가 다 나아 원래의 기운을 회복하면 자네를 찾아와서 오늘 밤 자네가 하려던 짓에 대한 셈을 치르게 할 테니 그런 줄 알고 있어!」

분노로 이글거리는 두 사람의 눈빛이 다시 허공에서 맞부딪쳐 불꽃을 튀겼다. 조로는 뒤로 물러나 망토를 여몄다. 그때 갑자기 말방울과 말발굽 소리, 페드로 곤잘레스 상사의 쉰 목소리가 들려왔다.

상사는 문 앞에서 부하들에게 소리쳤다. 「말에서 내리지 마! 보고를 드린 뒤 곧바로 다시 그 악당을 추적하러 갈 거니까. 놈을 잡을 때까지 휴식 같은 건 없다!」

이제는 문으로 나갈 길이 없어져 버리자 조로는 재빨리 방 안을 휘둘러봤다. 라몬 대위의 눈이 기대감으로 번뜩였다.

「어이, 곤잘레스!」 조로가 미처 경고를 하기도 전에 라몬은 빽 소리쳤다. 「도와줘, 곤잘레스! 조로가 여기 있다!」

그러고 나서 그는, 넌 이제 끝장이야, 하듯이 도전적인 눈길로 조로를 쳐다봤다.

그러나 조로는 권총을 쏴서 라몬의 목숨을 빼앗고 싶은 마음이 없었다. 그는 라몬의 어깨가 다 나은 뒤 꼭 검으로 승부를 겨루고 싶었다.

「그 자리에 그대로 있어!」 그는 그렇게 소리치고는 가장 가까이에 있는 창가로 달려갔다.

그러나 덩치 큰 상사는 라몬이 외치는 소리를 들었다. 그는 부하들에게 따라오라고 명령하고는 큰 방을 가로질러 사령관실로 달려와 문을 활짝 열어젖혔다. 마스크를 쓴 사람이 탁자 곁에 서 있고 의자에 앉은 사령관이 두 손을 탁자 위에 뻗고 있는 광경을 본 순간 그의 입에서는 득의의 외침이 터져 나왔다.

「드디어, 놈을 잡았다! 모두 들어와! 문이란 문은 다 지켜! 몇 사람은 창문을 감시해!」

조로는 권총을 왼손으로 옮기고는 검을 뽑아 들었다. 그는 앞으로 옆으로 번개같이 몸을 놀리면서 탁자 위에 놓여 있던 초들을 모조리 방바닥에 나뒹굴게 했다. 그리고 불이 꺼지지 않은 초 하나는 발로 밟아서 꺼버렸다. 그러자 실내는 캄캄해졌다.

「불! 횃불을 가져와!」 곤잘레스가 소리쳤다.

조로는 얼른 옆벽에 달라붙어 벽을 따라 재빨리 이동했다. 그 사이에 곤잘레스 상사와 다른 두 사병이 방 안으로 뛰어 들어왔고, 한 병사는 문밖을 지키고 섰다. 다른 방에서는 몇 명의 병사들이 횃불을 가지러 갔고, 어찌어찌해서 그것을 구해 왔다.

횃불을 든 병사 하나가 마침내 방 안으로 뛰어 들어왔다가 가슴에 검을 맞고 비명을 지르며 쓰러졌다. 그 서슬에 횃불이 바닥에 떨어지면서 불이 꺼졌다. 그러고 나서 상사가 현장에 이르기 전에 조로는 다시 어둠 속에 숨어 버렸다.

곤잘레스는 연방 욕설을 내뱉으면서 기필코 검으로 베고 싶은 그 사내를 찾아다녔다. 대위는 부하를 조로로 오인해서 검으로 찌르지 않도록 주의하라고 소리쳤다. 다른 병사들도 정신없이 방 안을 더듬거리고 다녔다. 그때 또 다른 병사가 횃불을 들고 달려왔다.

조로의 권총이 불을 뿜었고, 총알을 맞은 횃대가 병사의 손에서 튀어 달아났다. 조로는 얼른 앞으로 튀어나와 그것을 짓밟아 꺼버리고 다시 어둠 속으로 물러난 뒤 재빨리 위치를 바꾸고는 여러 적들의 정확한 위치를 알려 주는 헐떡이는 소리에 귀 기울였다.

사령관은 악을 썼다. 「저 악당 놈을 잡아! 저 한 놈한테 이렇게 많은 사람이 놀림을 당한다는 게 말이 되나, 엉?」

그 순간 조로가 뒤에서 그를 움켜잡는 바람에 그는 더 이상 말을 잇지 못했다. 조로의 목소리가 방 안에 쩌렁쩌렁하게 울려 퍼졌다.

「나는 너희 대장을 붙잡았다! 이제 너희 대장을 앞세우고 이 방을 나갈 거다. 저 방을 가로질러 건물 밖으로 나갈 거야. 난 이미 총알 한 발을 쐈다. 그리고 이제 여차했다간 너희 대장의 머리통 밑에다 다시 한 발을 먹여 줄 참이야. 누구라도 나를 공격했다간 총을 쏠 것이고, 그러면 너희 대장의 목숨은 없다!」

대위는 뒤통수 밑에 와 닿은 싸늘한 강철의 감촉을 느끼고는 부하들에게 조심하라고 소리쳤다. 조로는 대위를 앞세우고 문밖으로 나갔고, 곤잘레스와 병사들은 최대한 가까이 접근한 채 따라갔다. 그들은 조로의 일거수일투족을 지켜보면서 그가 무의식중에 빈틈을 보일 때가 오기만을 기다렸다.

조로는 요새의 큰 휴게실을 가로질러 현관문 앞에 이르렀다.

그는 바깥에 있던 병사들의 일부가 창문들을 지키기 위해 그 건물을 돌아갔다는 사실을 알고 있어서 바깥의 동정을 유심히 살펴봤다. 현관문 바로 밖에 걸려 있는 횃불이 여전히 타고 있어서 조로는 그것을 떼어 내 꺼버렸다. 그러나 밖으로 발을 내딛는 순간에는 여전히 위험한 상황이 일어날 가능성이 있었다.

곤잘레스와 병사들은 휴게실 건너편에 부채꼴 모양으로 늘어선 채 여차하면 금방이라도 덤벼들 자세를 취하고 있었다. 평소에 권총을 경멸한다는 말을 곧잘 했던 곤잘레스도 권총을 들고 대장의 목숨을 위태롭게 하지 않으면서 총을 쏠 수 있는 기회가 오기만을 노리고 있었다.

조로는 소리쳤다. 「뒤로 물러나! 이곳을 나가려면 더 넓은 공간이 필요하니까. 옳지, 고마워! 이렇게 병사들이 많지만 않다면 다시 검으로 한판 붙어 무장 해제를 시키고 싶은데 그럴 수가 없어서 유감이야, 곤잘레스 상사.」

「나 이거야 —」

「다음에 보세, 상사! 그리고 너희들, 주의해! 이런 얘기 해서 안됐지만 지금껏 내내 너희 대장의 머리통 밑을 찌르고 있었던 건 이 바닥에서 주운 고삐 버클이었어. 아주 재미있지 않나? 아디오스, 신사들!」

조로는 갑자기 대장의 몸을 앞으로 휙 떠다밀고는 어둠 속으로 튀어나갔다. 그는 자기 말이 있는 쪽으로 번개같이 달려갔고, 상사와 그의 부하들은 일제히 조로의 뒤를 쫓아갔다. 그들의 권총에서 발사된 총탄들이 어둠을 찢으면서 조로의 머리 곁을 스치고 지나갔다. 조로의 경쾌한 웃음이 먼 바다에서 불어오는 거센 바람에 실려 그들에게 날아왔다.

제16장
추적에 실패하다

 조로가 모는 말은 울퉁불퉁한 내리막길을 빠르게 내달렸다. 거기에는 자갈이 많이 흩어져 있어 자칫 발을 잘못 내디뎠다간 뼈도 못 추릴 수 있으므로 조로를 쫓던 기병들은 속도를 늦췄다. 곤잘레스 상사는 대담한 사람이라 빠르게 쫓아갔다. 그 외 몇 사람도 조로를 뒤쫓았지만 그 밖의 기병들은 조로가 언덕 아래에서 방향을 틀 때 덮치려고 내리막길 중간에서 좌우로 갈라져서 달려갔다.

 그러나 조로의 말이 그들보다 먼저 언덕 밑에 이르러 산가브리엘 방면으로 난 좁은 길을 맹렬히 질주했다. 기병들도 서로서로 소리치면서 열심히 쫓아갔다. 그들은 말을 달리면서 계속 권총을 쏘아 댔지만 총탄과 화약만 잔뜩 허비했을 뿐 그 노상강도를 체포하거나 부상을 입히지는 못했다.

 곧 달이 떴다. 조로는 그걸 미리 예상하고 있었으며, 그럴 경우 탈출하는 일이 훨씬 더 어려워지리라는 것을 잘 알고 있었다. 하지만 그의 말은 혹사당하지 않아 원기 왕성한 반면 기병들이 모는 말은 그날 하루 종일 먼 거리를 주파한 탓에 조로 쪽이 훨씬 더 유리했다.

 이제 추적자들은 그의 모습을 똑똑히 볼 수 있었다. 조로는 곧잘레스 상사가 부하들에게 전속력으로 말을 몰아 강도를 잡으라고 외치는 소리를 들을 수 있었다. 조로는 말을 달리면서 뒤를 돌아다보고는 좀 더 힘 있고 원기 있는 말들이 다른 말들을 추월하는 바람에 이제 추적자들이 한 줄로 띄엄띄엄 늘어서서 달려오고 있다는 것을 알았다.

그렇게 8킬로미터 가까이 달리는 동안 추적자들은 조로와의 간격을 근근이 유지하기만 했을 뿐 더 좁히지는 못했다. 조로는 이제 곧 그들의 말이 지칠 것이고, 그가 타고 있는 혈통 좋은 말은 아직 피로의 기색을 전혀 보이지 않고 있어 그들과의 간격이 더 벌어지리라는 것을 알았다. 딱 한 가지 문제라면 그가 지금과 정반대 방향으로 가고 싶어 한다는 것이었다.

그 지점에서는 간선 도로 양옆으로 높은 언덕이 이어져 있어 그가 길옆으로 살짝 빠져 크게 우회할 수도 없고, 또 그렇게 하는 데 이용할 만한 좁은 길들도 없었다. 굳이 말을 몰고 그 언덕을 올라가려 들 경우 말의 속도가 느려지는 바람에 빠르게 달려온 추적자들이 쏘는 총탄에 부상을 입을 우려가 있었다.

그리하여 그는 곧장 내달려 그들과의 사이에 어느 정도의 안전거리를 확보했다. 그 골짜기를 따라 3킬로미터가량 더 가다 보면 오른쪽으로 빠지는 좁은 길이 나 있고 그 좁은 길을 따라 나아가다 보면 더 높은 지점에 이르면서 이제까지 왔던 길을 되짚어 갈 수 있었다.

그런데 1.5킬로미터가량 달린 뒤에야 비로소, 최근에 쏟아진 폭우로 산사태가 나서 그 산길이 막혔다는 얘기를 들은 기억이 떠올랐다. 그러니 그는 그 지점에 이르러서도 옆길로 새는 방법을 써먹을 수가 없는 형편이 되었다. 그때 대담한 아이디어가 떠올랐다.

그는 낮은 언덕배기 길 꼭대기에 이르렀을 때 다시 한 번 뒤돌아보고는 추적자들이 모두 따로따로 떨어져서 달려오고 있으며 그 간격들이 꽤 벌어져 있다는 것을 알았다. 그것은 그가 자신의 아이디어를 실천에 옮기는 데 도움이 되리라.

그는 간선 도로의 한 모퉁이를 돌아간 뒤 말을 세웠다. 그는 말머리를 돌려 이제까지 달려온 쪽으로 돌아서게 한 뒤 상체를 앞으로 기울이면서 주의 깊게 귀 기울였다. 맨 선두에서 달려오는 추적자의 말발굽 소리가 들리자 그는 검을 빼어 든 뒤 고삐들을 왼쪽 손목에 돌려 감고는 날카로운 박차들로 말의 양 옆구리를 갑자기 걷어찼다.

그가 탄 말은 주인이 아주 빠른 속도로 내달리고 싶을 때를 제외하고는 박차를 가하는 일이 거의 없어 그런 식의 취급에 익숙하지 않았다. 그리하여 그 말은 야생 종마처럼 번개같이 앞으로 내달려 모퉁이를 쏜살같이 돌아간 뒤 맨 앞에서 달려오는 말을 향해 맹 돌진해 갔다.

조로는 소리쳤다. 「길을 비켜!」

선두에서 달려오던 병사는 상대가 그 노상강도인지 아닌지 알 수가 없어 쉽게 길을 비켜 줬다. 그리고 그가 바로 조로라는 것을 깨닫자 그 병사는 뒤에 오는 이들에게 소리쳐서 알렸지만 단단한 땅을 두드리는 요란한 말발굽 소리들 때문에 뒤에 오던 사람들은 그 말뜻을 알아듣지 못했다.

조로는 두 번째 병사를 향해 돌진해 갔고, 그와 마주친 순간 자신의 검으로 상대의 검을 맞받아치면서 지나갔다. 그의 말은 또 다른 모퉁이 길을 돌아가자마자 다른 병사의 말과 정면으로 맞부딪쳤고, 그 바람에 그 말에 탄 병사는 길옆으로 날아가 나뒹굴었다. 네 번째 병사와 엇갈릴 때는 거리가 너무 떨어져서 상대를 가격할 기회를 놓쳐 버렸고, 그 병사 역시 조로에게 반격할 기회를 놓쳤다.

이제 그의 앞에는 길이 일직선으로 뻗어 있고, 그 길을 따라 적들이 띄엄띄엄 떨어져서 달려오고 있었다. 그는 미친 사람처럼 맹렬히 말을 몰고 달려가면서 적과 하나씩 마주칠 때마다 검으로 상대를 내리그으면서 지나갔다. 타고 있던 말이 지쳐 행렬의 맨 뒤에서 달려오던 곤잘레스 상사는 무슨 일이 벌어지고 있는지 깨닫고는 부하들에게 고함을 질렀다. 그런데 그가 그렇게 소리치는 동안 무엇인가가 벼락처럼 그의 말을 후려치면서 그는 그만 말 등에서 떨어지고 말았다.

그제야 비로소 조로는 모든 장애물을 통과했으며, 추적자들은 마구 욕설을 퍼붓는 상사를 선두로 해서 다시 그를 쫓아오기 시작했다. 하지만 조로와의 간격은 더 벌어졌다.

그는 적들과 일정한 간격을 유지할 수 있었으므로 이제는 말 달리는 속도를 좀 더 늦췄다. 그리고 간선 도로와 교차하는 첫 좁은 길에 이르렀을 때 그 길로 방향을 틀었다. 그는 언덕길을 따라 올라간 뒤 고개를 돌려 저 아래 멀리서 열심히 따라오는 추적자들을 돌아봤다.

조로는 말에게 말했다. 「대단한 계략이었어! 하지만 자주 써먹을 순 없을 거야!」

그는 지사와 좋은 관계를 유지하고 있는 사람의 목장 곁을 지나갔다. 그때 문득 곤잘레스가 그 목장에 들어가 자기와 부하들이 탈 새 말들을 얻을 것이라는 생각이 들었다.

그의 예상은 틀리지 않아 추적자들은 그 목장으로 들어갔고 개들이 요란하게 짖어 댔다. 목장 주인이 촛대를 높이 쳐들고 대문께로 나왔다.

곤잘레스는 소리쳤다. 「우리는 조로를 추적하고 있어요. 지사님을 위해서 새 말들을 좀 내주시오!」

주인은 하인들을 불렀고 곤잘레스와 그의 부하들은 황급히 마구간으로 갔다. 그곳에는 노상강도가 타고 있는 것만큼이나 혈통 좋은 말들이 있었고 모두들 잘 쉬어 원기 왕성했다. 병사들은 자기네의 지친 말에서 얼른 안장과 굴레를 벗겨 내어 새 말들에 부착시킨 뒤 다시 조로를 추적하기 시작했다. 조로는 한참 앞서 있기는 했으나 그가 갈 수 있는 길은 외길이었다. 얼마 후면 그들이 바싹 따라붙으리라.

거기서 5킬로미터가량 떨어진 낮은 구릉 꼭대기에는 상속자를 남겨 놓지 않고 죽은 한 신사가 산가브리엘 교구에 기부한 목장 하나가 자리 잡고 있었다. 지사는 그 땅을 주 재산으로 편입하겠다고 위협했으나 산가브리엘의 프란체스코회 사람들은 자기네 재산을 철저히 지키기로 정평이 난 사람들이라 아직까지도 그런 공언을 실천에 옮기지 못했다.

오랫동안 그 수도회의 일원이었던 펠리페 사제가 그 목장의 운영을 맡아 왔다. 새로 개종한 인디언들은 그의 지휘 아래 많은 가축을 기르고, 그곳 창고들에 다량의 가죽과 소와 양의 기름, 벌꿀과 과일, 포도주 같은 것들을 비축해 놓음으로써 그 목장을 알짜배기 목장으로 만들었다.

곤잘레스는 자기네가 따라가는 길이 그 목장으로 이어진다는 것을 잘 알고 있었다. 거기서 조금만 더 가면 또 다른 갈림길이 나오는데, 하나는 산가브리엘로 이어지고, 다른 하나를 계속 따라가다 보면 레이나 데 로스앤젤레스로 돌아가게 된다. 이편이 좀 더 멀긴 하지만.

만일 조로가 그 목장을 그냥 지나친다면 그것은 그가 레이나 마을로 이어지는 길을 택하려 한다는 얘기가 성립했다. 애초에 산가브리엘로 가려 했다면 굳이 방향을 돌려 추적대를 돌파해서 왔던 길을 되돌아가는 모험을 하지 않고 간선 도로를 따라 그냥 내처 달려갔을 테니까.

그러나 조로가 그 목장을 그냥 지나칠지는 의문이었다. 그 노상강도가 수도사들을 박해하는 사람들을 혼내 주곤 하며, 프란체스코회 사람들이 그에게 호의를 갖고 있어 그를 도와준다는 소문이 자자했으니까.

얼마 후 추적대는 목장이 보이는 곳에 이르렀으나 목장에서는 불빛이 전혀 보이지 않았다. 곤잘레스는 목장 집으로 이어지는 곁길이 난 곳에 말을 세우고 자기네가 추적하던 사람의 말발굽 소리가 나나 귀 기울여 봤으나 아무 소리도 들리지 않았다. 그는 말에서 내려선 뒤 흙 길을 자세히 조사해 봤다. 하지만 방금 전에 누군가가 말을 타고 그 목장 집으로 갔다는 증거는 찾을 수 없었다.

그는 부하들을 둘로 나눠 반은 자기와 함께 남아 있게 하고, 나머지 반은 사방으로 흩어져 목장 집을 포위하거나 인디언들의 오두막들을 뒤지거나 큰 창고들 안을 수색하라고 지시했다.

그리고 나서 그는 반가량의 부하들을 거느리고 목장 집을 향해 곧장 다가갔다. 그는 자기가 그곳을 우습게 여긴다는 표시로 굳이 말을 몰고 베란다 계단을 올라간 뒤 검 자루로 현관문을 두들겼다.

제17장
곤잘레스 상사, 친구를 만나다

이윽고 창문들이 밝아지더니 잠시 후 문이 활짝 열렸다. 기골이 장대한 펠리페 사제가 한 손에 촛불을 들고 나타났다. 지금은 예순 살이 넘은 노인네지만 한창때는 힘깨나 썼던 인물이었다.

그는 깊은 울림을 지닌 목소리로 물었다. 「웬 소란들이오? 고약한 사람 같으니, 어째서 남의 베란다에 말을 타고 올라오는 거요?」

「우리는 조로라는 자를 뒤쫓고 있는 중이올시다. 카피스트라노의 재앙이라고 하는 자 말이오.」

「그래, 이 작은 집에 그 사람이 숨어 있을 거라 믿고 있는 거요?」

「수상쩍은 일들이 일어나서 그래요. 묻는 말에 순순히 대답해 주시오. 방금 전에 말을 탄 사람 하나가 달려가는 소리가 들리지 않았소?」

「그런 소리 듣지 못했소.」

「이 조로라는 자가 최근에 여기 들른 적이 있었나요?」

「나는 그런 사람 알지도 못하오.」

「그자 이름은 들었을 거 아닙니까?」

「그 사람이 박해받는 사람들을 도우려 한다는 얘기는 들었지. 죄받을 짓을 하는 놈들을 혼내 주고, 인디언들을 구타하는 잔인한 놈들에게 채찍 세례를 안겨 준다는 얘기를.」

「말을 함부로 하는구려, 신부!」

「난 원래 사실을 있는 그대로 말하는 사람이오.」

「자꾸 그랬다간 권력을 가진 분들한테 혼쭐이 날 거요.」

「나는 정치가들을 두려워하지 않소.」

「말투가 어쩐 마음에 들지 않는구려, 신부. 자꾸 이런 식으로 나오면 말에서 내려 채찍 맛을 봬줄 거요!」

「뭐라고!」 펠리페 신부는 소리쳤다. 「내, 10년만 젊었어도 당장 네놈을 저 땅바닥에 패대기칠 수 있겠구만.」

「어디 한번 해볼까! 에이, 우리 본론으로 돌아갑시다. 조로라는 이름으로 활보하고 다니는 마스크 쓴 악당 놈을 보지 못했소?」

「못 봤어.」

「부하들을 시켜서 이 집을 수색하게 할 거요!」

「지금 내가 거짓말을 하고 있다는 건가?」 펠리페 신부는 소리쳤다.

「내 부하들도 할 일이 있어야 하니 가만히 노닥거리기보다는 집이라도 수색해 보는 게 좋겠지요. 뭐 숨기고 있는 거 없소?」

「여기 온 면면들을 보아하니 아무래도 포도주 잔들을 숨기고 싶은 마음이 드는구먼.」

곤잘레스 상사의 입에서 욕설이 튀어나왔다. 그가 말 등에서 내려서자 그의 부하들도 말에서 내렸다. 부하 중 하나가 상사의 말을 끌고 베란다를 내려가 기둥에 고삐를 묶어 뒀다.

곤잘레스는 장갑을 벗고 검을 칼집에 꽂은 뒤 부하들을 이끌고 요란한 발소리와 함께 집 안으로 들어갔다. 그의 뒤에서 펠리페 신부가 왜 남의 집에 함부로 들어가느냐고 고함을 질러 댔다.

그때 거실 한구석에 놓인 소파에서 한 사람이 일어서더니 촛불빛의 동그란 원 안으로 들어섰다.

그는 소리쳤다. 「아니, 이게 누구야. 꽥꽥거리기 좋아하는 내 친구가 아닌가!」

「돈 디에고! 아니, 댁이 여기에?」 곤잘레스는 입을 딱 벌렸다.

「내 목장에서 볼일을 보고 난 뒤 펠리페 사제님과 함께 하룻밤을 보내려고 왔어요. 사제님은 어렸을 적부터 자주 뵈었던 분이오. 이 소란스러운 세상에서 좀 멀리 떨어져 있는, 사제님이 운영하는 이 목장에 오면 잠시나마 폭력과 유혈에 관한 얘기를 듣지 않고 조용히 지낼 수 있으리라 생각했더니 그것도 아닌가 보네. 도대체 이 지역에는 조용히 명상하면서 음악과 시를 즐길 만한 곳이 아무 데도 없단 말인가?」

「얼씨구, 좋네!」 곤잘레스는 소리쳤다. 「댁은 내 좋은 친구고 진짜 신사요. 오늘 밤 그 조로라는 자를 본 적이 있소?」

「보지 못했소, 상사.」

「그자가 말을 타고 이 목장 곁을 지나가는 소리도 듣지 못했소?」

「못 들었어요. 말 탄 사람이 지나가도 여기서는 들리지 않을 수 있지. 펠리페 신부님과 나는 이야기를 나누다가 이제 그만 자려고 하던 참이었어요.」

상사는 말했다. 「그럼 그 악당 놈이 계속 말을 달려 마을로 가는 길로 접어들었구먼!」

돈 디에고는 물었다. 「그 사람을 직접 봤단 말요?」

「그럼! 우리는 놈을 바짝 뒤쫓았어요! 한데 간선 도로에서 곁길이 갈라져 나오는 지점에 왔을 때 놈의 패거리 스무 명이 나타납디다. 놈들은 우리한테 돌진해 와서 우리 대열을 흩어 놓으려고 했어요. 하지만 우리는 놈들을 제쳐 버리고 조로의 뒤만 쫓았어요. 우리는 놈과 그 패거리를 분리시키는 데 성공하여 계속 놈을 추적할 수 있었지요.」

「스무 명씩이나 나타났다고?」

「에누리 없는 스무 명이었어요. 내 부하들이 증언해 줄 거요. 놈은 우리 군의 살에 박힌 가시와도 같은 놈이오. 하지만 나는 놈을 잡겠다고 맹세했어요! 내 이놈과 정면으로 마주치기만 하면 그냥—」

돈 디에고는 두 손을 비비면서 말했다.「나중에 그 얘기를 해줄 거죠? 그자와 결투할 때 그자를 어떻게 조롱했는지, 어떻게 갖고 놀았는지, 어떻게 사정없이 몰아붙여 검으로 찔렀는지 죄다?」

「맙소사, 지금 나를 비웃는 거요?」

「그저 웃자고 한 얘기요, 상사. 우리가 서로 잘 아는 사이니 펠리페 신부님이 댁과 댁의 부하들에게 포도주를 대접할 거요. 열나게 추적을 한 뒤라 모두들 피곤할 거요.」

「포도주, 거 좋지.」상사는 말했다.

그때 하사가 들어와서 오두막과 창고, 마구간을 모두 수색해 봤지만 조로나 그의 말은 어디에도 보이지 않았다고 보고했다.

펠리페 신부는 다소 내키지 않아 하면서도 포도주를 내왔다. 돈 디에고의 청을 거절할 수 없는 모양이었다.

신부가 탁자 위에 포도주 잔들을 늘어놓은 뒤 돈 디에고가 물었다.「이제 어떻게 할 거요, 상사? 늘 이렇게 이 일대를 들쑤시고 다니면서 소란을 피울 셈이오?」

「그 악당 놈은 레이나 데 로스앤젤레스로 돌아간 것 같아요. 놈은 제가 영리하다고 생각하는 게 분명해. 하지만 나는 놈의 속셈을 간파할 수 있어요.」

「허어! 그자의 속셈이 뭔데요?」

「놈은 레이나 데 로스앤젤레스를 우회해서 산루이스 레이로 이어진 길로 나아갈 거요. 놈은 분명, 자기를 뒤쫓는 모든 사람을 떼어 내버리기 위해 얼마 동안 잠적한 채 휴식을 취하다가 산후안 카피스트라노 일대에서 활동을 계속할 거요. 애초에 놈이 그런 흉악한 짓을 시작한 곳이 거기니까. 놈에게 카피스트라노의 재앙이라는 별명이 붙은 것도 바로 그 때문이지. 맞아요, 놈은 카피스트라노로 갈 거요.」

돈 디에고는 물었다. 「그럼 군에서는 어떻게 할 셈이죠?」

「우리는 느긋하게 놈의 뒤를 쫓을 거요. 슬슬 그곳으로 가다가 놈이 다시 강도질을 했다는 소식이 들어오면 곧바로 뒤쫓아야죠. 그러면 이 마을 요새에 있는 것보다 훨씬 더 신속하게 놈을 들이칠 수 있을 거요. 추적도 빠르게 할 수 있을 거고. 한시도 쉬지 않고 계속 뒤쫓아 기필코 놈을 죽이거나 생포할 거요.」

「그러고 나서 댁은 포상금을 받고.」

「그럼요. 그 포상금은 곧 내 수중에 굴러 들어올 거요. 하지만 앙갚음하겠다는 목적도 있어요. 그놈이 전에 한 번 나를 무장 해제시킨 적이 있었으니까.」

「아, 그거! 그 사람이 댁의 얼굴에 권총을 들이대는 바람에 댁이 제대로 싸워 보지도 못했던 일 말이오?」

「그렇소. 그놈을 만나기만 하면 꼭 그때의 앙갚음을 하고야 말 거요!」

돈 디에고는 한숨을 쉬었다. 「참 어지러운 시절이오! 하루빨리 이런 시대가 끝나야 할 텐데! 도무지 명상을 할 수가 있어야지. 가끔 아무도 없는 산 속으로 들어가고 싶을 때가 있다니까. 방울뱀과 코요테 말고는 아무것도 볼 수 없는 인적 없는 황량한 곳에 가서 며칠을 보내고 싶을 때가. 그런 데나 가야 겨우 조용히 명상을 할 수 있을 거요.」

곤잘레스는 소리쳤다. 「도대체 명상은 왜 하는 거요? 어째서 생각하는 짓 같은 거 집어치우고 행동으로 나서지 않는 거요? 가끔 눈에 힘 좀 주고, 싸움도 좀 하고, 이빨을 드러내기도 하면 얼마나 근사해 뵈겠소! 댁에게는 사나운 적들이 좀 있어야 해.」

「성인들이시여, 우리를 보호해 주소서!」 돈 디에고는 탄식했다.

「내 말이 맞아요. 싸움을 좀 해요. 예쁜 아가씨들하고 연애도 하고, 술에 흠뻑 취해 보기도 하고! 정신 차리고 일어나 사내다운 사내가 되란 말요!」

「내, 그렇게 하겠소! 당신 말이 맞아요, 상사. 한데……. 아냐! 그런 짓들은 죽어도 할 수가 없어!」

곤잘레스는 한심해하는 얼굴로 혼자 뭐라고 사납게 으르렁거리더니 자리에서 일어섰다.

「신부, 당신은 별로 마음에 들지 않는 사람이지만 아무튼 포도주를 대접해 줘서 고맙소. 맛이 일품이더구먼. 우리는 계속 돌아다녀야 해요. 목숨이 붙어 있는 한 군인의 의무는 끝없이 계속되는 법이지.」

돈 디에고는 소리쳤다. 「아휴, 돌아다니는 일이라면 지긋지긋하니 그 얘기는 꺼내지도 말아요! 나도 내일 다시 길을 떠나야 하거든. 목장에서의 일이 끝났으니 마을로 돌아가야죠.」

곤잘레스 상사는 말했다. 「댁이 그 어려운 일을 무사히 치르게 해달라고 성인들께 기원하리다.」

제18장
돈 디에고 돌아오다

집사가 모든 사정을 다 알고 있어서 롤리타는 부모에게 그들이 외출하고 없는 동안 어떤 일이 일어났는지 다 말해야 했다. 돈 디에고가 돌아오면 그에게도 말해 줘야 할 것이고. 그녀는 영리한 처녀여서 가급적 간략하게 설명하고 끝내는 게 좋다는 것을 잘 알고 있었다.

집사는 포도주를 가지러 가서 그사이에 어떤 일이 일어났는지 전혀 모르고 있었다. 롤리타는 그에게 조로가 달아나 버렸다고만 말했다. 군인들이 조로를 뒤쫓고 있는 형편이었으므로 그 얘기는 그럴싸하게 들렸다.

그리하여 롤리타는 어머니와 아버지에게 그들이 나가고 없는 사이에 라몬 대위가 와서 집사가 안 된다고 사정사정하는데도 강제로 거실로 밀고 들어와 자기를 만났다고 말했다. 그자는 술에 만취했거나 부상을 입어 제정신이 아니었던 것 같다, 하지만 아주 대담하게 나왔다, 소름 끼치도록 능글능글한 모습으로 자기한테 구애를 하다가 나중에는 강제로 키스를 하려고 덤벼드는 바람에 아주 혼났다고.

이어서 그녀는, 바로 그때 조로가 어떻게 그 집에 들어왔는지는 몰라도 아무튼 거실 한구석에서 나오더니 대위를 옥박질러 사죄하게 하고는 발길로 차서 집 밖으로 내쫓았다고 말했다. 그 뒤에 일어난 일을 말하는 대목에서 롤리타는 진실을 있는 그대로 밝히지 않고, 조로가 정중하게 절을 하고는 재빨리 사라졌다고만 했다.

돈 카를로스는 그 당장 검을 집어 들고 요새로 달려가 라몬 대위와 죽기 살기로 싸우려 들었다. 하지만 카탈리나 부인은 좀 더 차분한 편이어서 그렇게 했다간 자기네 딸이 모욕을 당했다는 사실이 온 세상에 알려지고, 또 군 장교와 싸우는 것은 자기네한테 아무 도움도 되지 않으리라고 말하면서 말렸다. 게다가 당신은 나이가 들어서 검을 두 번 맞부딪치기도 전에 라몬 대위의 칼에 찔려 자기를 과부로 만들 게 뻔하다, 나는 그런 꼴을 당하고 싶은 마음이 추호도 없다는 말도 덧붙였다.

그리하여 돈 카를로스는 분을 이기지 못해 혼자 으르렁거리면서 그 큰 거실을 오락가락했다. 내가 10년만 젊었거나 예전 같은 정치적 힘을 갖고 있었다면 놈을 당장 요절내 버렸을 텐데. 내 딸이 돈 디에고와 결혼해서 내 지위가 다시 올라가기만 해봐라. 그러면 내, 무슨 수를 써서라도 놈을 파면시켜 버리고 참기 힘든 수모를 안겨 주리라!

롤리타는 자기에게 배정된 방에 앉아 아버지가 이를 갈면서 맹세하는 소리를 들으며 자신이 처한 상황을 떠올려 봤다. 물론 그녀는 이제 돈 디에고와 결혼하려야 할 수가 없는 입장이 되었다. 그녀는 다른 남자에게 자신의 입술과 사랑을 줘버렸다. 한 번도 얼굴을 본 적이 없는 남자, 군인들에게 쫓기는 범죄자에게. 그리고 그녀는 풀리도 집안의 여자는 두 번 사랑하는 일이 없다는 말까지 했다.

그녀는 자기가 순간적인 충동에 사로잡혀 그 남자에게 입술을 줘버렸다. 그것은 진심이 아니었다. 처음 그가 낮잠 자는 시간에 아버지의 목장에 찾아와서 자기에게 말을 걸었을 때는 자기가 워낙 정신이 없었다는 등의 말로 모든 사태를 스스로에게 설명해 보려고 애썼다.

그녀는 부모에게 자기가 사랑에 빠졌다는 얘기를 털어놓을 준비가 되어 있지 않았다. 아무래도 그 일은 당분간 비밀에 부치는 것이 좋을 것이다. 그런 얘기를 털어놨다간 부모님이 충격을 받을 것이고, 또 어쩌면 아버지는 조로를 다시는 만나지 못하게 자기를 멀리 떨어진 곳으로 보내 버릴 수도 있었다.

그녀가 창가로 가서 물끄러미 광장을 내려다보는데 멀리서 돈 디에고가 다가오는 광경이 눈에 들어왔다. 그는 몹시 피로한 사람처럼 천천히 말을 몰고 왔으며, 두 명의 인디언 하인이 그와 약간의 거리를 두고 따라오고 있었다.

그가 저택 가까이 다가오자 사람들이 그에게 인사를 하면서 아는 척을 했고 그는 한 팔을 맥없이 흔들어 답례했다. 그가 말에서 내릴 때는 뒤따라오던 인디언 하인 하나가 등자를 잡아 주고 부축해 줬다. 그는 그 하인의 도움을 받아 천천히 땅바닥에 내려선 뒤 옷에 묻은 먼지를 털고는 대문을 향해 걸어왔다.

돈 카를로스와 카탈리나 부인은 자리에서 일어나 그에게 인사를 했다. 전날 밤 그 마을의 상류 사회 사람들이 자기네를 다시 받아 줬고 그것이 돈 디에고의 초대를 받은 덕이라는 것을 잘 아는 터라 돈 디에고를 바라보는 그들의 얼굴에는 연방 미소가 넘쳐흘렀다.

돈 디에고가 말했다.「어르신이 오실 때 제가 집에 없어서 유감입니다. 집 안이 누추하기는 하나 편안히 쉬셨겠지요?」

돈 카를로스는 무슨 소리냐는 듯 펄쩍 뛰면서 말했다.「이 호화로운 궁전에서 아주 편안히 잘 쉬었소이다!」

「그렇다면 다행입니다. 저는 아주 불편했거든요.」

카탈리나 부인이 물었다. 「무슨 연유로 그리 불편하셨나요, 돈 디에고?」

「제 목장에서 일을 다 본 뒤 펠리페 사제의 목장으로 가서 조용히 하룻밤을 지내려고 했죠. 한데 우리가 막 잠자리에 들려는 순간 누군가가 요란하게 문을 두드리더니만 곤잘레스 상사와 그 부하들이 들어오더라고요. 그 사람들은 조로라는 노상강도를 뒤쫓다가 어둠 속에서 놓쳐 버린 모양이더군요.」

다른 방에 앉아 있던 롤리타는 그 얘기를 엿듣고 하늘에 감사했다.

「요즘은 세상이 참 소란스럽습니다.」 돈 디에고는 한숨을 쉬고 이마에서 땀을 닦으며 말을 계속했다. 「그 시끌벅적한 친구들은 한 시간 이상이나 우리와 함께 있다가 다시 나가서 추적을 계속했지요. 그 친구들이 폭력적인 얘기를 하는 바람에 저는 무서운 악몽을 꿔서 잠도 제대로 이루지 못했습니다. 그리고 오늘 오전에는 레이나 데 로스앤젤레스로 와야 했습니다.」

돈 카를로스는 말했다. 「어려운 시간을 보냈군요. 조로가 댁의 집에 왔더랬소. 그 군인들이 조로를 뒤쫓아 간 건 그다음 일이고.」

「이게 무슨 말씀인가요?」 돈 디에고는 그렇게 소리치면서 상체를 바로 세우고는 갑자기 깊은 관심을 드러냈다.

카탈리나 부인이 말했다. 「그자는 재물을 약탈하고 댁을 납치해서 몸값을 받아 낼 속셈으로 온 게 분명해요. 하지만 그자는 아무것도 훔쳐 가지 못한 것 같아요. 이이와 저는 친구들을 만나러 나갔고 롤리타 혼자 여기 남아 있었죠. 그때…… 고약한 일이 일어났어요. 누구한테 말하기도 남세스러운 일이…….」

「말씀 계속하시죠.」돈 디에고는 채근했다.

「우리가 나가고 없는 사이에 요새의 라몬 대위가 찾아왔다지 뭐예요. 그자는 우리가 없다는 얘기를 듣고도 강제로 밀고 들어와서는 우리 애한테 무례하게 굴었대요. 바로 그때 조로가 들어와서 그자에게 사죄하게 하고는 집 밖으로 차내 버렸답니다.」

돈 디에고는 말했다.「의적이라 부를 만한 행동을 했군요! 아가씨는 그 일로 괴롭힘을 받았나요?」

카탈리나 부인은 펄쩍 뛰었다.「아뇨, 전혀! 그 애는 라몬 대위가 과음을 해서 그런 짓을 한 것 같다고 하더군요. 그 애를 부를게요.」

카탈리나 부인은 딸이 묵고 있는 방문 앞으로 가서 딸을 불렀다. 롤리타는 넓은 거실로 들어와 조신한 처녀답게 돈 디에고에게 정중하게 인사했다.

돈 디에고는 말했다.「제 집에서 모욕을 당하셨다니 송구해서 몸 둘 바를 모르겠습니다그려. 그 일에 관해서는 깊이 생각해서 적절한 조처를 강구하겠습니다.」

카탈리나 부인이 남편에게 눈짓을 했다. 이윽고 부부는 그 젊은 한 쌍이 호젓하게 얘기할 기회를 주기 위해 방 한구석으로 가서 앉았다. 돈 디에고는 그것을 보고 내심 즐거워하는 표정이 되었으나 롤리타의 표정은 여전히 덤덤했다.

제19장
라몬 대위 사죄하다

「라몬 대위는 짐승이에요!」 롤리타는 그리 크지 않은 목소리로 말했다.

돈 디에고는 고개를 끄덕였다. 「너절한 인간이죠.」

「그 사람은…… 그 사람은 저한테 키스하고 싶어 했어요.」

「순순히 허락하지는 않으셨겠죠.」

「세상에!」

「아, 제가 좀 충격을 받아서요. 그런 뜻으로 말씀드린 게 아닙니다! 아가씨가 허락하셨을 리 없죠! 그자의 따귀를 때리셨겠군요.」

롤리타는 말했다. 「그랬어요. 그랬더니 그 사람은 저와 드잡이를 하면서 제가 지사의 눈 밖에 난 사람의 딸이니 도도하게 굴지 말라고 하더군요.」

「저런, 무도한 자 같으니!」 돈 디에고는 탄식했다.

「제 얘기를 듣고도 하신다는 말씀이 고작 그것뿐인가요?」

「아가씨의 면전에서 상스러운 욕을 할 수는 없죠.」

「아직도 이해를 못 하세요? 그자는 댁의 집에 멋대로 처들어와서 댁이 구혼한 처녀를 모욕했단 말예요!」

「망할 녀석 같으니! 다음번에 지사님을 만날 때 놈을 다른 요새로 보내 달라고 요청하겠습니다.」

롤리타는 탄식했다.「세상에! 남자다운 기백도 없으세요? 그 사람을 다른 데로 보낸다고요? 댁이 정말 남자다운 남자라면 당장 요새로 달려가서 라몬 대위에게 결판을 내자고 요구하고 검으로 그자의 몸을 꿰뚫고 싶어 할 거예요. 그렇게 해서 자기가 사랑하는 아가씨를 모욕하고 무사하지는 못할 거라는 사실을 만천하에 입증하려 들 거예요.」

「결투를 한다는 건 정말 끔찍한 일입니다. 우리, 폭력에 관한 얘기는 하지 맙시다. 그자를 만나러 가서 꾸짖기는 하겠습니다.」

「꾸짖는다고요!」

「우리, 다른 얘기를 하도록 합시다, 아가씨. 요전 날 말씀드린 문제에 관해서 얘기하도록 하죠. 우리 아버님은 제가 언제 아내를 얻을 것인지 알고 싶으셔서 곧 다시 저를 찾아오실 겁니다. 어떤 식으로든 그 문제를 매듭지을 수 없을까요? 결혼 날짜를 잡으셨나요?」

롤리타는 말했다.「저는 댁과 결혼하겠다고 말씀드린 적이 없어요.」

「왜 자꾸 미루시죠? 제 집을 보셨나요? 저는 이 집을 아가씨 마음에 들게 바꿀 겁니다. 아가씨의 취향에 맞게 새로 가구를 들이세요. 물론 저는 무질서한 것을 싫어하기 때문에 너무 많이 바꾸지는 말아 줬으면 합니다만. 아가씨는 새 마차뿐만 아니라 원하는 것은 뭐든 다 갖게 될 겁니다.」

「여자의 마음을 얻는 댁의 방법이란 게 이런 건가요?」 그녀는 곁눈으로 그를 쩌려보면서 물었다.

「구애를 한다는 건 정말 피곤한 일입니다! 꼭 제가 기타를 치고 듣기 좋은 말을 늘어놓아야 할까요? 그런 바보 같은 짓들을 하지 않으면 아가씨의 대답을 들을 수 없나요?」

롤리타는 돈 디에고를 조로와 비교하고 있었고, 그는 도무지 조로와 상대가 되질 않았다. 그녀는 이런 우스꽝스러운 광대극을 이쯤에서 그만 끝내고 싶어졌다. 돈 디에고를 마음속에서 완전히 몰아내고 대신 조로의 영상으로 가득 채우고 싶었다.

롤리타는 말했다. 「솔직히 말씀드려야겠네요. 계속 제 내면을 살펴봤지만 댁을 사랑하는 마음은 손톱만큼도 찾아볼 수가 없어요. 우리 결혼이 제 부모님이나 제게 재정적으로 어떤 의미를 지닌 것인지 잘 알고 있기 때문에 유감스러워요. 저는 댁과 결혼할 수 없어요. 그러니 제게 결혼해 달라고 요구해 봤자예요.」

「맙소사! 나는 모든 게 다 원만히 타결될 거라 생각했는데. 우리 얘기 들으셨습니까, 돈 카를로스? 어르신의 따님이 저와 결혼할 수 없다고 하시는군요. 그렇게 할 마음이 전혀 없다고.」

카탈리나 부인이 말했다. 「롤리타, 네 방에 가 있어!」

롤리타는 기꺼이 그렇게 했다. 돈 카를로스와 그의 아내는 황급히 방을 가로질러 가 돈 디에고 곁에 앉았다.

돈 카를로스는 말했다. 「댁은 여자 마음을 잘 모를 거요. 여자가 뭐라 그랬다고 해서 그 말을 확정적인 것으로 받아들여서는 안 돼요. 여자들은 언제든지 마음을 바꿀 수 있으니까. 여자는 남자를 계속 애타게 만들고 싶어 해요. 두려움으로 벌벌 떨게 하고 기대감으로 뜨겁게 달아오르게 하고 싶어 해요. 여자가 그런 기분을 맛보게 해줘요. 결국은 다 댁의 뜻대로 될 거요.」

돈 디에고는 소리쳤다. 「정말 어렵군요! 이제 어떻게 하면 좋죠? 아가씨가 원하는 것은 뭐든 다 해드리겠다고 했구만.」

「그 애는 사랑을 갈망하는 것 같아요.」 여자 마음을 잘 알고 있는 카탈리나 부인이 말했다.

「저는 분명 아가씨를 사랑하고 아껴 줄 겁니다. 결혼식 때도 그런 서약을 하지 않나요? 베가 가문 사람이 그런 서약을 깰 거라고 생각하십니까?」

돈 카를로스는 말했다. 「마음을 얻기 위해 조금만 애쓰면 되는데.」

「그런 건 정말 성가신 일입니다!」

「부드러운 말을 좀 해주고, 가끔 손을 지그시 잡아 주고, 연모하는 마음이 가득한 눈빛으로 쳐다봐 주고 —」

「바보 같은 짓입니다!」

「처녀가 바라는 것은 그런 거요. 한동안 결혼 얘기는 꺼내지 말아요. 그 애의 마음속에서 결혼하고 싶다는 마음이 저절로 우러나도록 만들어야 —」

「하지만 우리 아버님이 조만간 이리 오셔서 언제쯤 아내를 얻게 되느냐고 물어보실 겁니다. 제게 빨리 결혼하라고 명령하다시피 하셨거든요.」

돈 카를로스는 말했다. 「댁의 아버님도 분명 사정을 이해해 주실 거요. 아가씨 어머니와 아버지가 댁의 편이고, 지금 아가씨의 마음을 얻는 과정을 즐기고 있다고 말씀드려요.」

카탈리나 부인이 다시 끼어들었다. 「우리는 내일 목장에 돌아가야겠어요. 롤리타가 이 근사한 저택을 제 눈으로 똑똑히 봤으니 집에 가면 우리 집과 이 저택을 비교해 볼 거예요. 그러면 댁과 결혼하는 것이 어떤 의미를 지닌 것인가를 깨닫게 되겠죠. 그리고 남자와 여자는 떨어져 있을 때 서로를 더 좋아하게 된다는 옛말도 있어요.」

「그렇게 빨리 떠나시지 않았으면 좋겠는데요.」

「지금의 상황에서는 그러는 것이 최선인 것 같군요. 그리고 사홀 안에 우리 집에 들러 주세요. 그러면 분명 그 애는 댁의 구애에 좀 더 귀 기울여 줄 거예요.」

돈 디에고는 말했다.「그 말씀이 맞을 것 같군요. 하지만 적어도 내일까지는 여기 계셔야 합니다. 그리고 저는 지금 요새로 가서 라몬 대위를 만날까 합니다. 그렇게 하면 아가씨도 기뻐하지 않을까 싶네요. 아가씨는 제가 그자를 만나서 이번 일을 분명히 짚고 넘어가야 한다고 생각하시는 것 같거든요.」

돈 카를로스는 검술 훈련을 하지 않아 검도 제대로 휘두를 줄 모르는 사람이 그런 짓을 했다가는 큰일을 당하리라 생각했으나 그런 말을 입 밖에 내지는 않았다. 신사는 이런 상황에서 자신의 생각을 함부로 발설하지 않는 법이다. 그리고 명실상부한 신사라면 자신이 올바른 일을 하고 있다고 믿는 한 죽음을 각오하고서라도 마음먹은 바를 실천에 옮겨야 하지 않겠는가.

그리하여 돈 디에고는 자기 집을 떠나 요새 건물로 이어진 언덕길을 천천히 올라갔다. 라몬 대위는 그가 다가오는 것을 보고 무슨 일 때문에 오는 걸까 의아해하다가 그가 결투를 하러 오는 것이라 생각하고는 코웃음을 쳤다.

하지만 막상 돈 디에고가 사령관실로 안내받아 들어왔을 때는 냉정한 자세로 돌아갔다.

「이렇게 저를 찾아 주시다니 영광이올시다.」 그는 그렇게 말하면서 베가 가문의 자제에게 정중하게 고개를 숙였다.

돈 디에고도 답례의 인사를 하고는 라몬이 권하는 대로 의자에 앉았다. 대위는 돈 디에고가 옆구리에 검을 차고 오지 않은 것을 알고 다시 어리둥절한 기분이 되었다.

돈 디에고는 말했다.「어떤 문제로 댁과 이야기를 좀 해야겠기에 이 언덕까지 올라오지 않을 수 없었어요. 듣자니 댁이 내가 없는 동안 우리 집에 들러 우리 집 손님이신 젊은 숙녀를 모욕했다고 하던데요.」

「그 무슨 말씀이신지요?」

「술에 취해서 그랬나요?」

「예에?」

「술에 취해서 그랬다면 어느 정도 용서가 되는 문제일 수도 있지요. 그리고 댁은 부상을 입었으니 열이 많이 올랐겠지요? 열에 들뜬 상태였나요?」

「그야 그랬죠.」

「열병은 무서운 병이오. 나도 예전에 열병으로 고생한 적이 있지요. 한데 그 아가씨에게 강요를 한 것은 잘못이었소. 그것으로 댁은 그 아가씨뿐만 아니라 나까지 모욕한 셈이오. 나는 그 아가씨에게 내 아내가 되어 달라고 청했으니까. 그 문제는……에…… 아직 결정이 나지 않았지만 그래도 나는 그 아가씨를 대신해서 나설 권리가 있어요.」

「나는 조로에 관한 소식을 탐문하러 댁의 저택에 들어간 겁니다.」 대위는 거짓말을 했다.

「그렇게 해서…… 에…… 그자를 찾아냈단 말이오?」

사령관은 얼굴을 붉혔다. 「놈이 거기 있었습니다. 그리고 나를 공격했죠. 물론 나는 부상을 입은 몸이라 당연히 검을 갖고 있지 않아서 놈은 마음대로 나를 희롱할 수 있었죠.」

「그거 참 묘한 일이구려. 댁들이 조로와 동등한 입장으로 싸울 수 없는 사정이 될 때마다 조로를 만나는 것 같으니 말이오. 그 사람은 꼭 댁들이 무력한 사정에 처할 때 나타나고, 그렇지 않을 때는 권총으로 위협하면서 결투를 하고. 또 어떤 때는 스무 명이나 되는 패거리가 나타나서 어쩔 수 없이 후퇴하게 만들고. 간밤에 펠리페 사제의 목장에서 곤잘레스 상사와 그의 부하들을 만났어요. 그런데 그 덩치 큰 상사는 자기네가 그 노상강도의 뒤를 쫓아가는데 안타깝게도 조로의 부하 스무 명이 나타나서 자기네를 공격했다고 합니다.」

「우리는 기필코 놈을 잡을 거요! 댁에게 몇 가지 중요한 점을 알려 드리고 싶군요. 잘 알다시피 돈 카를로스 풀리도는 권력층 사람들의 눈 밖에 난 분이지요. 그런데 이 조로라는 자가 풀리도 목장에 있었소. 이런 사실은 댁도 기억하실 거요. 그자가 미리 벽장 속에 들어가 숨어 있다가 나타나서 나를 공격했잖소.」

「허어! 그게 무슨 뜻이죠?」

「간밤에 댁이 외출 중이고 풀리도 집안 사람들이 댁의 집에 묵고 있을 때 놈이 다시 거기 나타났소. 그러자 문득, 돈 카를로스가 조로와 모종의 연관이 있지 않을까 하는 예감이 들더군요. 내 생각에는 아무래도 돈 카를로스가 반역자가 아닌가 싶소. 그 악당을 도와주는. 그러니 그런 사람의 딸하고 결혼하려 들기에 앞서서 잘 생각하시는 게 좋을 것 같군요. 이건 정말 깊이 고려해 봐야 할 문제입니다.」

「맙소사, 그럴 수가!」 돈 디에고는 놀랐다는 듯이 말했다. 「그 말을 들으니 골치가 아파지기 시작하는군. 댁은 정말 그럴 거라고 생각하는 거요?」

「그렇습니다.」

「풀리도 집안 사람들은 내일 자기 집으로 돌아갈 거요. 하지만 애초에 그분들이 우리 집에 온 것은 내가 요청해서 그렇게 한 건데. 그 일대에 조로가 자주 출몰하니 가급적 거기서 멀리 떨어진 데 계시라는 뜻으로.」

「조로는 그 사람들을 따라 마을에 들어온 겁니다. 아시겠소?」

돈 디에고는 입을 딱 벌렸다. 「그럴 수가 있을까! 그 문제는 깊이 생각해 봐야 할 것 같소. 아, 정말 어지러운 시대야! 하지만 그 사람들은 내일이면 자기 집으로 돌아갈 거요. 물론 나로서는 지사님에게 내 집에 배신자를 숨겨 줬다는 인상을 주고 싶지는 않아요.」

그는 자리에서 일어나 정중하게 절하고는 돌아서서 천천히 문 쪽으로 걸어갔다. 그러다 갑자기 무슨 생각이 나기라도 한 것처럼 다시 돌아섰다.

「나 이거야 원! 댁이 나를 모욕한 일에 관해서 까맣게 잊고 있었구려. 간밤에 일어난 일을 어떻게 할 거요?」

라몬 대위는 말했다. 「아, 물론 그 일에 대해서는 깊이 사과드립니다.」

「그렇게 사과를 하시니 받아들여야겠군요. 하지만 다시는 그런 일이 재발되지 않게 해줬으면 좋겠소. 댁은 우리 집 집사를 겁먹게 했어요. 아주 쓸 만한 하인인데.」

그러고 나서 돈 디에고 베가는 다시 고개를 숙여 인사한 뒤 요새를 떠났다. 라몬 대위는 혼자 배꼽을 잡고 웃었고 그 요란한 웃음소리를 듣고 병실의 환자들은 자기네 사령관이 머리가 돈 게 아닌가 의심하기까지 했다.

대위는 연방 깔깔거리면서 혼잣말을 했다. 「참 재미있는 놈이야! 내 말에 놀라서 풀리도 집안 계집이 뜨악해진 모양이지. 저런 놈이 반역을 할 가능성이 있다고 지사님께 귀띔을 하다니. 나중에 그렇지 않다고 다시 귀띔을 해드려야겠어. 저놈은 반역을 할 만한 뱃심도 없는 놈이야!」

제20장
돈 디에고, 모처럼 적극적인 관심을 보이다

낮에는 금방이라도 폭우가 쏟아질 것처럼 날이 잔뜩 흐렸으나 비가 오지 않았고 밤에도 비는 오지 않았다. 그리고 이튿날 아침에는 햇살이 찬연하고 하늘은 푸르렀으며, 대기에는 꽃향기가 가득했다.

아침 식사 후 돈 디에고의 하인들은 풀리도 집안의 마차를 문 앞에 대기시켜 놓았다. 돈 카를로스와 그의 아내, 딸은 자기네 목장으로 떠날 준비를 했다.

대문 앞에서 돈 디에고는 말했다. 「아가씨와의 결혼이 물 건너갔다고 생각하니 참 암담하군요. 이제 우리 아버님한테는 뭐라고 말하죠?」

돈 카를로스는 위로하듯 말했다. 「희망을 버리지 말아요. 우리가 다시 집에 돌아가면 롤리타는 이 화려한 저택과 볼품없는 우리 집을 비교해 보고 마음을 바꿀 거요. 여자들의 마음은 그 머리 스타일만큼이나 자주 바뀌는 법이지요.」

「어르신이 떠날 무렵에는 모든 문제가 다 마무리될 거라 기대했는데요. 정말 아직도 희망이 있다고 생각하세요?」

「그럼요.」 돈 카를로스는 막상 입으로는 그렇게 말했으나 롤리타의 얼굴에 어린 표정을 떠올리고는 힘들 거라고 생각했다. 하지만 그는 집으로 돌아간 뒤에 딸하고 한번 심각하게 얘기해 볼 작정이었다. 짝을 고르는 건 당사자의 의향에 달린 문제이긴 하나 아비의 말에 복종하라고 다그쳐 보리라.

서로 간에 정중한 인사가 오간 뒤 마차는 덜커덩거리며 굴러가기 시작했다. 돈 디에고 베가는 골치 아픈 문제가 있을 때마다 늘 그러하듯이 고개를 푹 떨군 채 집 쪽으로 돌아섰다.

이윽고 그는 누군가 얘기를 나눌 사람이 필요하다고 생각하고는 집을 떠나 광장 건너편에 있는 술집에 들어갔다. 뚱보 주인은 반색을 하면서 인사를 하고는 가장 좋은 자리인 창가 쪽 자리로 그를 안내했다. 그리고 그가 시키지도 않았는데 포도주를 가져다줬다.

돈 디에고는 창밖으로 시선을 향한 채 광장을 오가는 남녀들을, 부지런히 일하는 인디언들을 바라보고, 이따금 한 번씩 산가브리엘 방면으로 난 좁은 길 쪽으로 시선을 던지곤 하면서 한 시간 가까이 앉아 있었다.

그러다 그는 문득 말을 탄 두 사람이 마을로 다가오는 광경을 봤다. 그들이 탄 말들 사이에서 한 사람이 걸어오고 있었다. 그 사람의 허리에는 두 가닥의 밧줄이 묶여 있고 그 밧줄들의 양 끝은 두 사내가 앉아 있는 안장에 묶여 있었다.

「맙소사, 저게 뭐야?」 그는 그렇게 소리치고는 의자에서 일어나 창 쪽으로 바싹 다가갔다.

주인이 그의 어깨 너머로 말했다. 「아! 죄지은 사람을 끌고 오는 모양이네요.」

「죄수라고?」 돈 디에고는 의아한 표정으로 주인을 쳐다봤다.

「조금 전에 인디언 하나가 소식을 알려 줬습니다. 또다시 사제 하나가 고생 좀 할 거라고.」

「무슨 얘기요? 자세히 얘기해 줘봐요!」

「저 사람은 곧장 치안 판사에게 끌려가서 재판을 받을 겁니다. 가죽 상인에게 사기를 쳐, 이제 죗값을 치를 거라고 하더군요. 저 사람은 산가브리엘에서 재판받기를 원했지만 거기 사람들이 교구 사람들과 수도사들에게 호의적이라서 허락하지 않았던 모양입니다.」

「저 사람은 대체 누구요?」

「펠리페 사제라고 합니다.」

「이게 무슨 소리야? 펠리페 사제는 노인이고 나와 가까운 분인데. 그저께 밤에 나는 그분이 운영하는 목장에서 잠을 잤어요.」

「그 사람은 틀림없이 나리께도 바가지를 씌웠을 겁니다.」

돈 디에고는 이제 주인의 말을 듣는 둥 마는 둥 하고 성큼성큼 술집 밖으로 나가 광장 맞은편의 작은 흙벽돌 건물에 자리 잡고 있는 치안 판사의 사무실로 향했다. 두 기마병과 죄수도 막 그 앞에 도착했다. 그들은 산가브리엘에 주재하는 군인들이었다. 그들은 수도사들에게 지사의 명이라고 큰소리치면서 이제까지 그곳에서 먹을 것과 잠자리를 제공받아 왔다.

그 사람은 정말로 펠리페 사제였다. 그는 두 기병의 안장에 허리를 묶인 채 그 먼 거리를 걸어와야 했고, 그렇게 오는 동안 두 기병이 그의 지구력을 시험해 본다며 가끔가다 한 번씩 빠르게 말을 달렸는지 몸 여기저기에 흙바닥에 끌린 상처가 나 있었다.

그의 가운은 거의 넝마가 되다시피 했으며 먼지와 땀으로 온통 뒤덮여 있었다. 그를 둘러싼 사람들이 거친 농담을 하면서 조롱했으나 그는 고개를 꼿꼿이 세운 채 못 들은 체했다.

군인들은 말에서 내린 뒤 사제를 치안 판사의 사무실로 끌고 갔으며, 할 일 없는 사람들과 인디언들도 그 뒤를 따라 들어갔다.

「비켜 이놈들아!」 돈 디에고가 소리치자 인디언들은 얼른 길을 내줬다.

돈 디에고가 사무실 안에 몰려 있는 사람들 사이를 뚫고 앞으로 나가자 치안 판사가 그를 발견하고는 맨 앞자리 하나를 가리켰다. 하지만 돈 디에고도 이때만큼은 앉고 싶어 하지 않았다.

그는 물었다. 「이게 어떻게 된 일입니까? 이분은 성직자고 내 친구인 펠리페 사제님이신데.」

「이자는 사기꾼입니다.」 기병 하나가 반박하듯 말했다.

돈 디에고는 말했다. 「이분이 정말 사기꾼이라면 세상에 믿을 사람이라곤 하나도 없을 거요.」

「전에 없는 행동을 하시는구려.」 치안 판사가 앞으로 나서면서 말했다. 「이 사람은 고발을 당해서 여기서 재판을 받으러 온 겁니다.」

그 말을 듣고 돈 디에고는 할 수 없이 자리에 앉았다. 재판이 열렸다.

펠리페 사제를 고발한 사람은 사악해 뵈는 자였다. 그는 자기가 소기름과 양기름, 가죽을 거래하는 장사꾼이며 산가브리엘에 창고 하나를 갖고 있다고 했다.

그는 이렇게 증언했다. 「저는 이 사제가 운영하는 목장에 가서 가죽 열 장을 샀습니다. 이 사제에게 그 값에 해당하는 주화를 지불한 뒤 가죽을 제 창고로 가져갔는데 거기서 보니 가죽들이 제대로 처리되지 않았더군요. 사실대로 말하자면, 심하게 썩었습니다. 그래 저는 목장으로 돌아가 사제에게 그런 얘기를 하면서 돈을 환불해 달라고 했더니 거절을 하는 겁니다.」

펠리페 사제는 말했다. 「그 가죽들은 모두 말짱했소. 그래도 저는 저 사람에게 가죽을 돌려주면 환불해 주겠다고 했어요.」

가죽 상인은 말했다. 「그것들은 모두 썩었어요. 그 점은 제 조수가 증언해 줄 겁니다. 심한 악취가 나 바로 다 태워 버렸습니다.」

조수는 상인의 말이 맞다고 증언했다.

치안 판사는 물었다. 「뭐 할 말 있소, 사제?」

펠리페는 말했다. 「말해 봤자 아무 소용 없을걸요. 이미 유죄 판결을 받은 것이나 마찬가지인걸! 만일 내가 프란체스코회 수사가 아니라 방탕한 지사의 추종자였다면 그 가죽들은 말짱한 것이 되었을 거요.」

치안 판사는 소리쳤다. 「반역을 하겠다는 건가?」

「나는 진실을 말하고 있소!」

치안 판사는 입술을 오므리고 이맛살을 찌푸렸다.

마침내 그는 입을 열었다. 「이런 사기 행위는 실로 가증스런 짓이라 하지 않을 수 없소. 그대는 법복 입은 사제이니 부정한 방법으로 남의 돈을 갈취하고 무사히 넘어가게 할 수 없소. 이번 사건이야말로 수도사들이 자기네의 성직을 이용해서 부정한 이득을 취할 수 없다는 본보기로 삼아야 할 거요. 사제는 저 사람에게 가죽 값을 환불해 주도록 하시오. 그리고 남을 속인 죄로 등의 맨살에 열 대의 채찍을 맞아야 하고, 반역적인 언사를 늘어놓았으니 추가로 다섯 대를 더 맞아야 하오. 이상으로 판결을 마치겠소!」

제21장
태형

 인디언들은 환호성을 올리면서 사제를 조롱했다. 돈 디에고의 얼굴은 창백해졌다. 한순간 그의 눈길과 펠리페 사제의 눈길이 마주쳤다. 사제의 얼굴에는 체념하는 빛이 어려 있었다.

 사람들은 우르르 밖으로 몰려 나갔고, 군인들은 사제에게 떨어진 체형을 집행하기 위해 그를 광장 중앙으로 끌고 갔다. 돈 디에고는 치안 판사가 씩 웃는 광경을 보고 그 재판이 조작극이라는 것을 눈치챘다.

 「정말 어지러운 시대로군요!」 그는 곁에 서 있던 안면 있는 한 신사에게 말했다.

 군인들은 펠리페 사제의 법복 등 부분을 찢어 버리고는 기둥에다 그를 묶기 시작했다. 하지만 사제는 한창 시절에 힘이 장사였던 사람이고 아직까지도 그 힘의 일부가 남아 있는 데다 이제 자기가 어떤 모욕을 당할 것인지 제대로 실감하기 시작했다. 그리하여 그는 갑자기 군인들을 옆으로 밀쳐 버리고 땅바닥에서 채찍을 집어 들었다.

 「네놈들이 내 사제복을 찢었으니 이제 나는 사제가 아니고 인간이다! 저리 비켜 이 개들아!」

 그는 채찍을 휘둘렀고, 군인 하나가 얼굴을 정통으로 얻어맞았다. 두 명의 인디언이 덤벼들자 그는 그들에게도 채찍을 휘둘렀다. 그러자 군중이 한꺼번에 덤벼들어 그를 때려눕히고 마구 발길질했다. 군중들은 군인들이 비키라고 소리치는데도 아랑곳하지 않았다.

 돈 디에고의 내면에서 뜨거운 것이 솟아올랐다. 그는 유순한 성품임에도 불구하고 자기 친구가 이런 식으로 당하는 것을 그냥 보고만 있을 수 없었다. 그는 군중들의 한가운데로 달려들어 인디언들에게 비키라고 소리쳤다. 그런데 누군가가 팔을 붙잡는 바람에 돌아보니 치안 판사였다.

 「이러는 건 신사가 할 만한 행동이 아니오.」 판사는 나직하게 말했다. 「저자는 정당한 판결을 받았어요. 댁이 저 사람을 도우려고 손을 쳐들 경우 그 손은 바로 지사 각하를 겨냥하는 것이나 마찬가지요. 그 점을 잊었소, 돈 디에고 베가?」

 돈 디에고는 잊지 않았다. 그리고 지금 자기가 개입해 봤자 친구에게 아무 도움도 줄 수 없다는 사실 역시 깨달았다. 그는 치안 판사에게 고개를 까딱이고는 돌아섰다.

 그러나 멀리 가지는 않았다. 이제 펠리페 사제를 힘으로 제압한 군인들은 그를 기둥에다 묶어 놓았다. 그 기둥은 반항하는 인디언들을 묶을 때만 사용하는 것이어서 그것은 이중의 모욕이었다. 채찍이 허공을 날다가 펠리페 사제의 등을 내리갈기는 순간 맨살에서 피가 튀어 올랐다.

 돈 디에고는 더 이상 볼 수가 없어서 아예 고개를 돌려 버렸다. 그러나 매번 채찍이 허공을 가를 때마다 그 숫자를 세었다. 그는 그 자부심 강한 늙은 사제가 어떤 소리도 내지 않고 있다는 것을 알았다. 그는 죽어도 신음이나 비명 소리 따윈 내지 않을 사람이었다.

인디언들이 웃고 떠드는 소리가 들려왔다. 그가 다시 고개를 그쪽으로 향했을 때 채찍질이 끝났다.

치안 판사는 말했다. 「돈은 이틀 내에 환불해 주도록 하시오. 그렇게 하지 않았다가는 다시 열다섯 대의 매질을 추가할 거요.」

군인들은 펠리페 사제를 결박했던 줄을 풀어 그의 몸을 기둥 밑의 땅바닥에 내려놓았다. 군중들은 서서히 흩어지기 시작했다. 산가브리엘에서부터 사제를 따라왔던 두 명의 수사가 자기네 형제를 부축해서 한 곁으로 데려가는 동안 인디언들은 야유를 퍼부었다. 돈 디에고 베가는 자기 집으로 돌아왔다.

그는 집사에게 말했다. 「베르나르도를 데려와.」

집사는 웃음이 터져 나오는 것을 참으려고 입술을 지그시 깨물면서 돈 디에고의 곁을 떠났다. 베르나르도는 귀머거리에 벙어리였는데 돈 디에고가 특별히 쓸데가 있어서 데려온 인디언 하인이었다. 몇 분 뒤 그는 넓은 거실로 들어와서 상전에게 절했다.

돈 디에고는 말했다. 「너는 말할 줄도 들을 줄도 모르고 쓸 줄도 읽을 줄도 모르는 데다 수화를 배우고 싶어 하지도 않을 만큼 멍청하니 정말 보석처럼 귀한 인간이다! 내가 쓸데없는 얘기에 귀 기울일 필요 없이 그저 나 하고 싶은 말만 딱딱 하고 그만둘 수 있는 상대는 세상에서 너 하나뿐이지. 내가 말할 때마다 일일이 그 듣기 싫은 〈하!〉 소리도 하지 않고 말야.」

베르나르도는 무슨 얘긴지 알아듣겠다는 듯이 고개를 끄덕였다. 그는 돈 디에고의 입술이 움직이기를 그쳤을 때는 늘 그런 식으로 고개를 끄덕였다.

돈 디에고는 말을 계속했다. 「참 어지럽고 소란스러운 세상이야, 베르나르도. 조용히 명상할 수 있는 곳을 어디에서도 찾을 수 없으니. 그제 밤 펠리페 사제님 댁에 갔을 때도 뚱보 상사가 그 댁 문을 요란하게 두드려 댔지. 그리고 펠리페 사제님이 채찍형을 당한 일 말야. 불의한 짓을 저지르는 자들을 혼내 주는 그 조로라는 사람이 이 사건에 관한 소식을 듣고 그런 일을 저지른 자들에게 따끔한 맛을 보여 줬으면 좋겠다.」

베르나르도는 다시 고개를 끄덕였다.

「그리고 나는 아주 곤란한 처지에 빠졌어. 우리 아버님은 빨리 아내를 얻으라고 채근하시는데 내가 고른 아가씨가 나를 백안시하는 거야. 이러다간 조만간 아버님한테 혼나고 말지. 베르나르도, 며칠간 이 마을을 떠나야 할 때가 온 것 같다. 우리 아버님 목장에 가서 아직 결혼할 여자를 구하지 못했다고 털어놓고 너그럽게 용서해 달라고 빌 작정이다. 그리고 아버님 댁 뒤에 있는 큰 산으로 들어가 적당한 자리를 골라잡은 뒤 노상강도들이나 상사들, 불의한 치안 판사들 따위는 모두 잊고 모처럼 하루 온종일 편안하게 쉬고 시를 읽으면서 시간을 보낼 참이다. 물론 너는 데려갈 거야. 너야 내가 무슨 말을 하건 가만히 듣기만 할 뿐 내 말을 가로채지는 않으니까.」

베르나르도는 다시 고개를 끄덕였다. 그는 앞으로 어떤 일이 벌어질지 짐작하고 있었다. 돈 디에고는 그렇게 베르나르도를 붙잡고 한참 이야기를 늘어놓은 다음에는 으레 여행을 떠나곤 했으니까. 베르나르도는 돈 디에고를 존경하기 때문에 함께 여행하는 것을 좋아했고, 또 돈 디에고의 아버지 목장에 가면 늘 따듯한 대접을 받기 때문에 거기 가는 것을 좋아했다.

집사는 옆방에서 돈 디에고의 얘기를 엿들었으므로 하인들에게 돈 디에고의 말을 대령해 놓으라고 지시하고는 상전이 갖고 갈 포도주 병과 물병을 준비했다.

잠시 후 돈 디에고는 마을을 떠났고 그 뒤로 조금 떨어져서 베르나르도가 노새를 타고 따라갔다. 그들은 간선 도로를 따라 서둘러 나아간 덕에 얼마 후 작은 마차 한 대와 그 곁에서 걸어가는 두 명의 프란체스코회 수사를 따라잡을 수 있었다. 마차 안에서는 펠리페 사제가 누워 채찍질을 받아 생긴 상처의 통증을 참으려 안간힘을 쓰고 있었다.

마차가 멈추자 돈 디에고는 말에서 내려섰다. 그는 마차 안으로 들어가 펠리페 사제의 두 손을 잡아 줬다.

「사제님!」

펠리페 사제는 말했다. 「이건 또 다른 불의한 일에 불과하다네. 지난 20년 동안 우리 수도회 사람들은 이런 일을 무수히 겪어 왔는걸. 그들의 횡포는 날로 더 자심해지고 있고. 다른 이들이 두려워서 꺼려할 때 성 후니페로 세라께서는 주저 없이 이 땅에 쳐들어오셨지. 그리고 산디에고 데 알칼라에 첫 교구를 세우셨고, 그것을 기점으로 해서 여러 교구가 사슬처럼 연이어 자리 잡으면서 하나의 제국이 형성되었다네. 우리의 잘못은 우리가 번영했다는 점일세. 일은 우리가 했는데 그 과실은 다른 자들이 거둬 가고 있어.」

돈 디에고는 고개를 끄덕였다. 사제는 말을 계속했다.

「그자들은 우리 교구의 땅을, 우리가 경작해 온 땅을 빼앗기 시작했지. 황무지였던 곳을 우리 형제들이 기름진 밭과 과수원으로 일궈 놓았는데. 그자들은 우리 재산을 강탈해 갔다네. 그리고 우리를 박해하는 것으로도 아직 만족하지 못하고 있어. 우리 교구 제국은 몰락해 가고 있다네. 교구 지붕들이 무너지고 벽들이 쓰러질 날이 머지않았어. 언제고 사람들은 그 폐허를 바라보면서 어떻게 이런 일이 일어날 수 있나 하고 놀라게 될 걸세. 하지만 우리는 그저 순응할 도리밖에 없다네. 우리 교리 중의 하나가 바로 그거지. 레이나 데 로스앤젤레스 광장에서 채찍을 집어 들고 한 사람을 내리쳤을 때 나는 잠시 제정신이 아니었다네. 우리는 순응해야 할 운명을 지닌 사람들일세.」

돈 디에고는 생각에 잠긴 채 말했다. 「가끔 제가 적극적인 사람이었다면 얼마나 좋을까 하고 생각할 때가 있습니다.」

「자네는 함께 마음 아파해 줬고, 그것은 그 무게의 보석만 한 값어치가 있다네. 잘못된 방식으로 행동하는 건 행동하지 않느니만 못하지. 자넨 어디로 가는 건가?」

「제 아버님의 목장으로요. 아버님께 용서를 빌어야 합니다. 아버님은 제게 아내를 얻으라고 지시했는데 지금의 처지로서는 그 지시대로 하기가 어려우니까요.」

「베가 집안 사람에게는 별로 어려운 일이 아닐 텐데. 그 집안 사람이 되는 것을 마다할 처녀가 누가 있겠나.」

「저는 롤리타 풀리도 아가씨와 결혼하고 싶었습니다. 그 아가씨가 제 마음을 받아 주기를 바랐고요.」

「훌륭한 처녀지! 그 처녀의 아버지도 우리처럼 부당한 탄압을 받아 왔다네. 자네 가문과 그 가문이 결연을 맺으면 그 누구도 감히 그 양반을 함부로 대하지 못할걸!」

「물론 다 맞는 말씀입니다. 한데 그 아가씨가 저를 본체만체해요. 아무래도 제가 기백과 담력이 없어서 그런가 봅니다.」

「그 아가씨의 마음을 얻기는 쉽지 않을걸. 어쩌면 그 아가씨는 자네를 자극해서 열정을 북돋우려고 일부러 그러는 것일지도 몰라. 처녀는 남자를 애타게 하기를 좋아하지. 그건 처녀들의 특권일세.」

「저는 마을에 있는 우리 집을 그 아가씨에게 보여 주고 제게 많은 재산이 있다는 얘기를 했습니다. 새 마차를 사주겠다는 얘기도 했고요.」

「그 아가씨에게 자네 마음을 보여 주고, 자네가 그 아가씨를 얼마나 사랑하는지 털어놓고, 완벽한 남편이 되겠다는 얘기를 했나?」

돈 디에고는 사제를 멍하니 쳐다보더니 연방 눈을 깜박이면서 턱을 긁적거렸다. 그는 어려운 문제에 봉착할 때마다 그런 모습을 보이곤 했다.

잠시 후 그는 탄식하듯 말했다.「그런 멍청한 짓을 어떻게 합니까!」

「해보게. 효과가 아주 좋을 걸세.」

제22장
신속한 응징

수사들은 마차를 몰고 출발했고 펠리페 사제는 축복한다는 뜻으로 한 손을 쳐들었다. 돈 디에고 베가는 다른 길로 방향을 틀었고 귀머거리이자 벙어리인 베르나르도는 노새를 타고 뒤따라갔다.

한편, 마을 술집에서는 가죽과 지방을 취급하는 상인이 좌중을 휘어잡고 있었다. 그 상인이 펠리페 사제에게서 갈취한 돈의 일부로 술을 사고 있었기에 뚱보 술집 주인은 손님들에게 연방 포도주 잔을 나르느라 바쁘게 움직였다. 사제에게서 갈취한 돈의 나머지는 치안 판사의 수중에 들어갈 것이다.

한 사람이 펠리페 사제가 채찍으로 자기를 후려친 사건과, 태형을 가하는 일을 맡은 군인이 그 늙은 사제의 등을 채찍으로 후려쳤을 때 피가 튀어 오른 대목을 이야기하자 좌중에서는 폭소가 터졌다.

상인은 소리쳤다. 「그 늙은이, 그 매를 맞고도 끽소리 한 번 내지 않데! 대단한 늙은이야! 지난달 산페르난도에서 한 녀석을 채찍질한 적이 있었는데 그놈은 살려 달라고 온통 난리를 쳤어요. 듣자니 녀석이 환자고 기운이 없다고 하긴 합니다. 아마 실제로 그랬을 거요. 아무튼 이 수사 놈들은 독종들이야! 수사 한 놈을 엉엉 울게 만들기만 하면 대단한 구경거리가 될 텐데. 주인장, 포도주 더 갖고 와요! 술값은 펠리페 사제가 낼 거요!」

그 말에 사람들은 또다시 배꼽을 잡고 웃었다. 상인이 위증을 했던 조수에게 동전을 던져 주면서 엉엉 우는 수사 흉내를 내보라고 하자 조수는 그 흉내를 내고는 그 돈으로 술집에 있는 모든 사람에게 술을 한 잔씩 샀는데 뚱보 주인이 거스름돈을 주지 않자 왜 잔돈을 주지 않느냐고 장난스럽게 소리쳤다.

그러자 주인은, 〈당신, 사제야? 나한테서 푼돈을 우려내려 들게?〉라고 맞받아쳤다.

술집 안에는 다시 박장대소가 터져 나왔다. 그렇게 해서 조수의 잔돈을 떼어먹은 주인은 씩 웃으면서 제 할 일로 돌아갔다. 이 날은 주인이 한몫 단단히 잡을 수 있는 즐거운 날이었다.

상인이 물었다. 「오늘 그 사제 편을 들었던 신사는 누구요?」

주인이 대답했다. 「돈 디에고 베가입니다.」

「그 양반, 앞날이 순탄치 않을걸.」

그러자 주인은 말했다. 「돈 디에고한테는 해당되지 않는 얘깁니다. 막강한 베가 가문을 모르세요? 지사 각하까지도 그 가문 사람들의 비위를 맞추려 애쓰시는데요. 베가 가문 사람들이 손가락 하나만 까딱해도 이 일대에서 정치적인 큰 소동이 일어날걸요.」

상인이 물었다. 「그럼 그 사람 위험한 사람이오?」

그러자 사람들은 일제히 폭소를 터뜨렸다.

「위험한 사람이냐고요? 돈 디에고 베가가?」 그렇게 소리치는 주인의 불룩한 양 뺨에는 눈물이 흘러내리기까지 했다. 「웃다 배꼽 빠져 죽을 뻔했네! 돈 디에고는 양지쪽에 앉아서 꿈만 꾸는 양반이오. 그분은 어쩌다 폼으로 한 번씩 차는 경우를 빼고는 검도 차고 다니지 않아요. 말을 타고 몇 킬로미터 정도만 갔다

하면 다 죽어 가는 사람처럼 엄살을 떨고. 돈 디에고가 위험하다면 양지쪽에서 햇볕을 쬐고 있는 도마뱀도 위험한 동물이라고 해야 할 거요.」 그래 놓고 주인은 그 얘기가 돈 디에고의 귀에 들어가 그가 자기네 집 단골들을 다른 술집으로 가게 한다면 큰일이다 싶어 얼른 한마디 덧보탰다. 「하지만 그분은 훌륭한 신사입니다!」

가죽과 지방을 취급하는 상인이 조수와 함께 술집을 떠난 것은 어스름 녘이 거의 다 되어서였다. 두 사람 다 술을 너무 많이 마셔서 비틀거리며 걸었다.

그들은 자기네가 타고 온 마차에 올라탄 뒤 술집 문 앞에 몰려 있는 사람들에게 손을 흔들어 주고는 산가브리엘 방면 길로 천천히 나아갔다.

그들은 마차를 타고 한가로이 여행하면서 술집에서 산 포도주를 연방 들이켰다. 첫 번째 언덕을 넘어가자 레이나 데 로스앤젤레스 마을이 시야에서 사라졌다. 이제 눈앞에 보이는 것이라고는 먼지 덮인 큰 뱀처럼 구불구불하게 펼쳐진 간선 도로와 갈색 언덕들, 멀리 보이는 몇 채의 목장 집들뿐이었다.

그들이 길모퉁이 하나를 돌아가자 말을 탄 한 사내가 안장에 느긋하게 앉아 길 한복판에 떡 버티고 서 있어서 더 이상 앞으로 나아갈 수가 없었다.

상인은 소리쳤다. 「비켜요. 말을 돌리란 말이오! 그대로 깔고 지나가도 좋소?」

조수가 두려움에 질린 짤막한 외침을 터뜨리자 상인은 말 탄 사내를 좀 더 자세히 쳐다봤다. 그의 아래턱이 뚝 떨어지고 두 눈이 퉁방울처럼 부풀어 올랐다.

그는 소리쳤다. 「세뇨르 조로! 맙소사, 카피스트라노의 재앙이 산가브리엘에서 가까운 이곳까지 나타나다니! 우리한테는 볼일이 없는 거죠, 세뇨르 조로? 나는 가난한 사람이라 돈이 없어요. 바로 어제 사제 하나가 내 돈을 갈취하는 바람에 재판을 받으러 레이나 데 로스앤젤레스에 갔다 오는 길이오.」

조로는 물었다. 「그래, 그 돈을 돌려받았나?」

「치안 판사님이 너그러운 분이셔서 사제에게 돈을 환불해 주라고 명령하셨어요. 하지만 그 돈을 언제 돌려받을지는 나도 잘 몰라요.」

조로는 명령했다. 「마차에서 내려. 조수, 너도 내리고!」

상인은 항의했다. 「나한테는 돈이 없는데 —」

「마차에서 내리라니까! 꼭 두 번 얘기해야 알아듣나? 내려. 안 그러면 당장 시체를 만들어 줄 테니까.」

그제야 상인은 노상강도가 한 손에 권총을 들고 있다는 것을 깨닫고 겁에 질려 비명을 지르더니 후닥닥 마차에서 내려섰고, 조수 역시 구르듯이 내려왔다. 그들은 먼지투성이 길에 서서 사시나무 떨듯이 떨었다. 상인은 연방 살려 달라고 빌었다.

「친절하신 강도님, 제게는 돈이 없습니다요. 하지만 나중에 마련해 드리겠습니다. 강도님이 말씀하시는 곳에, 언제든지 원하시는 때 갖다 놓겠습니다.」

조로는 일갈했다. 「입 닥쳐, 이 짐승 같은 놈아! 너같이 거짓 증언하는 놈의 돈 같은 것은 필요 없어. 나는 레이나 데 로스앤젤레스에서 벌어진 그 어릿광대극 같은 재판에 관해서 소상히 다 알고 있어. 내게는 언제든지 그런 소식이 번개같이 들어오니까. 뭐, 나이 먹은 그 사제가 너를 사기 쳤다구? 이 천하의 거짓말쟁이에 도둑놈아! 사기꾼은 바로 너야! 네가 거짓말을 늘어놓은 통에 그놈들이 채찍으로 그 경건한 노인네 등의 맨살을 열다섯 대나 때렸겠다. 그리고 네놈과 치안 판사 놈은 네놈이 그분에게서 갈취한 돈을 나눌 거지!」

「성인들께 맹세코 —」

「맹세하지 마! 거짓 증언은 네놈이 이미 늘어놓은 것들만으로도 충분하고도 남아. 앞으로 나와!」

상인은 오한이 든 사람처럼 부들부들 떨면서 시키는 대로 했다. 조로는 재빨리 말에서 내리더니 말의 앞으로 돌아 나왔다. 마차 곁에 서 있는 조수의 얼굴은 하얗게 질려 있었다.

조로는 다시 명령했다. 「더 나와!」

상인은 좀 더 다가섰다. 그러나 조로가 긴 망토 속에서 노새 채찍을 꺼냈으므로 상인은 다시 살려 달라고 빌기 시작했다. 조로는 왼손에는 권총을, 오른손에는 채찍을 들었다.

「돌아서!」

「마음씨 좋은 강도님, 제발 자비를 베푸세요! 돈을 빼앗고 때리기까지 하시렵니까? 사기꾼 사제의 말만 믿고 정직한 장사꾼을 때리시렵니까?」

첫 번째 채찍질이 떨어졌고, 상인은 고통을 이기지 못해 비명을 질렀다. 그의 말에 노상강도의 팔에는 한층 더 힘이 들어간 것 같았다. 두 번째 채찍질이 떨어지자 상인은 흙바닥에 털썩 무릎을 꿇었다.

그러자 조로는 권총을 벨트에 차고는 앞으로 다가가 왼손으로 상인의 텁수룩한 머리를 움켜쥐고 위로 번쩍 치켜들더니 노새 채찍으로 장사꾼의 등을 마구 갈기기 시작했다. 채찍질이 거듭되는 동안 상인의 질긴 외투와 셔츠는 갈가리 찢어지고 피로 흠뻑 젖어 들었다.

조로는 소리쳤다. 「위증을 해서 정직한 사제에게 고통을 안겨 준 자에 대한 처벌이다!」

그러고 나서 그는 조수에게로 시선을 돌렸다.

「너는 분명 네 주인이 시키는 바람에 치안 판사 앞에서 거짓말을 했을 것이다. 그러나 정황이 어찌 되었든 간에 너는 정직하고 깨끗하게 사는 법을 배워야 한다.」

「자비를 베풀어 주세요, 나리!」 조수는 울부짖었다.

「사제가 채찍질을 당하는 동안 즐겁게 웃었지? 그 경건한 노인네가 하지도 않은 짓을 했다는 누명을 쓰고 벌을 받게 만든 대가로 포도주까지 실컷 얻어 마셨겠지?」

조로는 청년의 목덜미를 움켜쥐더니 핑그르르 돌려세워 등줄기를 호되게 내리쳤다. 청년은 한 차례 요란한 비명을 지르고 나서 흐느껴 울기 시작했다. 조로는 청년을 기절시키고 싶지는 않은 듯 다섯 대만 때리고 말았다. 그러고 나서 그는 청년의 몸을 거칠게 내던지고는 채찍을 감았다.

「둘 다 제대로 교훈을 받았기를 바란다. 이제, 마차를 타고 가. 앞으로 이 일을 얘기할 때는 진실만을 말해. 그렇지 않았다는 소문이 들렸다가는 국물도 없을 줄 알아! 열다섯 명이나 스무 명의 일당이 너희를 둘러싸는 바람에 어쩔 수 없이 채찍을 맞았다는 헛소리가 들리기만 해봐!」

조수는 마차로 뛰어 올라갔고 주인도 따라 올라갔다. 그들은 말 등에 정신없이 채찍질을 가해 마차 뒤에 뿌연 먼지 구름을 피워 올리면서 산가브리엘 방면으로 사라져 갔다. 조로는 한동안 그 마차 뒤를 바라보다가는 마스크를 들어 올리고 얼굴의 땀을 닦았다. 그러고 나서 그는 말 등에 올라탄 뒤 노새 채찍을 안장 앞머리에 끼웠다.

제23장
또 다른 응징

조로는 말을 몰고 마을 곁에 있는 언덕 꼭대기까지 단숨에 달려 올라간 뒤 말을 멈추고는 마을을 내려다봤다.

이제 날이 꽤 어두워지기는 했으나 그가 알고 싶은 점들을 파악하는 데는 아무 지장이 없었다. 촛불을 밝힌 술집에서는 술 취한 사내들의 노랫소리와 요란한 웃음소리가 들렸다. 요새에서도 역시 촛불 빛이 새어 나왔고 몇몇 집에서는 음식을 요리하는 냄새가 흘러나왔다.

조로는 언덕을 내려갔다. 이윽고 광장 가장자리에 이르렀을 때 그는 말의 옆구리에 박차를 가해 술집 문 앞까지 단숨에 달려갔다. 술집 문 앞에는 대여섯 명의 사내들이 몰려 있었고 그들 대부분은 포도주에 얼근히 취해 있었다.

조로는 소리쳤다. 「주인, 나 좀 봅시다!」

문 주위에 몰려 있던 사람들은 술로 여행의 피로를 씻으려는 어떤 신사가 왔는가 보다고만 생각하고 처음에는 별로 신경 쓰지 않았다. 뚱보 주인이 서둘러 나와서 두 손을 비비면서 말 곁으로 다가왔다. 다음 순간 그는 말 탄 사람이 마스크를 쓰고 있으며 권총 총구가 자기를 위협하고 있다는 것을 알았다.

조로는 물었다. 「치안 판사 안에 있나?」

「예, 나리!」
「그 자리에 그대로 서서 내 말을 전해라. 어떤 신사가 상의할 일이 있어서 그러니 잠깐 나와 달란다고.」

겁에 질린 주인은 떨리는 목소리로 그대로 소리쳤고, 그 내용은 술집 안에 전달되었다. 이윽고 치안 판사가 비틀거리면서 밖으로 나와 한창 즐거운 시간을 보내는데 누가 와서 흥을 깨느냐고 큰 소리로 말했다.

그는 연방 비틀거리면서 말 곁으로 다가오더니 말의 옆구리에 한 손을 대고는 위를 올려다봤다. 그는 마스크 구멍으로 자신을 내려다보는 두 개의 반짝이는 눈동자를 보고는 입을 벌렸다. 그러나 조로는 그의 입에서 비명이 터져 나오기 전에 재빨리 말했다.

「쉿, 조용히 해. 소리 냈다가는 죽어! 나는 너를 벌하러 왔다. 오늘 너는 죄 없는 성직자에게 유죄 판결을 내렸다. 게다가 너는 그분에게 죄가 없다는 것을 잘 알고 있었지. 그 재판은 완전히 코미디였어. 그리고 네 판결에 따라 그분은 채찍질을 당했다. 그러니 너도 똑같은 대가를 치러야 해.」

「네가 감히 ─」

조로는 일갈했다. 「조용히 해! 어이, 거기 문 곁에 있는 사람들, 이리로 좀 와봐요!」

그들 대부분은 날품팔이 노동자들로 한 신사가 자기네에게 뭔가 일을 시키고 품삯을 주려나 보다고 생각하고는 앞으로 다가왔다. 어둠 속이라 그들은 말 곁으로 다가온 뒤에야 비로소 마스크와 권총을 봤다. 하지만 물러서기에는 이미 때가 늦었다.

조로는 그들에게 말했다. 「자, 이제부터 이 정의롭지 못한 치안 판사를 혼내 주도록 합시다. 거기 다섯 사람은 이자를 붙잡아서 광장 한복판에 있는 기둥으로 끌고 가서 붙잡아 매도록 해요. 맨 먼저 거역하려는 기색을 보이는 사람은 이 권총의 납 총알 맛을 볼 거요. 그다음 사람들은 이 검으로 처리할 거고. 자, 빨리빨리 움직여요.」

겁먹은 치안 판사는 비명을 지르기 시작했다.

「저자의 비명 소리가 들리지 않게 모두 크게 웃으시오!」 조로의 명령에 사람들은 최대한 크게 웃어 댔다. 두려움이 깃든 괴이한 웃음이었다.

그들은 치안 판사의 두 팔을 잡고 기둥으로 끌고 가서 가죽 끈으로 묶었다.

조로는 그들에게 말했다. 「자, 이제부터 한 줄로 늘어서서 차례로 이 채찍을 들고 이자를 다섯 대씩 때리시오. 내가 잘 지켜볼 거요. 사정을 봐주려고 살살 때리는 친구들은 나한테 혼날 줄 아시오. 시작해요!」

그는 맨 앞사람에게 채찍을 던져 줬다. 형벌이 시작되었다. 조로는 그들이 사정을 봐주는가 그렇지 않는가를 면밀히 주시했다. 노동자들은 조로를 몹시 두려워했으므로 있는 힘껏 채찍질을 가했다.

조로가 말했다. 「술집 주인 너도!」

「나리가 가신 다음에는 저분이 저를 감옥에 처넣을 겁니다요.」 주인은 우는소리를 했다.

조로는 물었다. 「감옥에 갈래 관 속에 들어갈래?」

술집 주인은 아무래도 감옥이 더 나은 모양이었다. 그는 채찍을 집어 들고 다른 노동자들보다 더 호되게 치안 판사를 후려갈겼다.

이윽고 가죽 끈에 결박된 치안 판사의 몸이 아래로 축 늘어졌다. 열다섯 대쯤 맞았을 때 그는 육체의 고통 때문이 아니라 두려움 때문에 의식을 잃었다.

조로는 말했다. 「저놈을 풀어 주시오.」

두 사람이 달려들어 치안 판사를 묶었던 가죽 끈을 풀었다.

「저놈을 제 집으로 데려가요.」 조로는 말을 계속했다. 「그리고 마을 사람들에게 이렇게 말하시오. 조로는 가난하고 힘없는 사람들을 억압하고 괴롭히는 자들을, 부당한 판결을 내려서 법의 이름으로 남의 재산을 강탈하는 자들을 이렇게 벌준다고. 어서 가서 시키는 대로 하시오!」

사람들은 신음 소리를 내면서 서서히 제정신으로 돌아오는 치안 판사를 들쳐 메고 그 자리를 떠났다. 조로는 다시 술집 주인에게 고개를 돌렸다.

「이제 당신하고 나하고는 술집으로 돌아갈 거야. 당신은 술집 안으로 들어가서 나한테 포도주 한 잔을 가져다준 뒤 내가 그걸 마시는 동안 말 곁에 붙어 서 있어. 긴말하지 않겠다. 만일 그 과정에서 서투른 수작을 했다간 무슨 일이 벌어질지 알지?」

하지만 술집 주인은 조로 못지않게 치안 판사도 두려워했다. 그는 술집 앞으로 다가간 뒤 마치 포도주를 가져오려는 듯이 얼른 안으로 들어가서는 사람들에게 급보를 알렸다.

그는 가장 가까운 탁자에 앉아 있는 사람들에게 낮게 속삭였다. 「조로가 밖에 있어요. 놈은 사람들을 시켜서 치안 판사님에게 심한 매질을 하게 했어요. 그러고는 제게 포도주 한 잔을 가져오라고 시켰어요.」

그리고 나서 그는 포도주 통으로 가서 가급적 천천히 포도주를 받아 내기 시작했다.

술집 안에 있던 사람들은 갑자기 부산스럽게 움직였다.

그중에는 지사를 추종하는 신사가 대여섯 명 끼어 있었다. 그들은 모두 검을 뽑아 들고 문 쪽으로 살금살금 다가가기 시작했다. 그중의 한 명은 허리에 권총을 차고 있어서 그것을 뽑아 들고 총알이 장전되어 있나 확인해 본 뒤 그들의 뒤를 따라갔다.

조로는 술집 문 앞에서 6미터쯤 떨어진 곳에서 여전히 말안장에 앉아 있었는데 갑자기 한 떼의 사람들이 몰려나오는 광경이 보였다. 그리고 대여섯 자루의 검이 빛을 발하는가 했는데 갑자기 총성이 들리더니 총알이 머리 곁을 스치고 지나가는 소리가 들렸다.

술집 주인은 문 앞에 선 채 사람들이 그 노상강도를 생포하기를 마음속으로 빌었다. 그렇게 되면 자기는 일부의 공을 인정받을 것이고 치안 판사도 자기를 채찍질한 것에 앙갚음하려 들지 않으리라.

조로는 자기 말이 앞발을 쳐들고 일어서게 한 뒤 옆구리에 박차를 가했다. 그러자 말은 신사들이 몰려 있는 곳으로 쏜살같이 내달았고, 신사들은 혼비백산해서 흩어졌다.

그것은 조로가 바라던 바였다. 그는 어느새 칼집에서 검을 뽑아 들고는 한 사내의 검을 든 팔을 꿰뚫고 방향을 틀어 다른 사내의 몸에 검을 그어 피 보라를 일으켰다.

그가 말을 이리저리 움직이는 바람에 적들은 사방으로 분산되었고, 그 때문에 한 번에 한 사람의 적만 달려들 수 있었다. 그는 그렇게 좌충우돌하면서 미친 듯이 검을 휘둘렀다. 이제 어두운 허공은 비명 소리와 악쓰는 소리로 가득했고 집집마다 사람들이 무슨 일인가 해서 허둥지둥 뛰어나왔다. 조로는 그들 중의 일부가 권총을 갖고 있으리라는 것을 잘 알고 있었다. 그는 검은 전혀 두려워하지 않았으나 권총은 얘기가 좀 달랐다. 그가 그렇게 검을 휘두르는 동안 멀리서 누군가가 권총으로 자신을 쓰러뜨릴 수도 있었다.

그리하여 그는 다시 말을 몰고 앞으로 내달렸다. 그리고 뚱보 술집 주인이 미처 깨닫기도 전에 순식간에 그의 곁에 다가가 한 팔로 그의 몸을 낚아챘다. 말이 술집 반대편으로 내달려 가자 그 뚱보 사내는 땅바닥에 질질 끌려가면서 사람 살리라 소리치는 한편 조로에게 용서해 달라고 애걸복걸했다. 조로는 그를 광장 중앙의 기둥으로 끌고 갔다.

조로는 명령했다. 「그 채찍 이리 줘!」

술집 주인은 시키는 대로 하면서 연방 성인들에게 자신을 가호해 달라고 소리쳤다. 조로는 그를 놔주더니 그 뚱뚱한 몸뚱어리를 채찍으로 휘감았다. 그리고 주인이 달아나려 할 때마다 거듭거듭 채찍을 내리쳤다. 그래 놓고 그는 술집 주인 곁을 떠나 검을 든 자들을 사방으로 뿔뿔이 흩어지게 한 뒤 다시 그에게 돌아와 채찍질을 가했다.

조로는 소리쳤다. 「네가 감히 내 명령을 거역해? 이 도둑놈의 앞잡이 같은 놈! 사람들을 보내서 나를 성가시게 하겠다 이건가? 내, 네놈의 그 질긴 살가죽을 벗겨 주지.」

「용서해 주세요!」 그는 비명을 지르면서 땅바닥에 쓰러졌다.

조로가 다시 채찍을 휘두르자 술집 주인에게서는 피보다 비명 소리가 먼저 터져 나왔다. 그러고 나서 그는 말을 핑그르르 돌려서 가장 가까이에 있는 적들에게 돌진해 갔다. 다시 총알 한 방이 그의 귓전을 스쳐 지나갔고 검을 든 한 사내가 그에게 달려들 태세를 취했다. 조로는 검을 날렵하게 휘둘러 그의 어깨를 꿰뚫어 버리고는 말의 옆구리에 박차를 가했다. 말은 기둥이 있는 데로 질주해 갔다. 그런 뒤 그는 말을 정지시키고는 잠시 적들을 마주 보고 섰다.
「여러분의 숫자가 너무 적어서 싸우기가 싱겁소이다그려.」
그는 솜브레로를 벗어 들고 그들을 놀리듯이 정중하게 절하고는 다시 말머리를 돌려 어둠 속으로 질주해 갔다.

제24장
돈 알레한드로의 목장에서

 조로는 소란한 마을을 뒤로하고 떠났다. 뚱보 술집 주인의 비명 소리가 마을을 들었다 놨다 했다. 사람들이 달려오고 그 곁에서는 횃불을 든 하인들이 달려왔다. 집집마다 여자들이 창문을 통해서 밖을 내다보고 있었다. 인디언들은 마을에 소란이 일어날 때마다 자기네가 그 대가를 치렀다는 것을 쓰라린 경험을 통해서 잘 알고 있었기에 각자 머무른 곳에서 떨면서 지켜보고 있었다.

 혈기 왕성한 젊은 신사 여럿이 그곳으로 모여들었다. 최근 한동안 레이나 데 로스앤젤레스 마을에는 이야깃거리가 될 만한 큰 사건이 전혀 일어나지 않았다. 그 청년들은 술집으로 모여들어 주인이 울부짖으며 얘기하는 소리에 귀 기울였다. 몇몇 청년은 치안 판사의 집으로 달려가서 그의 등에 난 상처들을 직접 목격했고, 조로가 법과 지사를 모욕했다는 판사의 분노 어린 성토를 들었다.

 라몬 대위도 요새에서 내려왔다. 그는 조로가 그런 소란을 일으킨 원흉이라는 얘기를 듣고 이를 갈면서 반드시 그 앙갚음을 하겠다고 거듭 맹세하고는 요새에 단 하나 남은 건강한 부하를 팔라 가도로 파견했다. 그 부하는 곤잘레스 상사와 그의 대원들이 엉뚱한 곳에서 조로를 쫓고 있으니 빨리 마을로 돌아와서 다시 조로의 뒤를 추적하라는 대위의 명령을 전하기 위해 그들을 따라잡으려고 맹렬히 말을 달렸다.

그러나 젊은 신사들은 모처럼 한번 몸을 풀 일이 생겼다고 좋아하면서 요새 사령관에게 자기네가 민병대를 조직해서 그 노상 강도를 추적하도록 허락해 달라고 요청했고 라몬 대위는 즉각 수락했다.

서른 명가량의 청년들이 말을 탄 뒤 무기를 점검해 보고는 출발했다. 그들은 갈림길에 이르면 세 패로 나뉘어 조로를 추적할 작정이었다.

그들이 떠날 때 마을 사람들은 박수갈채를 보냈다. 그들은 요란한 말발굽 소리와 함께 산가브리엘 방면으로 뻗은 언덕길을 빠르게 달려 올라갔다. 하늘에 달이 떠 있어서 빠르게 쫓아가기만 하면 조로를 쉽게 찾을 수 있으리라.

갈림길에 이르렀을 때 그들은 세 방향으로 갈라졌다. 열 명은 산가브리엘 방면 길로, 열 명은 펠리페 사제의 목장 방면 길로, 나머지 열 명은 골짜기를 따라 아래로 구불구불하게 뻗은 길로 달려갔다. 그 골짜기에는 부유한 신사들이 소유한 땅이 계속 이어져 있었다.

그보다 얼마 전에 돈 디에고 베가는 말을 타고 바로 그 길을 따라 나아갔고 귀머거리이자 벙어리인 베르나르도는 노새를 타고 그 뒤를 쫓아갔다. 돈 디에고는 느긋하게 말을 몰았다. 그리고 날이 어두워지고 나서 한참이 지난 다음에야 비로소 큰길을 벗어나 자기 아버지의 집으로 이어진 좁은 길로 접어들었다.

그 집안의 웃어른인 돈 알레한드로 베가가 저녁 식사를 하고 나서 음식들이 그대로 남아 있는 식탁을 앞에 두고 혼자 앉아 있는데 누군가가 말을 타고 집 대문 앞에 도착하는 소리가 들렸다. 하인 하나가 달려 나가 대문을 열어 주자 돈 디에고가 들어섰고 베르나르도가 바로 따라 들어왔다.

「오, 디에고, 내 아들아!」 노인은 그렇게 소리치면서 두 팔을 벌렸다.

돈 디에고는 이내 아버지의 품에 안겼다. 그러고 나서 그는 식탁 앞에 앉아서 포도주 잔을 움켜쥐었다. 그는 포도주로 목을 축인 뒤 다시 돈 알레한드로를 쳐다봤다.

그는 말했다. 「아, 참 피곤한 여행이었어요!」

「무슨 일로 왔니?」

「여기에 꼭 와야만 할 것 같아서요. 요즘 마을이 워낙 시끄럽거든요. 눈길을 돌리는 곳마다 보이는 것이라고는 온통 폭력과 유혈 사태뿐이니. 그 망할 놈의 조로라는 친구가 —」

「하! 그 사람이 어떻게 했는데?」

「제발, 〈하!〉라는 소리 좀 하지 말아 주세요, 아버지. 요 며칠 동안 아침부터 밤까지 들리는 소리라고는 그 〈하!〉 소리뿐이었다고요. 요즘은 세상이 온통 뒤숭숭해요. 이 조로라는 사람은 풀리도 목장에 들러 거기 있는 모든 사람을 위협했어요. 저는 일이 있어서 제 목장에 갔다가 펠리페 사제님을 뵈러 갔더랬죠. 그분과 함께 조용히 명상을 해볼까 해서요. 그런데 글쎄 뚱보 상사 녀석 하나와 그의 부하들이 조로를 잡으러 왔지 뭐예요!」

「그 사람들이 조로를 잡았어?」

「그런 것 같지는 않아요. 그래 마을로 돌아왔는데 오늘 거기서 어떤 일이 일어났는지 아세요? 펠리페 사제님이 한 장사꾼을 속여 먹었다고 해서 군인들이 사제님을 잡아 온 거예요. 그리고 엉터리 재판을 한 뒤 군인들이 사제님을 기둥에다 잡아 묶고 채찍으로 그분의 등을 열다섯 대나 때렸어요.」

「흉악한 놈들 같으니라고!」 돈 알레한드로는 소리쳤다.

「저는 더 이상 참고 볼 수가 없어서 아버님 댁에 오기로 했지요. 어디를 보나 온통 혼란뿐이에요. 멀쩡한 사람도 제정신을 잃을 지경이라니까요. 그런지 안 그런지 베르나르도에게 물어보세요.」

돈 알레한드로는 귀머거리이자 벙어리인 인디언을 힐끗 쳐다보고는 피식 웃었다. 베르나르도도 마주 웃어 줬는데 사실 상전 앞에서 그런 식으로 행동해서는 안 되었지만 베르나르도는 그런 것도 알지 못했다.

「나한테 얘기할 게 또 있니?」 돈 알레한드로는 그렇게 묻고는 탐색하는 눈길로 쳐다봤다.

「아이고! 드디어 올 게 왔네! 가급적이면 이런 상황은 피하고 싶었구만.」

「말해 보렴.」

「풀리도 목장에 가서 돈 카를로스와 그 부인, 그리고 롤리타 아가씨와 이야기를 나눴어요.」

「그래, 그 아가씨가 마음에 들던?」

「그 아가씨는 제가 알고 있는 어떤 아가씨 못지않게 사랑스러웠어요. 그래 돈 카를로스에게 결혼 얘기를 꺼냈더니 그분은 기뻐하시는 것 같더군요.」

「아! 당연히 그렇게 나오겠지.」

「하지만 결혼은 성사될 수 없을 것 같아요.」

「이게 무슨 소리야? 그 아가씨에게 뭐 문제될 거라도 있는 거냐?」

「제가 아는 한에서는 없어요. 아가씨는 사랑스럽고 순진한 처녀 같아요. 저는 그 댁 분들을 레이나 데 로스앤젤레스에 초대해서 우리 집에서 이틀간 지내게 했어요. 그 아가씨가 제 집 가구들을 볼 수 있게 하고 또 제 재산이 얼마나 많은지 알려 주기 위해서 그렇게 했죠.」

「잘했다.」

「그런데 그 아가씨는 절 별로 마음에 들어 하지 않아요.」

「아니 어떻게 그럴 수가? 베가 집안 사람과 결혼하기를 거부한다고? 이 일대에서 가장 명문이고 가장 막강한 집안과 결연을 맺기를 거부한단 말야?」

「그 아가씨는 제가 본인이 좋아할 만한 사람이 아니라는 암시를 주더군요. 제가 보기에 그 아가씨는 좀 유치한 데가 있는 것 같아요. 그 아가씨는 제가 자기 집 창문 밑에서 기타를 치거나 은근히 추파를 던지거나, 보호자가 보지 않을 때 슬쩍 손을 잡아 주는 그런 바보 같은 짓들을 하기를 바라는 것 같아요.」

돈 알레한드로는 소리쳤다. 「맙소사! 너 베가 집안 자식 맞냐? 어떤 훌륭한 신사가 그런 기회를 마다하겠어? 신사라면 의당 달 밝은 밤에 애인 앞에서 자신의 사랑을 노래하는 걸 좋아하지. 네가 바보 같은 짓들이라고 하는 그런 소소한 것들이 바로 사랑의 본질인걸. 그 아가씨가 너를 좋아하지 않는 게 당연해.」

「하지만 저는 왜 그런 짓거리들을 해야 하는지 잘 모르겠어요.」

「그렇게 냉정한 태도로 그 아가씨한테 가서 결혼하자고 했단 말이냐? 말이나 소를 살 때의 마음가짐으로 그 아가씨를 대했단 말야? 맙소사! 그래 갖고서 그 아가씨와 결혼할 수 있을 거라고 생각하니? 그 아가씨는 이 일대에서 우리 다음으로 명문인 집안의 따님이야.」

「돈 카를로스는 제게 희망을 가지라고 말씀하셨어요. 그분은 아가씨를 당신의 목장으로 데려가면서, 아가씨가 그곳에서 얼마간 지내면서 가만히 생각하다 보면 마음이 달라질지도 모른다고 하셨어요.」

「네가 사랑한다는 마음을 제대로 표현하기만 하면 그 아가씨는 네 거야! 너는 베가 집안 자식이고 따라서 이 지방에서 첫째가는 신랑감이야. 사랑에 빠진 보통 남자들이 하는 행동의 반만 해도 그 아가씨는 네 사람이 될 게다. 대체 네 핏줄 속에는 어떤 피가 흐르고 있는 거냐? 한번 그 핏줄을 갈라서 들여다보고 싶어지는구나.」

「제 결혼 건을 얼마 동안 좀 보류해 둘 수 없을까요?」

「너는 스물다섯 살이다. 네가 태어났을 때 나는 이미 나이를 먹을 만큼 먹었더랬어. 조만간 나는 조상들이 계신 곳으로 갈 게다. 너는 유일한 아들이자 상속자니 아내를 얻어서 자식을 낳아야 해. 네 피가 맹탕인 바람에 베가 가문이 네 대에서 단절되어야 옳겠니? 세 달 안에 아내를 얻어. 내가 받아들여 줄 만한 아내를. 그렇게 하지 않으면 내가 죽을 때 내 재산을 프란체스코회 사람들에게 기부하고 말 테다!」

「아버지!」

「이건 진심이다! 좀 생기 있게 살아 봐! 네가 그 조로라는 노상 강도가 갖고 있는 용기와 기백의 반만큼이라도 가졌다면 원이 없겠다! 그 사람은 원칙을 갖고 있어. 그걸 위해 싸우고 있고. 그 사람은 힘없는 사람들을 도와주고 억압받는 사람들의 한을 풀어 주고 있어. 나는 그 사람을 존경한다! 난 네가 하릴없이 빈둥거리면서 맥없이 몽상에나 젖어 지내는 꼴을 보느니 차라리 그 사람처럼 죽거나 감옥에 갇힐 위험을 무릅쓰고 용감하게 행동하는 것을 보고 싶다.」

「아버지! 저는 착실한 아들이에요!」

「난 네가 좀 더 거칠고 열정적이었으면 좋겠다. 그러면 더 자연스럽게 보였을 거야.」 돈 알레한드로는 한숨을 쉬었다. 「그렇게 무기력한 모습보다는 다소의 탈선행위를 하는 편이 훨씬 더 봐 넘기기 쉬울 게다. 열정을 좀 일으켜 봐! 네가 베가 가문의 자식이라는 것을 잊지 말아. 내가 네 나이 때는 사람들의 웃음거리가 아니었어. 나는 누가 눈짓만 함부로 해도 싸우려 덤볐고, 눈빛이 초롱초롱한 아가씨만 보면 구애를 했고, 거칠거나 세련된 모든 스포츠에서 어떤 신사와도 당당히 겨룰 수 있었다. 하!」

「제발 부탁인데 그 〈하!〉 소리 좀 하지 마세요, 아버지. 그 소리만 들으면 신경이 곤두서요.」

「넌 좀 더 남자다워져야 해!」

「곧 그렇게 되어 보려고 노력하겠어요.」 돈 디에고는 의자에 앉은 채로 상체를 다소 꼿꼿이 하면서 말했다. 「어떻게 해서든 피하고 싶었지만 이젠 그럴 수 없을 것 같네요. 다른 남자들이 처녀들에게 하듯 저도 롤리타 아가씨의 마음을 사로잡아 보려 애쓰겠어요. 재산을 프란체스코회 사람들에게 기부하겠다는 말씀 그거 진심이세요?」

「그럼, 진심이고말고!」

「그렇다면 노력해 봐야겠네요. 우리 가문의 재산을 다른 데로 가게 해서는 안 되겠지요. 오늘 밤 이 문제를 조용히 생각해 보겠어요. 마을에서 멀리 떨어진 이곳에서는 명상을 해볼 수 있겠지요. 맙소사!」

갑자기 집 밖이 시끌벅적해지는 바람에 돈 디에고는 그렇게 탄식했다. 돈 알레한드로와 그의 아들은 말을 탄 많은 사람이 집 앞에서 말을 멈추고 서로에게 외치는 소리를, 말굴레가 짤랑거리고 검들이 덜거덕거리는 소리를 들었다.

돈 디에고는 암담한 심경으로 말했다. 「도대체 이놈의 세상에서는 한시도 조용할 날이 없네!」

돈 알레한드로는 말했다. 「소리로 보아 열 명쯤은 되는 것 같구나.」

그 말은 정확히 맞아떨어졌다. 하인 하나가 문을 열어 주자 허리에 검을 차고 벨트에 권총을 찬 열 명쯤 되는 청년 신사들이 당당한 걸음으로 그 넓은 방에 들어왔다.

맨 앞에 선 청년이 소리쳤다. 「하, 돈 알레한드로! 어르신께 폐를 좀 끼쳐야겠습니다!」

「폐는 무슨. 그래 무슨 일로 이렇게 한꺼번에 행차를 하셨소?」

「우리는 노상강도인 조로를 뒤쫓고 있습니다.」

돈 디에고는 탄식했다. 「세상에! 여기서도 그런 일은 피할 수가 없구먼! 폭력과 유혈 사태는!」

「그자는 레이나 데 로스앤젤레스 광장을 급습했습니다.」 대표격인 청년은 말을 계속했다. 「그자는 치안 판사님이 펠리페 사제에게 채찍형을 선고했다고 해서 그분을 매질했어요. 뚱보 술집 주인한테도 매질을 했고 말입니다. 그러면서 대여섯 사람과 싸움까지 벌였죠. 그러고 난 다음에 말을 타고 달아났어요. 그래 우리는 민병대를 조직해서 그자의 뒤를 쫓기로 했습니다. 그자가 이 근방에 나타나지 않았나요?」

돈 알레한드로는 말했다. 「내가 알기로는 나타나지 않은 것 같소. 내 아들이 조금 전에 그 길로 해서 도착했지.」

「그자를 보지 못했습니까, 돈 디에고?」

돈 디에고는 말했다. 「못 봤어요. 내가 운이 좋았던 것 같군요.」

하인들이 돈 알레한드로가 지시한 대로 긴 식탁에 작은 케이

크들과 포도주 잔들을 늘어놓자 신사들은 그것들을 먹고 마셨다. 돈 디에고는 그것이 무엇을 뜻하는지 잘 알고 있었다. 이제 그 노상강도를 추적하는 일은 끝났고 그들의 열정도 시들었다. 그들은 그의 아버지의 식탁을 둘러싸고 앉아 밤새 내 술잔을 기울일 것이다. 시간이 갈수록 취기가 올라 고함을 지르고 노래하고 온갖 이야기를 늘어놓다가 새벽 녘에는 영웅들처럼 의기양양하게 레이나 데 로스앤젤레스로 돌아갈 것이다.

그것은 일종의 관례였다. 조로를 추적하는 일은 신나게 한판 놀기 위한 구실에 지나지 않았다.

하인들은 귀한 포도주가 가득 든 커다란 돌 항아리들을 내와서 식탁 위에 늘어놓았다. 돈 알레한드로는 고기도 내오라고 지시했다. 청년 신사들은 돈 알레한드로의 저택에서 벌어지는 파티라면 사족을 못 썼다. 몇 년 전에 그의 아내가 죽어 그 집에는 하녀들 말고는 여자가 아무도 없어서 밤새 실컷 떠들고 놀 수 있었다.

얼마 후 그들은 권총과 검을 빼놓고 속 편히 앉아 서로 제 자랑을 하고 호언장담을 늘어놓기 시작했다. 돈 알레한드로는 그들이 술에 취해 싸움을 벌이다 자기 집에서 사람이 죽어 나가는 것을 원치 않았으므로 하인들에게 그 무기들을 한구석에 치워 놓으라고 지시했다.

돈 디에고는 한동안 그들과 함께 술을 마시고 이야기를 나누다 한 곁으로 물러앉아 마치 그런 바보 같은 짓도 이젠 지겹다는 듯이 그들의 얘기를 가만히 듣기만 했다.

한 청년이 소리쳤다. 「우리가 조로를 따라잡지 못한 건 조로에게는 큰 다행이었어. 우리 중에서 그자의 맞수가 되지 못할 만한 사람은 하나도 없으니까. 군인들이 우리 같기만 했다만 조로는 벌써 체포되고도 남았을걸.」

또 한 청년이 새된 목소리로 소리쳤다.「하, 그 녀석 운이 좋았지! 술집 주인이 그자에게 매를 맞을 때는 볼 만했어. 동네가 떠나가라 울부짖는 꼴이라니!」

돈 알레한드로가 물었다.「그 사람, 이쪽으로 달아났소?」

「그건 확실히 잘 모르겠습니다. 산가브리엘 쪽 길로 달아났고 우리 서른 명가량이 뒤쫓았죠. 우리는 중간에 세 무리로 갈라서서 세 방향으로 추적했습니다. 지금쯤 다른 쪽으로 간 친구들은 그자를 잡는 행운을 만났을지도 모릅니다. 하지만 이 댁에서 즐거운 시간을 보낼 수 있는 우리가 제일 운이 좋다고 해야죠.」

돈 디에고가 자리에서 일어나며 말했다.「실례가 되지 않는다면 이만 물러가고 싶군요. 오늘 여행을 해서 몸이 피곤해요.」

한 청년이 소리쳤다.「그렇게 하시죠. 푹 쉬고 나서 다시 우리와 합석해서 즐기도록 하자고요.」

그 말에 사람들은 모두 웃음을 터뜨렸다. 돈 디에고는 정중하게 고개 숙여 인사하면서 그중 몇몇은 답례 인사를 하기 위해 자리에서 일어날 수도 없을 만큼 취해 있다는 것을 알았다. 그러고 나서 베가 집안의 상속자는 얼른 그 방을 빠져나왔고 귀머거리이자 벙어리인 하인도 부지런히 주인을 따라나섰다.

그는 그 집에 올 때마다 늘 쓰곤 하는 침실로 들어갔다. 그 방에는 이미 촛불이 켜져 있었다. 그는 손을 뒤로해서 방문을 닫았다. 베르나르도는 밤새 내 주인을 지키기 위해 문밖의 바닥에 네 활개를 펴고 누웠다.

넓은 방에 남아 있는 사람들 중에서 돈 디에고가 제 방으로 갔다고 해서 아쉬워하는 사람은 아무도 없었다. 그의 아버지는 이맛살을 찌푸리고 공연히 콧수염을 뒤틀면서 자기 아들이 다른 청년들 같으면 얼마나 좋을까 하고 생각했다. 자기가 젊었을 때는 그렇게 일찍 친구들 곁을 떠난 적이 없었는데. 그는 또다시 한숨을 쉬면서 성인들께서 혈관 속에 뜨거운 피가 뛰는 아들을 내려 주시지 않은 것을 원망했다.

청년들은 이제 노래를 불렀다. 그들이 인기 있는 연가를 합창하는 바람에 그 넓은 방은 별로 화음이 잘 맞지 않는 그들의 노랫소리로 가득 찼다. 돈 알레한드로는 그 모습이 자신의 청춘 시절을 떠올려 주었기에 노랫소리에 귀 기울이면서 빙그레 웃었다.

그들은 긴 식탁의 양편에 편한 자세로 죽 늘어앉아 술잔으로 식탁을 두드리며 노래를 불렀고 이따금 한 번씩 폭소를 터뜨리곤 했다.

그들 중의 하나가 소리쳤다. 「조로가 지금 여기 나타나면 얼마나 좋을까!」

그러자 문 쪽에서 누군가가 그의 말에 화답했다.

「그 사람이 여기 있소이다, 신사 분들!」

제25장
동맹이 결성되다

노랫소리가 뚝 그치고 웃음소리도 그쳤다. 그들은 연방 눈을 끔벅이면서 방 건너편을 바라봤다. 조로가 그들이 미처 알지 못하는 새에 베란다로 들어와서 문 바로 앞에 서 있었다. 그는 긴 망토를 걸치고 마스크를 쓰고 있었으며 한 손에는 그 망할 놈의 권총을 들고 있었다. 총구는 식탁을 겨냥하고 있었다.

조로는 말했다. 「그래, 조로의 뒤를 추적해서 잡겠다는 인간들이 하는 짓이 고작 이거요! 움직이지 마시오. 움직였다간 납 총알이 날아갈 테니! 당신들 무기는 저 구석에 있는 걸로 아는데. 나는 당신들이 저 무기들이 있는 곳에 이르기 전에 몇을 죽이고 사라질 수 있소!」

만취해서 비틀거리는 한 청년이 소리쳤다. 「그자야! 그자야!」

「당신들이 웃고 떠들어 대는 소리가 1킬로미터 밖에서도 들릴 지경이오. 범인을 추적하겠다는 민병대가 이거 뭐하는 짓이오! 이런 게 민병대가 하는 일이오? 조로가 간선 도로를 달리는 동안 당신들은 왜 갈 길을 멈추고 술이나 퍼마시면서 흥청망청하고 있는 거요?」

「내 손에 검만 있다 하면 당장 저자와 맞서겠구만!」 한 청년이 소리쳤다.

조로는 말했다. 「자네한테 검을 준다 해도 자네는 제대로 버티고 서 있을 수도 없을 걸세. 지금 나와 맞서서 결투를 벌일 수 있는 사람이 하나나 있을 것 같은가?」

「한 사람이 있다!」 돈 알레한드로가 자리에서 벌떡 일어나면서 큰 소리로 외쳤다. 「솔직히 말해서 나는 자네가 한 몇 가지 일을 높이 평가하는 사람일세. 하지만 지금 자네는 내 집에 무단 침입해서 내 집 손님들을 모욕하고 있으니 결투로 시시비비를 가려야겠어!」

조로는 말했다. 「어르신과는 싸우지 않겠습니다. 어르신과는 시비를 가릴 일이 전혀 없으니까요. 그러니 어르신과 결투를 하는 건 사양하겠습니다. 저는 이 친구들에게 몇 가지 진실을 전하러 왔을 뿐입니다.」

「나는 자네와 맞붙어야겠어!」

「잠깐만요, 어르신! 이 연로하신 신사 분이 나와 싸우고 싶어하시오. 그리고 그렇게 했다간 어르신이 죽거나 다치실 거요. 댁들은 그런 일이 벌어지게 가만 보고만 있을 거요?」

한 청년이 소리쳤다. 「어르신을 우리 싸움에 끼어들게 할 수는 없소!」

「그렇다면 어르신을 자리에 앉혀 드리고 어르신께 경의를 표하도록 해요!」

돈 알레한드로는 앞으로 나서기 시작했다. 그러나 두 청년이 그에게 달려들어, 어르신은 당당하게 결투를 신청했으니 명예를 지킨 셈이라고 말하면서 말렸다. 돈 알레한드로는 여전히 분노하면서도 청년들의 뜻을 따랐다.

조로는 빈정거리듯이 말했다. 「젊은 신사들이 하고 있는 꼴이라니! 이 세상에는 불의가 판치고 있는데 댁들은 포도주나 마시면서 흥청망청하는군그래. 당장 검을 쥐고 압제에 반기를 들어요! 댁들의 고귀한 혈통과 가문에 걸맞은 삶을 살아요. 백성들의 재물을 강탈하는 정치가들을 이 땅에서 몰아내도록 해요! 우리에게 이 넓은 땅을 제공해 준 수사들을 보호해 줘요! 술 취한 멋쟁이가 아니라 사내다운 사내들이 되시오!」

「나 원, 기가 차서!」 한 청년이 그렇게 소리치면서 자리에서 벌떡 일어났다.

「앉아요. 안 그러면 발포할 거요! 나는 돈 알레한드로의 댁에서 당신들과 싸우러 온 게 아니오. 나는 어르신을 존경하기 때문에 그런 짓은 할 수 없소. 나는 당신들 자신에 관한 진실을 말해 주러 온 거요. 당신네 가문들은 지사를 세울 수도 있고 끌어내릴 수도 있는 힘을 가졌어요! 대의를 위해서 하나로 뭉쳐요. 그렇게 해서 인간다운 삶을 살란 말이오. 마음속에 두려움만 없다면 그렇게 하고 싶을 거요. 모험을 좇기를 원하시오? 불의와 싸우는 삶에는 모험이 차고 넘쳐요.」

한 청년이 대꾸했다. 「맙소사, 이건 우리를 희롱하는 거야!」

「희롱으로 받아들이고 싶다면 그렇게 해요. 하지만 댁들은 뭔가 옳은 일을 하고 싶을 거요. 정치가들이 가장 힘 있는 명문가의 자제들인 댁들에게 감히 맞서는 행태를 그대로 방치해 둘 거요? 모두 힘을 합쳐서 세상에 댁들의 이름을 높이 떨치도록 하세요. 이 땅의 모든 사람이 당신들에게 두려움과 존경심을 품게 하란 말이오!」

「그렇게 했다간 반역으로 몰려서 ─」

「압제자를 쓰러뜨리는 것은 반역이 아니오, 신사들! 당신네가 두려워하는 게 그거요?」

청년들은 일제히 합창했다. 「맙소사, 아니오!」

「그렇다면 모두들 검을 들고 일어서세요!」

「댁이 우리를 이끌어 줄 거요?」

「그렇게 하겠소, 신사들!」

「잠깐! 댁은 귀족 출신이오?」

조로는 말했다. 「나는 여기 계신 그 어느 분에 못지않게 고귀한 혈통을 타고난 신사요.」

「댁의 이름이 어떻게 되죠? 어느 가문 출신이오?」

「그런 것들은 당분간 비밀에 부쳐야 합니다. 나는 댁들에게 진실을 말했소.」

「댁의 얼굴은 —」

「사정상 당분간은 마스크를 쓰고 있어야 해요.」

그들은 이제 비틀거리며 일어나 환호성을 올렸다.

한 사람이 소리쳤다. 「잠깐만! 이건 이 댁 어르신께 부담을 안겨 드리는 일이오. 어르신은 동조하지 않으실 수도 있는데 우리는 이 댁에서 음모를 꾸미고 있단 말입니다.」

돈 알레한드로는 말했다. 「나도 동조하네. 기꺼이 자네들을 지원하겠어.」

그들은 넓은 방이 들썩할 만큼 요란한 환호성을 올렸다. 돈 알레한드로 베가가 자기네 편을 드는 한 그들에게 맞설 수 있는 사람은 아무도 없었다. 지사조차도 감히 그들에게 맞서지 못하리라.

그들은 소리쳤다. 「이 자리에서 맹세하겠소. 우리는 우리 단체의 이름을 〈응징자들〉이라 부를 거요! 우리는 말을 타고 엘 카미노 레알 가도를 누비면서 정직한 사람들의 재물을 강탈하고 인디언을 학대하는 자들을 가차 없이 응징할 거요. 우리는 백성들을 수탈하는 정치가들을 몰아낼 거요!」

조로는 말했다. 「그럴 경우 댁들은 명실상부한 신사들이, 힘없는 이들을 보호해 주는 기사들이 될 거요. 이런 결정을 내린 걸 후회하는 일이 있어서는 안 됩니다. 내가 여러분을 이끌겠소. 성심을 다해서 여러분을 대할 것이니 여러분도 나를 그렇게 대해 주기를 바라오. 그리고 나는 여러분이 명령에 복종해 주기를 바라오.」

그들은 소리쳤다.「앞으로 우리가 할 일이 뭐죠?」

「이번 일을 비밀에 부치도록 하세요. 그리고 아침에 레이나 데 로스앤젤레스로 돌아간 뒤에는 조로를 만나지 못해서 잡지 못했다고 하세요. 그러면 사실이라 믿어 줄 겁니다. 늘 말을 타고 출동할 준비를 하고 계세요. 적당한 때가 되면 내가 소식을 전할 테니까.」

「어떤 식으로?」

「나는 댁들 모두를 잘 알고 있소. 그러니 어느 한 사람에게만 소식을 전하면 그 사람이 돌아가며 다른 사람들에게 그 소식을 전할 수 있어요. 괜찮겠죠?」

「좋습니다!」 그들은 일제히 소리쳤다.

「그럼 이제 나는 이곳을 떠나겠소. 모두들 이 방에 그대로 머물러 있어요. 누구도 나를 따라오려고 해서는 안 됩니다. 이건 명령이오. 부에나스 노체스!」

그는 그들에게 고개 숙여 인사하고 문을 활짝 열고 나가더니 요란한 소리를 내며 닫았다.

곧이어 집 앞길을 달려가는 말발굽 소리가 들려왔다.

청년들은 포도주 잔을 높이 들어 사기꾼들과 수탈자들을 응징하기 위한 자기네의 새 동맹을 위해, 카피스트라노의 재앙인 조로를 위해, 돈 알레한드로를 위해 건배했다. 그들은 조로와 합의한 약속과 그 약속이 의미하는 바 때문에 어느 정도 정신이 든 상태에서 그렇게 건배했다. 그들은 다시 자리에 앉아서 바로잡아야 할 잘못된 사례들에 대해서 이야기를 나누기 시작했다. 각자가 알고 있는 그런 사례가 대여섯 가지도 넘었다.

돈 알레한드로는 자신의 단 하나뿐인 아들이 그 시간에 잠이나 자고 있고, 그 청년들의 지도자가 되어야 마땅함에도 그런 거사에 참여할 만한 열정을 지니지 못한 것이 속상해서 방 한구석에서 우울한 표정으로 묵묵히 앉아 있었다.

그런데 불난 집에 부채질하듯 바로 그 순간에 돈 디에고가 눈을 비비고 하품을 하면서 느긋하게 그 방에 들어왔다. 그는 잠을 설쳐서 짜증이 난 것 같은 표정이었다.

「오늘 밤에는 이 집에서도 잠을 잘 수가 없군.」 돈 디에고는 말했다. 「내게도 포도주 잔을 줘요. 다시 댁들과 자리를 함께할 거요. 그런데 무슨 일로 그렇게 환호성을 올렸죠?」

그의 아버지가 말했다. 「조로가 여기 왔었다.」

「그 노상강도가? 여기에? 맙소사! 이건 도무지 참을 수가 없을 지경이로군!」

「자리에 앉아라.」 돈 알레한드로는 엄하게 말했다. 「무슨 일인가가 일어났다. 네 핏줄 속에 어떤 피가 흐르고 있는지 보여 줘야 할 때가 이제 곧 올 게다.」

돈 알레한드로는 아주 단호하고 엄격한 표정이 되었다.

제26장
이해

 청년 신사들은 장차 자기네가 하고자 하는 일들과 관련된 포부들을 당당하게 펼치고 조로에게 건의하고 싶은 계획들을 세우면서 남은 밤을 보냈다. 그들은 모험심에 들떠서 다소 가볍게 그런 식의 이야기를 나누기는 했으나 밑바탕에는 진지한 마음이 깔려 있었다. 그들은 자기네가 처해 있는 시대 상황을, 그리고 그것이 바람직한 방향으로 흘러가지 않는다는 것을 잘 알고 있었다. 사실, 누가 봐도 그것은 자명했다. 그들은 가끔 그런 점들을 곰곰이 생각해 보긴 했으나 단결이 되지 않은 데다 지도자가 없어서 행동으로 나서지 못했다. 그들은 그저 누군가가 먼저 나서 주기만을 기다려 왔다. 그런데 바로 이런 시점에서 조로가 심리적인 전환점을 마련해 줘서 순식간에 그런 결과가 나올 수 있었던 것이다.
 돈 디에고는 그날 밤에 일어났던 일들에 관해서 자세히 들었고, 그의 아버지도 그가 그 동맹의 일원으로 참여해서 사내다운 사내라는 것을 입증해야 한다고 다그쳤다. 돈 디에고는 몹시 불만스러워하면서 그러다가 자기가 죽을지 모른다고 항변하기도 했지만 결국은 아버지를 위해서 그렇게 하기로 했다.
 새벽 녘, 청년들은 하인들이 돈 알레한드로가 지시한 대로 푸짐하게 마련해 준 아침 식사를 들고 레이나 데 로스앤젤레스 마을을 향해 떠났고, 돈 디에고도 아버지가 시키는 대로 그들과 함께 떠났다. 그들은 자기네 계획에 대해서는 일절 함구하기로 했다. 그들은 조로를 추적하는 데 참여했던 남은 스무 명의 청년들 중에서도 자원자를 뽑기로 했다. 일부는 쉽게 가담하겠지만 지사에게 충성하는 단순한 사람들은 쉽게 마음을 바꾸지 않을 가능성이 많았으므로 그들에게만은 그 일을 철저히 비밀에 부쳐야 했다.

그들은 느긋하게 말을 타고 갔고, 돈 디에고는 그들이 그렇게 천천히 가줘서 얼마나 고마운지 모르겠다고 치하했다. 베르나르도는 여전히 노새를 타고 뒤따라갔다. 그는 돈 디에고가 자기 아버지 집에서 오래 머물지 않는 것에 다소 불만스러워했다. 베르나르도도 그들이 심상치 않은 어떤 일을 계획하고 있다는 것은 대강 눈치챘으나 구체적으로 그것이 어떤 일인지는 도통 알 수가 없었다. 자기도 다른 사람들처럼 말하고 들을 수 있다면 얼마나 좋을까.

이윽고 마을 광장에 도착한 그들은 다른 두 무리의 청년들이 이미 그곳에 와 있다는 것을 알았다. 다른 청년들은 그 노상강도를 발견하지 못했다고 했다. 어떤 청년들은 자기네가 조로를 멀리서 봤다고 주장했고, 어떤 한 청년은 자기가 조로에게 권총을 쐈다고 했다. 돈 알레한드로의 저택으로 갔던 청년들은 그런 말을 들을 때마다 입을 굳게 다문 채 의미 있는 눈짓을 교환하기만 했다.

돈 디에고는 친구들의 곁을 떠나 얼른 자기 집으로 갔다. 거기서 그는 몸을 씻고 새 옷으로 갈아입었다. 베르나르도는 주인의 지시에 따라 주방에 가 앉아 주인의 명령이 떨어지기만을 기다렸다. 이윽고 돈 디에고는 마차를 대령하라고 지시했다.

그 마차는 엘 카미노 레알 가도를 누비는 마차들 중에서 가장 화려했다. 그리고 돈 디에고가 어째서 그런 마차를 구입했는가 하는 것은 마을 사람들의 오랜 수수께끼로 남아 있었다. 그가 자신의 부를 과시하기 위해 그랬다는 사람들도 있고, 마차 공장 직원이 마차를 사달라고 하도 귀찮게 조르는 바람에 할 수 없이 샀다고 주장하는 사람들도 있었다.

돈 디에고는 가장 좋은 옷을 입고 집을 나서기는 했으나 마차에 오르지는 않았다. 페드로 곤잘레스 상사와 그의 부하들이 말을 타고 광장으로 들어오는 바람에 그곳은 다시 시끌벅적해졌다. 그들이 천천히 말을 몰고 간 탓에 라몬 대위가 보낸 부하가 얼마 지나지 않아 쉽게 그들을 따라잡을 수 있었던 것이다.

곤잘레스는 소리쳤다.「하, 돈 디에고! 이 소란스러운 세상에 아직도 살아 계시는구려.」

돈 디에고는 대꾸했다.「죽지 못해 살고 있지요. 그래 댁은 조로를 잡았소?」

「고 괘씸한 녀석은 우리 손아귀를 벗어났어요. 놈은 간밤에 산 가브리엘 방면으로 간 것 같은데 우리는 팔라 방면으로 쫓아갔지 뭐요. 아, 그래도 상관없어요. 사소한 실수에 지나지 않으니까. 잡기만 했다 하면 녀석을 요절내 버릴 거요.」

「이제 어떻게 할 거요, 상사?」

「요기를 하고 나서 산가브리엘 방면으로 가봐야죠. 듣자니 노상강도가 그곳 근방에 있다고 해요. 간밤에 놈이 치안 판사님을 매질하게 한 뒤 서른 명의 청년 신사가 쫓아갔다가 허탕을 치고 돌아오기는 했지만 아무튼 놈은 그 근방에 있을 거요. 틀림없이 숲 속에 숨어서 저 청년 신사들이 말 타고 달려가는 광경을 보고 혼자 낄낄거리고 웃었겠지.」

「댁의 말이 원기 있게 달려 주고 댁의 오른팔에 힘이 샘솟기를 기원하겠소!」 돈 디에고는 그렇게 말하고 자신의 마차에 올라탔다.

혈통 좋은 두 필의 말이 마차를 끌었고 인디언 마부가 그 말들을 몰았다. 마차가 출발하자 돈 디에고는 의자 등에 몸을 깊숙이 파묻고 눈을 반쯤 감았다. 마차는 광장을 가로질러 간선 도로로 접어들더니 돈 카를로스 풀리도 목장을 향해 달려가기 시작했다.

베란다에 앉아 있던 돈 카를로스는 그 화려한 마차가 다가오는 광경을 보고 낮게 투덜거리더니 자리에서 일어나 황급히 집 안으로 들어가 아내와 딸을 불렀다.

그는 말했다. 「애야, 저 청년에 관해서 이미 말했지? 나는 네가 조신한 딸이라면 어떻게 해야 하는지 잘 명심하고 있다고 믿는다.」

그러고 나서 그는 돌아서서 다시 베란다로 나갔고 롤리타는 제 방으로 달려가 소파에 몸을 던지고 흐느껴 울었다. 그녀는 돈 디에고에게 조금이라도 사랑을 느끼기를, 그를 남편감으로 받아들일 마음이 생기기를 간절히 기원했다. 그렇게만 되면 아버지의 운을 돌리는 데 도움이 될 테니까. 하지만 그런 마음이 생기지 않았다.

어째서 저 사람은 신사처럼 행동하지 않는 걸까? 어째서 저 사람은 상식적인 모습을 보여 주지 않는 걸까? 어째서 저 사람은 무덤에 한 발을 집어넣은 늙은이 같은 모습이 아니라 활력으로 터질 듯한 청년의 모습을 보여 주지 못하는 것일까?

돈 디에고는 마차에서 내려선 뒤 마부더러 마구간 마당으로 계속 가라고 손짓했다. 그는 나른한 태도로 돈 카를로스에게 인사했다. 돈 카를로스는 그가 한 팔에 기타를 끼고 있는 광경을 보고 놀란 표정이 되었다. 돈 디에고는 기타를 바닥에 내려놓고는 솜브레로를 벗고 한숨을 내쉬었다.

「아버님을 뵈러 갔더랬습니다.」

「하! 돈 알레한드로께선 안녕하시오?」

「여느 때처럼 아주 건강하십니다. 아버님은 제게 롤리타 아가씨에게 계속 구혼해 보라고 지시하셨습니다. 제가 몇 달 내에 아내를 얻지 못하면 돌아가실 때 당신 재산을 프란체스코회 사람들에게 기부하겠다고 하셨고요.」

「진심으로 그러셨단 말이오?」

「예. 아버님은 빈말을 하실 분이 아닙니다. 저는 꼭 아가씨의 마음을 얻어야만 합니다, 어르신! 제가 알고 있는 처녀들 가운데서 아버님이 며느릿감으로 받아들일 만한 다른 처녀는 없습니다.」

「제발 부탁이니 좀 열심히 구애를 해보구려. 너무 건조하고 맨송맨송하게 행동하지 말고.」

「무척 귀찮기는 합니다만 저도 다른 청년들처럼 구애하기로 결심했습니다. 그런데 어떻게 시작하면 좋을까요?」

「글쎄, 이런 경우 적절한 조언을 하기는 어려운데.」 돈 카를로스는 그렇게 말하면서 자신이 아내에게 구애했을 때의 일을 떠올리려고 열심히 기억을 더듬어 봤다. 「이런 일에 경험이 좀 있어야 하는데. 아니면 마음에서 자연스럽게 우러나오는 대로 행동하거나.」

「저는 경험도 없고 마음이 자연스럽게 우러나지도 않습니다.」 돈 디에고는 그렇게 말하고는 피곤해 뵈는 눈길로 돈 카를로스를 쳐다보면서 다시 한숨을 내쉬었다.

「그 아이를 몹시 연모하는 것처럼 쳐다보는 게 제일 좋을 거요. 우선, 결혼 얘기는 절대 하지 말고 사랑에 대해서만 얘기해 봐요. 쓰잘 데 없는 얘기는 일절 하지 말고 울림이 풍부한 낮은 목소리로 은근하게 말해 봐요. 처녀들에게 의미심장하게 들릴 만한 얘기를. 여러 가지 의미가 깃든 얘기를 하는 것이야말로 은근하면서도 효과적이지.」

돈 디에고는 말했다. 「그런 건 제 능력 밖의 일인 것 같습니다. 하지만 애써 보겠어요. 이제 아가씨를 뵈어도 될까요?」

돈 카를로스는 문 쪽으로 가서 아내와 딸을 소리쳐 불렀다. 두 사람은 이내 모습을 보였다. 카탈리나 부인은 힘내라는 듯한 미소를 보냈고, 롤리타는 두려움 때문에 내심 떨면서 억지로 웃어 줬다. 롤리타는 이미 미지의 인물인 조로에게 마음을 준 터라 다른 남자는 사랑하려야 할 수가 없었다. 설사 돈 디에고가 아버지를 어려운 처지에서 구해 내줄 수 있는 사람이라 할지라도 사랑하지도 않는데 결혼할 수는 없었다.

돈 디에고는 롤리타를 베란다 한끝의 벤치로 안내한 뒤 기타 줄을 뜯으면서 일반적인 얘기를 늘어놓기 시작했다. 돈 카를로스와 그의 아내는 베란다 다른 한끝으로 가 앉아 일이 잘 돌아가기만을 기원했다.

롤리타는 돈 디에고가 전과는 달리 결혼 얘기를 꺼내지 않아서 안심했다. 돈 디에고는 마을에서 일어난 일들을 들려줬다. 펠리페 사제가 매질을 당한 얘기, 조로가 치안 판사를 응징한 얘기, 그 후에 열 명이 넘는 사람들과 싸움을 벌이다 달아난 얘기 등을. 돈 디에고는 여전히 나른하고 활기가 없기는 했지만 그래도 얘기를 제법 재미있게 했고, 그 덕에 롤리타는 그가 전보다는 조금 좋아졌다.

돈 디에고는 자기 아버지 목장으로 가서 겪었던 일도 얘기했다. 청년 신사들이 불쑥 찾아와 밤새 술을 마시며 흥겹게 논 이야기. 그러나 조로가 찾아와 청년들과 조로가 동맹을 결성한 얘기는 절대 하지 않기로 맹세했으므로 그 부분은 생략하고 넘어갔다.

그러고 나서 그는 말을 이었다. 「아버님은 제가 몇 달 내에 아내를 얻지 못하면 유산을 상속해 주지 않겠다고 하셨습니다. 아가씨는 제가 아버님 재산을 잃기를 바라십니까?」

「당연히 아니죠. 세상에는 기꺼이 댁과 결혼하고 싶어 할 만한 아가씨가 한둘이 아닐 텐데요.」

「그러는 아가씨는 어떤가요?」

「저도 물론 그러고 싶긴 해요. 하지만 마음이 내키지 않는데 어쩌겠어요? 댁은 댁을 사랑하지 않는 아내를 얻고 싶으세요? 그런 아내 곁에서 오랜 세월을 보내야 한다는 걸 좀 생각해 보세요. 사랑하는 마음이 있어야 긴 세월을 함께 보낼 수 있지 않겠어요.」

「저와 가깝게 지내다 보면 자연스럽게 저를 사랑하게 되지 않을까요?」

롤리타는 갑자기 돈 디에고의 얼굴을 정면으로 마주 보더니 목소리를 낮추고 진지하게 말했다.

「댁은 훌륭한 집안 출신의 신사세요. 그러니 댁을 믿어도 좋겠죠?」

「물론이죠!」

「그렇다면 솔직히 말씀드리겠어요. 이제부터 제가 하는 얘기는 절대로 비밀에 부쳐 주셔야 해요. 제 입장을 자세히 설명해 드리는 얘기니.」

「말씀 계속하세요.」

「제 내면에서 진심으로 댁의 아내가 되고 싶다는 마음이 일어났다면 그보다 기쁜 일은 다시없었을 거예요. 그렇게 하면 우리 아버님이 재기하는 데 큰 도움이 될 테니까요. 하지만 저는 정직한 여자라 사랑하지 않는 분과는 결혼할 수가 없어요. 그리고 제가 댁을 사랑할 수 없는 큰 이유가 하나 있어요.」

「다른 남자를 마음에 두고 있나요?」

「제대로 맞히셨네요. 지금 제 마음은 그 사람 생각으로 가득 차 있어요. 댁도 이런 입장에 처해 있는 여자를 아내로 맞아들이고 싶지는 않을 거예요. 부모님은 아직 모르세요. 그러니 이 얘기는 꼭 비밀로 해주셔야 해요.」

「훌륭한 남자입니까?」

「저는 그렇다고 확신해요. 나중에 알고 보니 그런 사람이 아니었다고 한다면 저는 평생을 비참한 심경으로 보내야 하겠죠. 하지만 다른 분은 사랑하려야 할 수가 없어요. 이제 이해하시겠어요?」

「완전히 이해합니다, 아가씨. 아가씨가 선택한 그 사람이 정말로 훌륭한 사람이었으면 좋겠군요.」

「저는 댁이 진짜 신사라는 것을 잘 알고 있었어요!」

「앞으로 일이 잘못되어서 친구가 간절히 필요할 때는 저를 부르세요, 아가씨.」

「지금 우리 아버님이 우리를 의심하게 해서는 안 돼요. 댁이 여전히 저와 결혼하고 싶어 한다고 믿게 해야 해요. 저는 댁을 전보다 더 좋게 생각하는 척할 거예요. 그러면서 댁이 우리 집을 찾아 주는 횟수를 점차 줄여 나가다 보면 —」

「무슨 얘긴지 알겠어요, 아가씨. 하지만 그 바람에 저는 곤란한 처지에 빠지게 됐군요. 아가씨 아버님께 아가씨에게 청혼을 하려 하니 허락해 달라고 부탁드려 놓고는 이제 와서 다른 아가씨에게 청혼을 했다가는 아가씨 아버님이 진노하실 테니까요.

그렇다고 해서 다른 아가씨에게 청혼을 하지 않았다간 우리 아버님이 저를 닦달하실 거고. 이거 아주 곤란하게 됐네요!」

「그런 처지가 오래가진 않을 거예요.」

「아, 좋은 수가 떠올랐어요! 실연한 남자라면 어떻게 행동할까요? 당연히 코가 쭉 빠져서 기운이 하나도 없이 지낼 겁니다. 그리고 세상사에 일절 관여하지 않으려 들겠죠! 어느 면에서는 아가씨가 저를 구해 준 셈입니다. 아가씨가 저를 사랑해 주지 않는 바람에 저는 번민에 싸여서 지내는 겁니다. 그러면 사람들은 제가 바보처럼 말 타고 정신없이 뛰어다니지 않고, 싸움도 하지 않고 양지쪽에 앉아서 멍하니 공상에 잠기거나 명상을 해도 하등 이상하게 생각하지 않을 거란 말이에요! 그러면 저는 마음껏 평화로운 생활을 즐길 수 있을 겁니다. 그래도 사람들은 실연을 해서 그런다고 생각해 줄 거고. 그거 아주 좋은 생각이에요!」

「댁은 정말 구제 불능인 분이네요!」 롤리타는 깔깔거리고 웃으면서 소리쳤다.

돈 카를로스와 카탈리나 부인은 그 웃음소리를 듣고 두 남녀를 살펴보는 서로 의미심장한 눈짓을 교환했다. 그들은 드디어 돈 디에고 베가와 롤리타의 관계가 잘 풀려 나가고 있다고 생각했다.

이어서 돈 디에고는 기타를 치면서 빛나는 눈이며 사랑이며 어쩌고 하는 노래 한 곡을 부름으로써 계속해서 속임수를 썼다. 돈 카를로스와 그의 아내는 다시 서로를 쳐다봤는데 이번에 그들의 눈에는 걱정스러운 빛이 어려 있었다. 그들은 그가 그쯤에서 노래를 그쳐 주기를 바랐다. 베가 집안의 자제는 음악인이나 가수로서의 자질이 영 없어 보여 그들은 그가 이제까지 기껏 벌어 놓은 약간의 점수마저 다 털어먹지 않을까 염려했다.

그러나 롤리타는 속으로는 그 신사의 노래를 대수롭지 않게 여겼을지 몰라도 겉으로는 아무 말도 하지 않았으며 불쾌해하는 기색도 보이지 않았다. 두 사람은 좀 더 오래 대화를 나눴다. 그리고 시에스타 시간 직전에 돈 디에고는 그 집 식구들에게 작별 인사를 고한 뒤 화려한 마차를 타고 떠났다. 집 앞 길이 구부러지는 지점에서 그는 그들에게 손을 흔들어 줬다.

제27장
체포 명령

 지사에게 보낼 편지를 받고 북쪽으로 파견된 라몬 대위의 연락병은 레이나 데 로스앤젤레스 요새로 돌아오기 전에 산프란시스코 데 아시스에서 달콤한 한때를 보내리라는 기대를 품고 있었다. 그곳에는 그의 마음을 후끈 달아오르게 만든 아름다운 아가씨 하나가 살고 있었다.

 그리하여 그는 사령관의 집무실을 떠난 뒤 미친 듯이 말을 몰고 달려갔다. 그는 산페르난도와 간선 도로변의 한 목장에서 말을 갈아타고 계속 달려 어스름 무렵에는 산타바바라로 들어갔다. 그는 그곳 요새에서 고기와 빵을 먹고 포도주를 마신 뒤 내처 다시 말을 갈아타고 달려갈 작정이었다.

 그런데 산프란시스코 데 아시스에서 환하게 웃는 그 아가씨와 반갑게 해후하리라는 그의 달콤한 기대는 산타바바라에서 무참히 박살나 버렸다. 그곳 요새 대문 앞에 돈 디에고의 마차를 초라한 수레로 보이게 할 만큼 호화로운 마차 한 대가 서 있고 20여 마리의 말들이 묶여 있었기 때문이다. 간선 도로변 일대에는 평소 산타바바라에 주둔하고 있던 기병들보다 훨씬 더 많은 숫자의 군인들이 낄낄거리며 웃고 서로 장난을 치면서 오가고 있었다.

산타바바라에 지사가 와 있었다!

지사는 시찰 여행차 며칠 전에 산프란시스코 데 아시스를 떠났다. 그는 자신의 정치적인 기반을 강화하고 친구들에게는 보상을 주고 적들에게는 벌을 주면서 산디에고 데 알칼라까지 내려갈 작정이었다.

그는 한 시간 전에 산타바바라에 도착해서 그곳 사령관의 보고를 듣고 있었다. 그 후 그는 한 친구의 집에서 하룻밤을 보낼 생각이었다. 그의 부하들은 물론 그곳 요새 숙사를 배정받아 거기서 하룻밤을 보낸 뒤 내일 다시 떠날 예정이었다.

라몬 대위의 연락병은 자기가 소지하고 있는 편지가 대단히 중요하다는 얘기를 들었기에 곧장 사령관의 집무실 앞으로 다가가 고관처럼 당당하게 들어갔다.

지사는 뭐라고 불평을 하면서 편지를 받아 들었고 사령관은 연락병에게 물러가 있으라는 신호를 보냈다. 지사는 빠르게 편지를 읽어 내려갔으며, 편지를 다 읽었을 때 그의 두 눈에는 사악한 빛이 번뜩였다. 그는 기분이 아주 흐뭇한지 콧수염을 연방 비비 꼬았다. 그러고 나서 그는 편지를 다시 읽다가 이맛살을 찌푸렸다.

그는 돈 카를로스 풀리도를 다시 칠 수 있으리라 생각하고 흐뭇해했지만 감히 자신에게 맞선 조로라는 자가 아직도 자유로이 활보한다는 사실에는 언짢아했다. 그는 자리에서 일어나 잠시 실내를 오락가락하다가는 사령관 쪽으로 홱 돌아섰다

「내일 동틀 녘에 남쪽으로 떠나야겠어. 레이나 데 로스앤젤레스에 시급히 가봐야 할 필요가 있거든. 자네가 모든 것을 주선해 주도록 하게. 연락병에게는 내 호위대와 함께 돌아가라고 해. 이제 나는 내 친구 집에 가겠네.」

그리하여 이튿날 아침 지사는 휘하의 병력에서 선발한 스무 명가량의 호위대와 연락병을 데리고 남쪽을 향해 출발했다. 그의 일행은 빠르게 이동해서 어느 날 오전 중반에 예고도 없이 레이나 데 로스앤젤레스 광장에 들어섰다. 그날은 바로 돈 디에고가 기타를 들고 마차로 풀리도 목장에 간 날이었다.

지사의 기마대 행렬은 여인숙 겸 술집 앞에 도착했으며, 뚱보 주인은 지사가 도착한다는 예고를 받지 못해 하마터면 졸도할 뻔했다. 그는 지사가 여인숙에 들어왔다가 그곳이 지저분하다는 것을 알게 될까 봐 가슴을 졸였다.

그러나 지사는 마차에서 내려 술집에 들어갈 생각이 전혀 없었다. 지사는 광장 주위를 돌아보며 그 일대의 이모저모를 살펴봤다. 그는 그 마을의 명문가 사람들을 그다지 신뢰하지 않았다. 자기가 그들을 확고하게 장악하고 있지 못하다고 여겼던 것이다.

이제 그는 자기가 도착했다는 소식이 퍼져 나가면서 몇몇 신사가 허둥지둥 광장으로 달려와 자기에게 인사를 하고 환영의 예를 표하는 모습을 주의 깊게 관찰했다. 개중에는 거짓 없어 보이는 사람들도 있었고 느긋하게 다가와 인사하는 사람들도 있었다. 몇몇 가문 사람들은 아예 모습도 보이지 않았다.

그는 그들에게 지금은 업무를 보는 것이 급하므로 곧장 요새로 올라가야 하며, 그런 다음 그들의 초대에 일일이 응하겠다고 말했다. 그는 우선 어느 한 신사의 초대를 수락한 뒤 마부에게 요새로 가라고 명령했다. 그는 라몬 대위의 편지를 기억하고 있었으며, 광장에서 돈 디에고 베가의 모습은 보지 못했다.

곤잘레스 상사와 그가 거느린 병력이 요새를 떠나 조로를 추적하고 있는 중이라 라몬 대위가 직접 요새 입구로 나와 지사를 기다리고 있었다. 지사 일행이 다가오자 그는 허리를 깊이 숙여 정중하게 절한 뒤 호위대 대장에게 그곳의 경비를 맡아 지사를 잘 경호해 달라고 당부했다.

그는 지사를 자신의 집무실로 안내했다.

지사는 의자에 앉은 뒤 물었다. 「최근의 상황을 말해 보게.」

「제 부하들은 조로를 추적하고 있습니다, 각하. 하지만 제가 편지에서 말씀드린 대로 이 조로라는 악당에게는 친구들이 있습니다. 꽤 많은 숫자의 친구들이 말입니다. 제 부하인 상사는 조로가 추종자 무리를 거느리고 있는 광경을 두 번이나 봤다고 보고했습니다.」

지사는 소리쳤다. 「그놈들을 들이쳐서 모조리 처단해 버려야 해! 그런 부류의 인간은 늘 추종자들을 거느리는 법이지. 가만 놔두면 그런 놈들은 점점 더 숫자가 불어나서 나중에는 우리에게 큰 골칫거리가 될 만큼 아주 강대해질 거야. 놈이 또 다른 고약한 짓들을 저질렀나?」

「그랬습니다, 각하. 어제 산가브리엘의 사제 하나가 사기죄로 채찍질을 당했습니다. 그런데 조로가 간선 도로에서 그 사건의 증인들을 붙잡아서 채찍으로 반쯤 죽을 만큼 때렸습니다. 그러고 나서 놈은 날이 어두워지자마자 말을 타고 마을에 들어와서 치안 판사를 채찍으로 때렸습니다. 마침 그때 제 부하들은 놈을 찾으러 나가고 없었죠. 이 조로라는 자는 우리 군대의 움직임을 잘 알고 있는 것 같습니다. 놈은 항상 군대가 출동하고 없는 곳만 들이치니까요.」

「그렇다면 스파이들이 놈에게 제보를 해주고 있다는 건가?」

「그런 것 같습니다, 각하. 간밤에 서른 명의 젊은 신사들이 놈의 뒤를 추적했습니다만 놈의 자취를 찾지 못했습니다. 그 친구들은 오늘 아침에 돌아왔죠.」

「돈 디에고 베가도 그들과 함께 행동했나?」

「그 사람은 그 친구들과 함께 나가지 않았습니다만 돌아올 때는 그 친구들과 함께 왔습니다. 청년들이 그 사람 아버지의 목장에서 그 사람을 만났던 모양입니다. 제 편지에서 제가 베가 집안 사람들에 관해서 암시적으로 언급한 대목을 기억하실 겁니다. 한데 지금은 그 집안에 대한 제 의심이 빗나간 것이라 확신합니다, 각하. 조로는 어느 날 밤 돈 디에고가 출타하고 없는 동안에 그 사람 집에도 습격해 왔습니다.」

「어떻게 그런 일이?」

「돈 카를로스 풀리도와 그 가족이 마침 그곳에 있었더랬습니다.」

「하! 돈 디에고의 집에? 그게 뭘 뜻하는 건가?」

「그 일화는 좀 흥미롭습니다, 각하.」 라몬 대위는 가볍게 웃으면서 그렇게 말했다. 「제가 듣기로는 돈 알레한드로가 돈 디에고에게 아내를 얻으라고 지시했다고 합니다. 그런데 그 사람은 여자 마음을 사로잡는 법을 잘 모르는 사람입니다. 그 사람은 박력이라고는 찾아볼 수 없는 맹탕입니다.」

「그 사람은 나도 알고 있네. 계속해 봐!」

「그래서 그 사람은 말을 타고 돈 카를로스의 목장으로 곧장 가서 돈 카를로스에게 그 집안의 외동딸에게 청혼을 하려 하니 허락해 달라고 했습니다. 그리고 그 사람은 돈 카를로스에게 조로가 그 일대에서 설치니 자기가 일이 있어서 자기 목장에 가 있는 동안 가족을 데리고 마을로 오라고 청했습니다. 그곳이 더 안전할 테니 자기가 돌아올 때까지 자기 집에 머물러 달라고 말입니다. 당연히 풀리도 집안 사람들은 그 청을 거절할 수가 없었죠.

그리고 조로가 그들을 따라 마을로 들어온 것 같습니다.」

「저런! 계속해 보게!」

「사실, 풀리도 집안 사람들이 조로와 한통속이 되어 있는 마당에 돈 디에고가 그 집안 사람들이 조로의 괴롭힘을 당할까 봐 마을로 불러들인 것은 정말 웃기는 일이 아닐 수 없습니다. 조로는 그전에 풀리도 목장에 있었거든요. 우리는 한 인디언에게서 제보를 받고 거기서 조로를 거의 잡을 뻔하다가 놓쳤습니다. 조로는 거기서 식사를 했습니다. 그리고 놈은 벽장 속에 숨어 있다가 제가 놈을 잡으라고 부하들을 내보내고 혼자 있을 때 벽장에서 나와 뒤에서 검으로 제 어깨를 찌르고 도망쳤습니다.」

지사는 소리쳤다. 「저런, 비열한 악당 놈 같으니라고! 그런데 자네가 보기에 돈 디에고와 풀리도 아가씨의 결혼이 성사될 것 같은가?」

「그 문제는 걱정할 필요가 없다고 생각합니다, 각하. 제가 보기에는 돈 디에고의 아버지가 그 사람을 호되게 나무라지 않았을까 싶습니다. 돈 카를로스가 각하의 눈 밖에 난 사람인데 왜 하필 그 사람 딸과 결혼하려느냐, 결혼할 만한 여자는 쎄고 쎘지 않으냐 하고 말입니다. 아무튼 돈 디에고가 자기 집에 돌아온 뒤 풀리도 집안 사람들은 자기네 목장으로 돌아갔습니다. 그리고 돈 디에고는 이 요새로 저를 찾아왔습니다. 그때 그 사람은 제가 자기를 반역자라 생각할까 봐 걱정하는 것 같은 눈치더군요.」

「그 얘기를 들으니 반갑군그래. 베가 집안 사람들은 막강한 힘을 갖고 있지. 그 사람들은 한 번도 나를 친근하게 대한 적이 없지만 그렇다고 해서 내게 맞서려 든 적도 없었어. 그러니 나로서도 불만 없어. 그 사람들하고는 가급적 우호적으로 지내는 것이 좋아. 한데 이 풀리도 집안 것들은…….」

「그 댁 아가씨조차도 그 노상강도 놈을 돕고 있는 것 같습니다, 각하. 그 아가씨는 제게 그놈의 용기를 높이 산다는 소리를 서슴없이 늘어놓더군요. 우리 군인들을 깔보고 있었고 말입니다. 돈 카를로스 풀리도와 몇몇 사제가 조로를 보호해 주고, 먹을 것과 마실 것을 주고, 숨겨 주고, 군인들의 소재지를 일일이 제보해 주고 있습니다. 풀리도 집안 사람들은 우리가 그 악당 놈을 잡는 것을 방해하고 있습니다. 저는 즉각 그에 상응하는 조처를 취하고 싶었습니다만 우선 각하께 보고를 드리고 나서 각하의 결정을 기다리는 게 좋겠다고 생각했습니다.」

지사는 거만하게 말했다. 「그런 경우 우리가 취해야 할 결정은 딱 한 가지밖에 없어. 당사자가 제아무리 훌륭한 가문 출신이고 사회적 지위가 높다 하더라도 반역죄를 저지르고 무사히 지내게 할 수는 없지. 나는 돈 카를로스가 저번에 교훈을 톡톡히 받았다고 생각했는데 이제 보니 아닌 것 같군. 지금, 요새에 자네 부하들이 있나?」

「환자들 몇 명밖에 없습니다, 각하.」

「자네의 연락병이 내 호위대와 함께 돌아와 있어. 그 친구는 이 일대의 지리를 훤히 꿰고 있겠지?」

「물론입니다, 각하. 그 사병은 이곳에서 얼마 동안 주둔해 있었으니까요.」

「그렇다면 그 친구가 안내인 역할을 할 수 있겠군그래. 지금 당장 내 호위대 인원의 반을 돈 카를로스 풀리도의 목장으로 보내게. 가서 돈 카를로스를 체포해 감옥에다 처넣으라고 해. 그렇게 해서 놈의 귀족 출신이라는 자부심을 박살내 버려! 이제 풀리도 집안이라면 신물이 나.」

「저를 조롱한 그 댁의 거만한 부인과, 우리 군인들을 비웃은 건방진 아가씨는 어떻게 할까요?」

지사는 말했다. 「하! 그거 좋은 생각이야! 그것들을 모조리 혼내 주는 것은 이 마을 사람들에게 좋은 본보기가 될 거야. 그것들을 모두 끌고 와서 투옥해 버려!」

제28장
격노

 돈 디에고의 마차가 막 그의 집 앞에 멈춰 섰을 때 한 무리의 기병이 구름 같은 먼지를 일으키면서 그 곁을 달려갔다. 그 군인들 중에 돈 디에고가 술집 근방에서 가끔 봐서 눈에 익은 군인은 한 사람도 없었다.
「하! 새 군인들이 조로를 잡으러 온 모양이지?」 그는 가까이 서 있는 한 사내에게 물었다.
「저 사람들은 지사의 호위대에 소속된 군인들입니다, 나리.」
「지사가 여기 왔소?」
「조금 전에 도착해서 요새에 갔습니다, 나리.」
「그 사람들도 조로라는 노상강도에 관한 최신 보고를 받았나 보지. 그래서 저렇게 뙤약볕에서 먼지를 뒤집어쓰면서 맹렬히 달려가게 한 모양이로군. 그 악당은 정말 미꾸라지처럼 잘도 빠져나가는 것 같아. 맙소사! 지사님이 도착했을 때 내가 여기 있었더라면 내 집에서 묵게 했을 텐데. 이제 다른 어떤 신사가 그분을 모실 영광을 차지하겠군그래. 정말 유감천만이야.」
 그러고 나서 돈 디에고는 집 안으로 들어갔다. 그의 말을 들은 사내는 돈 디에고의 마지막 말을 진심으로 받아들여야 할지 어떨지 좀처럼 감을 잡지 못했다.

지사의 호위대 병사들은 길을 잘 아는 연락병의 안내를 받아 가며 간선 도로를 따라 질풍처럼 달려 얼마 후에는 돈 카를로스의 저택으로 이어지는 좁은 길로 접어들었다. 병사들은 법을 어긴 자를 체포하러 갈 때와 똑같은 방식으로 행동했다. 그들은 그 저택으로 이어진 길로 들어서자마자 좌우로 쫙 갈라져서 카탈리나 부인이 정성스럽게 가꾼 화단을 뭉개고 닭들을 놀라 달아나게 하면서 순식간에 그 집을 포위했다.

돈 카를로스는 평소처럼 베란다에 앉아서 꾸벅꾸벅 졸고 있었다. 그는 군인들의 말발굽 소리가 들릴 때야 비로소 군인들이 다가오고 있다는 것을 알았다. 그는 놀라서 벌떡 일어났다. 조로가 이 일대에 다시 나타나서 군인들이 그를 추적하러 온 것일까?

말을 탄 세 명의 군인이 구름 같은 먼지를 몰고 베란다 계단 앞으로 달려와 멈춰 서더니 말에서 내렸다. 그들의 지휘자인 상사가 제복에 묻은 먼지를 털어 내면서 앞으로 나섰다.

그는 큰 소리로 물었다. 「댁이 돈 카를로스 풀리도이신가요?」

「그렇소만.」

「저는 댁을 체포하라는 명령을 받고 왔습니다.」

돈 카를로스는 소리쳤다. 「체포라고! 누가 그런 명령을 내렸지?」

「지사 각하이십니다. 각하께서는 지금 레이나 데 로스앤젤레스 마을에 계십니다.」

「무슨 죄목으로?」

「반역죄입니다. 국가의 적들을 도왔다는!」

돈 카를로스는 일갈했다. 「말도 안 돼! 탄압의 희생자가 되었을 때조차도 권력자들에게 저항하기를 삼갔던 내가 반역죄를 저질렀다고? 도대체 어떻게 해서 내가 반역죄를 저질렀다는 거야?」

「그것은 치안 판사님에게 물어보시는 게 좋을 겁니다. 저는 댁을 체포해야 한다는 것 말고는 아무것도 모릅니다.」

「자네가 나를 데려가겠단 말인가?」

「그렇습니다.」

「나는 귀족 출신이야, 신사고 —」

「저는 명령을 받았습니다!」

「요컨대 내가 재판정에 자진 출두할 거라는 걸 믿을 수 없다는 얘기인가? 곧바로 심리를 할 모양이지. 아, 나는 빠른 게 더 좋아. 그럴수록 내가 아무 죄 없는 사람이라는 사실도 빨리 밝혀질 테니까. 요새로 가야 하는 건가?」

상사는 말했다. 「이 일이 끝나면 저는 요새로 가야 합니다. 댁은 감옥으로 가야 하고요.」

「감옥이라고?」 돈 카를로스는 비명을 지르다시피 했다. 「네가 감히? 네가 신사를 그 지저분한 감옥에 처넣겠다는 거냐? 반항하는 인디언들이나 평민 출신의 중죄인들을 가두는 감옥에?」

「저는 명령을 받고 왔습니다. 그러니 지금 당장 우리와 함께 갈 준비를 하십시오!」

「관리인에게 이 목장의 운영에 관해서 몇 가지 지시를 해야 해.」

「그럼 저도 함께 따라가겠습니다.」

돈 카를로스의 얼굴은 분노로 시뻘겋게 달아올랐다. 그는 상사를 노려보면서 두 주먹을 불끈 쥐었다.

돈 카를로스는 소리쳤다. 「나를 이렇게 사사건건 모욕해도 되는 건가? 자네는 내가 범죄자처럼 달아날 거라 생각하나?」

「저는 명령을 받았습니다!」

「적어도 곁에 아무도 없는 데서 내 아내와 딸에게 이런 사실을 알려 줄 기회는 줄 수 있겠지?」

「아내가 카탈리나 풀리도 부인이십니까?」

「맞아.」

「저는 그분도 역시 체포하라는 명령을 받았습니다.」

돈 카를로스는 소리쳤다. 「이런 개자식 같으니! 네가 감히 숙녀 몸에 손을 대겠다는 건가? 숙녀를 자기 집에서 끌어내겠다고?」

「저는 그렇게 하라는 명령을 받고 왔습니다. 그분 역시 국가의 적들을 도운 반역죄로 기소되었습니다.」

「맙소사! 어떻게 이럴 수가! 내 몸에 숨이 붙어 있는 한 네놈들과 끝까지 싸우고 말겠다!」

「우리하고 싸워 봤자 오래가지 못할 겁니다, 돈 카를로스. 저는 그저 명령받은 대로 시행할 뿐입니다.」

「내 사랑하는 아내를 인디언 하녀처럼 함부로 체포하려 들다니! 그런 말도 안 되는 죄목으로! 내 집사람을 체포해서 어떻게 할 참인가?」

「감옥에 가둘 겁니다.」

「내 아내를 그런 더러운 곳에 처넣을 거라고? 이 땅에는 정의도 없나? 그 사람은 귀족의 혈통을 타고난 연약한 숙녀인데 —」

「그쯤 해두시지요! 어쨌든 명령은 명령이니 저는 그대로 이행해야 합니다. 저는 군인이고, 따라서 복종할 뿐입니다.」

이제까지 문 안쪽에서 그 대화를 엿듣고 있던 카탈리나 부인이 베란다로 달려 나왔다. 그녀의 얼굴은 백지장처럼 하얗게 질려 있었다. 하지만 그래도 거기에는 꿋꿋한 자부심이 어려 있었다. 그녀는 돈 카를로스가 그 군인을 공격할까 봐 가슴을 졸였다. 남편이 그렇게 할 경우 부상당하거나 살해당할 거고, 설사 산다 해도 뒤집어쓸 죄목만 더 늘어날 뿐이리라.

돈 카를로스는 물었다. 「당신, 다 들었소?」

「들었어요. 저라면 이 군인들과 다투지 않을 거예요. 이 사람들은 위에서 시키는 대로 하는 것뿐인걸요. 더러운 감옥에서조차도 풀리도 가문 사람이라는 명예는 어디로 가지 않아요.」

돈 카를로스는 소리쳤다. 「하지만 그건 치욕스러운 일이오! 그 모든 게 어떤 의도를 지닌 것이겠소? 그것이 어떤 결과를 낳을 것 같소? 그리고 홀로 남겨진 우리 딸은 이곳에서 하인들하고만 지내야 할 거요. 우리에게는 친척도 없고 친구도 없으니 ─」

「따님이 롤리타 풀리도 아가씨인가요?」 상사가 물었다. 「그렇다면 염려하실 필요 없습니다. 식구들이 헤어지지 않을 테니. 저는 따님 역시 체포하라는 명령을 받았습니다.」

「죄명은?」

「같습니다.」

「그래서 내 딸도 데리고 가서 ─」

「감옥에 집어넣을 겁니다!」

「아무 죄 없는, 고귀한 신분의 얌전한 처녀를?」

「명령입니다.」 상사는 말했다.

「성인들이시어, 그런 명령을 내린 자에게 저주를 내리소서!」 돈 카를로스는 외쳤다. 「그자들은 제 재산과 땅을 강탈했습니다. 그자들은 저와 제 가족에게 엄청난 수모를 안겨 줬습니다. 하지만 우리의 자부심까지 꺾지는 못할 겁니다! 성인들이시어, 그 점에 감사드립니다!」

그러고 나서 돈 카를로스는 고개를 꼿꼿이 치켜들었다. 그의 두 눈은 분노로 이글거렸다. 그는 아내의 한 팔을 잡고 돌아서서 집 안으로 들어갔고 상사도 따라 들어갔다. 그가 롤리타에게 그 소식을 전하자 롤리타는 잠시 넋 나간 사람처럼 멍하니 서 있기만 하다 이윽고 눈물을 평평 쏟았다. 그런 뒤 풀리도 가문의 자존심이 되살아나면서 그녀는 눈물을 닦고는 경멸 어린 눈빛으로 덩치 큰 상사를 노려봤다. 그리고 상사가 곁으로 다가오자 그녀는 경계하듯 스커트 자락을 단단히 여몄다.

하인들이 작은 이륜마차를 문 앞으로 끌고 오자 돈 카를로스와 카탈리나 부인, 롤리타는 마차에 올라탔다. 그렇게 해서 마을로 가는 치욕의 여정이 시작되었다.

그들의 가슴은 슬픔과 비탄으로 터질 듯했지만 밖으로는 전혀 그런 내색을 하지 않았다. 그들은 하나같이 고개를 꼿꼿이 하고 앞만 똑바로 바라봤다. 그들은 군인들이 자기네끼리 낄낄거리면서 빈정대는 소리를 못 들은 체했다.

그들은 기병들에 의해서 길 가장자리로 밀려난 사람들 곁을 지나갔다. 그들은 마차 안에 탄 사람들을 보고 놀란 표정을 하기는 했어도 뭐라고 말을 하지는 않았다. 평소에 지사 편을 들었던 사람들은 고소하다는 듯이 웃었고 지사의 불의를 미워하던 정직한 사람들은 슬퍼하는 눈길로 바라봤다.

그렇게 해서 그들은 마침내 레이나 데 로스앤젤레스 마을 초입에 들어섰다. 지사가 풀리도 가문 사람들의 명예를 철저히 짓밟아 버리기로 결심했기에 그곳에서는 또 다른 모욕이 그들을 기다리고 있었다. 지사는 호위대 병사들의 일부를 내보내 풀리도 가문 사람들이 반역죄를 저질러 감옥에 수감될 거라는 얘기를 마을의 모든 사람에게 알리게 했으며, 인디언들과 날품팔이 노동자들에게 푼돈을 줘서 죄인들이 마을에 들어설 때 야유와 조롱을 퍼붓게 했다. 지사는 그런 식으로 해서 다른 귀족 가문 사람들에게 공포심을 안겨 줘 자기에게 감히 반기를 들 엄두를 내지 못하게 하려 했다. 그리고 계층이 높거나 낮거나 간에 모든 사람이 풀리도 가문 사람들을 증오한다는 인상을 심어 주려 했다.

마차가 광장 가장자리에 이를 즈음 그들은 난폭한 군중과 맞닥뜨렸다. 그들은 마차에 탄 사람들을 야유하고 조롱했으며, 그들이 내뱉는 욕설 가운데는 조신한 처녀라면 생전 들어 본 적이 없었을 심한 것들도 포함되어 있었다. 돈 카를로스의 얼굴은 격노로 시뻘겋게 달아올랐고 카탈리나 부인의 눈에는 눈물이 어렸고 롤리타 아가씨의 입술은 바르르 떨고 있었으나 모두들 아무 소리도 못 들은 체했다.

군인들은 광장을 휘돌아 감옥으로 가는 행렬의 속도를 부러 늦췄다. 술집 문 앞에는 지사가 한턱낸 포도주를 마신 불량배들이 몰려 있다가 마차를 따라가며 욕설을 퍼붓는 패거리에 합류했다.

누군가가 던진 진흙이 돈 카를로스의 가슴에 맞아 튀어 올랐으나 그는 못 본 체했다. 그는 어떻게 해서든 가족을 보호하려는 듯 한 팔로는 아내를, 다른 한 팔로는 딸을 끌어안은 채 앞만 똑바로 바라보고 있었다.

구경꾼들 가운데는 귀족 가문 사람들도 일부 포함되어 있었으나 그런 패거리 속에는 끼어들지 않았다. 돈 카를로스만큼 나이든 몇몇 노인은 그 광경을 보고 새삼 지사에게 이를 갈았지만 그런 심정을 겉으로 드러내지는 않았다.

혈관 속에 뜨거운 피가 뛰는 귀족 청년들은 고통스러워하는 카탈리나 부인의 얼굴을 보고는 반사적으로 자기네 어머니를 떠올렸고, 아름다운 롤리타 아가씨의 얼굴을 보고는 자기네 누이나 약혼녀의 얼굴을 떠올렸다.

그런 청년들 중의 몇몇이 서로 은밀한 눈짓을 주고받았다. 그들은 내놓고 말하지는 않았으나 모두들 똑같은 궁금증을 품고 있었다. 과연 이 소식이 조로의 귀에 들어갈까? 그리고 이 소식이 들어간다면 조로가 새로 결성된 동맹 회원들에게 소집 명령을 내릴 것인가?

마차는 마침내 감옥 앞에 멈춰 섰고 인디언들과 날품팔이 노동자들로 이루어진 난폭한 군중은 마차를 빙 둘러싸고 욕설을 퍼부었다. 군인들은 그들을 제지하는 시늉만 했다. 상사가 말에서 내려선 뒤 돈 카를로스와 그의 아내, 롤리타를 땅바닥으로 끌어내렸다.

그들이 감옥 문으로 이어진 계단을 올라가는 동안 만취한 불량배들은 그들을 이리저리 난폭하게 떠다밀었다. 다시 진흙 덩어리들이 날아왔고 그중의 몇 개가 카탈리나 부인의 옷에 맞았다. 그 난폭한 자들이 돈 카를로스가 분노를 터뜨리리라 기대했다면 크게 실망했으리라. 그는 자신을 괴롭히려 애쓰는 자들을 무시해 버리고 고개를 꼿꼿이 세운 채 아내와 딸을 이끌고 감방 문을 향해 묵묵히 걸어갔다.

상사는 묵직한 검 자루로 감방 문을 두들겼다. 구멍 하나가 빠끔히 열리더니 능글맞게 웃는 간수의 음흉한 얼굴이 나타났다.

그는 물었다. 「무슨 일이오?」

상사가 응답했다. 「반역죄로 기소된 죄수 셋이오.」

문이 열렸다. 그러자 군중은 다시 야유를 퍼부었다. 죄수들이 안으로 들어가자 간수는 문을 닫고 자물쇠를 잠갔다.

간수는 고약한 냄새가 나는 홀을 가로질러 또 다른 문 하나를 열었다. 「안으로 들어가!」

세 죄수가 간수에게 떠밀려 안으로 들어가자 간수는 문을 닫고 자물쇠를 잠갔다. 세 사람은 어둑한 실내에 우두커니 서서 잠시 눈을 깜박거렸다. 이윽고 그 어둠에 차차 눈이 익으면서 두 개의 창문과 몇 개의 긴 의자, 벽에 기대고 퍼질러 앉은 몇몇 죄수의 모습이 떠오르기 시작했다.

그들은 청결한 별실에 수감되는 예우조차도 받지 못했다. 돈 카를로스와 그의 아내와 딸은 그 마을의 인간쓰레기들이라 할 수 있는 술주정뱅이들과 절도범들, 몸 파는 여자들과 불량한 인디언들과 함께 수감되었다.

그들은 다른 이들과 최대한 멀리 떨어진, 방 한구석에 있는 긴 의자에 앉았다. 카탈리나 부인과 그녀의 딸은 눈물을 흘렸다. 돈 카를로스는 두 사람을 달래려 애쓰다가 자기도 역시 눈물을 줄줄 흘렸다.

돈 카를로스는 나직하게 말했다. 「이제 성인들께 제발 돈 디에고 베가가 내 사위가 되게 해달라고 빌어야겠다!」

그의 딸은 그의 팔을 꼭 잡으면서 속삭였다. 「아마 우리 친구가 찾아와 줄 거예요. 우리에게 이런 고통을 안겨 준 그 사악한 인간은 벌을 받을 거예요!」

롤리타의 눈앞에는 조로의 영상이 생생하게 떠올랐다. 그녀는 자신이 사랑하는 그 남자를 굳게 믿고 있었다.

제29장
돈 디에고, 병석에 눕다

 돈 카를로스 풀리도와 그의 가족이 수감되고 나서 한 시간가량이 지난 뒤 돈 디에고 베가는 몹시 신경을 써가며 옷을 차려입고는 지사를 만나기 위해 요새로 이어진 언덕길을 천천히 걸어 올라갔다.

 그는 마치 먼 산들을 바라보듯 오른쪽 왼쪽을 연방 바라보면서 활달하게 걸었다. 한번은 걸음을 멈추고 길가에 활짝 피어난 꽃을 감상하기도 했다. 그는 자루를 보석으로 장식한 아주 맵시 있는 검인 예리한 양날 검을 옆구리에 차고 있었고, 오른손에는 레이스로 장식된 손수건을 들고 있었다. 그는 멋쟁이처럼 그 손수건을 이리저리 흔들다 가끔 한 번씩 코끝에 갖다 대곤 했다.

 그는 곁으로 지나가는 두세 명의 신사에게 정중하게 인사를 했으나 의례적인 인사말만 하고 지나쳤으며 그들도 굳이 그와 이야기를 나누고 싶어 하지 않았다. 그들은 돈 디에고 베가가 돈 카를로스의 딸에게 구애를 하고 있다는 사실을 떠올리고는 돈 디에고가 그 집 식구들이 투옥된 얘기를 꺼낼지도 모른다고 생각했다. 그들 자신이 분노하고 있어서 자칫 잘못했다간 반역죄로 몰릴 만한 말을 무심코 내뱉을지도 몰라 그들은 그 문제를 거론하고 싶어 하지 않았다.

돈 디에고가 요새 대문 앞에 이르자 경비를 맡고 있던 상사는 병사들에게 차렷 자세를 취하게 하고는 돈 디에고에게 신분에 맞는 예우를 해줬다. 돈 디에고는 싱긋이 웃으며 가볍게 한 손을 흔드는 것으로 답례하고는 사령관실로 향했다. 지사는 자기를 찾아와 충성심을 보이고 싶어 하는 신사들을 그곳에서 맞고 있었다.

돈 디에고는 한 손을 앞으로 내밀고 고개를 숙이면서 적절한 인사말을 하고는 지사가 권하는 의자에 앉았다.

지사는 말했다. 「요즘은 시절이 험해서 고위 공직을 맡은 사람이라면 의당 누가 자기 친구인지 알고 싶어 할 수밖에 없는데 오늘 이렇게 날 찾아와 주니 여간 고맙지 않구려, 돈 디에고 베가.」

「진작 찾아뵈었어야 하는데 각하께서 도착하실 때 마침 제가 출타 중이었습니다그려. 각하께서는 레이나 데 로스앤젤레스에 오래 머물 예정이신가요?」

「조로라는 노상강도를 체포하거나 살해할 때까지 머물 작정이오.」

「맙소사! 그 악당이 또 무슨 짓을 저질렀나 보죠? 요전 날 밤에 저는 어느 사제 집에서 하룻밤을 묵었더랬는데 마침 그 조로를 쫓고 있던 군인 한 떼가 그 집에 몰려들어 오더군요. 그래 그 다음에는 제 아버님 목장으로 가서 좀 조용히 지내 볼까 했더니 이번에는 조로의 소식을 탐문하려는 신사 한 떼가 몰려들어 오지 뭡니까. 정말 어지러운 시대입니다! 천성적으로 음악과 시를 좋아하는 사람은 살아갈 권리도 없는 시대입니다!」

지사는 껄껄거리고 웃으면서 말했다. 「댁이 그렇게 괴롭힘을 당하고 있다니 정말 안됐구려. 하지만 그자는 곧 잡힐 거고, 그렇게 되면 그 괴로움도 끝날 거요. 라몬 대위가 연락병을 보내서 덩치 큰 상사와 그 부하들을 돌아오게 조처해 놓았어요. 나도 스무 명쯤의 호위대를 데려왔고. 그러니 카피스트라노의 재앙이 다시 나타날 때는 문제없이 추적해서 잡을 수 있을 거요.」

「제발 그렇게 되었으면 좋겠군요.」

지사는 말을 계속했다. 「우리처럼 높은 자리에 있는 사람에게는 늘 골칫거리가 끊이질 않아요. 오늘만 해도 그래! 오늘 나는 귀족 출신의 어떤 사람과 그 사람 아내와 연약한 딸을 부득이 감옥에 집어넣지 않을 수 없었다오. 참 가슴 아픈 일이긴 하나 나라를 보위하기 위해서는 어쩔 수 없는 일이었어요.」

「돈 카를로스 풀리도와 그 가족을 말씀하시는 것 같군요.」

「맞아요.」

돈 디에고는 말했다. 「각하께서 그 말씀을 하시니 그 점에 관해서 몇 말씀 드려야겠다고 생각했던 것이 떠오르는군요. 저로서는 저도 그 사건에 연루되었는지 어떤지 알 수가 없습니다.」

「그게 무슨 말이오? 어떻게 그럴 수가 있다는 거요?」

「제 아버님은 제게 아내를 얻어서 제대로 된 가정을 이루라고 지시하셨습니다. 그래 며칠 전에 돈 카를로스 풀리도에게 그 댁 따님에게 청혼하려 하니 허락해 달라고 부탁했습니다.」

「하! 무슨 얘긴지 알 만해요! 하지만 그 아가씨와 약혼한 건 아니지 않소?」

「아직은 하지 않았죠.」

「그렇다면 댁은 그 문제와 아무 상관 없어요.」

「하지만 저는 그 아가씨에게 구애를 해왔습니다.」

「그 건이 더 이상 진전되지 않은 것을 성인들께 감사해야 할 거요, 돈 디에고. 현재 댁이 그 가문과 결연을 맺은 상태였다면 일이 어떻게 돌아갈지 한번 생각을 해봐요! 아내를 얻는 문제라면 아무 염려할 것 없어요. 나랑 같이 산프란시스코 데 아시스로 갑시다. 거기 아가씨들은 여기 남부 아가씨들보다 훨씬 더 예뻐요. 그곳의 가문 좋은 아가씨들을 잘 살펴보고 나서 내게 누가 마음에 드는지 얘기만 해요. 그럼 내가 어떻게 해서든 그 아가씨가 댁의 청혼을 받아들이게 해줄 테니까. 그리고 결혼을 해도 하등 부끄러울 것 없는 좋은 가문 출신의 아가씨를 골라 주겠다는 것을 내 보증하리다. 댁의 신분에 걸맞은 적당한 아내감을 우리가 구해 주겠소.」

「실례가 되지 않는다면 한 말씀 드리고 싶군요. 돈 카를로스와 그 댁의 여자 분들을 감옥에 집어넣은 것은 너무 엄한 조처가 아닐까요?」 돈 디에고는 소매의 먼지를 가볍게 털면서 말했다.

「나는 필요한 조처였다고 생각하오.」

「그렇게 해서 각하의 인기가 더 올라갈 거라고 보시나요?」

「나 자신의 인기보다는 국가의 안위가 더 중요하죠.」

돈 디에고는 경고했다. 「귀족 출신 사람들은 그런 일이 일어나는 것을 좋아하지 않기 때문에 잡음이 좀 일 수 있습니다. 이번 일에서는 각하께서 좀 과한 조처를 취하신 게 아닌가 싶습니다.」

지사는 물었다. 「내가 어떻게 해주기를 바라는 거요?」

「원하신다면 돈 카를로스와 그 댁 여성 분들을 자택에 연금하시되 투옥하지는 말아 주셨으면 합니다. 그것은 불필요한 일입니다. 그분들은 도망치지 않을 테니까요. 그러니 점잖은 신분의 사람들답게 그냥 재판에만 회부해 주셨으면 합니다.」

「대담하게 나오는구려.」

「아이고, 제 말이 너무 지나쳤나요?」

「이 문제는 이 일을 담당한 우리 몇 사람에게 맡겨 두는 것이 좋아요. 신사를 감옥에 집어넣은 데다 그 집 여자들까지 그렇게 한 것을 보고 이 지방 신사들이 언짢아하는 것은 충분히 이해할 수 있어요. 하지만 이번 사건 같은 경우에는 —」

「저는 아직 이번 사건의 본질이 뭔지 듣지 못했습니다.」

「하! 댁도 내 얘기를 들으면 마음이 달라질 거요. 조금 전에 조로 얘기를 꺼내던데, 만일 돈 카를로스 풀리도가 그 노상강도를 숨겨 주고 보호해 주고 먹을 것을 줘왔다면? 그렇다면 어찌 생각하시겠소?」

「그럴 수가!」

「카탈리나 부인이 그런 반역죄에 연루되었다면? 그리고 그 아리따운 아가씨가 반역적인 언사를 서슴지 않았을뿐더러 국가에 맞서려는 음모에 가담했다면?」

「도저히 믿어지지가 않는군요!」

「며칠 전 밤 시간에 조로는 풀리도 목장에 있었어요. 그런데 충성스러운 한 인디언이 이곳 요새 사령관에게 그 소식을 제보해 왔지요. 돈 카를로스는 그 강도를 돕기 위해 군인들을 속여 넘기고 그자를 벽장 속에 숨겨 줬어요. 그리고 라몬 대위가 그 집에 혼자 있을 때 그 강도 놈이 벽장에서 나와 비열한 방법으로 대위를 공격해서 부상을 입혔어요.」

「세상에!」

「댁이 출타 중인 동안 풀리도 가족을 댁의 집에 초대했을 때도 조로는 댁의 집에 있었어요. 그리고 그 아가씨가 조로와 이야기하고 있을 때 마침 라몬 대위가 댁의 집에 들어왔다가 그 광경을 목격한 거요. 그런데 그 아가씨는 조로가 무사히 도망칠 수 있게끔 라몬 대위의 팔을 붙잡고 매달렸어요!」

「도무지 이해가 가지 않는군요!」 돈 디에고는 탄식했다.

「라몬 대위가 내게 제시한 그런 식의 혐의점들은 하나둘이 아니었어요. 이래도 내가 왜 그 사람들을 투옥했는지 궁금하시오? 만일 내가 그 사람들을 자택에만 연금해 뒀다면 조로가 그 사람들을 도와 탈출하게 하려 들었을 거요.」

「앞으로 어떻게 하실 생각이신가요, 각하?」

「우리 군인들이 그 노상강도를 붙잡을 때까지 그 사람들을 계속 투옥해 둘 작정이오. 그 강도를 잡으면 그자가 그 가족과 내통했다는 자백을 받아 내서 모두 재판에 회부할 거요.」

돈 디에고는 다시 탄식했다. 「정말 어지러운 시대입니다!」

「댁이 정말 나라에 충성하는 사람이고 내 편을 드는 사람이라면 나라의 적들이 혼비백산하는 꼴을 보고 싶어 해야 마땅할 거요.」

「그럼요! 진심으로 그런 때가 오기를 바라고 있죠! 나라에 대적하는 자들은 모두 벌을 받아야 합니다.」

「그렇게 말해 주니 기쁘구려.」 지사는 그렇게 말하고는 탁자 너머로 한 손을 뻗어 돈 디에고의 손을 꼭 잡았다.

돈 디에고는 그다음에도 얼마간 그리 중요하지 않은 이야기를 나누다 지사를 만나기 위해서 밖에서 기다리고 있는 사람들이 있어 그만 자리에서 일어났다. 돈 디에고가 사령관의 집무실을 떠나자 지사는 라몬 대위를 쳐다보면서 빙긋이 웃었다.

「자네 말이 맞네그려. 저런 친구는 반역을 할 만한 그릇도 못 돼. 반역하려는 생각만 해도 골치가 아프고 피곤해서 그냥 주저앉고 말걸. 한심한 녀석 같으니! 그 혈기 왕성한 늙은이가 저 녀석만 보면 그냥 미치고 팔짝 뛸 것 같은 심정이 되고도 남겠어!」

돈 디에고는 마주치는 사람들에게 인사를 하면서 천천히 언덕길을 내려가다가 길가에 핀 작은 꽃들을 보고 다시 걸음을 멈췄다. 이윽고 광장 가장자리에 이르렀을 때 그는 자신을 친구로 여기는 한 청년 신사를 만났다. 그는 돈 알레한드로 목장에서 하룻밤을 보냈던 청년들 중의 한 사람이었다.

「하! 돈 디에고. 안녕하시오!」 그는 그렇게 소리치더니 좀 더 바싹 다가와 목소리를 낮춰서 말했다. 「혹시 오늘, 우리 응징자 동맹의 지도자가 댁에게 무슨 소식을 전하지 않았소?」

「아, 날이 참 좋군요 — 아뇨. 그분이 왜 내게 소식을 전한단 말이오?」

「풀리도 집안 일로. 그건 무도한 일이오. 우리 중의 몇몇은 우리 지도자가 이 사건에 손을 댈지 어떨지 궁금해하고 있어요. 그래 그분한테서 소식이 오기를 기다리고 있지요.」

돈 디에고는 말했다. 「맙소사! 나는 그럴 거라고 생각하지 않아요. 그나저나 오늘 밤 나는 어떤 모험도 할 수 없는 처지요. 나는…… 에…… 골치가 아파요. 아무래도 열병이 나려나 봐요. 약제사를 만나 봐야겠어요. 게다가 등 전체에 오한이 나질 않나. 그게 큰 병이 날 무슨 조짐이 아닐까요? 낮잠 자는 시간에는 왼쪽 무릎 바로 위가 아파서 혼났죠. 아무래도 날씨 탓이 아닌가 싶어요.」

「큰 병이 나지 않기만을 기도하겠소.」 그 청년은 껄껄거리며 웃고는 황급히 광장을 가로질러 갔다.

제30장
여우의 신호

 그날 밤 날이 어두워지고 나서 한 시간쯤 지났을 때 한 인디언이 조로와 동맹을 맺은 청년들 중의 한 사람을 찾아와 어떤 신사가 지금 당장 그를 만나고 싶어 한다는 말을 전했다. 인디언은 그 신사가 자기 머리를 가볍게 한 대 툭 치면서 이야기를 전하라고 해도 되었을 텐데 굳이 동전 한 닢까지 준 것을 보면 돈이 많은 사람임이 분명하다. 그리고 그 미지의 신사는 산가브리엘 방면으로 가는 좁은 길가에서 청년을 기다릴 것이고 그 근방에 여우가 있다고 말하면 그 청년이 분명히 올 거라고 했다는 얘기도 전했다.
 〈아 여우! 조로 — 여우!〉 청년은 그렇게 생각하고는 자기도 동전 한 닢을 줌으로써 그 인디언을 황홀하게 만들었다.
 청년은 즉각 약속 장소로 달려갔다. 그곳에서는 얼굴에 마스크를 쓰고 몸에 망토를 두른 조로가 큰 말을 타고서 기다리고 있었다.
 조로는 말했다. 「내 얘기를 모두에게 전하시오, 동지. 나와 행동을 함께하고 싶은 사람들은 자정 무렵 저 언덕 너머의 좁은 골짜기로 오라고. 그곳은 알고 있죠? 거기서 기다리겠소.」
 그러고 나서 조로는 말머리를 돌려 어둠 속으로 질주해 갔다. 청년은 마을로 돌아와 믿을 만하다고 생각되는 사람들에게 그 소식을 전하면서 다른 동맹원들에게도 얘기를 전하라고 했다.

그중의 한 사람이 돈 디에고의 집을 찾아갔으나 집사가 나와서 돈 디에고가 열병에 걸려서 자기 방에 들어갔다고 했다. 그는 자기 주인이, 부르지도 않았는데 감히 자기 방에 들어오는 하인이 있으면 산 채로 껍질을 벗겨 버리겠다는 무시무시한 말까지 했다는 얘기도 함께 전했다.

자정 가까운 시각이 되자 검과 권총으로 무장한 청년들은 가장 좋은 말을 타고 남들 눈에 띄지 않게 한 사람씩 마을을 살그머니 빠져나가기 시작했다. 청년들은 필요할 때마다 즉각 얼굴을 가릴 수 있는 마스크를 하나씩 소지하고 있었다. 돈 알레한드로의 목장에서 여러 가지 약속을 하면서 그런 점도 미리 약속해 뒀던 것이다.

마을은 촛불이 훤히 밝혀진 술집만 빼고는 어두웠다. 그 술집에서는 지사의 호위대 병사들의 일부가 수비대 병사들과 함께 어울려 흥겨운 시간을 보내고 있었다. 페드로 곤잘레스 상사가 기껏 조로를 추적하러 갔다가 아무 소득도 거두지 못한 채 다음을 기약하면서 날이 어두워지기 직전에 마을로 돌아온 것이다.

술집에 모인 군인들은 이날 밤 조로가 나타나리라 생각하지 않았기에 자기네 말들에 굴레를 씌우거나 안장을 얹어 놓지도 않은 채 요새에서 술집으로 그냥 내려왔다. 북쪽에서 내려온 군인들은 돈을 두둑이 갖고 있었고 또 그 돈을 모두 써버리고 싶어 했기에 뚱보 주인은 바쁘게 움직였다. 곤잘레스 상사는 여느 때와 마찬가지로 좌중을 휘어잡으면서 한바탕 장광설을 늘어놓았다. 성인들이 은총을 베푸시어 앞으로 자기가 조로를 만나기만 하면, 그리고 그때 자기 손에 검이 쥐어져 있기만 하다면 조로를 어떻게 요절낼 것인가 하는 얘기를.

요새의 큰 휴게실 역시 몇 명의 군인이 들어와 누웠기에 불이 환하게 밝혀져 있었다. 지사를 초대한 집에도 역시 불이 환했다. 그러나 마을의 나머지는 사람들이 이미 잠들어 짙은 어둠에 잠겨 있었다.

감옥은 촛불 하나가 밝혀진 사무실을 제외하고는 캄캄했다. 그 사무실에서는 경비를 담당한 사내 하나가 앉아서 졸고 있었다. 간수는 잠자리에 들었다. 죄수들은 감방 안의 딱딱한 긴 의자들에 누워 신음하고 있었다. 돈 카를로스 풀리도는 창문 앞에 서서 별을 올려다보고 있었고, 그의 아내와 딸은 그런 환경에서는 잠을 이룰 수 없어 그 곁의 긴 의자에 잔뜩 웅크리고 앉아 있기만 했다.

청년 신사들이 약속 장소에 가보니 조로는 벌써 나와서 기다리고 있었다. 그러나 그는 모든 사람이 모일 때까지 거의 아무 말도 하지 않았다.

이윽고 그가 입을 열었다. 「다 온 거요?」

한 청년이 대답했다. 「돈 디에고 베가만 빼고 다 모였습니다. 그 사람은 열병에 걸렸답니다.」

그러자 청년들은 모두 낄낄거리고 웃었다. 그들은 그 병이 두려움에서 비롯된 꾀병이라 여기고 있었다.

조로는 말했다. 「내가 무슨 생각을 하고 있는지 여러분도 대충 짐작하고 계실 거요. 우리는 돈 카를로스 풀리도와 그분의 가족에게 어떤 일이 일어났는지 다 알고 있어요. 그분들이 반역죄를 저지르지 않았다는 것도 알고 있고. 설사 반역죄를 저질렀다 해도 그분들을 중범죄인들과 술주정뱅이들이 있는 곳에 함께 수감해서는 안 되지요. 그 가녀린 숙녀들이 그런 끔찍한 곳에 수감되어 있다는 것을 생각해 보세요! 순전히 돈 카를로스가 지사의 눈밖에 났다는 이유 때문에! 우리가 동맹을 결성한 것은 바로 이런 사건이 일어날 때 뭔가를 하기 위해서가 아닙니까? 여러분 생각이 나와 다르다면 나 혼자서라도 결행을 하겠소!」

「그분들을 구출해 냅시다!」 한 청년이 소리치자 다른 청년들도 함께 목소리를 높였다. 그들의 앞에는 목숨을 건 모험과 선행을 할 수 있는 기회가 기다리고 있었다.

조로가 말했다. 「우리는 조용히 마을로 진입해 들어가야 합니다. 오늘 밤에는 달이 뜨지 않았으니 우리가 소리 내지 않고 들어가기만 하면 아무도 눈치채지 못할 거요. 남쪽에서 감옥에 접근하도록 합시다. 각자 할 일을 알려 주겠소.

몇 사람은 감옥을 포위하고서 누가 접근하지 않는지 잘 감시하는 역할을 맡아 줘야겠소. 나머지 사람들 중 반은 군인들이 비상경보를 듣고 달려올 때 그들을 물리칠 준비를 하고 있어야 해요. 다른 반은 나와 함께 감옥 안에 들어가서 죄수들을 구해 내는 일을 맡아야 하고.」

한 청년이 말했다. 「좋은 계획입니다.」

「이것은 계획의 일부에 불과해요. 돈 카를로스는 자부심이 강한 분이라 잠시라도 생각할 틈을 줬다간 감옥에서 나가기를 거부할 거요. 그런 일이 벌어지게 해서는 안 됩니다. 그러니 몇 사람이 그분을 붙잡고 강제로 그곳에서 끌고 나와야 할 거요. 다른 몇 사람은 카탈리나 부인을 부축해 줘야 하고. 나는 아가씨를 보살피겠소. 자, 우리가 일단 그분들을 감옥에서 구출했다고 칩시다. 그다음에는 어떻게 해야 할까요?」

몇 사람이 웅얼대기는 했으나 분명하게 대답하는 사람은 아무도 없었다. 그러자 조로는 나머지 계획을 설명하기 시작했다.

「우리 모두가 저 아래 간선 도로까지 말을 타고 달려와야 해요. 그리고 저 지점에 이르렀을 때 몇 방면으로 갈라질 거요. 카탈리나 부인을 맡은 사람들은 그분을 모시고 돈 알레한드로 베가 목장으로 가세요. 필요할 경우 부인은 그곳에서 몸을 숨길 수 있을 거요. 그곳이라면 지사의 부하들도 함부로 들어가서 수색을 하지는 못할 거요.

돈 카를로스를 맡은 사람들은 팔라 방면 길로 가세요. 이 마을에서 16킬로미터쯤 떨어진 곳까지 가면 우리의 동조자인 인디언 둘을 만날 텐데 그 사람들은 여우 울음소리를 내서 신호를 해줄 거요. 그 인디언들이 돈 카를로스를 맡아서 잘 보살펴 줄 거요.

이 일들을 무사히 마친 뒤 여러분은 각자 단독으로 조용히 집으로 돌아가세요. 주위 사람들에게는 어디 갔다 왔는지 적당히 둘러대도록 하고. 아주 조심해야 합니다. 그 즈음 나는 아가씨를 안전한 곳에 모셔다 줄 거요. 나는 아가씨를 우리가 믿을 수 있는 분인 펠리페 사제에게 맡겨 둘 거고 필요할 경우 그분은 아가씨를 안전하게 숨겨 줄 거요. 그런 다음에 지사가 어떻게 나오나 잘 지켜보도록 합시다.」

한 청년이 물었다.「지사가 어떻게 나올까요? 물론 군인들을 시켜서 추적하고 수색을 하도록 하겠지만.」

조로는 말했다.「우리는 사태가 어떤 식으로 전개될지 가만히 기다리면서 지켜봐야 해요. 이제 모두 준비되었지요?」

그들이 그렇다고 대답하자 조로는 각자에게 할 일을 정해 줬다. 그런 뒤 그들은 다 함께 그 작은 골짜기를 떠나 조심스럽게 말을 몰면서 마을을 우회하여 남쪽에서 마을에 접근했다.

술집에서 군인들이 고함을 치고 노래하는 소리가 들려왔다. 그들은 요새의 불빛을 목표로 해서 둘씩 짝을 지어 조용히 다가갔다.

결의에 찬 청년들은 잠시 후 소리 없이 감옥을 포위했다. 조로는 네 사람과 함께 말에서 내린 뒤 감옥 대문 앞으로 다가갔다.

제31장
구출

조로는 검 자루로 대문을 두드렸다. 그러자 안에서 누군가가 가볍게 놀라는 소리가 들리더니 곧이어 돌바닥을 딛는 발소리가 들려왔다. 잠시 후 문틈 사이로 불빛이 흘러나오고 구멍이 열리면서 졸음기 가득한 경비병의 얼굴이 나타났다.

그는 물었다. 「무슨 일이오?」

조로가 대뜸 구멍으로 권총 총구를 들이밀어 사내의 얼굴을 정면으로 겨냥하는 바람에 사내는 그 구멍을 닫을 수가 없었다.

조로는 명령했다. 「목숨이 아까우면 당장 문을 열어! 찍소리 내지 말고 문 열어!」

「이게, 이게 무슨 짓이오?」

「나는 조로다!」

「아이고 —」

「이 멍청아, 빨리 문 열어. 안 그러면 바로 죽여 버릴 거야!」

「여, 열겠습니다요. 쏘지 마세요! 저는 전투병이 아니라 경비 담당에 불과합니다! 그러니 제발 쏘지 마세요!」

「빨리 열라니까!」

「자물쇠를 딴 다음에 바로 열어 드리겠습니다!」

열쇠들이 쩔렁거리는 소리가 들려왔다. 이윽고 자물쇠 속에서 열쇠 돌아가는 소리가 들리더니 육중한 철문이 활짝 열렸다.

조로와 네 청년은 곧장 안으로 달려 들어가 문을 닫고는 다시 빗장을 질렀다. 조로가 총구로 경비병의 머리통 한쪽을 짓누르자 그는 마스크를 쓴 무시무시한 다섯 사내 앞에 무릎을 꿇고 주저앉았다. 그중의 한 사람이 그의 머리채를 붙잡고 일으켜 세웠다.

조로가 물었다.「이 지옥 같은 곳을 지키는 간수 놈이 자는 곳이 어디냐?」

「저쪽 방이요!」

「돈 카를로스 풀리도와 그 댁 숙녀들은 어디 계신가?」

「일반 감방 속에 계십니다요!」

조로는 다른 사람들에게 거기 있으라고 손짓하고 성큼성큼 방을 가로질러 간수 방의 문을 활짝 열어젖혔다. 그는 이미 침대 위에 일어나 앉아 다른 방에서 나는 소리에 귀를 기울이고 있었다. 조로가 들이미는 촛불 빛을 받은 간수는 놀라서 눈을 깜박거리면서 조로를 쳐다봤다.

「움직이지 마!」 조로는 경고했다. 「조금이라도 소리를 쳤다간 그대로 죽을 줄 알아! 조로가 너를 찾아왔다!」

「성인들이시어 저를 보호해 주소서 —」

「감방들 열쇠 어디 있나?」

「저, 저 테이블 위에요.」

조로는 열쇠 꾸러미를 집어 들고는 다시 간수 쪽으로 홱 돌아서서 다가왔다.

조로는 명령했다.「바닥에 엎드려!」

조로는 담요를 찢어 낸 천 조각들로 간수의 손발을 묶고 입에 재갈을 물렸다.

그러고 나서 그는 말했다.「목숨을 건지고 싶으면 우리가 감옥을 떠나고 나서도 얼마 동안은 아무 소리 내지 말고 지금 그대로 가만히 엎어져 있어. 그 시간이 얼마나 될지는 알아서 판단하도록 하고.」

그러고 나서 그는 다시 넓은 방으로 돌아가 다른 사람들에게 따라오라 손짓하고는 고약한 냄새가 풍기는 복도를 따라 앞서 갔다.

그는 경비병에게 물었다. 「어느 문이야?」

「두 번째 문입니다.」

그들은 서둘러 그 문으로 달려갔다. 조로는 자물쇠를 열고 문을 활짝 열어젖혔다. 그는 경비병에게 촛불을 머리 위로 높이 쳐들라고 했다.

조로의 마스크 밖으로 탄식이 새어 나왔다. 그 더럽고 냄새 나는 방에서 노인은 창가에 우두커니 서 있고, 두 여인은 긴 의자 위에서 몸을 잔뜩 웅크린 채 바싹 붙어 앉아 있었으며, 다른 죄수들은 긴 의자들 위에 제멋대로 쓰러져 잠들어 있었다.

조로는 소리쳤다. 「하늘이시어, 지사 놈을 용서해 주소서!」

롤리타가 놀라서 고개를 쳐들더니 기쁨의 탄성을 올렸다. 돈 카를로스는 조로의 외침을 듣고 그쪽으로 홱 돌아섰다.

「세뇨르 조로!」 그는 놀라서 입이 딱 벌어졌다.

「그렇습니다, 돈 카를로스! 어르신을 구하기 위해 친구들과 함께 달려왔습니다.」

「나는 그럴 수 없소. 나를 기다리고 있는 운명으로부터 달아나지 않을 거요. 나를 구해 주는 것은 내게 별 도움이 되지 않을 거요. 알고 보니 나는 바로 댁을 숨겨 줬다는 죄목으로 기소되었습니다. 그러니 댁이 나를 탈출시킨다면 사람들이 그 일을 어떻게 생각하겠소?」

조로는 말했다. 「지금은 이런 일로 입씨름할 때가 아닙니다. 저는 혼자서 이런 일을 하는 게 아닙니다. 스물여섯 명의 동지가 저와 행동을 함께하고 있습니다. 그리고 우리가 구출해 드릴 수 있는데도 귀족 출신의 어르신과 이 고결한 숙녀 분들이 이런 더러운 구덩이 속에서 하룻밤을 꼬박 새운다는 것은 있을 수 없는 일입니다. 자, 동지들!」

그 마지막 말은 명령이나 다름없었다. 두 명의 청년이 돈 카를로스에게 달려들어 재빨리 그의 양팔을 붙잡고는 반쯤 들다시피 해서 복도로 끌고 나간 뒤 넓은 방으로 모시고 갔다. 다른 두 사람은 가급적 부드럽게 카탈리나 부인의 양팔을 부축해서 모시고 나갔다.

조로가 롤리타에게 허리를 숙여 정중하게 인사하고는 한 손을 내밀자 그녀는 기꺼이 그 손을 잡았다.

조로는 말했다. 「아가씨는 저를 믿어 주셔야 합니다.」

「사랑하는 것은 곧 믿는 것이랍니다!」

「만반의 조처를 다 취해 놨어요. 아무것도 묻지 마시고 그저 제가 하자는 대로만 하세요. 자, 갑시다!」

그는 한 팔로 그녀의 몸을 끌어안고는 조심스럽게 감방 밖으로 인도했다. 감방 문은 열어 둔 채 그대로 놔뒀다. 그 가련한 죄수들 중의 일부가 감옥 밖으로 달아난다 해도 조로는 그들을 막을 생각이 전혀 없었다. 그들 중 반수 이상이 편견이나 부당한 조처로 그곳에 갇혔을 것이라 판단했기 때문이다.

돈 카를로스는 그런 식으로 구조받기 싫다고, 자기는 재판정에서 지사와 당당히 맞서면서 명문가의 후예임을 보여 주겠다고 소리치면서 난리를 피웠다. 카탈리나 부인은 두려움 때문에 약간 훌쩍거리기는 했으나 저항하지는 않았다.

이윽고 그들은 넓은 방에 이르렀다. 조로는 경비병에게 한쪽 구석으로 가라고 명령하고는 자기네가 나간 뒤에도 한동안 그대로 조용히 있으라고 으름장을 놓았다. 그러고 나서 신사들 중의 한 사람이 바깥문을 열었다.

그때 밖에서 소동이 일어났다. 군인 둘이 술집에서 물건을 훔치다 잡힌 사람 하나를 데리고 감옥으로 다가오자 청년들이 그들의 앞길을 가로막았다. 군인들은 청년들이 마스크를 쓰고 있는 걸 보고 거기서 뭔가 좋지 않은 일이 일어났다는 것을 대뜸 눈치챘다.

군인 하나가 권총을 쐈고 청년 한 사람도 권총으로 응사했으나 두 사람 다 표적을 맞히지는 못했다. 하지만 그 두 발의 총성은 술집에 있던 군인들과 요새를 지키던 군인들의 주목을 끌었다.

요새에서 자고 있던 병사들은 즉각 깨어나 경비 태세에 돌입했고, 잠자지 않고 요새를 지키던 경비병들은 심야에 일어난 그런 갑작스러운 소동의 원인이 뭔지 파악하기 위해 말을 타고 언덕길을 달려 내려갔다. 페드로 곤잘레스 상사와 그 밖의 병사들도 황황히 술집에서 뛰어나왔다. 조로와 그의 동료들은 예상치 않은 저항에 직면했다.

간수는 용기를 내어 손발을 묶은 밧줄을 풀고 입을 틀어막았던 재갈을 빼낸 뒤 자기 방 창밖으로 고개를 빼고 조로가 죄수들을 풀어 줬다고 고함을 질러 댔다. 곤잘레스 상사는 간수가 무슨 말을 하는지 알아듣고는 부하들에게 조로를 잡으면 지사 각하가 내려 주실 포상금의 일부를 나눠 주겠으니 어서 자기 뒤를 따라오라고 소리쳤다.

그러나 청년들은 감옥에서 구해 낸 세 죄수를 말에 태우고는 몰려나온 군중들 사이를 뚫고 광장을 가로질러 간선 도로 방향으로 질주해 갔다.

그들 주위로 총알이 핑핑 날았으나 총에 맞은 사람은 아무도 없었다. 돈 카를로스 풀리도는 그런 식으로 탈출하고 싶지 않다고 여전히 악을 썼다. 카탈리나 부인은 기절했으며, 그녀를 맡은 청년은 그 덕에 말을 몰고 총을 쏘는 일에 좀 더 신경을 쓸 수 있어서 그것을 오히려 다행으로 여겼다.

조로는 자기 앞의 안장에 롤리타 아가씨를 태운 채 말을 몰고 맹렬히 내달렸다. 그는 자신의 당당한 준마에 연방 박차를 가해 다른 동료들을 훨씬 더 앞질러 가면서 일행을 간선 도로 쪽으로 선도했다. 이윽고 간선 도로에 이르렀을 때 그는 말을 세우고는 사상자가 났는지 알아보기 위해 그리로 달려오는 청년들을 유심히 살펴봤다.

「여러분, 모두들 내가 얘기한 대로 해줘요!」 그는 모두가 아무 탈 없이 마을을 빠져나왔다는 것을 확인한 뒤 소리쳤다.

그렇게 해서 일행은 셋으로 갈라졌다. 한 무리는 돈 카를로스를 모시고 팔라 방면 길로, 또 한 무리는 카탈리나 부인을 모시고 돈 알레한드로 목장 방면 길로 달려갔다. 조로는 곁에 아무도 대동하지 않은 채 펠리페 사제의 집을 향해 달려갔다. 롤리타는 두 팔로 조로의 목을 꼭 끌어안은 채 그의 귀에 속삭였다.

「구하러 와주실 줄 알았어요. 당신은 진정한 남자라 저와 제 부모님이 그런 고약한 곳에 그대로 머물러 있게 할 리가 없으니까요.」

가까운 곳에 적들이 몰려 있는 상황에서 달콤한 얘기를 나누기란 아무래도 무리여서 조로는 아무 대꾸도 하지 않은 채 한 팔로 그녀를 좀 더 단단히 끌어안기만 했다.

그는 첫 번째 언덕 꼭대기에 이르렀다. 그제야 그는 말을 세우고는 적들의 동정에 귀 기울이며 저 멀리서 가물거리는 불빛들을 유심히 살펴봤다.

이제 마을 광장은 횃불의 바다를 이루고 있었고 마을 사람들이 죄다 깨어나는 바람에 집집마다 창문이 환하게 밝았다. 요새 건물 역시 불야성을 이루고 있었다. 요새에서 트럼펫 소리가 울려 퍼졌다. 조로는 이제 곧 모든 군인이 자기네 뒤를 쫓아오리라는 것을 알았다.

질주하는 말발굽 소리가 들려왔다. 그 기병들은 조로 일행이 어느 방면으로 갔는지 알고 있었다. 지사가 엄청난 포상금은 물론이요 승진도 시켜 주고 좋은 보직도 주겠다고 그 자리에서 약속한 만큼 병사들은 신이 나서 맹 추적해 오리라.

그러나 롤리타 아가씨가 자기 몸에 착 달라붙어 있고 싸늘한 바람이 얼굴을 후려치는 가운데 간선 도로를 빠르게 내달리는 동안 한 가지 사실이 조로의 마음을 즐겁게 했다. 그 추적 부대가 부득이 셋으로 갈라질 수밖에 없다는 사실이.

그는 다시 롤리타 아가씨를 꼭 끌어안은 채 말에 박차를 가해 밤의 어둠을 뚫고 맹렬히 질주해 갔다.

제32장
간발의 차이로 쫓기다

구릉들 너머로 달이 고개를 내밀었다.

지금은 산길을 따라 말을 달리고 있는 데다 뒤에 바싹 붙어서 따라오는 추적자들이 푸른 하늘을 배경으로 해서 선연하게 떠오른 자신의 모습을 쉽게 알아볼 수 있을 터였으므로 조로는 할 수만 있다면 하늘에 짙은 구름이 잔뜩 끼게 해서 달의 모습을 감추고 싶었다.

추적자들이 탄 말들도 역시 원기 왕성했다. 지사의 호위대 병사들이 모는 말의 대부분은 혈통이 좋아서 이 일대의 어느 말들 못지않게 몸이 날랬고, 빠른 속도로 몇 킬로미터나 달리고도 끄떡없을 만큼 힘이 좋았다.

조로는 자신의 말을 최대한 빨리 몰아서 추적자들과의 거리를 조금이라도 더 벌리는 일에만 골몰해 있었다. 롤리타 아가씨를 안심할 만한 사람에게 맡기려는 목적을 달성하려면 이 여정이 끝날 무렵 얼마간의 시간이 필요했기 때문이다.

그는 아가씨의 몸 위로 상체를 낮게 숙인 채 뛰어난 기수들이 흔히 그러하듯 고삐를 통해서 말의 움직임을 면밀히 감지하면서 말과 거의 혼연일체가 되어 달렸다. 그는 또 다른 언덕 꼭대기에 이르러 골짜기를 향해 내려가기 전에 뒤를 힐끗 돌아봤다. 추적자들의 선두에 선 자의 얼굴이 보였다.

그는 과거에 그보다 더 어려운 처지에서도 무난히 탈출한 적이 한두 번이 아니었기에 혼자였다면 그런 상황에 처했어도 전혀 염려하지 않았을 것이다. 하지만 지금은 롤리타 아가씨와 함께 도주하고 있었다. 롤리타가 자신이 사랑하는 아가씨인 데다 애써 구해 낸 죄수를 다시 잡히게 한다는 것 역시 스스로 용납할 수 없는 일이어서 그는 어떻게 해서든 아가씨를 안전한 장소에 무사히 데려다 주고 싶었다. 그는 이런 상황이야말로 자신의 기술과 담력을 시험해 볼 수 있는 시금석이 되리라 생각했다.

몇 킬로미터를 그렇게 내달리는 동안 아가씨는 그의 몸에 찰싹 기댄 채 아무 말도 하지 않았다. 조로는 이제 추적자들과의 거리가 조금 더 멀어졌다는 걸 알았다. 하지만 나중에 자신이 목적하는 바를 무사히 이루려면 그들과의 거리를 좀 더 떨어뜨려 놓을 필요가 있었다.

그는 말에게 좀 더 박차를 가해 구름 같은 먼지를 피워 올리며 큰길을 빠르게 내달렸다. 두 사람이 탄 말은 놀란 개들이 요란하게 짖어 대는 목장들 곁을 지나고, 인디언의 흙벽돌집들 곁을 지나갔다. 그 집들에서는 누런 얼굴의 남녀 인디언들이 도로의 단단한 지면을 요란하게 두드리는 말발굽 소리에 놀라 자다가 말고 침대에서 뛰어 내려와 문 밖으로 튀어나왔다.

그의 말이 레이나 데 로스앤젤레스 시장을 향해 꾸물꾸물 가고 있는 양 떼 속으로 뛰어들자 놀란 양 떼가 길 양편으로 갈라졌고, 그가 양 떼 사이를 빠져나가자 양을 몰고 가던 사람들의 욕설이 뒤편에서 날아왔다. 그런데 양치기들이 흩어진 양 떼를 다시 모으자마자 한 떼의 기병이 달려오는 바람에 양 떼는 또다시 흩어지고 말았다.

조로의 말은 달리고 또 달려 저 멀리로 달빛을 받아 번쩍이는 산가브리엘 교구 건물들이 보이는 데까지 이르렀다. 그리고 그의 앞에 갈림목이 나타났다. 큰길에서 오른쪽으로 가지를 친 길로 접어들면 펠리페 사제의 목장이 나온다.

조로는 평소에 사람들의 마음을 잘 꿰뚫어 보는 편이라 오늘 밤 자신이 내린 판단을 신뢰하고 있었다. 그는 롤리타 아가씨를 숙녀의 신분에 흠이 가지 않게 여자들이 있는 곳에 맡겨 두든가 프란체스코회 수사들이 보호해 줄 수 있는 데 맡겨 두든가 해야 한다는 판단을 내렸다. 그리고 그는 늙은 펠리페 사제에게 맡기는 것이 좋겠다는 결정을 내렸다.

이제 그의 말은 좀 더 무른 노면을 따라 그리 빠르지 않은 속도로 달렸다. 조로는 추적자들이 갈림목에 이르렀을 때 산가브리엘 길을 택할 가능성은 거의 없다고 봤다. 환한 달빛만 아니라면 자기네가 쫓는 사람의 모습을 놓쳐 그리로 갈 수도 있겠지만 말이다. 펠리페 사제의 목장까지는 이제 1.5킬로미터만 더 가면 됐다. 그리하여 그는 좀 더 빠르게 내달리기 위해 자기 말에 박차를 가했다.

그는 롤리타 쪽으로 상체를 숙이면서 그녀의 귀에다 대고 속삭였다. 「내게는 시간이 부족해요, 아가씨. 이제 모든 것은 내가 사람을 정확히 판단할 수 있느냐의 여부에 달렸어요. 그러니 그저 아가씨가 내 판단을 신뢰해 줬으면 좋겠어요.」

「제가 당신을 전적으로 신뢰한다는 것을 잘 아시잖아요!」

「아가씨는 내가 아가씨를 맡길 사람 역시 신뢰해 줘야 해요. 이번 모험과 관련된 모든 문제에서 그분의 조언을 잘 귀담아들어 줘야 하고. 그분은 사제님이라오.」

「그렇다면 모든 일이 다 순탄하게 잘 풀리겠네요.」 그녀는 그의 몸에 자신의 몸을 바싹 기대면서 말했다.

「성인들께서 자비를 베풀어 주신다면 우리는 곧 다시 만나게 될 거요. 아가씨를 다시 만나기 전까지는 한 시간이 한 세월처럼 느껴질 거요. 나는 우리 앞에 행복한 나날들이 기다리고 있을 거라 믿어요.」

「하늘이시어, 부디 그렇게 될 수 있게 도와주소서!」 그녀는 그렇게 속삭였다.

「사랑이 있는 곳에는 희망이 있는 법이오.」

「그렇다면 제 희망은 차고 넘칠 만큼 크겠네요.」

「내 희망도 그렇소!」

그는 이제 펠리페 사제의 집으로 이어진 좁은 길로 말머리를 돌려 빠르게 돌진해 갔다. 그는 사제에게 롤리타를 맡기고 곧바로 그곳을 떠날 작정이었다. 펠리페 사제가 롤리타를 잘 보호해 주기를 기원하면서 그곳을 떠나 추적자들을 유인하기 위해 요란한 소리를 내면서 달려가리라. 그는 추적자들이 자기가 지름길로 해서 다른 길로 가기 위해 펠리페 사제의 땅을 그냥 가로질러 가기만 했다고 생각하게 하고 싶었다.

그는 베란다 계단 앞에서 고삐를 잡아당겨 말을 세우고는 땅바닥에 뛰어내려 아가씨의 몸을 받아 내린 뒤 그녀의 손을 잡고 황급히 문 쪽으로 달려갔다. 그는 펠리페 사제가 깊이 잠들지 않아 금방 일어나 주기를 기원하면서 주먹으로 문을 쿵쿵 두드렸다. 멀리서 추적자들의 말발굽이 지축을 울리는 소리가 희미하게 들려왔다.

조로에게는 늙은 사제가 문을 열고 한 손에 촛불을 든 채 문틀 안에 서 있는 모습이 나타나기까지 한 세월은 족히 걸린 것 같았다. 조로는 밖으로 불빛이 새어 나가지 않게 재빨리 안으로 들어가 손을 뒤로해서 문을 닫았다. 펠리페 사제는 마스크 쓴 사내와 그가 데려온 아가씨를 보고는 놀라서 뒤로 한 걸음 물러났다.

노상강도는 낮은 목소리로 빠르게 말했다. 「저는 조로라고 합니다, 사제님. 몇 가지 일로 제게 약간의 빚을 졌다고 생각하실 것 같은데요?」

그러자 펠리페 사제는 말했다. 「나를 탄압하고 학대한 사람들을 혼내 줬으니 큰 빚을 진 셈이지요. 어떤 식의 폭력이든 간에 폭력을 옹호하는 것은 내 원칙에 위배되기는 하오만.」

조로는 말을 계속했다. 「저는 제가 사제님의 인품을 제대로 판단했다고 확신했습니다. 이분은 돈 카를로스 풀리도의 외동따님인 롤리타 아가씨입니다.」

「하!」

「사제님도 잘 아시다시피 돈 카를로스는 수사님들의 친구 분이십니다. 수사님들과 마찬가지로 당국의 탄압과 박해를 받아 왔고요. 오늘 지사가 레이나 데 로스앤젤레스에 와서는 제가 아는 한 아무 근거 없는 죄목으로 돈 카를로스를 체포해서 감옥에 가두게 했습니다. 지사는 카탈리나 부인과 이 젊은 아가씨도 함께 감옥에 가두게 했습니다. 술주정꾼들과 타락한 여자들하고 한방에 수감했지요. 저는 몇몇 좋은 친구의 도움을 얻어 이분들을 구해 냈습니다.」

「그런 선행을 한 것을 성인들께서 축복해 주실 게요!」

「말을 탄 병사들이 우리를 뒤쫓아 오고 있습니다, 사제님. 젊은 남자인 저 혼자서 아가씨를 모시고 계속 이렇게 간다는 것은 온당한 일이 못 될 것 같습니다. 그러니 사제님께 크게 부담이 가는 일만 아니라면 아가씨를 맡아서 좀 숨겨 주십시오.」

「부담은 무슨!」

「군인들에게 붙잡히면 그자들은 아가씨를 다시 감옥에 집어넣고 심하게 괴롭힐 겁니다. 그러니 아가씨를 좀 보살피고 보호해 주십시오. 그러면 제게 빚진 것 이상의 은혜를 제게 베푸시는 것이 될 겁니다.」

「그럼 댁은 어떻게 할 거요?」

「저는 계속 말을 달려 달아나야죠. 그러면 군인들이 저를 쫓아오느라 사제님 댁을 그냥 지나칠 겁니다. 나중에 연락드리겠습니다. 어때요, 그렇게 해주시겠습니까?」

「그렇게 하겠소!」 펠리페 사제는 엄숙하게 말했다. 「그리고 댁과 악수를 하고 싶구려!」

그들이 손을 맞잡은 것은 잠깐 동안에 불과했지만 그 짧은 순간 두 사람 사이에는 깊은 마음이 오갔다. 그리고 나서 조로는 문 쪽으로 돌아섰다.

조로는 말했다. 「촛불을 꺼주십시오, 사제님. 제가 문을 열 때 저들이 불빛을 봐서는 안 되거든요.」

펠리페 사제가 그 말에 따라 얼른 불을 끄는 바람에 그들은 어둠에 휩싸였다. 한순간 롤리타 아가씨는 조로의 입술이 자신의 입술에 와 닿는 것을 느끼고는 조로가 그렇게 하기 위해서 마스크 밑을 잠시 들어 올렸다는 것을 알았다. 이어 펠리페 사제의 억센 팔 하나가 그녀의 허리를 감쌌다.

사제는 말했다. 「기운을 내요. 내가 보기에 이 사람은 고양이만큼이나 명줄이 길 것 같으니까. 지사의 부하들 같은 하찮은 인간들에게 살해당하지는 않을 거요.」

그 말에 조로는 가볍게 웃으면서 문을 열고 밖으로 나가서는 문을 살짝 닫았다. 그렇게 해서 그는 밤의 어둠 속으로 사라졌다.

그 집 앞에는 키 큰 유칼리나무들이 서 있었고 조로의 말은 그

그늘 속에 서 있었다. 말 쪽으로 달려가던 그는 군인들이 탄 말들이 사제의 집으로 이어진 길을 달려 내려오고 있다는 것을 알았다. 군인들은 애초에 예상했던 것보다 훨씬 더 가까이 와 있었다.

그는 재빨리 말을 향해 내달리다가 돌부리에 걸려 땅바닥에 쓰러졌다. 그 서슬에 놀란 말이 두 앞발을 높이 쳐들고 대여섯 걸음 뒤로 물러나는 바람에 환한 달빛에 고스란히 노출되고 말았다.

추적자들의 선두에 선 병사가 그 말을 보고 고함을 지르고는 그쪽으로 쏜살같이 달려왔다. 조로는 얼른 몸을 일으켜 땅바닥에서 고삐를 낚아채고는 번개같이 안장에 뛰어올랐다.

그러나 추적자들은 어느새 그가 있는 곳으로 달려와 그를 포위했다. 그들이 뽑아 든 검들이 달빛에 번뜩였다. 부하들에게 명령하는 곤잘레스 상사의 걸걸한 목소리가 들려왔다.

「가급적 산 채로 잡아! 지사님은 저 악당 놈이 죗값을 치르는 것을 직접 보고 싶어 하신다. 뭐 하고 있어, 어서 공격해!」

조로는 한 차례의 공격을 가까스로 피하기는 했지만 그 서슬에 말 등에서 떨어지고 말았다. 그는 말 탄 군인들의 공격을 막으면서 숲 그늘 속으로 뒷걸음질 쳤다. 군인들은 계속 검을 휘둘러 그를 압박해 들어갔다. 조로는 나무줄기를 등지고 군인들의 연이은 공세를 막아 냈다.

군인 셋이 안장에서 뛰어내리더니 그에게 달려들었다. 그는 이 나무에서 저 나무로 열심히 뛰어다녔지만 자기 말이 있는 곳으로는 좀처럼 다가갈 수가 없었다. 그러나 땅바닥으로 뛰어내린 어느 한 군인의 말이 가까이에 있어 그는 그 안장에 올라탄 뒤 말을 몰고 헛간과 외양간으로 이어진 비탈길을 달려 내려갔다.

곤잘레스 상사는 악을 썼다. 「저 악당 놈을 쫓아! 이번에도 또 저 악당 놈을 놓치면 지사님이 우리를 산 채로 껍데기를 벗겨 버리려 하실 거다!」

그들은 승진을 하고 포상금을 받으려는 마음에 기를 쓰고 조로의 뒤를 쫓아갔다. 그러나 조로의 생각은 그들보다 훨씬 더 앞서 나가 있어 얼마든지 그들을 속여 넘길 수 있었다. 커다란 헛간이 드리운 그늘 속으로 들어섰을 때 그는 자신이 타고 있는 말의 옆구리를 박차로 호되게 내지르면서 재빨리 땅바닥에 내려섰다. 그러자 말은 한편으로는 놀라고 다른 한편으로는 고통스럽기도 해서 요란하게 울부짖으며 어둠을 뚫고 그 아래 외양간 쪽으로 미친 듯이 달려 내려갔다. 군인들은 그 말을 열심히 뒤쫓아 갔다.

조로는 그들이 지나가기를 기다렸다가 재빨리 언덕길을 달려 올라갔다. 그러나 거기에는 몇 명의 군인이 남아 그 집을 지키고 있었다. 나중에 집을 수색하려는 것이 분명했다. 그리하여 그는 자기 말이 있는 곳에 다가갈 수 없었다.

조로는 돈 카를로스 풀리도 목장 사람들을 놀라게 했던 예의 그 독특한 외침, 날카로운 비명 같기도 하고 울부짖는 소리 같기도 한 외침을 발했다. 그러자 그의 말은 고개를 번쩍 쳐들더니 요란한 울음소리로 화답하고는 그가 있는 쪽으로 달려왔다.

조로는 단숨에 안장에 올라탄 뒤 말의 옆구리에 박차를 가하면서 바로 앞에 있는 들판을 향해 질주해 갔다. 그의 말은 앞을 가로막고 있는, 돌로 쌓아 만든 울타리를 아무것도 아니라는 듯 가볍게 뛰어넘었다. 군인들의 일부가 빠르게 뒤쫓아 왔.

사람이 타지 않은 빈 말을 쫓아갔던 군인들은 뒤늦게서야 조로에게 속았다는 것을 깨닫고 돌아섰다. 그렇게 해서 두 무리의 군인들은 조로의 뒤에서 다시 합류하여 어떻게 해서든 조로를 따라잡으려고 맹추격했다. 조로는 페드로 곤잘레스 상사가 지사를 들먹이면서 무슨 일이 있어도 조로를 잡으라고 악쓰는 소리를 들을 수 있었다.

조로는 그들 모두를 펠리페 사제의 집에서 멀찌감치 끌어내고 싶기는 했으나 과연 그렇게 될지 자신이 없었다. 우선 당장 시급한 것은 자신이 그 위기에서 무사히 빠져나가는 일이었다.

땅이 무른 경작지를 달리는 것은 말에게 큰 부담을 안겨 주는 일이 된다. 따라서 그는 한시바삐 지면이 단단한 넓은 길로 나가고 싶은 마음에 말에게 계속 박차를 가했다.

마침내 그는 넓은 길에 이르렀다. 그는 레이나 데 로스앤젤레스에서 할 일이 있었기에 거기서 말머리를 그쪽으로 돌렸다. 이제는 아가씨가 내리고 없었으므로 말은 한결 더 가뿐하게 내달릴 수 있었다.

조로는 뒤를 힐끗 돌아보고는 군인들이 한참 뒤처졌다는 것을 알고 크게 기뻐했다. 다음 언덕을 넘어설 즈음에는 군인들을 따돌릴 수 있으리라!

그러나 앞에서도 군인들이 달려올 수 있으므로 방심할 수는 없는 일이었다. 지사가 곤잘레스 상사에게 증원군을 보냈을 수도 있고 또 어느 언덕 꼭대기에 군인들을 매복시켜 놓았을 수도 있다.

문득 하늘을 올려다보니 달이 막 두꺼운 구름층 속으로 사라지려 하고 있었다. 그는 달이 모습을 감추는 그 짧은 시간을 유효적절하게 이용해야 한다는 것을 알았다.

작은 골짜기 밑에서 뒤돌아보니 추적자들은 언덕 꼭대기에서 막 모습을 드러내고 있었다. 이어 사방이 어두워졌다. 그들의 추격을 따돌릴 수 있는 절호의 기회가 왔다. 조로는 군인들을 1킬로미터 가까이 앞지르고 있기는 했지만 그들을 그대로 달고 마을까지 달려갈 생각은 추호도 없었다.

그 근방에는 그의 친구들이 살고 있었다. 그 간선 도로변에는 진흙벽돌집이 한 채 있는데 그곳은 바로 그가 매 맞는 현장에서 구해 준 인디언의 집이었다. 그는 그 집 앞에 이르러 말에서 내려선 뒤 문을 발로 찼다. 놀란 그 인디언이 문을 열고 내다봤다.

조로는 말했다. 「쫓기고 있소.」

인디언은 그 한마디 말만 듣고는 군말 없이 문을 활짝 열어젖혔다. 조로가 말을 끌고 안으로 들어가자 그 허름한 집은 금세 꽉 찬 느낌이었다. 인디언은 재빨리 문을 닫아걸었다.

조로는 한 손에는 권총을 다른 한 손에는 검을 든 채 인디언과 함께 문 뒤에 서서 조용히 밖의 동정에 귀 기울였다.

제33장
쫓는 자와 쫓기는 자

 군인들이 조로와 그를 따르는 청년 신사들을 감옥에서부터 그렇게 신속하게 추적할 수 있었던 데는 페드로 곤잘레스 상사의 역할이 컸다.
 곤잘레스 상사는 두 발의 총성을 듣고 대번에 자리를 박차고 술집에서 뛰어나왔고 다른 병사들 역시 그의 뒤를 따라 나왔다. 곤잘레스 상사는 자기가 마신 포도주 값을 지불하지 않고 빠져나올 수 있는 명분을 얻어 내심 여간 좋아하지 않았다. 그는 간수의 외침이 뜻하는 바를 알아듣고 대뜸 상황을 이해했다.
 그는 병사들에게 악을 썼다. 「조로가 죄수들을 빼내고 있다! 그 노상강도가 다시 마을에 나타났다! 모두들 말을 타고 놈을 쫓아! 놈에게는 거액의 포상금이 걸려 있다.」
 군인들은 그 포상금에 대해서 잘 알고 있었다. 특히 지사의 호위대 병사들은 지사가 그 노상강도의 이름을 거론할 때마다 미친 듯이 흥분하면서 그자를 사로잡거나 죽여서 데려오는 병사는 누구든지 호위대 대장으로 승진시켜 주겠다고 공언하는 얘기를 들어 왔다.
 그들은 각자 자기 말을 향해 달려가 안장에 올라탄 뒤 곤잘레스 상사를 선두로 해서 요란하게 광장을 가로질러 감옥 방향으로 질주해 갔다.

 그러다 맞은편에서 말을 타고 달려오는 마스크 쓴 청년 신사들과 마주쳤을 때 곤잘레스 상사는 자기가 술을 너무 많이 마셨나 보다고 투덜대면서 손등으로 눈을 비볐다. 그는 툭하면 조로가 많은 부하를 거느리고 나타났다는 거짓말을 해댔는데 이제 그 거짓말이 진짜가 되어 버렸기 때문이다.

 청년들이 세 패로 갈라져서 달아날 때 곤잘레스 상사와 그의 부하들은 그들을 바짝 뒤쫓고 있었기에 그들이 차례로 갈라서는 광경을 똑똑히 목격했다. 그는 추적하던 군인들을 재빨리 세 개의 부대로 편성해서 각기 한 패씩을 쫓아가게 했다.

 그는 적들의 우두머리가 산가브리엘 방면으로 말머리를 돌리는 광경을 봤다. 조로의 덩치 큰 말이 달리는 모습이 눈에 익어서 상사는 그 말을 탄 자가 조로라는 것을 쉽게 알 수 있었다. 그는 탈주한 죄수들을 다시 붙잡는 일보다는 조로를 생포하거나 죽이는 일에만 온 신경을 쏟으면서 의기양양한 기분으로 조로를 뒤쫓았다. 페드로 곤잘레스 상사는 레이나 데 로스앤젤레스의 술집에서 조로가 자기를 갖고 놀면서 더없는 수모를 안겨 줬을 때의 일을 결코 잊지 못했고 반드시 그 앙갚음을 하고야 말겠다고 별러 왔다.

 곤잘레스 상사는 전에 조로의 말이 기운 좋게 내달리는 광경을 본 적이 있었기에 이번에는 어째서 자기네와 그 노상강도와의 거리가 점점 더 벌어지지 않는지 의아해했다. 그러다 잠시 후 그 이유를 대충 짐작할 수 있었다. 조로가 자기 앞의 안장에 롤리타 풀리도 아가씨를 앉히고 말을 달리고 있기 때문이리라.

 곤잘레스는 맨 앞에서 쫓아가면서 가끔가다 한 번씩 뒤를 돌아보며 병사들에게 명령을 내리거나 격려를 해줬다. 그렇게 몇 킬로미터를 달렸음에도 계속 조로의 모습을 놓치지 않았기에 곤잘레스는 여간 기쁘지 않았다.

곤잘레스는 혼자 중얼거렸다. 「펠리페 사제의 집이야! 놈은 그리로 가는 게 분명해! 그 늙은 사제가 저 강도 놈과 한패라는 걸 내 진작부터 알고 있었지! 전에 내가 조로를 찾으러 그 사제 집에 들렀을 때 사제가 교묘하게 나를 속여 넘긴 거야. 아마 그 집에는 조로를 숨겨 줄 만한 교묘한 은신처가 있을 거야. 하! 다시는 속지 않을 거야. 어쩌다 한 번은 속았어도 두 번은 속지 않아!」

간간이 조로의 뒷모습을 바라보며 뒤쫓는 동안 곤잘레스 상사와 다른 병사들의 눈앞에서는 계속 포상금이 어른거렸고 귀에서는 승진을 약속하는 지사의 말이 메아리쳤다. 그들이 탄 말들이 이미 어느 정도 피로의 기색을 보이기 시작했으나 그들은 전혀 아랑곳하지 않고 말들을 가혹하게 몰아붙였다.

얼마 후 조로가 탄 말이 펠리페 사제의 집으로 이어진 좁은 길로 방향을 틀자 곤잘레스 상사는 자기의 예상이 정확하게 들어맞았다는 것을 알고 내심 쾌재를 부르면서 낄낄거리고 웃었다.

이제 저 노상강도 놈은 내 거다! 설사 조로가 계속해서 달아난다 해도 환하게 밝은 달빛 덕에 계속 그놈의 모습을 빤히 보면서 뒤쫓을 수 있으리라. 그리고 그 집 앞에서 멈출 경우에는 열 명이 넘는 추적대를 거느린 나와 제대로 맞서 싸울 수 없으리라.

그들은 그 집 앞으로 달려가서 집을 포위하기 시작했다. 그들은 집 앞에 서 있는 조로의 말을 발견했으며 곧이어 조로가 모습을 드러냈다. 곤잘레스 상사는 열 명가량의 병사들이 자기보다 먼저 검을 뽑아 들고 조로에게 달려드는 광경을 보고 자칫 잘못했다간 자기가 조로에게 다가가기도 전에 상황이 종료될까 봐 마음을 졸였다.

곤잘레스가 급한 마음에 얼른 말을 재우쳐 몰아 병사들과 조로가 싸움을 벌이는 현장으로 돌진하려 하는데 조로가 번개같이 어느 말에 올라타더니 달아나기 시작했고 병사들이 그 뒤를 쫓아갔다. 그들과 멀리 떨어져 있던 곤잘레스는 다른 할 일이 떠올라 몇 명의 병사에게 아무도 빠져나가지 못하게 그 집을 단단히 포위하라고 명령했다.

그리고 나서 조로를 찾아보니 그는 막 돌로 만든 담장을 뛰어넘어 가고 있었다. 그래 곤잘레스는 그 집을 포위하는 일을 맡은 병사들을 제외한 나머지 병사들과 함께 다시 조로를 추격하기 시작했다. 그러나 그 추격전은 첫 번째 언덕 꼭대기에서 끝이 나 버렸다. 조로의 말이 번개같이 내달리는 광경을 보니 아무래도 조로를 따라잡는 것은 불가능하다는 판단이 섰기 때문이다. 펠리페 사제의 집으로 돌아가 롤리타를 다시 붙잡는 편이 그나마 작은 공이라도 세우는 길이 될 것이다.

그가 그 집 앞에 이르러 말에서 내려섰을 때 병사들은 여전히 그 집을 지키고 있었다. 병사들은 집을 떠나려는 사람이 아무도 없었다고 보고했다. 그는 두 명의 병사를 자신의 양편에 세우고는 문을 두드렸다. 그러자 즉각 펠리페 사제가 문을 열어 줬다.

곤잘레스는 대뜸 물었다. 「자다가 일어나셨소?」

「지금은 정직한 사람이라면 잠자리에 들어야 할 시간이 아니오?」 펠리페 사제는 그렇게 대꾸했다.

「그야 그렇죠. 한데 신부님은 어쩐지 자다가 일어난 것 같지가 않구려. 그런데도 어떻게 집 밖으로 나와 보지도 않았소그래? 곤하게 잠든 사람도 깨울 만큼 사방이 온통 시끌벅적했는데?」

「사람들이 싸우는 소리야 들었지 —」

「그것 말고도 또 들은 게 있을걸. 내가 묻는 말에 순순히 대답하지 않으면 다시 매운 채찍 맛을 보게 될 거요. 조로가 여기 왔었다는 것을 부인하오?」

「왔었소.」

「하! 드디어 실토를 하시는구먼! 그렇다면 당신이 그 노상강도 놈과 한패라는 것을, 가끔 그놈을 숨겨 줬다는 걸 인정하는 거요? 그렇소?」

「아니, 인정하지 않소! 불과 몇 분 전까지만 해도 나는 조로라는 사람을 본 적도 없소.」

「그거참 희한한 얘기네! 멍청한 인디언들한테는 그런 얘기가 먹힐 거야. 하지만 우리같이 똑똑한 군인들한테는 안 통하지! 그래, 조로가 와서 뭘 요구합디까?」

펠리페 사제는 말했다. 「댁들이 그 사람을 바로 뒤쫓아 오는 바람에 뭘 요구할 시간이 없었소.」

「그놈과 뭔가 얘기는 했을 거 아뇨?」

「그 사람이 문을 두드리기에 문을 열어 줬지. 댁들이 두드렸을 때 열어 줬듯이.」

「그랬더니 뭐라고 합디까?」

「군인들에게 쫓기고 있다고 합디다.」

「그래, 자기를 숨겨 달라고 합디까? 우리한테 붙잡히지 않고 무사히 빠져나갈 수 있도록?」

「아뇨.」

「갈아탈 말을 내달라고 합디까?」

「그런 말은 하지 않았소. 그 사람이 그렇게 소문난 강도라면 말이 필요할 때는 요구하지도 않고 그냥 가져갔겠지.」

「나 이거야 원! 그렇다면 그놈이 무슨 볼일이 있어서 여길 찾아왔단 말요? 순순히 털어놓는 게 좋을 거요.」

「내가 그 사람이 나한테 볼일이 있다고 얘기했소?」

「하! 나 이거야 원 *By the saints* ─」

「당신 같은 사람은 성인들 *saints* 이란 말을 입에 올리지 않는 게 좋을 거요. 순 허풍선이에 술주정뱅이 같으니!」

「정히 또 채찍질을 당하고 싶소, 엉? 나는 지사의 명령을 받고 출동한 사람이오. 더 이상 나를 지체하게 하지 말라고. 그 노상강도 놈이 뭐라고 했소?」

펠리페 신부는 말했다. 「나로서는 같은 말을 되풀이할 수밖에 없소이다.」

곤잘레스 상사는 사제를 한옆으로 거칠게 떠다밀고 거실 안으로 들어갔고 두 명의 병사도 따라 들어갔다.

곤잘레스는 부하들에게 명령했다. 「불을 밝혀라! 초가 보이거든 몇 개 집어 와. 이 집을 뒤질 거니까.」

펠리페 사제가 빽 소리쳤다. 「변변한 물건 하나 없는 이 집을 뒤지겠다고? 대체 뭘 찾으려고?」

「조로가 여기에 남겨 두고 간 물건을 찾으려 그럽니다, 신부님.」

「그 사람이 뭘 남겨 뒀다고 생각하기에?」

「하! 옷 보따리라도 하나 남겨 놨겠지 뭐. 약탈한 물건. 포도주 한 병. 아니면 너절한 안장이라도! 그 친구가 뭘 남겨 놨소? 한 가지 짚이는 게 있어요. 조로가 여기 올 때는 말에 두 사람이 타고 있었는데 달아날 때는 조로 혼자뿐이더구먼.」

「그럼 당신이 찾으려는 것은 ─」

「남은 화물 하나지. 끝내 그걸 찾지 못할 경우에는 바른말이 나올 때까지 당신의 두 팔을 좀 비틀어 줄 거요.」

「네가 감히? 네가 감히 사제를 이런 식으로 모욕할 참인가? 사제를 고문하는, 천하에 없는 비열한 짓을 하겠다고?」

「얼씨구! 당신은 전에도 나를 우롱했는데 이제 그런 짓은 하지 못할 거야. 이봐, 이 집을 수색해! 하나도 남김 없이 철저히 뒤져! 나는 이 방에 남아 이 웃기는 신부와 함께 노닥거리고 있을 테니까. 전에 사기죄를 저질러 채찍질을 당했을 때의 기분이 어땠는지 좀 알아봐야겠어.」

펠리페 사제는 천둥처럼 소리쳤다. 「이 비겁하고 잔인한 놈! 언제고 이런 박해가 끝날 날이 올 거다.」

「얼씨구!」

「그때는 이 혼란 상태가 끝나고 정직한 사람들이 정당한 제 권리를 되찾을 거다. 이곳에 풍요로운 제국을 건설한 사람들이 자기네 노동의 참된 결실을 거둘 거다. 간악한 정치가들과 그 밑에 붙어서 알랑거리는 놈들한테 죄다 빼앗기지 않고!」

「얼씨구, 좋네!」

「그때는 천 명, 아니 만 명의 조로가 나타나 엘 카미노 레알 가도를 종횡으로 누비고 다니면서 부정한 짓을 자행하는 놈들을 모조리 응징할 게다! 가끔 내가 신부만 아니라면 좋겠다 싶을 때가 있어. 그러면 나도 그런 못된 인간들을 응징하는 일에 나설 거구만!」

곤잘레스 상사는 말했다. 「곧 바닥에 자빠뜨려 밧줄로 꽁꽁 묶어 줄 테니 기다리셔. 지사 각하의 군인들을 좀 더 적극적으로 도와줬다면 지사 각하에서도 당신을 좀 더 대우해 주셨을 텐데 말야.」

「난 악마의 자식들한테는 도움을 주지 않아!」

「하! 지금 성을 냈는데 그건 당신네 원칙에 어긋나는 짓 아닌가! 법복을 입은 성직자라면 어떤 일이 닥치든 감사히 받아야 하는 거 아냐? 그게 제아무리 괴로운 일이라 해도? 성난 양반, 어디 대답을 좀 해보셔.」

「프란체스코회 사람들의 원칙과 의무를 네가 타고 다니는 말이 아는 만큼은 알고 있구나!」

「나는 똑똑하고 고상한 말을 타고 다녀. 녀석은 내가 오라고 하면 오고 달리라고 하면 달리지. 타보지도 못한 주제에 내 말을 비웃지는 마셔. 하! 농담 한번 끝내 주네!」

「천치 같은 녀석!」

「얼씨구, 좋다!」

제34장
풀리도 가문의 고결한 피

병사 둘이 방 안으로 되돌아왔다. 그들은 그 집 전체를 구석구석 뒤져 봤지만 사제의 인디언 하인들 말고는 어떤 사람의 자취도 찾을 수 없었다고 보고했다. 그 병사들의 말에 의하면 인디언 하인들은 하나같이 몹시 겁에 질려 있어서 거짓말을 하려야 할 수 없는 처지로 보였고, 그 집 근방에서 외부 사람은 아무도 보지 못했단다.

곤잘레스는 말했다. 「하! 잘도 숨겨 놓았군그래. 방 저 구석에 있는 건 뭔가, 신부?」

펠리페 신부는 대꾸했다. 「가죽이야.」

「아까부터 저걸 쭉 보고 있었지. 산가브리엘에서 온 장사꾼이 당신이 제대로 처리하지도 않은 가죽을 팔았다고 했을 때 그 말은 분명 옳았어. 그렇지 않은가?」

「저것들은 제대로 처리된 거야.」

「그렇다면 저것들이 왜 움직인 거지? 저 가죽 무더기의 한구석이 움직이는 걸 세 번이나 봤어. 이봐, 저기를 뒤져 봐!」

펠리페 사제가 의자에서 벌떡 일어섰다.

그는 빽 소리쳤다. 「이런 허튼소리를 듣는 것도 이제 신물이 나! 너희는 이 집을 구석구석 다 뒤져 봤지만 아무것도 찾아내지 못했어. 다음에는 헛간들이나 뒤져 보고 그만 꺼져. 적어도 내 집에서만큼은 내가 주인 노릇을 하게 가만 놔둬. 너희는 그렇지 않아도 나를 괴롭힐 만큼 괴롭혔어.」

「저 가죽 무더기 뒤에 산 것이 아무것도 없다고 엄숙하게 맹세할 수 있겠나, 신부?」

펠리페 사제가 멈칫하자 곤잘레스 상사는 씩 웃었다.

상사는 물었다. 「위증할 준비가 아직 안 됐나 보지? 당신은 내 말에 멈칫하는 것 같았어. 이봐, 저 가죽 무더기를 뒤져 봐!」

병사 둘이 그 구석으로 가기 시작했다. 하지만 그들이 거기까지 반도 가지 않았을 때 롤리타 풀리도가 가죽 무더기 뒤에서 벌떡 일어나 그들과 마주 보고 섰다.

곤잘레스는 소리쳤다. 「하! 드디어 모습을 드러내셨군! 조로가 신부에게 맡겨 둔 짐 꾸러미가 여기 있었어. 짐치고는 참 예쁜 짐이기도 하지. 이제 아가씨는 감옥으로 돌아가야 해! 그리고 이번 탈출극은 형량만 더 무겁게 할 거야!」

그러나 롤리타의 혈관 속에는 풀리도 가문의 피가 흐르고 있었고 곤잘레스는 그 점을 미처 고려하지 못했다. 롤리타는 가죽 무더기 끝으로 걸어가 촛불 빛에 전신을 드러냈다.

그녀는 말했다. 「여러분, 잠깐만!」

그녀는 뒤에 감췄던 한 손을 내밀었다. 그 손에는 양가죽 벗기는 이들이 사용하는 길고 예리한 칼이 쥐어져 있었다. 그녀는 칼끝을 제 가슴에 들이댄 채 당당한 눈길로 그들을 쳐다봤다.

「롤리타 풀리도는 지금이건 혹은 앞으로 어느 때건 간에 그 더러운 감옥으로는 돌아가지 않을 거예요! 거기로 돌아가느니 차라리 이 칼로 심장을 찔러 고결한 피를 타고난 명문가의 숙녀답게 죽겠어요! 지사님이 굳이 시체 보기를 원한다면 곧 볼 수 있을 거예요!」

곤잘레스 상사는 탄식을 했다. 그는 자기네가 그녀를 붙잡으려 할 경우 그녀가 실제로 제 가슴을 찌를 것이라는 것을 알았다. 보통의 죄수라면 당장 붙잡으라고 명령했겠지만 이 아가씨에게 그렇게 했다간 나중에 지사가 잘했다고 할 것 같지가 않았다. 결국 롤리타 풀리도는 신사의 딸이었고, 그녀의 자결은 지사를 곤란한 처지로 몰아넣을 가능성이 있었다. 그것은 화약고에 불을 던지는 일 같은 것이 될 수도 있으리라.

상사는 말했다. 「자진해서 제 목숨을 끊는 사람은 영원히 지옥불의 저주를 받을 거요, 아가씨. 정말 그런지 이 신부에게 물어봐요. 아가씨는 체포된 것에 불과해요. 유죄 선고를 받은 것도 아니고 판결이 떨어진 것도 아니오. 만일 아가씨에게 죄가 없다면 곧 자유의 몸이 될 거요.」

「거짓말하지 마세요.」 롤리타는 이렇게 응수했다. 「나는 지금 이 상황을 너무나 잘 알고 있어요. 나는 감옥으로 돌아가지 않을 거라고 말했고, 이것은 진심이에요. 나한테 한 걸음이라도 다가오면 당장 목숨을 끊어 버리겠어요!」

「아가씨 ─」

롤리타는 막 말을 하려는 펠리페 사제의 말을 끊어 버렸다. 「저를 보호해 주시려 애쓰셨는데 그것이 그만 허사가 되어 버렸네요. 다행히도 제게 자부심이 남아 있다는 것에 성인들께 감사드려요. 지사님이 굳이 절 잡으려 한다면 결국 제 시체만 인수하게 될 거예요.」

곤잘레스 상사는 다시 탄식을 했다. 「되는 일이 하나도 없네 그려! 할 수 없지. 아가씨를 가만 내버려 두고 조용히 물러날 수밖에.」

롤리타는 얼른 소리쳤다. 「거짓말하지 마세요! 댁은 영리한 사람이긴 하지만 나를 속여 넘길 만큼 영리하지는 못해요. 댁은 물러나긴 하되 부하들을 시켜서 이 집을 계속 포위하게 할 거죠? 그리고 빈틈을 엿보다가 기회가 나면 재빨리 나를 붙잡으려고?」

곤잘레스는 상대가 자기 의도를 쉽게 간파해 버리자 나지막하게 으르렁댔다.

롤리타는 말했다. 「난 이곳을 떠나겠어요. 모두들 뒤로 물러나 벽에 기대서요! 빨리요. 그렇지 않으면 이 칼을 가슴에 꽂을 거예요!」

그들로서는 순순히 따를 수밖에 없었다. 군인들은 지시를 받으려고 상사의 얼굴을 쳐다봤다. 상사는 아가씨를 죽게 했다간 일을 망쳤다고 지사에게 혹독한 문책을 받을까 봐 두려웠다.

지금으로서는 아가씨가 그 집을 나가게 가만 내버려 두는 것이 좋을 것이다. 나중에 붙잡으면 된다. 여자 몸으로 기병들의 추적을 쉽게 따돌리지는 못하리라.

롤리타는 여전히 칼을 가슴에 댄 채 그들에게서 시선을 떼지 않으면서 문 쪽으로 달려갔다.

「펠리페 사제님도 저와 함께 가시겠어요? 남아 있다가는 화를 당하실 거예요.」

「나는 남아 있어야 하오, 아가씨. 나는 달아날 수 없어요. 성인들께서 아가씨를 보호해 주시기를!」

그녀는 또다시 곤잘레스와 병사들을 쳐다봤다.

「나는 이 문으로 나갈 거예요. 댁들은 이 방에 그대로 남아 있어야 해요. 밖에도 군인들이 있어서 나를 막으려 할 거예요. 나는 그 사람들에게 댁의 허락을 받고 떠나는 거라고 말할 거예요. 그 사람들이 댁에게 소리쳐서 물어보면 댁은 맞다고 얘기해 줘야 해요.」

「내가 그렇게 말하지 않는다면?」

「그렇다면 이 칼을 사용할 거예요!」

그녀는 문을 열고 잠시 고개를 돌려 밖을 내다봤다.

그녀는 상사에게 말했다. 「댁의 말은 훌륭하군요. 저 말을 좀 빌려야겠어요.」

그녀는 갑자기 문 밖으로 튀어나가 문을 쾅 하고 닫았다.

곤잘레스는 소리쳤다. 「저 아가씨를 뒤쫓아 가! 눈을 봤더니 두려워하는 빛이 어려 있었어! 칼을 사용하지 않을 거야!」

그는 후닥닥 방을 가로질러 달려갔고 병사 둘도 똑같이 반응했다. 펠리페 사제는 오랜 세월 수동적으로만 살아온 사람이었으나 이번에는 적극적인 행동으로 나섰다. 뒤에 따라올 결과 따위는 아랑곳하지 않았다. 그는 대뜸 한 다리를 뻗어 곤잘레스 상사의 다리를 걸었다. 두 병사의 몸이 상사의 몸과 부딪치면서 셋이 함께 뒤엉켜 나동그라졌다.

펠리페 사제는 롤리타에게 얼마간의 시간을 벌어 줬고, 그것으로 충분했다. 롤리타는 상사의 말을 향해 달려가 안장에 뛰어올랐다. 그녀는 인디언만큼이나 능숙하게 말을 몰고 내달릴 수 있었다. 발이 워낙 작아 상사의 등자에 반도 들어가지 않았지만 그녀는 그런 것을 전혀 의식하지 못했다.

군인들이 막 그쪽으로 몰려오고 있을 때 그녀는 말머리를 돌려 말의 양 옆구리에 박차를 가했다. 총알 한 방이 그녀의 머리 옆을 스치고 지나갔다. 그녀는 말의 목에 엎드린 채 총알같이 내달렸다!

상사가 욕설을 퍼부으면서 베란다로 뛰어나왔다. 그는 부하들에게 빨리 말을 집어타고 롤리타의 뒤를 쫓으라고 악을 썼다. 변덕스러운 달이 다시 구름층 속으로 사라졌다. 요란한 말발굽 소리가 들리기는 하는데 롤리타가 어느 방향으로 달려가는지는 알 수가 없었다. 그리하여 그들은 말발굽 소리를 듣기 위해 가다가 번번이 멈춰 서야 했으며 그렇게 한 번씩 멈춰 설 때마다 시간은 속절없이 흘러갔고 그녀와의 거리는 자꾸 멀어져 갔다.

제35장
다시 결투를 벌이다

조로는 인디언의 오두막 안에서 한 손으로 말의 주둥이를 움켜쥔 채 조각상처럼 꼼짝하지 않고 서 있었다.

간선 도로를 내달리는 요란한 말발굽 소리가 들려왔다. 추적하던 병사들이 서로서로 소리 지르고 짙은 어둠에 저주를 퍼부으면서 그 앞을 스쳐 지나 골짜기를 따라 내달려 갔다.

조로는 문을 열고 밖을 내다보면서 잠시 귀 기울이다가 말을 끌고 나갔다. 그는 인디언에게 주화 한 닢을 건넸다.

인디언은 말했다.「나리한테서는 받지 않겠습니다.」

「받아 둬요. 나한테는 필요 없지만 댁한테는 필요할 거요.」

그는 안장에 올라탄 뒤 그 오두막 뒤에 있는 가파른 언덕길 쪽으로 말머리를 돌렸다. 말은 언덕 꼭대기에 오를 때까지 거의 아무 소리도 내지 않았다. 조로는 반대편 비탈을 따라 내려가 좁은 길에 이르렀다. 그는 그 길을 따라 천천히 달리다가 근처에서 다른 이들의 기척이 들리는지 알아보기 위해 이따금 한 번씩 말을 멈춰 세우곤 했다.

그는 레이나 데 로스앤젤레스 방면으로 말을 몰았으나 급하게 가려고 서두르지는 않았다. 그는 오늘 밤 또 다른 모험을 벌일 계획을 갖고 있었다. 그 계획은 특정한 시간과 특정한 조건들 아래에서만 이루어질 수 있었다.

두 시간가량이 지난 뒤 그는 마을 뒤편의 언덕 꼭대기에 이르렀다. 그는 한동안 안장에 조용히 앉아서 그 광경을 지켜봤다. 달이 연방 구름 속을 들락거리기는 했으나 달이 구름 밖으로 나올 때마다 광장 일대가 뚜렷이 눈에 들어왔다.

그 일대에 군인들의 모습이 전혀 보이지 않고 말발굽 소리나 외침도 들리지 않는 것으로 미루어 그들은 자기의 자취를 찾으러 나간 게 분명해 보였다. 돈 카를로스와 카탈리나 부인을 뒤쫓았던 군인들이 아직 돌아오지 않은 것도 틀림없었다. 술집과 요새, 지사를 초대한 집에서는 불빛이 새어 나왔다.

조로는 그 불빛들이 다 사라지는 것을 확인하고서야 비로소 천천히 말을 몰고 나아갔다. 하지만 그는 간선 도로에서 벗어나 마을을 빙 돌아 뒤편에서 요새로 다가갔다.

얼마 후 그는 말에서 내려선 뒤 말고삐를 잡고 천천히 걸어갔다. 이것은 매우 까다로운 일이고 자칫 실수를 했다간 큰 곤욕을 치를 우려가 있어 그는 주위의 동정에 귀 기울이기 위해 자주 멈춰 서곤 했다.

그는 요새 뒤편의 건물 벽 그늘 속에 말을 세웠다. 달이 구름대에서 나와도 그곳에서는 남의 눈에 띌 염려가 없었다. 그러고 나서 그는 요전 날 밤에 그랬던 것처럼 벽을 따라서 조심스럽게 전진했다.

이윽고 사령관실 창가에 이른 그는 안을 들여다봤다. 라몬 대위 혼자 책상 앞에 앉아 책상 위에 펼쳐진 보고서들을 들여다보고 있었다. 그는 부하들이 돌아오기를 기다리고 있는 듯했다.

조로는 건물 모퉁이로 살며시 포복해 가서 경비원이 없다는 것을 확인했다. 사령관이 쓸 만한 모든 인력을 추적하는 데 보내

버린 게 아닌가 싶었다. 그러나 그 군인들의 일부가 돌아올지도 모르므로 신속하게 행동하는 게 무엇보다 중요했다.

조로는 현관문으로 살짝 들어가 넓은 휴게실을 가로질러 사령관실 문 앞에 이르렀다. 그는 권총을 뽑아 들었다. 누군가가 그 마스크 뒤에 숨은 얼굴을 볼 수 있다고 한다면 그가 입을 앙다문 채 단호한 결의의 표정을 하고 있다는 것을 알 수 있으리라.

뒤에서 문 열리는 소리가 들리자 라몬 대위는 요전 날과 마찬가지로 고개를 홱 돌렸다. 이번에도 그는 마스크 뒤에서 번뜩이는 조로의 눈과 마주쳤다. 자신을 위협하는 권총의 총구와도.

「움직이지 마! 소리도 내지 말고! 네 몸뚱어리에 뜨거운 납 총알을 박아 넣어 줄까? 그것처럼 즐거운 일도 다시없을 텐데. 너는 혼자다. 멍청한 네 부하들은 엉뚱한 데서 나를 쫓고 있고.」

「맙소사 —」 라몬 대위는 탄식했다.

「살고 싶으면 숨소리도 내지 마. 내게 등을 보이고 앉아!」

「나를 죽일 작정이냐?」

「나는 쓸데없이 사람이나 죽이는 인간이 아냐! 찍소리도 내지 말라고 했잖아! 손목을 묶어야 하니 두 손을 등 뒤로 돌려.」

라몬 대위는 시키는 대로 했다. 조로는 재빨리 앞으로 다가가 라몬의 허리에서 풀어 낸 장식 허리띠로 두 손목을 묶었다. 그러고 나서 그는 라몬의 의자를 돌려 자신과 마주 보게 했다.

「지사는 어디 있지?」

「돈 후안 에스타도스의 집에.」

「나도 알고 있었지만 오늘 밤 네 놈이 진실을 말할지 어떨지 알아보고 싶어서 물었지. 그러는 게 좋을 거야. 이제 지사를 만나러 가자.」

「누, 누구를 —」

「지사를 만나러 간다니까. 다시는 입 열지 마! 자, 가자!」

그는 라몬 대위의 한 팔을 움켜쥐고 서둘러 사무실을 빠져나와 휴게실을 가로질러 현관문 밖으로 나갔다. 그는 건물을 빙 돌아서 자기 말이 대기하고 있는 곳으로 갔다.

「올라타! 나는 네 뒤에 앉아 이 총구를 네 뒤통수 밑에 대고 있을 거야. 사는 게 지겹지 않거든 실수하지 말게, 사령관. 오늘 밤 나는 단단히 각오를 한 몸이니까.」

라몬 대위도 그것을 알았다. 그는 시키는 대로 말에 올라탔고 조로는 그 뒤에 앉았다. 조로는 한 손에 고삐를 다른 한 손에는 권총을 쥐었다. 라몬 대위는 뒤통수에 와 닿는 강철의 감촉을 느낄 수 있었다.

조로는 고삐 대신에 양 무릎으로 말을 조종했다. 그는 말을 연방 채근해서 언덕길을 내려온 뒤 마을 길들을 피해 또다시 마을을 빙 돌아갔다. 이윽고 그는 지사가 묵고 있는 집의 뒤편으로 접근했다.

이제부터가 이번 모험의 어려운 대목이었다. 그는 라몬 대위를 지사 앞으로 끌고 가 아무도 방해하지 않는 상태에서 그들 두 사람과 이야기를 하고 싶었다. 그는 대위를 말에서 내리게 한 뒤 그를 끌고 집 뒤의 벽으로 다가갔다. 그 안쪽에는 안마당이 있어 그들은 그 안으로 들어갔다.

조로는 그 집 내부를 잘 알고 있는 듯했다. 그는 라몬 대위를 끌고 한 하인의 방을 통해 집 안에 침입했다. 그는 잠자는 인디언을 깨우지 않게 조심하면서 복도로 나왔다. 그들은 천천히 그 복도를 따라 걸어갔다. 한 방에서 코 고는 소리가 들렸다. 또 다른 방문 아래에서 불빛이 새어 나왔다. 조로는 그 문 앞에 멈춰 서서 문틈으로 안을 들여다봤다. 라몬 대위는 고함을 지르거나 격투를 벌일 생각도 해봤지만 뒤통수를 겨누고 있는 총구 때문에 포기하고 말았다.

갑자기 조로가 문을 홱 열고 그를 방으로 떠다민 뒤 자기도 얼른 방 안으로 들어와 문을 닫아 버리는 바람에 라몬은 그 곤경에서 빠져나올 방법을 미처 생각해 낼 겨를이 없었다. 그 방에는 지사와 그를 초대한 집주인이 앉아 있었다.

조로는 말했다.「조용히 하시오. 움직이지 말고! 조금이라도 소리를 질렀다간 이 권총으로 지사님 머리에 구멍을 내줄 거요. 내 말 알아들었소? 그래, 그렇죠, 신사님들!」

「세뇨르 조로!」지사는 놀라서 입을 딱 벌렸다.

「안녕하시오, 지사 나리. 주인께서는 겁먹지 마시오. 내 일을 다 마칠 때까지 조용히 앉아 있어만 준다면 해를 끼칠 생각이 전혀 없으니까. 라몬 대위는 지사님의 맞은편에 앉아 주시게. 이 나라의 우두머리께서 이 시간에도 잠자지 않고 나를 쫓고 있는 친구들한테서 기쁜 소식이 오기를 기다리고 있는 것을 보니 기쁘기 그지없소. 정신이 맑게 깨어 있으면 내가 하는 말도 더 잘 알아들을 수 있겠지.」

지사는 소리쳤다.「이 무슨 난리인가? 라몬 대위, 어떻게 된 일인가? 이자를 잡아! 자네는 장교가 아닌가!」

조로는 말했다.「사령관을 나무라지 마시오. 이 친구는 움직였다간 곧바로 죽을 거라는 것을 잘 알고 있으니까. 설명을 좀 해야 할 일이 있어서요. 벌건 대낮에는 올 수가 없는 처지라 부득이 이런 방법을 택했소이다. 자, 신사 분들, 모두 마음 놓고 편안히 앉으시지요. 시간이 약간 걸릴 수도 있으니까.」

지사는 의자에 앉아 안절부절못했다.

조로는 말을 계속했다.「오늘, 당신은 훌륭한 한 가문 사람들에게 모욕을 안겨 줬소. 당신은 예의와 관례를 깡그리 무시하고 한 귀족과 그의 선량한 아내, 딸을 더러운 감옥에 집어넣게 했소. 당신은 사악한 마음을 만족시키려고 그런 폭거를 저질렀어요.」

지사는 말했다. 「그것들은 반역자들이야!」

「그분들이 어떤 반역죄를 저질렀다는 거요?」

「너는 현상금이 걸린 범죄자야. 그런데 그것들은 너를 숨겨 주고 도와주는 죄를 저질렀어.」

「어디서 그런 정보를 얻었소?」

「라몬 대위가 증거를 잔뜩 갖고 있어.」

「허어! 사령관이? 그렇다면 진상을 캐봐야겠군! 라몬 대위가 여기 있으니 진위를 밝혀 볼 수 있을 거요. 지사 나리가 알고 있는 증거라는 게 뭔지 물어봐도 되겠소?」

지사는 말했다. 「너는 풀리도 목장에 있었어.」

「인정하오.」

「한 인디언이 너를 보고 요새로 달려가 제보해 줬어. 그러자 군인들이 너를 잡으러 달려갔고.」

「잠깐만. 인디언이 제보를 해줬다고 누가 그럽디까?」

「라몬 대위가 분명히 그렇게 말했다.」

「이제 라몬 대위가 진실을 말할 기회가 왔군그래. 이봐, 사령관, 그 인디언을 보낸 사람은 바로 돈 카를로스 풀리도였잖아? 그렇지? 사실대로 말해!」

「나한테 그 소식을 전한 사람은 인디언이었어.」

「그 인디언이 네 부하인 상사에게 돈 카를로스가 보내서 왔다고 말했잖아? 돈 카를로스가 기절한 카탈리나 부인을 그 부인 방으로 옮기는 동안 그 인디언에게 조로가 나타났다는 소식을 살짝 말해 줬고, 그 인디언은 그런 사실을 너희한테 전했잖아? 군인들이 도착해서 나를 체포할 때까지 돈 카를로스가 어떻게 해서든 나를 그 목장에 잡아 두려고 무진 애를 썼다는 게 사실 아냐? 그렇게 해서 돈 카를로스는 지사에게 자신의 충성심을 보이려고 애를 썼고?」

지사는 소리쳤다.「맙소사, 자네는 내게 그런 사실들은 전혀 얘기하지 않았군, 라몬 대위!」

「그것들은 반역자들입니다!」 라몬 대위는 완강하게 버텼다.

「다른 증거로 또 뭐가 있소?」 조로가 물었다.

지사는 말했다.「군인들이 도착했을 때 너는 술수를 써서 그 집 안에 숨었다. 그리고 라몬 대위가 현장에 도착해서 그 방에 들어갔을 때 너는 벽장에서 살그머니 나와 비겁하게도 뒤에서 검으로 대위를 찌르고 도망쳤다. 그것은 돈 카를로스가 너를 벽장에 숨겨 줬다는 명백한 증거야.」

조로는 탄식했다.「세상에! 다른 면에서는 네가 형편없이 비열한 녀석이라는 것을 잘 알고 있었지만 그래도 패배는 인정할 줄 아는 녀석이라고 생각했다, 라몬 대위! 진실을 말해!」

「그게…… 진실이야!」

「사실대로 말해!」 조로는 권총을 치켜들고 라몬에게 다가가면서 명령했다.「나는 그 벽장에서 나와 잠시 네게 이야기를 했다. 나는 네가 검을 뽑아 들고 방어 태세를 갖출 시간을 줬어. 우리는 10분 동안이나 결투를 벌였어. 그렇지 않나? 처음 얼마 동안 네가 나를 밀어붙였다는 것은 인정해. 그러고 나서 나는 네 전법을 파악한 뒤 너를 내 뜻대로 요리할 수 있다는 것을 알았지. 그다음에 난 너를 그대로 베어 버릴 수 있었는데도 네 어깨를 가볍게 찌르기만 하고 말았어. 그게 사실 아닌가? 살고 싶으면 대답해!」

라몬 대위는 혀로 마른 입술을 축였다. 그는 지사의 눈을 차마 쳐다볼 수가 없었다.

조로는 천둥같이 소리쳤다. 「대답해!」

「사, 사실은…… 그랬어.」 대위는 인정했다.

「하! 내가 너를 뒤에서 찔렀다고? 그런 식으로 네 몸을 찔렀다면 그건 내 검을 모욕하는 짓이었을 거다! 보셨죠, 지사 나리! 나리가 요새 사령관으로 앉힌 자가 얼마나 한심스러운 작자인가를! 증거가 더 있나요?」

지사는 말했다. 「있지! 풀리도 집안 사람들이 돈 디에고 베가의 초대를 받아 그 집에 갔을 때 돈 디에고가 나가고 없는 동안 라몬 대위가 인사하러 갔다가 네가 풀리도 아가씨와 단둘이 있는 광경을 목격했다.」

「그게 어쨌다는 거죠?」

「네가 풀리도 집안 사람들과 한패라는 증거지! 그 사람들이 내게 충성하는 돈 디에고의 집에서도 너를 숨겨 줬다는 얘기가 되고. 그리고 대위가 그 집에서 너를 발견했을 때 그 아가씨는 대위에게 달려들어 붙잡고 늘어졌어. 네가 창문으로 도망갈 시간을 벌어 주려고. 그만하면 증거로는 충분하지 않은가?」

조로는 상체를 앞으로 기울였다. 마스크를 통해서 드러난, 분노로 뜨겁게 타오르는 그의 두 눈이 라몬 대위의 두 눈을 무섭게 노려봤다.

조로는 말했다. 「네가 지어낸 얘기가 그건가? 사실인즉슨, 라몬 대위는 그 아가씨에게 마음을 빼앗겼답니다. 그래 돈 디에고의 집으로 갔다가 그 아가씨 혼자 있는 것을 보고 자기와 결혼해 달라고 강요했죠. 그리고 아가씨 아버지가 그렇지 않아도 지사님의 눈 밖에 난 처지니 자기 청을 거절하면 더 곤란해질 거라는 협박까지 했어요. 대위는 아가씨를 끌어안으려 했고 아가씨는 도와달라고 소리쳤어요. 나는 그 요청에 응했고.」

「너는 어떻게 해서 그 집에 있었지?」

「그 점에 대해서는 대답하고 싶지 않소. 하지만 아가씨가 내가 있는 줄을 몰랐다는 점은 맹세할 수 있어요. 아가씨는 그저 도와달라고 외쳤고 나는 응했어요. 나는 나리가 사령관이라 부르는 이 작자를 아가씨 앞에 무릎 꿇고 사죄하게 했어요. 그러고 나서 저자를 문 쪽으로 끌고 가 발길로 차서 밖의 흙바닥에 나뒹굴게 했죠. 그 후 나는 요새로 저자를 찾아가서 네가 고결한 아가씨를 모욕했다고 말했죠.」

지사는 말했다. 「너도 그 아가씨를 사랑하는 것 같군.」

「그래요. 자랑스럽게 그 점을 인정합니다.」

「하! 네 그 말은 그 아가씨와 그 부모에게 죄가 있다는 것을 입증해 준 것이나 다름없다. 이래도 그 사람들이 너와 한패라는 것을 부인할 텐가?」

「부인하오. 아가씨 부모는 우리가 사랑한다는 사실을 알지도 못해요!」

「그 아가씨, 정상이 아니로구먼!」

조로는 소리쳤다. 「지사든 뭐든 간에 내 앞에서 또다시 그런 소리를 늘어놨다간 피를 볼 줄 아시오! 나는 그날 밤 돈 디에고 베가의 집에서 어떤 일이 일어났는지 얘기한 것뿐이오. 라몬 대위는 내가 말한 것이 사실 그대로라는 것을 증언해 줄 것이오. 그렇지 않은가, 사령관? 대답해!」

「사, 사실이오!」 대위는 자기를 겨냥하고 있는 권총 총구를 보면서 황급히 말했다.

지사는 소리쳤다. 「그렇다면 자네는 내게 온통 거짓말만 늘어놓은 셈이군. 자네 같은 인간은 이제 내 수하 장교가 될 수 없어!

이 강도는 마치 자네를 장난감처럼 갖고 노는 것 같군. 하! 그러나 나는 아직도 돈 카를로스 풀리도가 반역자라고 믿고 있어. 그 집 식구들도 그렇다고 보고 있고. 그러니 이런 짓을 해봤자 아무 소용 없어, 조로.

내 휘하의 병사들은 앞으로도 계속해서 그 집 식구들의 뒤를 추적할 거야. 너도 추적할 거고! 풀리도 집안 사람들을 흙바닥에 질질 끌고 다니게 한 뒤 감방 속에 처넣을 거야. 너는 교수형에 처해 버릴 거고!」

조로는 말했다. 「큰소리를 치시는군. 나리는 부하들에게 너무 어려운 일을 맡겼어요. 나는 오늘 밤 감옥에 갇힌 세 사람을 구출해 내서 탈출하게 했지요.」

「다시 잡아들일 거야!」

「정말 그렇게 될지는 시간이 말해 주겠지. 자, 이제 내게는 여기서 할 일이 또 하나 있어요! 지금 앉아 있는 의자를 들어 저 구석으로 가서 앉아 주시겠소, 지사 나리. 주인 양반은 그 곁에 앉으시고. 내가 일을 다 마칠 때까지 거기서 얌전히 앉아 있어야 하오.」

「무슨 짓을 하려는 건가?」

조로는 일갈했다. 「잔말 말고 시키는 대로 해요! 난 지금 입씨름 벌일 시간이 없소. 지사 아니라 지사 할아비라 해도 말이오.」

그는 지사와 집주인이 의자를 들어 옮겨 앉기를 기다렸다가 라몬 대위에게 다가갔다.

조로는 말했다. 「너는 천진하고 죄 없는 처녀를 모욕했다! 그러니 너는 나와 싸워야 해! 검에 살짝 긁힌 상처는 이제 다 나았다. 옆구리에는 검을 찼고. 너 같은 놈은 하느님이 베푸신 맑은 공기를 호흡할 자격도 없는 놈이야! 너 같은 놈이 없어져야 나라가 잘될 거다! 자리에서 일어나 결투 태세를 갖춰!」

라몬 대위의 얼굴은 분노로 창백해졌다. 그는 자신이 파멸의 나락으로 굴러떨어졌다는 것을 알았다. 조로의 강요에 못 이겨 그는 거짓말을 했다는 사실을 자백해야 했다. 게다가 지사가 자기를 파면시키겠다는 소리까지 들었다. 그리고 자기 앞에 서 있는 자야말로 그런 모든 결과를 빚게 한 원흉이었다.

어쩌면 그 분노의 힘 덕에 조로를 처치해 버릴 수도 있으리라. 이 카피스트라노의 재앙을 바닥에 쭉 뻗어 피를 흥건히 흘리면서 죽어 가게 할 수도. 자기가 그렇게 하고 난 뒤에는 지사님의 마음도 누그러들 것이다.

그는 튕겨 오르듯이 의자에서 일어나 지사 쪽으로 뒷걸음질 쳤다. 그는 소리쳤다. 「제 손목의 줄을 좀 풀어 주십시오. 저 개 같은 놈을 제게 맡겨 주십시오!」

조로는 조용히 말했다. 「너는 이미 죽은 거나 다름없었는데 이제 감히 그런 말을 입에 담았으니 살려야 살 길이 없겠구나.」

지사는 라몬의 손목을 묶었던 줄을 풀어 줬다. 그는 검을 뽑아 들고 빽 소리치면서 앞으로 달려들어 조로를 맹렬히 공격했다.

조로는 그전에 이미 뒤로 물러나 촛불의 방해를 받지 않으려고 그것을 등질 수 있는 위치를 골라잡았다. 그는 뛰어난 검술 솜씨를 지녔고 과거에 목숨을 걸고 싸운 적이 한두 번이 아니어서 분노로 시뻘겋게 달아올라 결투의 관례 따위는 아랑곳하지 않고 마구 돌진해 오는 자의 공격이 얼마나 위험한지 잘 알고 있었다.

그리고 그는 그런 맹공이 신속한 결과를 얻지 못하는 한 그 분노는 아주 빨리 소진되어 버릴 것이라는 점도 잘 알고 있었다. 그리하여 그는 상대가 예기치 않은 움직임을 보이지 않을까 경계하면서 상대의 치명적인 공격을 요리조리 받아넘기며 한 발 한

발 뒤로 물러났다.

지사와 집주인은 구석에 앉은 채 상체를 앞으로 기울이면서 열심히 관전했다.

지사는 소리쳤다. 「놈을 찔러 버려, 라몬. 놈을 처치하면 복직은 물론 승진까지 시켜 주겠다!」

그 말에 사령관은 잔뜩 힘을 얻었다. 조로는 라몬이 돈 카를로스 풀리도의 목장 집에서보다 훨씬 더 잘 싸우고 있다는 것을 알았다. 그는 자신이 불리한 위치로 몰리고 있다는 것을 느꼈다. 그리고 지사와 집주인을 위협하기 위해 왼손에 들고 있는 권총이 부담스러워졌다.

그리하여 갑자기 그는 권총을 탁자 위에 내던지고는 그 두 사람이 구석에서 달려들어 그것을 집으려 했다간 검 세례를 면치 못하게끔 탁자를 등지고 섰다.

라몬은 이제 조로를 더 이상 밀어붙일 수가 없었다. 조로의 검은 마치 수십 개의 날을 가진 듯했다. 그것은 라몬의 몸에서 빈틈을 찾기 위해 계속 찌르고 들어왔다 빠졌다 했다. 조로는 빨리 그 결투를 끝장내고 그곳을 떠나고 싶었다. 새벽이 멀지 않은 데다 군인들 중의 일부가 지사에게 보고를 하기 위해 그 집에 올 수도 있으니까.

조로는 소리쳤다. 「여성들을 모욕하는 이 무례한 녀석, 덤벼! 거짓말을 늘어놓아 고결한 한 가족에게 상처를 입힌 녀석아, 어서 덤벼! 비겁하고 겁 많은 녀석아 어서 덤벼 보란 말이다! 죽음이 네 얼굴을 빤히 들여다보고 있으니 곧 네 목숨을 빼앗을 거야. 하! 네놈을 거의 잡은 거나 다름없어! 어서 덤벼, 이 인간 말종아!」

라몬 대위는 욕설을 내뱉으면서 공격했으나 조로는 그 공세를 받아넘기면서 그를 다시 뒤로 물러서게 해서 제 위치를 지켰다. 대위의 이마에는 굵은 땀방울들이 맺혀 있었다. 벌어진 입술에서는 연방 거친 숨결이 터져 나왔고 두 눈은 퉁방울처럼 부풀어 올랐다.

조로는 그를 조롱했다. 「덤벼 봐, 이 약골 녀석아. 이번에는 뒤에서 공격하지 않겠다. 기도할 게 있으면 해봐. 그렇게 버틸 시간도 얼마 남지 않았으니까.」

그 방에서 들리는 소리라고는 검과 검이 부딪치는 소리, 바닥을 어지럽게 휘젓는 발소리, 싸우는 사람들과 생사를 건 그 결투를 지켜보는 두 구경꾼의 거친 숨소리뿐이었다. 지사는 상체를 앞으로 바싹 기울인 채 손가락 마디들이 하얗게 될 정도로 두 손으로 의자 가장자리를 꽉 잡고 있었다.

그는 새된 목소리로 외쳤다. 「저 노상강도 놈을 죽여! 자네의 뛰어난 기술을 구사해 봐, 라몬. 놈을 쳐!」

라몬 대위는 마지막 남은 모든 힘과 자신이 구사할 수 있는 모든 기술을 총동원해서 다시 조로에게 덤벼들었다. 두 팔은 천근처럼 무거웠고 숨결은 몹시 빠르고 거칠었다. 그는 앞으로 찌르고 들어갔고 바로 그 순간 한 치의 빈틈을 허용하고 말았다!

세뇨르 조로의 검이 독뱀의 혀처럼 그 틈을 파고들었다. 그의 검이 세 차례에 걸쳐서 예리하게 허공을 가르는가 하더니 라몬의 하얀 이마에서 갑자기 붉은 Z 자가 피어올랐다.

조로는 소리쳤다. 「조로의 표식이다. 이제 너는 영원히 그 표식을 달고 있어야 할 거다!」

조로의 얼굴은 돌처럼 냉혹해졌다. 그의 검이 다시 상대의 몸을 파고들었다가 나왔을 때는 그 날에서 피가 뚝뚝 떨어져 내렸다. 라몬은 헉 하고 거친 숨을 내뱉더니 그대로 바닥에 쓰러졌다.

지사가 소리쳤다. 「라몬을 죽였어! 이 몹쓸 놈, 라몬의 목숨을 빼앗다니!」

「하! 내가 보기에도 그런 것 같구려. 내 검이 이자의 심장을 꿰뚫었지요. 이제 다시는 아가씨를 욕보이지 못할 거요.」

조로는 쓰러진 적을 내려다보고 잠시 지사를 노려보다가는 라몬의 손목을 묶었던 장식 띠로 검을 닦아 냈다. 그는 검을 칼집에 꽂은 뒤 탁자에서 권총을 집어 들었다.

「이로써 내 밤일은 끝났소.」

지사는 소리쳤다. 「이번 일로 네놈은 교수형을 당할 거다.」

「그럴지도 모르죠. 나리께서 나를 잡으신다면.」 카피스트라노의 재앙은 그렇게 대꾸하고 아주 정중하게 절했다.

그런 뒤 그는 바닥에 쓰러진 채 심한 경련을 일으키고 있는 라몬 대위에게는 눈길 한번 주지 않고 문 쪽으로 홱 돌아선 뒤 복도로 나갔다. 그리고 빠르게 복도를 지나 안뜰로, 이어서 자신의 말이 있는 곳으로 달려갔다.

제36장
사방의 적과 맞서다

그리고 그는 위험 속으로 뛰어들었다!

어느새 날이 밝았다. 동쪽 하늘에 새벽의 첫 핑크 색 띠들이 나타나더니 곧이어 동쪽 구릉들 위로 해가 빠르게 솟아올라 마을 광장은 찬연한 햇살로 가득했다. 안개는 끼지 않았다. 평소 중천에 엷게 걸리곤 하는 안개조차도 없어 멀리 떨어진 산자락들에 있는 사물들이 선연하게 한눈에 잡혔다. 생명과 자유를 찾아 말을 달리기에 적당한 아침이 아니었다.

조로는 지사와 사령관을 상대하는 일에 시간을 너무 오래 지체했다. 아니면 시간을 착각했거나. 그는 안장으로 뛰어오른 뒤 말을 재우쳐 몰아 안마당을 빠져나갔다. 곧이어 그는 파멸의 위험이 닥쳐오고 있다는 것을 절감했다.

산가브리엘 방면 길에서는 페드로 곤잘레스 상사와 그가 거느린 병력들이 오고 있었다. 팔라 방면 길에서는 청년 신사들과 돈 카를로스를 추적하던 병사들이 허탕을 치고 씁쓸한 기분으로 돌아오고 있었다. 요새 쪽 언덕 너머에서는 카탈리나 부인을 구출해서 달아난 청년들을 뒤쫓았던 세 번째 파견대가 돌아오고 있었다. 조로는 자신이 사방에서 밀려오는 적들에게 포위되었다는 것을 알았다.

카피스트라노의 재앙은 부러 말을 세우고 잠시 상황을 검토해 봤다. 그는 세 부대를 차례로 훑어보면서 그 거리를 가늠해 봤다. 바로 그때 곤잘레스 상사 부대에 속한 한 병사가 조로를 보고 동료들에게 그 사실을 알렸다.

그 덩치 크고 늠름한 말, 긴 자줏빛 망토, 검은 마스크와 챙 넓은 솜브레로는 그들의 눈에 아주 익숙했다! 자기네가 밤새 뒤쫓았던 자가 바로 저 앞에 서 있었다. 언덕과 골짜기를 거침없이 누비면서 자기네를 손바닥의 공처럼 갖고 놀았던 자가. 그들은 지사와 상관들이 분통을 터뜨릴까 봐 두려워하고 있었다. 그리하여 그들은 카피스트라노의 재앙을 생포하거나 살해할 수 있는 이 마지막 기회를 무슨 일이 있어도 놓치지 않으리라 단단히 결심했다.

조로는 몇십 명의 마을 사람이 빤히 지켜보는 가운데 자기 말에 박차를 가해 광장을 가로질러 갔다. 그가 막 그렇게 달리고 있을 때 지사와 집주인이 그 집에서 뛰어나와 조로가 살인을 했으니 당장 붙잡으라고 악을 썼다. 인디언들은 피할 곳을 찾아 달아나는 쥐들처럼 일제히 사방으로 흩어졌다. 신분이 높은 사람들은 너무나 놀란 나머지 제자리에 못 박힌 채 입을 헤벌리고 멍하니 바라보기만 했다.

광장을 가로지른 조로는 간선 도로를 따라 전속력으로 말을 달렸다. 곤잘레스 상사와 그가 거느린 병사들은 그의 앞길을 가로막아 반대편으로 돌아서게 만들기 위해 손에 손에 검과 권총을 들고 고함을 지르면서 달려들었다. 만일 그들이 여기서 그 노상강도를 끝장낸다면 뿌듯한 만족감을 맛볼 뿐만 아니라 포상금을 받고 승진까지 하게 되리라.

조로는 그들의 대열을 뚫고 나갈 수 없다는 것을 알고 부득이 방향을 틀었다. 그는 벨트에서 권총을 뽑지 않고 검만 뽑아 들었다. 이제 그 검은 필요할 때 그가 즉각 자루를 쥐고 휘두를 수 있게끔 그의 오른쪽 손목에 매달려 있었다.

그는 다시 광장을 가로질러 앞길을 가로막는 지위 높은 몇몇 사내를 그냥 들이받듯 하면서 내달려 갔다. 그는 격노한 지사와 그를 초대한 집주인에게서 불과 몇 발짝밖에 떨어지지 않은 곳을 나는 듯이 지나쳐 두 집 사이 길로 해서 그 너머에 있는 구릉을 향해 돌진해 갔다.

이제 적들의 비상망을 무사히 돌파해 나갈 수 있을지도 모른다는 실낱같은 희망이 보이기 시작했다. 그는 좁은 길들을 버리고 활짝 트인 들을 가로질렀다. 양편에서 군인들이 쐐기꼴로 좁혀 들어오면서 그를 향해 질주해 왔다. 군인들은 쐐기꼴의 꼭지점이 되는 부근에 조로보다 한발 먼저 도착해서 그가 달아나는 방향을 다시 마을 쪽으로 돌려놓고 싶어 했다.

곤잘레스는 우렁찬 목소리로 몇몇 병사에게 명령했다. 당장 마을로 내려가 적절한 위치에 포진해 있다가 그 노상강도가 방향을 되돌려 마을로 내려갈 경우 서쪽으로 달아나는 길을 차단하라고.

이윽고 조로는 간선 도로에 이르러 그 길을 따라 남쪽으로 달려가기 시작했다. 그 방향은 그가 가고자 하는 방향이 아니었지만 지금으로서는 달리 선택의 여지가 없었다. 그가 길모퉁이를 돌아갔을 때 인디언 오두막 몇 채가 시야를 가렸다. 그때 그는 갑자기 말을 세웠고 그 바람에 하마터면 땅바닥에 떨어질 뻔했다.

거기서는 또 다른 위험한 사태가 그를 기다리고 있었다. 저 앞에서 누군가가 말을 타고 간선 도로를 따라 곧장 달려오고 있고 그 뒤로 대여섯 명의 기병이 쫓아오고 있지 않은가!

조로는 말머리를 돌렸다. 돌담 때문에 오른쪽으로는 갈 수 없었다. 그의 말은 그 담을 능히 뛰어넘을 수 있으나 그 너머에는 땅이 무른 경작지가 펼쳐져 있어 전속력으로 달릴 수가 없고 따라서 기병들이 쏜 총탄에 맞을 우려가 있었다.

왼쪽에는 말을 타고 안전하게 내려가기 힘든 가파른 절벽이 있어 그쪽으로도 갈 수가 없었다. 그는 부득불 곤잘레스 상사와 그를 따르는 병사들 쪽으로 돌아설 수밖에 없었다. 그는 그들과의 간격이 2백 미터가량 벌어져 있어서 그들이 그곳에 도착하기 전에 자기가 그들을 먼저 급습할 여유가 주어지기만을 바랐다.

그는 이제 곧 백병전을 벌일 때가 왔다는 것을 알고 있었기에 검을 움켜쥐었다. 그러나 다음 순간 그는 어깨 너머로 뒤를 돌아보고는 놀라서 입을 벌렸다.

대여섯 명의 기병에게 쫓기면서 달려오는 사람은 다름 아닌 롤리타 풀리도 아가씨가 아닌가! 그 아가씨는 펠리페 사제의 집에 안전하게 숨어 있으리라 생각했는데. 그녀는 긴 검은 머리를 뒤로 흩날리면서 말을 달리고 있었다. 그녀는 상체를 잔뜩 숙이고 작은 두 발을 말의 양 옆구리에 찰싹 붙인 채 고삐를 아래로 당기면서 내달렸고 조로는 경황이 없는 그 순간에도 그녀의 뛰어난 승마 솜씨에 감탄해 마지않았다.

「조로!」 그녀의 외침이 날아왔다.

그러고 나서 그녀는 그의 곁에 이르렀다. 두 사람은 말머리를 나란히 한 채 곤잘레스와 그 일행을 향해 달려 내려갔다.

그녀는 숨을 헐떡이며 말했다. 「저 사람들이 저를 뒤쫓고 있어요. 몇 시간 동안이나! 저는 저들에게서 도망쳐 나왔어요. 펠리페 사제님 댁에서요!」

그는 소리쳤다. 「내 쪽으로 바싹 붙어요! 말하느라 힘을 낭비

하지 말아요!」

「내 말은, 거의 탈진 상태에, 빠졌어요!」

조로는 그 말을 힐끗 쳐다보고는 말이 극도로 지쳐 있다는 것을 알았다. 그러나 지금은 그런 점을 배려할 여유가 없었다. 뒤따르던 병사들이 좀 더 가까이 다가왔고, 앞에서 다가오는 병사들은 쉽게 물리치기 어려운 위험 요인이었다.

그들은 말머리를 나란히 하고 곤잘레스와 그 일행을 향해 곧장 돌진해 갔다. 조로는 그들이 권총을 빼 드는 광경을 보고, 지사가 자신을 죽이든 살리든 상관없으니 어떻게 해서든 다시는 탈출하지 못하게만 하라고 명령한 게 분명하다는 것을 알았다.

그는 말에 박차를 가해 롤리타의 말보다 몇 발짝 앞서 달려가면서 그녀에게 자기 뒤만 따라오라고 소리쳤다. 그는 고삐를 말의 목에 내려놓고 검을 단단히 움켜쥐었다. 그는 두 가지 무기를 갖고 있었다. 검과 말.

이윽고 양편이 충돌할 순간이 닥쳐왔다. 조로는 정면충돌하기 직전에 재빨리 말머리를 돌렸고 롤리타도 그 뒤를 따랐다. 그는 검으로 왼쪽에 있는 병사의 몸을 그은 뒤 말머리를 빙글 돌려 오른쪽에 있는 병사의 몸을 그었다. 그의 말이 세 번째 병사의 말과 부딪쳐 상사가 탄 말 쪽으로 나가떨어지게 했다.

그의 주위에서 일제히 날카로운 비명들이 터져 나왔다. 롤리타 아가씨를 쫓아왔던 병사들의 말들이 곤잘레스 상사 일행의 말들과 부딪치면서 대혼란이 일어난 것이다. 그들은 자기네 편을 벨까 봐 검을 휘두를 수가 없었다.

조로는 그 아수라장을 뚫고 나왔고 뒤따르던 롤리타의 말은 다시 그의 말과 어깨를 나란히 하고 달렸다. 그는 또다시 광장 가장자리에 이르렀다. 그의 말은 지친 기색을 보이고 있었고 해결

된 건 하나도 없었다.

산가브리엘 방면 길과 팔라 방면 길이 막혀 있었고 그렇다고 해서 무른 경작지를 가로질러서 탈출할 가망성도 없었다. 광장 맞은편에는 더 많은 숫자의 병사들이 안장에 앉아서 그가 어느 방향으로 달아나려 하든 간에 그의 앞길을 차단할 태세를 갖추고 있었다.

조로는 소리쳤다.「우리는 갇혔어요! 하지만 붙잡히지는 않을 거요!」

롤리타가 소리쳤다.「제 말이 비틀거리고 있어요!」

조로도 말의 상태가 그렇다는 것을 알았다. 그 말은 이제 1백 미터도 갈 수 없으리라.

그는 소리쳤다.「술집으로 갑시다!」

그들은 광장을 곧장 가로질렀다.

롤리타의 말은 술집 문 앞에서 비틀거리다가 쓰러졌다. 조로가 때마침 달려들어 두 팔로 받아 안은 덕에 롤리타는 말과 함께 바닥에 쓰러지는 것을 모면했다. 그는 여전히 그녀의 몸을 끌어안은 채 술집 안으로 뛰어 들어갔다.

「여기서 나가!」그는 주인과 인디언 하인에게 소리쳤다.「당신들도 나가요!」그는 술집 안에서 노닥거리던 대여섯 명의 사내들에게도 빽 소리치면서 권총을 들이밀었다. 그들은 허겁지겁 문 쪽으로 달려가 광장으로 뛰어나갔다.

조로는 문을 닫은 뒤 빗장을 질렀다. 그는 광장 쪽으로 난 창문을 제외한 모든 창문이 판자와 가죽으로 만든 덧문으로 가려져 있다는 것을 알았다. 그는 탁자 쪽으로 가다가 롤리타 쪽으로 홱 돌아섰다.

「이게 우리의 최후가 될 수도 있어요.」

「성인들께서 우리를 가호해 주실 거예요!」

「우리는 적들에게 포위당했소, 아가씨. 하지만 난 개의치 않소. 나는 신사답게 마지막까지 싸우다 죽을 거요. 하지만 아가씨는……」

「그자들이 저를 다시 더러운 감방 속에 처넣게 하지는 않을 거예요! 맹세해요! 그런 꼴을 당하느니 차라리 당신과 함께 죽겠어요.」

그녀는 가슴속에서 양가죽 벗기는 이들이 사용하는 칼을 꺼냈고 조로는 그것을 얼핏 봤다.

「그러지 말아요, 아가씨!」

「저는 당신에게 내 마음을 드렸어요. 우리는 살아도 같이 살고 죽어도 같이 죽어야 해요!」

제37장
궁지에 몰린 여우

 그는 창가로 달려가서 밖을 내다봤다. 병사들이 건물을 포위하고 있었다. 그는 광장 건너편에서 지사가 잔뜩 으스대는 자세로 이리저리 왔다 갔다 하면서 명령하는 광경을 볼 수 있었다. 산가브리엘 방면 길에서 위엄 있는 풍채를 지닌 돈 알레한드로가 지사에게 인사를 하러 왔다가 광장 가장자리에 멈춰 서서 무슨 연유로 그런 소동이 일어났는지 사람들에게 물어보기 시작했다.
 조로는 웃으면서 말했다. 「죽음의 현장에 모든 사람이 다 나타나네요. 그런데 우리의 용감한 청년 신사들, 나와 함께 말을 달렸던 친구들은 모두 다 어디 있는지 궁금하군요.」
 롤리타는 물었다. 「그분들의 도움을 기대하세요?」
 「아니오, 아가씨. 그 친구들은 일치단결하여 지사와 맞서고 지사에게 자기네 뜻을 밝혀야 마땅하지만 그 친구들에게 지난번의 결의는 유쾌한 장난 같은 것이 아니었을까 싶어요. 그 친구들이 과연 그 결의를 진지하게 받아들여 지금 이런 상황에서 내 편에 설지는 의문이오. 그러니 그 친구들의 도움은 기대할 수 없어요. 나는 홀로 싸우겠어요!」
 「당신은 혼자가 아니에요. 제가 당신 곁에 있잖아요!」
 그는 두 팔로 그녀를 단단히 끌어안았다.

그는 말했다. 「둘이서 많은 시간을 함께할 수 있으면 좋으련만. 하지만 내게 닥친 재난에 아가씨까지 휩쓸리게 하는 것은 어리석은 짓이 될 겁니다. 아가씨는 내 얼굴조차도 본 적이 없으니 나를 잊을 수 있을 겁니다. 아가씨는 여기서 걸어 나가 투항하고 돈 디에고 베가에게 그의 신부가 되겠다는 뜻을 전하도록 하세요. 그러면 지사는 어쩔 수 없이 아가씨와 가족들을 석방해 주고 부모님이 뒤집어쓴 죄를 사면해 줄 겁니다.」

「아, 세뇨르 —」

「생각해 보세요, 아가씨! 그렇게 하는 게 뭘 뜻하는지를! 베가 집안 사람들에게는 지사도 감히 맞설 엄두를 내지 못할 겁니다. 부모님은 빼앗겼던 땅을 돌려받으실 겁니다. 아가씨는 이 나라에서 가장 부유한 청년의 신부가 될 거고. 아가씨는 아가씨를 행복하게 해줄 모든 것을 소유하게 될 겁 —」

「사랑이 빠진 모든 것이겠지요. 사랑이 없다면 그 나머지는 아무것도 아니에요!」

「생각을 하세요. 그리고 단호하게 결단을 내리세요! 아가씨에게는 시간이 얼마 없어요!」

「저는 이미 오래전에 결단을 내렸어요. 풀리도 가문의 여자는 오직 한 번만 사랑을 해요. 사랑할 수 없는 사람과는 결혼을 하지 않고요!」

「못 말릴 사람이로군!」 조로는 그렇게 탄식하고는 아가씨를 다시 꼭 끌어안았다.

그때 누군가가 문을 쾅쾅 두드렸다.

곤잘레스 상사가 소리쳤다. 「세뇨르 조로!」

조로가 물었다. 「무슨 일인가?」

「지사 각하의 제의를 전하러 왔다.」

「듣고 있으니 말해라, 허풍쟁이 친구!」

「각하께서는 너를 죽이거나 너와 함께 있는 아가씨를 해칠 의도가 없으시다. 각하께서는 문을 열고 그 숙녀 분과 함께 밖으로 나오라고 하신다.」

「그다음에는 어떻게 하겠다는 거지?」

「너는 공정한 재판을 받게 될 거다. 아가씨도 마찬가지고. 그렇게 하면 죽지 않고 그저 감옥에 갇히기만 할 거다.」

「하! 나는 지사 나리의 공정한 재판이라는 것의 정체가 어떤 건지 물리도록 봐온 사람이야. 날 바보 천치로 아나?」

「각하께서는 이것이 마지막 기회라는 말을 전하라고 하셨다. 이제 더 이상 아무 제안도 하지 않으실 거라고.」

「지사 나리는 똑똑한 사람이니 입 아프게 두 번 얘기하지는 않으시겠지. 몸이 비대해져서 숨 쉬기도 쉬운 일이 아닐 테니!」

곤잘레스는 물었다. 「저항해 봤자 얻을 것이라고는 죽음밖에 더 있겠어? 너 혼자서 서른 명이나 되는 병력과 맞설 수 있을 거라 생각하나?」

「전에도 그런 적이 있었어.」

「우리는 문을 부수고 들어가서 너를 잡을 수도 있어.」

조로는 대꾸했다. 「너희 몇이 바닥에 죽어 나자빠지는 대가를 치른 다음에야 그렇게 되겠지. 제일 먼저 들어올 녀석이 누구라던가, 상사?」

「마지막으로 한 번 더 얘기하는데 —」

「들어와서 나랑 포도주나 한잔해.」 조로는 껄껄거리고 웃었다.

상사는 씹어뱉듯이 말했다. 「망할 놈의 자식!」

그러고 나서 한동안 조용했다. 조로는 총탄을 맞지 않도록 조심하면서 창밖을 살펴봤다. 지사가 곤잘레스 상사와 몇몇 병사들하고 의논을 하는 광경이 보였다.

작전 회의는 끝났다. 조로는 재빨리 창가에서 물러났다. 이어 병사들이 곧바로 술집 문을 공격하기 시작했다. 그들은 육중한 통나무로 문짝을 두들겨 부숴 버리려 했다. 조로는 실내 한복판에 서서 문짝을 향해 권총을 겨누고는 방아쇠를 당겼다. 총탄이 문을 뚫고 나갔고 밖에서 누군가가 고통 어린 비명을 내질렀다. 조로는 탁자 있는 데로 달려가 다시 권총을 장전하기 시작했다.

그러고 나서 그는 문 쪽으로 달려가 총탄이 뚫고 나간 구멍을 살펴봤다. 총탄을 맞은 부분의 널빤지가 세로로 길게 갈라져 있었다. 조로는 검 끝으로 그 갈라진 틈을 겨냥한 채 기다렸다.

육중한 통나무가 다시 문짝을 두들겼고, 그와 동시에 어떤 병사 하나가 온 힘을 다해 문짝에 제 몸을 던졌다. 조로의 검이 번개같이 갈라진 틈 밖으로 나갔다가 돌아왔는데 돌아온 검에는 피가 묻어 있었고 밖에서는 다시 비명 소리가 났다. 그러자 바깥에서 일제 사격을 가하면서 수많은 탄환이 문짝을 뚫고 날아들어 왔다. 그러나 조로는 껄껄거리고 웃으면서 재빨리 옆으로 물러났다.

롤리타가 소리쳤다. 「잘하셨어요!」

조로는 말했다. 「모든 게 끝나기 전에 지사의 사냥개들 몇 놈에게 우리의 흔적을 남겨 줄 거요.」

「저도 당신을 도울 수 있다면 좋을 텐데.」

「이미 돕고 있어요, 아가씨. 당신의 사랑이 내게 힘을 더해 주고 있는걸요.」

「제가 검을 쓸 줄 알았더라면…….」

「아, 아가씨, 그런 건 남자가 할 일이오. 아가씨는 그저 모든 게 다 잘되도록 기도나 해줘요.」

「한 가지만 더. 모든 희망이 수포로 돌아갈 경우, 당신의 얼굴을 볼 수 있을까요?」

「보여 드리겠다고 약속하겠어요. 그리고 당신을 끌어안고 키스하겠어요. 그러고 나면 죽는 것도 그리 괴롭지 않을 거요!」

병사들은 다시 공격을 하기 시작했다. 이제는 권총 탄환들이 계속해서 날아들어 왔다. 열려 있는 창문을 통해서도 총탄이 날아왔다. 조로는 그저 방 한복판에 서서 검을 겨눈 채 기다리는 수밖에 없었다. 문짝이 떨어지고 병사들이 달려 들어올 때는 몇 분간 격렬한 살육전이 벌어지리라.

이제는 모든 게 다 끝장이 난 듯싶었다. 롤리타는 조로에게 살그머니 다가갔다. 그녀의 두 눈에서는 눈물이 줄줄 흘러내리고 있었다. 그녀는 그의 한 팔을 꼭 잡았다.

그녀는 물었다. 「약속한 거 잊지 않을 거죠?」

「잊지 않을 거요.」

「군인들이 저 문을 부수고 들어오기 전에 두 팔로 저를 끌어안고 당신의 얼굴을 보여 주세요. 키스를 해주고요. 그럼 저도 편안한 마음으로 죽을 수 있을 거예요.」

「당신은 살아야 해요.」

「더러운 감옥으로는 돌아가지 않을 거예요. 그리고 당신 없는 세상에 살아서 뭐하겠어요?」

「돈 디에고가 있잖아요.」

「당신 말고는 아무도 마음에 없어요! 풀리도 가문 사람들은 어떻게 죽는 것이 옳게 죽는 건지 잘 알아요. 그리고 제가 죽으면 지사가 잔혹한 사람이라는 것이 세상 사람들에게 널리 알려지게 될 거예요. 그것도 나름대로 의미 있는 일이 되겠죠.」

육중한 통나무가 다시 문짝을 두드렸다. 지사가 병사들을 독려하느라 외치는 소리가 들려왔다. 인디언들이 비명 지르는 소리, 곤잘레스 상사가 부하들에게 악쓰는 소리도.

조로는 다시 창가로 달려가 총탄에 맞을 위험을 무릅쓰고 밖을 내다봤다. 대여섯 명의 병사들이 문짝이 떨어지자마자 술집 안으로 쇄도해 들어가기 위해 검을 겨누고 있는 광경이 보였다. 그들은 결국 그를 죽이리라. 하지만 그전에 그가 먼저 몇 사람을 죽일 것이다. 다시 통나무가 문짝을 쳤다.

롤리타는 속삭였다.「최후의 순간이 다가오고 있어요.」

「나도 알아요.」

「우리가 좀 더 나은 운명을 타고났더라면 좋았겠지만 그래도 당신을 사랑하는 행복을 맛봤으니 기쁘게 죽을 수 있어요. 지금 당신의 얼굴을 보여 주고 키스해 주세요. 문이 부서지고 있어요!」

그녀는 흐느낌을 멈추고 대담하게 얼굴을 쳐들었다. 조로는 한숨을 내쉬고는 한 손으로 마스크 밑을 더듬었다.

그런데 갑자기 밖의 광장이 시끌벅적해지더니 병사들이 문짝을 두드리던 손길을 멈췄다. 생전 처음 들어 보는 우렁찬 함성이 들려왔다.

조로는 마스크에서 손을 떼고 창가로 달려갔다.

제38장
마스크를 벗다

말을 탄 스물세 명의 남자들이 광장으로 달려 들어오고 있었다. 그들이 탄 말들은 혈통 좋은 늠름한 말들이었고 안장과 굴레는 그 상당 부분을 은으로 돋을새김해서 제작한 것들이었으며, 그들이 걸친 망토는 하나같이 가장 질 좋은 천으로 만든 것들이었다. 그들은 이것이 마치 의상 전시회라도 되는 양, 그리고 세상에 그 점을 알리고 싶어 하기라도 하는 듯 하나같이 모자에 깃털을 꽂고 나타났다.

그들은 술집 문짝과 그것을 부수고 있던 군인들 사이를 유유히 지나 술집 건물, 그리고 지사와 그 주위에 모여 있는 주민들 사이로 들어서더니 거기서 방향을 틀어 지사 앞에서 말들을 일렬횡대로 정렬시켰다.

그들의 지도자가 소리쳤다. 「기다리세요! 더 좋은 방법이 있습니다!」

「하!」 지사는 감격에 겨워서 소리쳤다. 「알겠어요, 알겠어! 이 남쪽 지방 귀족 가문의 청년들이 다 모였구려. 저 카피스트라노의 재앙을 붙잡아서 본인들의 충성심을 보이러 왔구려! 감사하오, 신사 여러분! 하지만 나는 여러분이 저자에게 살해당하는 것을 원치 않아요. 저자는 여러분이 굳이 검에 피를 묻힐 만한 가치도 없는 녀석이오! 여러분은 그저 한 곁으로 가서 마음으로 성원을 해주기만 해요. 녀석을 처치하는 일은 우리 군인들에게 맡겨 두고. 여러분이 이렇게 충성심을 보여 준 것에 다시 한 번 감사하오. 여러분이 법과 질서의 편이요 당국의 편이라는 것을 몸으로 직접 실증해 보여 준 데 대해 —」

그들의 지도자는 소리쳤다. 「잠깐만요! 우리는 이 일대의 권력을 상징하는 사람들입니다. 그렇지 않습니까, 각하?」

지사는 말했다. 「아암, 그렇고말고.」

「누가 이 나라를 통치해야 하는지, 그리고 어떤 법이 정당한지를 결정하는 주체는 바로 우리 가문 사람들이 아닙니까?」

「그분들은 큰 영향력을 갖고 있지.」 지사가 말했다.

「그렇다면 각하 혼자서 우리 모두에게 맞설 용의가 있으십니까?」

「물론 그렇지 않지!」 지사는 소리쳤다. 「하지만 부디 부탁이니 저 녀석을 처치하는 일은 우리 군인들에게 맡겨 주시오. 굳이 신분 높은 여러분이 나섰다가 놈의 검에 부상을 입거나 살해당할 필요는 없을 거요.」

「각하께서는 제 말뜻을 이해하지 못하신 것 같군요.」

「이해하지 못한다니?」 지사는 말 탄 청년들을 좌우로 훑어보면서 의아해하는 표정으로 물었다.

「우리끼리 의논을 해봤습니다, 각하. 우리는 우리가 힘과 권력을 가진 사람들이라는 것을 잘 알고 있어서 나름대로 몇 가지 결정을 내렸습니다. 그동안 이곳에서는 우리가 받아들이기 힘든 일들이 자행되어 왔습니다. 이 지역 관리들은 교구 성직자들의 재산을 약탈해 왔습니다. 그리고 인디언들을 개보다도 더 함부로 취급해 왔고요. 심지어는 귀족 가문 사람들조차도 권력층의 편이 아니라 해서 그 재산을 빼앗곤 했습니다.」

「이봐 —」

「제 말이 다 끝날 때까지 좀 조용히 해주십시오, 각하. 이런 사태는 한 귀족과 그분의 아내와 따님이 각하의 명령에 따라 투옥되었을 때 절정에 이르렀습니다. 그런 사건은 그냥 묵과할 수가 없습니다, 각하. 그리하여 우리는 일치단결했고, 이곳까지 오게 된 겁니다! 세뇨르 조로가 감옥을 습격하여 그곳에 수감된 분들을 구출해 냈을 때 우리는 그분과 행동을 같이했으며, 돈 카를로스와 카탈리나 부인을 안전한 곳에 모셨고, 그분들이 더 이상 박해받지 않게끔 하자고 우리의 명예와 검을 걸고 엄숙하게 맹세했다는 사실을 이 자리에서 분명히 밝히겠습니다.」

「잠깐, 내가 할 말이 있는데 —」

「제 말이 끝날 때까지 잠자코 계시라니까요! 우리는 함께 일어섰고 우리 뒤에는 하나로 뭉친 우리 가문들의 막강한 힘이 버티고 있습니다. 원하신다면 각하의 군인들에게 우리를 공격하라고 명령하십시오! 그럴 경우 엘 카미노 레알 가도 전역의 모든 귀족이 스스로를 지키기 위해서 총궐기하여 각하를 권좌에서 끌어내리고 말할 수 없는 수모를 안겨 줄 겁니다! 이제 각하의 대답을 기다리겠습니다!」

「내가 어, 어떻게 해주기를 바라는 거요?」지사는 헐떡이며 말했다.

「우선, 돈 카를로스 풀리도와 그분의 가족에게 신분에 걸맞은 예우를 해주십시오. 그분들을 감옥으로 보내서는 안 됩니다! 각하께서 기어코 그분들을 반역죄로 재판하고 싶어 하신다면 우리는 그 재판에 관여할 겁니다. 그렇게 해서 위증을 하는 자나 정의롭게 행동하지 않는 치안 판사가 있을 경우 우리가 직접 다스리겠습니다. 우리의 결심은 확고합니다, 각하!」

지사는 말했다. 「그 문제에서 내가 좀 성급하게 처신한 것 같소. 잘못된 판단을 내릴 만한 보고가 들어와서 그렇게 되었어요. 여러분이 원하는 바를 받아들여 주겠소. 이제 우리 군인들이 술집 안에서 버티고 있는 저 악당 녀석을 잡아들이는 동안 한쪽으로 비켜 주시오 신사들.」

그들의 지도자는 말했다. 「얘기가 아직 끝나지 않았습니다! 우리는 저 세뇨르 조로에 관해서도 드릴 말이 있습니다. 저분이 실제로 무슨 짓을 했다는 겁니까, 각하? 저분이 무슨 반역죄를 지었습니까? 저분은 힘없는 사람들의 재물을 강탈한 자들을 제외하고는 어떤 사람의 재물도 빼앗지 않았습니다. 저분은 불의하고 부정한 몇몇 사람을 매질했습니다. 저분은 박해받는 사람들의 편에 서왔고 그래서 우리는 저분을 존경합니다. 저분은 그런 일들을 하기 위해 목숨까지 걸었습니다. 저분은 지사님 휘하의 군인들을 교묘하게 따돌렸습니다. 저분은 부당한 모욕에 분개했고, 사람이라면 누구나 다 그럴 권리가 있습니다!」

「그래서 어쩌자는 거요?」

「세뇨르 조로라 알려진 저분을 지금 당장 완전히 사면해 주십시오!」

지사는 소리쳤다. 「절대로 그럴 수 없소. 저자는 내게 직접 맞서서 나를 모욕한 적이 있어. 저자는 반드시 죽어야 해!」 지사는 무심코 고개를 돌렸다가 바로 곁에 돈 알레한드로가 와 있다는 것을 알았다. 「돈 알레한드로, 귀하는 이 남쪽 지방에서 가장 영향력 있는 분입니다. 이 지사조차도 감히 맞서기 힘든 분이시지요. 귀하는 정의로운 분입니다. 이 청년 신사들이 바라는 것은 들어줄 수 없는 사안이라고 말씀 좀 해주세요. 이 친구들에게 집으로 돌아가라고 명령해 주세요. 그러면 이런 반역적인 행동은 용서해 줄 겁니다.」

돈 알레한드로는 벼락같이 소리쳤다. 「나는 저 사람들을 후원하는 사람이오!」

「귀, 귀하가 저 사람들의 후원자라고요?」

「그렇소이다. 저 사람들이 각하의 면전에서 했던 그 말을 그대로 되풀이하겠소. 박해를 중단해야 해요. 저 사람들의 요구를 들어주도록 하시오. 앞으로 부하 관리들이 올바로 행동하도록 잘 관리 감독해야 합니다. 그리고 산프란시스코 데 아시스로 돌아가세요. 이 남쪽 지방에서는 반역적인 어떤 움직임도 일어나지 않게끔 할 테니, 내 책임지고 보증하리다. 하지만 각하가 정히 저들과 맞서고자 한다면 나는 각하의 반대편에 서서 각하와 각하를 추종하는 더러운 기생충 같은 자들을 모조리 공직에서 몰아내고 파멸시켜 버리고야 말겠소.」

「완전히 막가고 있구먼. 남부 사람들은 정말 끔찍해!」 지사는 소리쳤다.

「뭐라고 대답하시겠소?」

지사는 말했다. 「별 수 있겠소, 받아들여야지. 하지만 한 가지 조건이 있어요……」

「뭔데요?」

「저자가 항복한다면 저자의 목숨은 살려 주겠소. 하지만 저자는 라몬 대위를 살해한 죄로 재판을 받아야 할 거요.」

「살해라고요?」 청년들의 지도자가 물었다. 「그건 신사들끼리의 결투였습니다. 세뇨르 조로는 라몬 대위가 그 아가씨를 모욕한 것에 분개했어요.」

「하! 그러나 라몬은 신사 계급에 속한 사람이고 ―」

「세뇨르 조로도 그러합니다. 그분이 우리에게 그렇게 말했습니다. 그리고 우리는 그분의 말을 믿습니다. 그때 그분의 목소리에는 거짓된 기운이 조금도 섞여 있지 않았으니까요. 그러니 그것은 정당한 결투입니다. 사회적 관례에 따른 신사들끼리의 결투. 그리고 라몬 대위는 불행하게도 검술 솜씨가 더 뛰어나지 못했습니다. 이해하시겠습니까? 자, 각하의 대답을 기다리겠습니다.」

지사는 맥없이 말했다. 「알겠소. 그 사람을 사면해 주겠소. 그리고 나는 산프란시스코 데 아시스로 돌아갈 것이며, 이 지방 사람들을 더 이상 박해하지 않겠소. 하지만 돈 알레한드로가 내게 약속한 말은 지켜 주기를 바라오. 내가 이 신사들의 요구 조건을 수락한다면 여기서 내게 대적하는 일 같은 것은 일어나지 않게 하겠다는 약속 말이오.」

돈 알레한드로는 말했다. 「이미 분명히 약속했으니 두말할 필요 없어요!」

청년 신사들은 행복에 겨운 함성을 지르면서 말에서 내려섰다. 그들은 술집 문 앞에서 군인들을 몰아냈다. 곤잘레스 상사는 거의 제 것이나 다름없다고 여겼던 포상금이 다시 눈앞에서 사라지는 바람에 콧수염을 떨면서 으르렁거렸다.

한 사람이 소리쳤다. 「세뇨르 조로! 밖에서 오가는 얘기를 들으셨습니까?」

「들었소!」

「그럼 자유로운 분답게 문을 열고 당당하게 나오세요!」

주위에는 잠시 침묵이 흘렀고 조로는 머뭇거리는 듯했다. 이윽고 부서진 문짝의 빗장을 젖히는 소리가 나더니 문이 활짝 열렸다. 조로가 자신의 한 팔에 몸을 기댄 롤리타 아가씨와 함께 문 밖으로 나왔다. 그는 문 바로 밖에서 솜브레로를 벗고 모든 사람에게 깊숙이 고개 숙여 절했다.

그는 소리쳤다. 「안녕하시오, 여러분! 그나저나 포상금을 놓쳐서 안됐구려, 상사. 하지만 댁과 댁의 부하들이 이 술집에서 그만한 액수에 해당하는 술을 마시게 해주라고 술집 주인에게 얘기해 놓겠소.」

곤잘레스는 소리쳤다. 「맙소사, 저 양반 정말로 신사네!」

지사는 소리쳤다. 「이제 마스크를 벗어 보시오! 나는 내 휘하의 군대를 우롱하고, 청년 신사들을 제 편으로 끌어들이고, 나를 어쩔 수 없이 타협하게 만든 사람의 얼굴을 보고 싶소.」

조로는 말했다. 「못생긴 제 얼굴을 보고 실망하시지나 않을까 염려되는군요. 제가 악마같이 생겼을 거라 예상하시나요? 혹시 제가 천사같이 생겼을지도 모른다는 생각 같은 건 안 해 보셨나요?」

그는 껄껄거리고 웃으며 롤리타 아가씨를 힐끗 쳐다보더니 한 손을 들어 올려 마스크를 벗었다.

모든 사람이 일제히 헉 하고 숨을 들이쉬었다. 한두 명의 병사가 탄식을 했고, 청년 신사들은 기쁨의 탄성을 올렸다. 그리고 한 늙은 귀족은 자부심과 환희 어린 외침을 발했다.

「돈 디에고, 내 아들…… 내 아들아!」

그러자 그들 앞에 서 있는 사내는 갑자기 어깨를 축 늘어뜨리고 한숨을 쉬면서 기운 없는 목소리로 말했다.

「아, 정말 어지러운 시대야! 이런 시대에는 조용히 들어앉아 음악과 시를 즐기면서 명상도 할 수 없단 말인가?」

그리고 나서 카피스트라노의 재앙인 돈 디에고 베가는 두 팔을 벌린 아버지의 품에 잠시 안겼다.

제39장
얼씨구 좋네!

사람들은 일제히 앞으로 몰려갔다. 군인들, 인디언들, 청년 신사들은 돈 디에고 베가와, 그의 팔에 매달려 자랑스러움에 가득한 눈빛으로 그를 올려다보는 롤리타 아가씨를 둘러쌌다.

그들은 소리쳤다. 「어떻게 된 일인지 설명을 해줘요! 자세히 얘기해 봐요!」

돈 디에고 베가는 말했다. 「모든 건 10년 전에 시작되었어요. 내가 열다섯 살 난 소년이었을 때. 그때 나는 박해받는 사람들 얘기를 들었어요. 나는 내 친구인 수사들이 괴롭힘을 당하고 강탈당하는 광경을 직접 목격했어요. 군인들이 내 친구인 늙은 인디언을 때리는 광경도 봤죠. 그래서 나는 이런 게임을 하기로 결심했어요.

좀 어려운 게임이 되리라는 것은 알고 있었어요. 그래 나는 살아가는 일에 거의 흥미가 없는 체했죠. 그래야 다른 사람들이 내가 되려고 마음먹은 노상강도와 내가 같은 사람이라는 것을 눈치채지 못할 테니까요. 나는 말 타는 법과 검 다루는 법을 남몰래 익혔어요⋯⋯.」

곤잘레스는 탄식했다. 「맙소사, 그런 짓을 하다니!」

「나의 반은 여러분 모두가 잘 알고 있는 무기력한 돈 디에고였고 나머지 반은 내가 언제고 되고 싶어 한 카피스트라노의 재앙이었어요. 그러던 중 내가 나설 때가 와서 드디어 활동을 개시했죠.

이건 좀 설명하기가 어려운 대목입니다만 아무튼 망토를 두르고 마스크를 쓰면 나의 돈 디에고적인 측면은 사라져 버렸어요. 내 몸에서는 힘이 넘치고, 혈관에서는 새로운 피가 흐르는 듯하고, 목소리는 우렁차고 확고해졌죠. 온몸이 뜨거운 열정으로 타올랐고요! 그리고 망토를 벗고 마스크를 벗으면 다시 무기력하고 나태한 돈 디에고로 돌아갔어요. 좀 묘하지 않아요?

나는 이 덩치 큰 곤잘레스 상사와 일부러 친구가 되었어요.」

곤잘레스는 소리쳤다.「하! 이유를 알 만해! 댁은 조로 얘기가 나올 때마다 유난히 피곤해하면서 폭력과 유혈 사태에 관한 얘기는 듣고 싶어 하지 않았지. 하지만 그때마다 늘 나와 내 부하들이 어느 방면으로 갈 예정이냐고 물었어. 그래 놓고는 다른 방향으로 가서 여러 가지 못된 짓을 한 거야.」

「오, 추리력이 아주 뛰어나시구먼.」 돈 디에고는 껄껄거리고 웃으며 말했고 다른 사람들도 함께 웃었다.「나는 댁과도 결투를 벌였어요. 그래서 댁은 나와 조로가 같은 사람이라는 것을 꿈에도 짐작하지 못했지. 폭우가 쏟아지던 날 밤 술집에서 일어났던 일 기억해요? 그때 나는 댁이 허풍 떠는 얘기를 듣다가 밖으로 나가 망토를 두르고 마스크를 쓴 뒤 다시 나타나 댁과 싸웠지. 그러다 도망쳐서 얼른 마스크와 망토를 벗어 버리고 다시 나타나 댁을 놀려 먹었지.」

「하!」

「나는 돈 디에고로서 풀리도 목장에 들렀다가 잠시 후 조로가 되어 돌아와 여기 이 아가씨와 대화를 나눴어요. 그날 밤 펠리페 사제 댁에서 당신은 나를 거의 잡을 뻔했었지. 첫 번째 밤에 말이오.」

「하! 그날 댁은 내게 거기서 조로를 보지 못했다고 말했었지.」

「당연히 못 봤지. 그 사제님은 거울이 허영심을 부추긴다고 생각하셔서 집 안에 거울이 하나도 없었으니까. 그 밖의 일들은 다 어렵지 않게 해치울 수 있었어요. 라몬 대위가 아가씨를 모욕했을 때 조로인 내가 내 집에 나타났던 이유는 이제 쉽게 이해할 수 있을 거요.

롤리타 아가씨께서는 내가 그런 속임수를 쓴 것을 용서해 줬으면 해요. 내가 돈 디에고로서 아가씨에게 구애를 했을 때 아가씨는 나를 외면해 버렸죠. 그러고 나서 조로로서 구애를 하자 고맙게도 아가씨는 내게 마음을 줬어요.

거기에도 어떤 섭리가 깃들어 있었던 것 같아요. 아가씨는 돈 디에고 베가의 재산을 외면하고 그 당시 부랑자요 무법자로 보이는 사람에게 마음을 줬으니까.

아가씨는 내게 진실한 사랑을 보여 줬고 나는 그걸 보고 여간 기쁘지 않았어요. 각하, 이 아가씨는 장차 제 아내가 될 사람이니 아가씨 집안을 다시 또 괴롭히려 하실 때는 깊이 생각해 보시는 게 좋을 겁니다.」

지사는 이제 두 손 들었다는 듯이 양손으로 손사래를 쳤다.

돈 디에고는 말을 계속했다. 「여러분 모두를 속이는 건 쉬운 일이 아니었지만 어쨌든 나는 해냈어요. 몇 년간 열심히 실력을 연마한 것만으로 무난히 그렇게 해낼 수 있었죠. 이제 조로는 굳이 말을 타고 돌아다닐 필요가 없으니 더는 나타나지 않을 겁니다. 게다가 결혼한 사람은 목숨을 아껴야 하지 않겠어요?」

「그럼 저는 어떤 사람과 결혼하는 거죠?」 롤리타 아가씨는 모든 사람이 다 모인 자리라서 얼굴을 붉히면서 물었다.

「어느 쪽을 사랑하세요?」

「저는 세뇨르 조로를 사랑한다고 생각했는데 이제 와서 보니 두 사람 다 사랑하는 쪽이 되었잖아요. 그건 좀 부끄러운 일이 아닐까요? 하지만 저는 제가 알고 있는 돈 디에고보다는 세뇨르 조로가 더 좋은 것 같아요.」

그는 다시 웃으면서 말했다.「좋은 방법이 있으면 찾아보도록 합시다. 나는 옛날의 그 무기력한 태도를 버리고 아가씨가 좋아했던 그 사람으로 점차 변해 갈 거요. 그러면 사람들은 내가 결혼하더니 사람 됐다고 하겠지!」

그는 허리를 숙이고 모든 사람이 지켜보는 앞에서 롤리타에게 키스했다.

곤잘레스 상사가 소리쳤다.「얼씨구, 좋네!」

원형(原型)의 힘

얼마 전에 케이블 방송을 통해서 「사관과 신사」와 「귀여운 여인」을 다시 봤다. 우연히도 둘 다 리처드 기어가 남자 주인공으로 나왔다. 그 영화들을 보면서 그 구조가 〈신데렐라〉와 놀랍도록 닮은 것에 묘한 느낌을 받았다.

신데렐라, 즉 〈재투성이 여자아이〉들이 제 힘으로는 도저히 타개해 나갈 수 없는 절망적인 상황에서 리처드 기어를 닮은 백마 탄 왕자들이 나타나 그 여자들의 삶을 새롭게 해주고 바라던 꿈을 완벽하게 이루어 주는 구조.

예전에 희곡을 쓸 때 나는 〈신데렐라〉를 이 시대의 창녀로 규정하고 언제고 〈진짜 신데렐라〉를 쓰겠다고 마음먹은 적이 있어서 이런 극 구조에 대해서는 이미 많은 생각을 해봤었다.

신데렐라 이야기는 여성의 의존증적인 요소를 부채질한다는 점에서 비판할 점이 많은 이야기지만 언제나 우리의, 특히 여성들의 마음을 매혹하는 힘을 갖고 있으며, 나는 그것을 우리의 감성에 깊이 자리 잡고 있는 원형적인 요소 때문이라 규정하고 싶다. 그리고 나는 우리의 마음을 강력하게 끄는 또 다른 원형적 요소의 하나를 바로 〈세뇨르 조로〉에서 찾아볼 수 있지 않을까 한다.

힘없고 무력한 이들에게 고통을 안겨 주고 그들의 재물을 강탈하는 부정하고 사악한 인간들을 응징하는 장쾌한 정의의 사나이라는 캐릭터!

우리는 모든 문화권에서 이런 유형의 사나이들을 수없이 만난다. 우리의 일지매나 암행어사 박문수를 비롯하여, 중국의 『수호지』에 나오는 수많은 영웅들, 그리고 서구의 용감하고 의로운 기사들…….

이들은 하나같이 정의로우며, 악한 자들에게는 공포의 대상이요, 힘없고 무력한 이들에게는 부드럽고 따뜻한 영웅이요, 아름답고 선량한 아가씨들에게는 달콤한 연인으로 다가온다.

이성적 관점에서 볼 때는 〈신데렐라〉나 〈세뇨르 조로〉 모두 다 비판할 점이 많으나 다른 한편으로는 그런 요소들이 모든 문화권에 공통적으로 내재되어 있는 본원적인 꿈과 소망하고 관련되어 있다는 점에서 좀 더 다른 시각으로 봐줄 필요가 있는 듯하다.

세상에는 남들을 희생시키면서 제 개인적인 욕심만 차리려는 불의하고 부패한 권력자들이 늘 차고 넘쳤고, 그런 이들에게 학대받고 박해받는 힘없는 이들의 고통은 끊이질 않았다. 그리고 그런 참혹한 세상에서 살던 힘없는 이들은 언제나 이렇게 멋있고 의롭고 장쾌한 영웅의 출현을 고대했다.

세뇨르 조로는 바로 그런 이들이 바라던 소망을 구체적으로 형상화해 준 것에 불과하다. 그러므로 이 소설은 그런 원형이 갖고 있는 강력한 에너지에 힘입어 소설과 영화, TV 드라마로서 폭발적인 인기를 끌었다.

이 이야기가 큰 인기를 얻은 데는 〈신데렐라〉가 갖고 있는 백마 탄 기사라는 로맨틱한 요소가 첨가된 것도 한몫을 했을 것이다. 힘 있고 정의로운 데다 숙녀를 존중하고, 그들을 곤경에서 구해 주는 매혹적인 기사의 면모. 중세 기사 문학이 바로 이런 이야기를 토대로 해서 전개되지 않았는가.

드라마를 드라마답게 만들어 주는 한 요소로 〈상극의 어울림〉이라는 것이 있다. 그 가장 단순한 상극이 〈선〉과 〈악〉이며, 이런 원형적인 이야기들에는 예외 없이 선악의 강력한 대립과 갈등이 내재되어 있다. 악이 강대하면 강대할수록 드라마의 열도는 높아진다.

이 『쾌걸 조로』에는 우리 마음을 끄는 이런 원형적인 요소들이 풍부하다. 그래서 단순한 구조이면서도 재미있다. 거기에 한 인물 속에 내재된 두 개의 퍼스낼리티를 현상적으로 드러낸 구조도 재미있고. 모든 인간의 내면에는 그렇게 수동적이고 무기력한 〈돈 디에고의 측면〉과 능동적이고 적극적이고 유능한 〈세뇨르 조로의 측면〉이 다 함께 내재되어 있지 않은가. 한 인간이 그렇게 우리 인간의 본원적인 두 측면을 대변하는 두 사람의 역을 동시에 한다는 것도 역시 이 소설에 재미를 더해 주는 한 요소가 된다.

이 이야기의 공간적 배경은 캘리포니아 로스앤젤레스이다. 그 시대적 배경을 이루는 것은 스페인의 식민지였다가, 멕시코가 스페인의 지배에서 독립하면서 그 한 주가 되고, 그 후 다시 미국의 한 주로 편입된 캘리포니아의 짧은 역사이고.

이 소설에서도 나오듯이 캘리포니아는 인디언들의 땅이었다가 프란체스코회 수도사인 성 후니페로 세라가 그들의 땅을 정복해서 그곳에 기독교 전도구 혹은 포교구를 차례로 세우면서 역사의 무대에 정식으로 등장한다. 그리고 이 소설에 자주 등장하는 엘 카미노 레알 가도는 바로 그런 교구들을 하나로 연결해 주는 중요한 간선 도로로 〈왕의 길〉이라는 뜻을 갖고 있다.

이 소설의 시대적인 배경을 이루는 시기는 좀 확연치 않다. 대체로 캘리포니아가 멕시코의 한 주였을 때를 배경으로 한 것처럼 보이기는 하나 가끔 스페인 식민지 시대와 미국 땅으로 편입되었던 시기의 일화들이 혼재되어 있으니까 말이다.

이 소설에서는 스페인 식민지 시대에 캘리포니아 땅에 정착해서 황무지를 개척하여 목장과 농장으로 일군 수도사들과 이 땅의 정치권력을 장악하고 있는 정치권력자들 간의 갈등과 알력이 중요한 축을 이룬다. 또한 짧은 신정 일치 시대가 지난 뒤 정치권력자들이 더 큰 권력을 지니면서 이들이 수도사들과 일부 지주들의 땅을 부정한 방법으로 빼앗는 과정에서 일어나는 갖가지 드라마가 소재로 활용되고 있다.

소설에 등장하는 돈 디에고 베가, 돈 카를로스 등은 모두가 스페인에서 건너온 소귀족, 즉 이달고*Hidalgo*들의 후예들로, 이들은 영국의 젠트리 계급과 마찬가지로 신사 계급으로서 중세 기사의 면모를 강하게 풍긴다. 그리고 세뇨르 조로가 보여 주는 정신적인 이데올로기 역시 중세 기사도 정신이다.

하지만 세뇨르 조로는 1848년 〈과달루페 이달고 조약〉의 일환으로 캘리포니아가 미국으로 편입된 뒤 앵글로색슨계와 히스패닉계 사이에 경제적 이해관계를 둘러싸고 첨예한 대립 양상이 빚어지면서 양키들에 저항했던 많은 정치범의 한 전형이기도 하다. 1840년대와 50년대에 미국 사법부가 죄인으로 규정했던 티브리시오 바스케스, 1850년대 초에 3년 동안 칼라베라스 카운티를 공포에 떨게 해서 비글러 지사가 수비대장 해리 S. 러브를 고용해서 추적하게 했던 뮤리에타 같은 이들이야말로 세뇨르 조로의 직접적인 모델이 아닐까 싶다.

따라서 이 소설은 정확한 역사 고증을 통해서 엮어 낸 소설이 아니라 캘리포니아의 짧은 역사 중에서 극적인 요소들만 골고루 뽑아내서 빚어낸 대중 소설이라 할 수 있다.

우리나라 독자들은 대체로 무겁고 진중하고 교훈적인 책들을 좋아한다. 책을 존경하고 떠받드는 사대부 문화 혹은 선비 문화의 영향이 아직도 지속되기 때문인지도 모른다.

하지만 가끔은 교훈을 찾거나 지적인 탐구를 하려는 엄숙한 마음을 잠시 접어 두고 한 편의 영화나 TV 드라마를 즐기듯 책을 그냥 즐기는 것도 괜찮을 때가 있으리라. 그런 마음일 때 집어 들기에 가장 적합한 것들 중의 하나가 이 소설이 아닐까 한다.

김훈

존스턴 매컬리 연보

1883년 출생 2월 2일 일리노이 주 오타와에서 아버지 롤라 앤드류 매컬리Rolla Andrew McCulley와 어머니 벨라 랠리Bella Raley 사이에 외아들로 태어남. 고등학교 졸업 후 『폴리스 가제트*The Police Gazette*』지 등의 기자로 활동하면서 사회에 첫발을 들여놓은 것으로 전해지나 활동 시기 등에 대한 정확한 기록은 남아 있지 않음.

1908년 25세 「잃어버린 희망의 땅Land of Lost Hope」을 『아거시*Argosy*』지에 연재하면서 작가로 데뷔. 이후 해리슨 스트롱Harrison Strong, 랠리 브라이언Raley Brien, 조지 드레인George Drayne 등 많은 필명으로 작품 발표.

1914~1918년 31~35세 제1차 세계 대전 시기에 육군 공보관으로 활동.

1916년 33세 신사적인 천재 범죄자 〈검은 별The Black Star〉을 주인공으로 한 단편 「하루 동안의 루주Rouge for a Day」를 『디텍티브 스토리 매거진*Detective Story Magazine*』지에 발표. 〈검은 별〉은 조로와 더불어 존스턴 매컬리가 창조해 낸 가장 인기 있는 캐릭터 중 하나로, 이 인물을 주인공으로 한 시리즈는 1930년 말까지 계속 이어짐.

1918년 35세 롤린 S. 스터전Rollin S. Sturgeon 감독의 영화 「소유주 불명Unclaimed Goods」에 스토리 작가로 참여. 이때부터 1946년까지 매컬리는 수많은 영화에 작가로 참여함.

1919년 36세 대중 잡지인 『올 스토리 위클리*All-Story Weekly*』지에

「카피스트라노의 재앙The Curse of Capistrano」 연재.

1920년 37세 「카피스트라노의 재앙」을 바탕으로 더글러스 페어뱅크스 Douglas Fairbanks 주연의 무성 영화 「쾌걸 조로The Mark of Zorro」가 만들어짐. 검은색 마스크와 검은색 모자를 쓴 조로의 모습이 이 영화를 통해 처음 선보였고, 오히려 매컬리는 복장을 비롯해 영화에 묘사된 조로의 특징들을 이후의 조로 시리즈에 반영.

1922년 39세 『올 스토리 위클리』지를 인수한 『아거시』지에 「조로의 또 다른 모험들The Further Adventures of Zorro」 연재. 이후 존스턴 매컬리는 4권의 장편을 포함하여 사망할 때까지 65편의 조로 이야기를 발표함.

1924년 41세 영화의 대성공에 힘입어 「카피스트라노의 재앙」이 영화와 같은 〈쾌걸 조로*The Mark of Zorro*〉라는 제목으로 그로세트 앤드 던랩Grosset & Dunlap 출판사에서 하드커버 단행본으로 출간됨.

1925년 42세 루리스 먼시Louris Munsey와 뉴욕에서 결혼. 1920년 인구 조사 기록에 따르면 매컬리는 이 결혼 이전에 이미 〈루스Ruth〉라는 여인과 결혼했던 것으로 나오나 이 여인의 자세한 신상과 결혼 및 결별 시기에 대해서는 밝혀진 바가 없음. 더글러스 페어뱅크스 주연의 영화 「돈 Q, 조로의 아들Don Q, Son of Zorro」이 개봉됨.

1926년 43세 현대판 〈로빈 후드〉라 할 수 있는 델턴 프라우스Delton Prouse를 주인공으로 한 「자줏빛 광대The Crimson Clown」를 『디텍티브 스토리 매거진』지에 발표. 동 잡지에 연재된 이 시리즈물은 독자들로부터 커다란 인기를 얻어 속속 단행본으로 재출간됨.

1931년 48세 『조로 다시 말에 오르다*Zorro Rides Again*』 발표.

1936년 53세 조로를 주인공으로 한 영화 「용맹한 기사The Bold Caballero」 개봉. 주연은 로버트 리빙스턴Robert Livingstone.

1937년 54세 『조로 다시 말에 오르다』가 존 캐럴John Carroll 주연으로 동명의 영화로 만들어짐.

1939년 56세 〈조로〉의 영향을 받아 만화가 밥 케인Bob Kane이 창조한 〈배트맨Batman〉이 만화 잡지 『디텍티브 코믹스Detective Comics』지에 처음 선을 보임. 리드 해들리Reed Hadley가 주연한 「조로의 용사들Zorro's Fighting Legion」 개봉.

1940년 57세 티론 파워 주연으로 「쾌걸 조로」가 리메이크됨.

1941년 58세 『조로의 신호The Sign of Zorro』 발표.

1944년 61세 린다 스털링Linda Stirling이 조로의 후손인 〈검은 채찍〉으로 분한 영화 「조로의 검은 채찍Zorro's Black Whip」 개봉.

1947년 63세 조지 터너George Turner 주연의 영화 「조로의 아들Son of Zorro」 개봉.

1949년 65세 클레이턴 무어Clayton Moore가 주연한 영화 「조로의 유령Ghost of Zorro」 개봉.

1957년 74세 월트 디즈니사에서 가이 윌리엄스Guy Williams 주연의 「조로」 TV 시리즈 제작 방영. 1959년까지 3년간 방송됨.

1958년 75세 11월 23일 로스앤젤레스에서 사망.

1959년 유작 『조로의 가면The Mask of Zorro』이 사후 출간됨.

2005년 칠레 작가 이사벨 아옌데가 미국 조로 재단의 청탁을 받아, 돈 디에고 베가가 조로가 되기까지의 과정을 그린 소설 『조로 — 전설의 시작El Zorro — Comienza La Leyenda』 발표.

2009년 현재까지 조로를 주인공으로 한 영화는 40편이 넘으며, 그 밖에도 TV 시리즈, 애니메이션, 뮤지컬, 게임 등 다양한 분야에서 조로의 캐릭터를 이용한 작품들이 만들어지고 있음.

작품 활동 외에 결혼 생활, 거주 지역과 이주 시기 등 존스턴 매컬리의 개인적인 삶에 대해서는 많은 부분이 여전히 베일에 가려져 있다.

열린책들 세계문학 074 쾌걸 조로

옮긴이 김훈 고려대학교 사학과를 졸업하고 1981년 희곡 「빈방」으로 「동아일보」 신춘문예 희곡 부문에 당선되었다. 옮긴 책으로는 『패디클라크 하하하』, 『99번째 주검』, 『메디슨 카운티의 추억』, 『피아니스트』, 『희박한 공기 속으로』 외 1백여 권이 있다. 현재 제주도 위미에서 번역과 집필 작업 중이다.

지은이 존스턴 매컬리 **옮긴이** 김훈 **발행인** 홍지웅·홍예빈
발행처 주식회사 열린책들 **주소** 경기도 파주시 문발로 253 파주출판도시
전화 031-955-4000 **팩스** 031-955-4004 **홈페이지** www.openbooks.co.kr
Copyright (C) 주식회사 열린책들, 2009, *Printed in Korea.*
ISBN 978-89-329-0991-2 03840 **ISBN** 978-89-329-1499-2 (세트)
발행일 2009년 11월 30일 세계문학판 1쇄 2019년 11월 30일 세계문학판 2쇄

이 도서의 국립중앙도서관 출판예정도서목록(CIP)은 서지정보유통지원시스템 홈페이지(http://seoji.nl.go.kr)와 국가자료공동목록시스템(http://www.nl.go.kr/kolisnet)에서 이용하실 수 있습니다.(CIP제어번호 : CIP2009003379)

열린책들 세계문학
Open Books World Literature

001 **죄와 벌** 표도르 도스또예프스끼 장편소설 | 홍대화 옮김 | 전2권 | 각 408, 504면

003 **최초의 인간** 알베르 카뮈 장편소설 | 김화영 옮김 | 392면

004 **소설** 제임스 미치너 장편소설 | 윤희기 옮김 | 전2권 | 각 280, 368면

006 **개를 데리고 다니는 부인** 안똔 체호프 소설선집 | 오종우 옮김 | 368면

007 **우주 만화** 이탈로 칼비노 단편집 | 김운찬 옮김 | 416면

008 **댈러웨이 부인** 버지니아 울프 장편소설 | 최애리 옮김 | 296면

009 **어머니** 막심 고리끼 장편소설 | 최윤락 옮김 | 544면

010 **변신** 프란츠 카프카 중단편집 | 홍성광 옮김 | 464면

011 **전도서에 바치는 장미** 로저 젤라즈니 중단편집 | 김상훈 옮김 | 432면

012 **대위의 딸** 알렉산드르 뿌쉬낀 장편소설 | 석영중 옮김 | 240면

013 **바다의 침묵** 베르코르 소설선집 | 이상해 옮김 | 256면

014 **원수들, 사랑 이야기** 아이작 싱어 장편소설 | 김진준 옮김 | 320면

015 **백치** 표도르 도스또예프스끼 장편소설 | 김근식 옮김 | 전2권 | 각 500, 528면

017 **1984년** 조지 오웰 장편소설 | 박경서 옮김 | 392면

018 **수용소군도** 알렉산드르 솔제니찐 기록문학 | 김학수 옮김 | 480면

019 **이상한 나라의 앨리스** 루이스 캐럴 환상동화 | 머빈 피크 그림 | 최용준 옮김 | 336면

020 **베네치아에서의 죽음** 토마스 만 중단편집 | 홍성광 옮김 | 432면

021 **그리스인 조르바** 니코스 카잔차키스 장편소설 | 이윤기 옮김 | 488면

022 **벚꽃 동산** 안똔 체호프 희곡선집 | 오종우 옮김 | 336면

023 **연애 소설 읽는 노인** 루이스 세풀베다 장편소설 | 정창 옮김 | 192면

024 **젊은 사자들** 어윈 쇼 장편소설 | 정영문 옮김 | 전2권 | 각 416, 408면

026 **젊은 베르테르의 슬픔** 요한 볼프강 폰 괴테 장편소설 | 김인순 옮김 | 240면

027 **시라노** 에드몽 로스탕 희곡 | 이상해 옮김 | 256면

028 **전망 좋은 방** E. M. 포스터 장편소설 | 고정아 옮김 | 352면

029 **까라마조프 씨네 형제들** 표도르 도스또예프스끼 장편소설 | 이대우 옮김 | 전3권 | 각 496, 496, 460면

032 **프랑스 중위의 여자** 존 파울즈 장편소설 | 김석희 옮김 | 전2권 | 각 344면

034 **소립자** 미셸 우엘벡 장편소설 | 이세욱 옮김 | 448면

035 **영혼의 자서전** 니코스 카잔차키스 자서전 ǀ 안정효 옮김 ǀ 전2권 ǀ 각 352, 408면

037 **우리들** 예브게니 자먀찐 장편소설 ǀ 석영중 옮김 ǀ 320면

038 **뉴욕 3부작** 폴 오스터 장편소설 ǀ 황보석 옮김 ǀ 480면

039 **닥터 지바고** 보리스 빠스쩨르나끄 장편소설 ǀ 박형규 옮김 ǀ 전2권 ǀ 각 400, 512면

041 **고리오 영감** 오노레 드 발자크 장편소설 ǀ 임희근 옮김 ǀ 456면

042 **뿌리** 알렉스 헤일리 장편소설 ǀ 안정효 옮김 ǀ 전2권 ǀ 각 400, 448면

044 **백년보다 긴 하루** 친기즈 아이뜨마또프 장편소설 ǀ 황보석 옮김 ǀ 560면

045 **최후의 세계** 크리스토프 란스마이어 장편소설 ǀ 장희권 옮김 ǀ 264면

046 **추운 나라에서 돌아온 스파이** 존 르카레 장편소설 ǀ 김석희 옮김 ǀ 368면

047 **산도칸 ─ 몸프라쳄의 호랑이** 에밀리오 살가리 장편소설 ǀ 유향란 옮김 ǀ 428면

048 **기적의 시대** 보리슬라프 페키치 장편소설 ǀ 이윤기 옮김 ǀ 560면

049 **그리고 죽음** 짐 크레이스 장편소설 ǀ 김석희 옮김 ǀ 224면

050 **세설** 다니자키 준이치로 장편소설 ǀ 송태욱 옮김 ǀ 전2권 ǀ 각 480면

052 **세상이 끝날 때까지 아직 10억 년** 스뜨루가츠끼 형제 장편소설 ǀ 석영중 옮김 ǀ 224면

053 **동물 농장** 조지 오웰 장편소설 ǀ 박경서 옮김 ǀ 208면

054 **캉디드 혹은 낙관주의** 볼테르 장편소설 ǀ 이봉지 옮김 ǀ 232면

055 **도적 떼** 프리드리히 폰 실러 희곡 ǀ 김인순 옮김 ǀ 264면

056 **플로베르의 앵무새** 줄리언 반스 장편소설 ǀ 신재실 옮김 ǀ 320면

057 **악령** 표도르 도스또예프스끼 장편소설 ǀ 김연경 옮김 ǀ 전3권 ǀ 각 324, 396, 496면

060 **의심스러운 싸움** 존 스타인벡 장편소설 ǀ 윤희기 옮김 ǀ 340면

061 **몽유병자들** 헤르만 브로흐 장편소설 ǀ 김경연 옮김 ǀ 전2권 ǀ 각 568, 544면

063 **몰타의 매** 대실 해밋 장편소설 ǀ 고정아 옮김 ǀ 304면

064 **마야꼬프스끼 선집** 블라지미르 마야꼬프스끼 선집 ǀ 석영중 옮김 ǀ 320면

065 **드라큘라** 브램 스토커 장편소설 ǀ 이세욱 옮김 ǀ 전2권 ǀ 각 340, 344면

067 **서부 전선 이상 없다** 에리히 마리아 레마르크 장편소설 ǀ 홍성광 옮김 ǀ 336면

068 **적과 흑** 스탕달 장편소설 ǀ 임미경 옮김 ǀ 전2권 ǀ 각 376, 368면

070 **지상에서 영원으로** 제임스 존스 장편소설 ǀ 이종인 옮김 ǀ 전3권 ǀ 각 396, 380, 388면

073 **파우스트** 요한 볼프강 폰 괴테 희곡 ǀ 김인순 옮김 ǀ 568면

074 **쾌걸 조로** 존스턴 매컬리 장편소설 ǀ 김훈 옮김 ǀ 316면

075 **거장과 마르가리따** 미하일 불가꼬프 장편소설 ǀ 홍대화 옮김 ǀ 전2권 ǀ 각 364, 328면

077 **순수의 시대** 이디스 워튼 장편소설 ǀ 고정아 옮김 ǀ 448면

078 **검의 대가** 아르투로 페레스 레베르테 장편소설 | 김수진 옮김 | 376면
079 **예브게니 오네긴** 알렉산드르 뿌쉬낀 운문소설 | 석영중 옮김 | 328면
080 **장미의 이름** 움베르토 에코 장편소설 | 이윤기 옮김 | 전2권 | 각 440, 448면
082 **향수** 파트리크 쥐스킨트 장편소설 | 강명순 옮김 | 384면
083 **여자를 안다는 것** 아모스 오즈 장편소설 | 최창모 옮김 | 280면
084 **나는 고양이로소이다** 나쓰메 소세키 장편소설 | 김난주 옮김 | 544면
085 **웃는 남자** 빅토르 위고 장편소설 | 이형식 옮김 | 전2권 | 각 472, 496면
087 **아웃 오브 아프리카** 카렌 블릭센 장편소설 | 민승남 옮김 | 480면
088 **무엇을 할 것인가** 니꼴라이 체르니셰프스끼 장편소설 | 서정록 옮김 | 전2권 | 각 360, 404면
090 **도나 플로르와 그녀의 두 남편** 조르지 아마두 장편소설 | 오숙은 옮김 | 전2권 | 각 328, 308면
092 **미사고의 숲** 로버트 홀드스톡 장편소설 | 김상훈 옮김 | 416면
093 **신곡** 단테 알리기에리 장편서사시 | 김운찬 옮김 | 전3권 | 각 292, 296, 328면
096 **교수** 샬럿 브론테 장편소설 | 배미영 옮김 | 368면
097 **노름꾼** 표도르 도스또예프스끼 장편소설 | 이재필 옮김 | 320면
098 **하워즈 엔드** E. M. 포스터 장편소설 | 고정아 옮김 | 508면
099 **최후의 유혹** 니코스 카잔차키스 장편소설 | 안정효 옮김 | 전2권 | 각 408면
101 **키리냐가** 마이크 레스닉 장편소설 | 최용준 옮김 | 464면
102 **바스커빌가의 개** 아서 코넌 도일 장편소설 | 조영학 옮김 | 264면
103 **버마 시절** 조지 오웰 장편소설 | 박경서 옮김 | 400면
104 **10 1/2장으로 쓴 세계 역사** 줄리언 반스 장편소설 | 신재실 옮김 | 464면
105 **죽음의 집의 기록** 표도르 도스또예프스끼 장편소설 | 이덕형 옮김 | 528면
106 **소유** 앤토니어 수전 바이어트 장편소설 | 윤희기 옮김 | 전2권 | 각 440, 480면
108 **미성년** 표도르 도스또예프스끼 장편소설 | 이상룡 옮김 | 전2권 | 각 512, 544면
110 **성 앙뚜안느의 유혹** 귀스타브 플로베르 희곡소설 | 김용은 옮김 | 584면
111 **밤으로의 긴 여로** 유진 오닐 희곡 | 강유나 옮김 | 240면
112 **마법사** 존 파울즈 장편소설 | 정영문 옮김 | 전2권 | 각 512, 552면
114 **스쩨빤치꼬보 마을 사람들** 표도르 도스또예프스끼 장편소설 | 변현태 옮김 | 416면
115 **플랑드르 거장의 그림** 아르투로 페레스 레베르테 장편소설 | 정창 옮김 | 512면
116 **분신** 표도르 도스또예프스끼 장편소설 | 석영중 옮김 | 288면
117 **가난한 사람들** 표도르 도스또예프스끼 장편소설 | 석영중 옮김 | 256면
118 **인형의 집** 헨리크 입센 희곡 | 김창화 옮김 | 272면

119 **영원한 남편** 표도르 도스또예프스끼 장편소설 | 정명자 외 옮김 | 448면

120 **알코올** 기욤 아폴리네르 시집 | 황현산 옮김 | 352면

121 **지하로부터의 수기** 표도르 도스또예프스끼 장편소설 | 계동준 옮김 | 256면

122 **어느 작가의 오후** 페터 한트케 중편소설 | 홍성광 옮김 | 160면

123 **아저씨의 꿈** 표도르 도스또예프스끼 장편소설 | 박종소 옮김 | 304면

124 **네또츠까 네즈바노바** 표도르 도스또예프스끼 장편소설 | 박재만 옮김 | 316면

125 **곤두박질** 마이클 프레인 장편소설 | 최용준 옮김 | 528면

126 **백야 외** 표도르 도스또예프스끼 소설선집 | 석영중 외 옮김 | 408면

127 **살라미나의 병사들** 하비에르 세르카스 장편소설 | 김창민 옮김 | 296면

128 **뻬쩨르부르그 연대기 외** 표도르 도스또예프스끼 소설선집 | 이항재 옮김 | 296면

129 **상처받은 사람들** 표도르 도스또예프스끼 장편소설 | 윤우섭 옮김 | 전2권 | 각 296, 392면

131 **악어 외** 표도르 도스또예프스끼 소설선집 | 박혜경 외 옮김 | 312면

132 **허클베리 핀의 모험** 마크 트웨인 장편소설 | 윤교찬 옮김 | 416면

133 **부활** 레프 똘스또이 장편소설 | 이대우 옮김 | 전2권 | 각 308, 416면

135 **보물섬** 로버트 루이스 스티븐슨 장편소설 | 머빈 피크 그림 | 최용준 옮김 | 360면

136 **천일야화** 앙투안 갈랑 엮음 | 임호경 옮김 | 전6권 | 각 336, 328, 372, 392, 344, 320면

142 **아버지와 아들** 이반 뚜르게네프 장편소설 | 이상원 옮김 | 328면

143 **오만과 편견** 제인 오스틴 장편소설 | 원유경 옮김 | 480면

144 **천로 역정** 존 버니언 우화소설 | 이동일 옮김 | 432면

145 **대주교에게 죽음이 오다** 윌라 캐더 장편소설 | 윤명옥 옮김 | 352면

146 **권력과 영광** 그레이엄 그린 장편소설 | 김연수 옮김 | 384면

147 **80일간의 세계 일주** 쥘 베른 장편소설 | 고정아 옮김 | 352면

148 **바람과 함께 사라지다** 마거릿 미첼 장편소설 | 안정효 옮김 | 전3권 | 각 616, 640, 640면

151 **기탄잘리** 라빈드라나트 타고르 시집 | 장경렬 옮김 | 224면

152 **도리언 그레이의 초상** 오스카 와일드 장편소설 | 윤희기 옮김 | 384면

153 **레우코와의 대화** 체사레 파베세 희곡소설 | 김운찬 옮김 | 280면

154 **햄릿** 윌리엄 셰익스피어 희곡 | 박우수 옮김 | 256면

155 **맥베스** 윌리엄 셰익스피어 희곡 | 권오숙 옮김 | 176면

156 **아들과 연인** 데이비드 허버트 로런스 장편소설 | 최희섭 옮김 | 전2권 | 464, 432면

158 **그리고 아무 말도 하지 않았다** 하인리히 뵐 장편소설 | 홍성광 옮김 | 272면

159 **미덕의 불운** 싸드 장편소설 | 이형식 옮김 | 248면

160 **프랑켄슈타인** 메리 W. 셸리 장편소설 | 오숙은 옮김 | 320면

161 **위대한 개츠비** 프랜시스 스콧 피츠제럴드 장편소설 | 한애경 옮김 | 280면

162 **아Q정전** 루쉰 중단편집 | 김태성 옮김 | 320면

163 **로빈슨 크루소** 대니얼 디포 장편소설 | 류경희 옮김 | 456면

164 **타임머신** 허버트 조지 웰스 소설선집 | 김석희 옮김 | 304면

165 **제인 에어** 샬럿 브론테 장편소설 | 이미선 옮김 | 전2권 | 각 392, 384면

167 **풀잎** 월트 휘트먼 시집 | 허현숙 옮김 | 280면

168 **표류자들의 집** 기예르모 로살레스 장편소설 | 최유정 옮김 | 216면

169 **배빗** 싱클레어 루이스 장편소설 | 이종인 옮김 | 520면

170 **이토록 긴 편지** 마리아마 바 장편소설 | 백선희 옮김 | 192면

171 **느릅나무 아래 욕망** 유진 오닐 희곡 | 손동호 옮김 | 168면

172 **이방인** 알베르 카뮈 장편소설 | 김예령 옮김 | 208면

173 **미라마르** 나기브 마푸즈 장편소설 | 허진 옮김 | 288면

174 **지킬 박사와 하이드 씨** 로버트 루이스 스티븐슨 소설선집 | 조영학 옮김 | 320면

175 **루진** 이반 뚜르게네프 장편소설 | 이항재 옮김 | 264면

176 **피그말리온** 조지 버나드 쇼 희곡 | 김소임 옮김 | 256면

177 **목로주점** 에밀 졸라 장편소설 | 유기환 옮김 | 전2권 | 각 336면

179 **엠마** 제인 오스틴 장편소설 | 이미애 옮김 | 전2권 | 각 336, 360면

181 **비숍 살인 사건** S. S. 밴 다인 장편소설 | 최인자 옮김 | 464면

182 **우신예찬** 에라스무스 풍자문 | 김남우 옮김 | 296면

183 **하자르 사전** 밀로라드 파비치 장편소설 | 신현철 옮김 | 488면

184 **테스** 토머스 하디 장편소설 | 김문숙 옮김 | 전2권 | 각 392, 336면

186 **투명 인간** 허버트 조지 웰스 장편소설 | 김석희 옮김 | 288면

187 **93년** 빅토르 위고 장편소설 | 이형식 옮김 | 전2권 | 각 288, 360면

189 **젊은 예술가의 초상** 제임스 조이스 장편소설 | 성은애 옮김 | 384면

190 **소네트집** 윌리엄 셰익스피어 연작시집 | 박우수 옮김 | 200면

191 **메뚜기의 날** 너새니얼 웨스트 장편소설 | 김진준 옮김 | 280면

192 **나사의 회전** 헨리 제임스 중편소설 | 이승은 옮김 | 256면

193 **오셀로** 윌리엄 셰익스피어 희곡 | 권오숙 옮김 | 216면

194 **소송** 프란츠 카프카 장편소설 | 김재혁 옮김 | 376면

195 **나의 안토니아** 윌라 캐더 장편소설 | 전경자 옮김 | 368면

196 **자성록** 마르쿠스 아우렐리우스 명상록 | 박민수 옮김 | 240면

197 **오레스테이아** 아이스킬로스 비극 | 두행숙 옮김 | 336면

198 **노인과 바다** 어니스트 헤밍웨이 소설선집 | 이종인 옮김 | 320면

199 **무기여 잘 있거라** 어니스트 헤밍웨이 장편소설 | 이종인 옮김 | 464면

200 **서푼짜리 오페라** 베르톨트 브레히트 희곡선집 | 이은희 옮김 | 320면

201 **리어 왕** 윌리엄 셰익스피어 희곡 | 박우수 옮김 | 224면

202 **주홍 글자** 너대니얼 호손 장편소설 | 곽영미 옮김 | 360면

203 **모히칸족의 최후** 제임스 페니모어 쿠퍼 장편소설 | 이나경 옮김 | 512면

204 **곤충 극장** 카렐 차페크 희곡선집 | 김선형 옮김 | 360면

205 **누구를 위하여 종은 울리나** 어니스트 헤밍웨이 장편소설 | 이종인 옮김 | 전2권 | 각 416, 400면

207 **타르튀프** 몰리에르 희곡선집 | 신은영 옮김 | 416면

208 **유토피아** 토머스 모어 소설 | 전경자 옮김 | 288면

209 **인간과 초인** 조지 버나드 쇼 희곡 | 이후지 옮김 | 320면

210 **페드르와 이폴리트** 장 라신 희곡 | 신정아 옮김 | 200면

211 **말테의 수기** 라이너 마리아 릴케 장편소설 | 안문영 옮김 | 320면

212 **등대로** 버지니아 울프 장편소설 | 최애리 옮김 | 328면

213 **개의 심장** 미하일 불가꼬프 중편소설집 | 정연호 옮김 | 352면

214 **모비 딕** 허먼 멜빌 장편소설 | 강수정 옮김 | 전2권 | 각 464, 488면

216 **더블린 사람들** 제임스 조이스 단편소설집 | 이강훈 옮김 | 336면

217 **마의 산** 토마스 만 장편소설 | 윤순식 옮김 | 전3권 | 각 496, 488, 512면

220 **비극의 탄생** 프리드리히 니체 | 김남우 옮김 | 304면

221 **위대한 유산** 찰스 디킨스 장편소설 | 류경희 옮김 | 전2권 | 각 432, 448면

223 **사람은 무엇으로 사는가** 레프 똘스또이 소설선집 | 윤새라 옮김 | 464면

224 **자살 클럽** 로버트 루이스 스티븐슨 소설선집 | 임종기 옮김 | 272면

225 **채털리 부인의 연인** 데이비드 허버트 로런스 장편소설 | 이미선 옮김 | 전2권 | 각 336, 328면

227 **데미안** 헤르만 헤세 장편소설 | 김인순 옮김 | 272면

228 **두이노의 비가** 라이너 마리아 릴케 시 선집 | 손재준 옮김 | 504면

229 **페스트** 알베르 카뮈 장편소설 | 최윤주 옮김 | 432면

230 **여인의 초상** 헨리 제임스 장편소설 | 정상준 옮김 | 전2권 | 각 520, 544면

232 **성** 프란츠 카프카 장편소설 | 이재황 옮김 | 560면

233 **차라투스트라는 이렇게 말했다** 프리드리히 니체 산문시 | 김인순 옮김 | 464면

- 234 **노래의 책** 하인리히 하이네 시집 | 이재영 옮김 | 384면
- 235 **변신 이야기** 오비디우스 서사시 | 이종인 옮김 | 632면
- 236 **안나 까레니나** 레프 똘스또이 장편소설 | 이명현 옮김 | 전2권 | 각 800, 736면
- 238 **이반 일리치의 죽음·광인의 수기** 레프 똘스또이 중단편집 | 석영중·정지원 옮김 | 232면
- 239 **수레바퀴 아래서** 헤르만 헤세 장편소설 | 강명순 옮김 | 272면
- 240 **피터 팬** J. M. 배리 장편소설 | 최용준 옮김 | 272면
- 241 **정글 북** 러디어드 키플링 중단편집 | 오숙은 옮김 | 272면
- 242 **한여름 밤의 꿈** 윌리엄 셰익스피어 희곡 | 박우수 옮김 | 160면
- 243 **좁은 문** 앙드레 지드 장편소설 | 김화영 옮김 | 264면
- 244 **모리스** E. M. 포스터 장편소설 | 고정아 옮김 | 408면
- 245 **브라운 신부의 순진** 길버트 키스 체스터턴 단편집 | 이상원 옮김 | 336면

각 권 8,800~15,800원